VICHY, 1940

Esta obra ha obtenido el
Premio Primavera 2006,
convocado por Espasa Calpe y
Ámbito Cultural, y concedido
por el siguiente Jurado:
Ana María Matute, Ángel Basanta,
Antonio Soler, Ramón Pernas
y Pilar Cortés.

FERNANDO SCHWARTZ

VICHY, 1940

ESPASA

ESPASA AUTOR

Diseño de la colección: Tasmanias
Ilustración de cubierta: Diseño de Astrid Stavro y Pablo Martín, basada en las fotografías de Archivo Espasa y Getty-Images
Foto del autor (contracubierta): Sandra Marone

Depósito legal: M. 12.918-2006
ISBN: 84-670-2092-X

Espasa, en su deseo de mejorar sus publicaciones, agradecerá cualquier sugerencia que los lectores hagan al departamento editorial por correo electrónico: sugerencias@espasa.es

Impreso en España/Printed in Spain
Impresión: Rotapapel, S. L.

Editorial Espasa Calpe, S. A.
Vía de las Dos Castillas, 33. Complejo Ática - Edificio 4
28224 Pozuelo de Alarcón (Madrid)

Para A. S., siempre ahí.

NOTA DEL AUTOR

Durante la investigación y redacción de la novela, contraje deudas impagables con varias personas. Astrid Stavro, muy al principio, cuando el relato era apenas un embrión, viajó a Vichy, husmeó, fotografió y, con el descaro de la juventud extrema, se metió en edificios y en hemerotecas, en las vidas de gentes, y regresó con un dossier sin el que nada hubiera sido posible. Basilio Baltasar, viejo amigo y editor emérito, con sus críticas acertadas y aceradas consolidó el manuscrito allí donde flaqueaba y contribuyó a darle consistencia y coherencia. Isabel y Basilio están en el corazón de muchas cosas. Ana García Siñeriz, Victoria Cohnen y Mar Sebastián de Erice leyeron la novela y me inundaron de sugerencias.

Y A. S. leyó una y otra vez todas las versiones de cada capítulo y me sostuvo cada día, en el desánimo y en la euforia, hasta ver completo el manuscrito.

A todos ellos mi agradecimiento.

Aunque esta novela tiene poco que ver con el Holocausto, del que se ocupa sólo de forma indirecta, sí he pretendido que quede explícita mi opinión de que el genocidio del pueblo judío durante la Segunda Guerra Mundial no fue obra de Alemania. Fue obra de Europa.

Francia está obligada a reconocer su responsabilidad, a no olvidar lo que no supo impedir y a ser fiel a la herencia humanista que entonces traicionó... Nuestros hijos y nietos deberán guardar en lo más profundo de sus corazones, clavada como un dolor y presente como una amenaza, la conciencia de lo que pasó.

Jacques Chirac

Capital ficticia, Vichy contribuyó a estrechar los horizontes de quienes quisieron ver en ella un refugio cómodo y sólo encontraron una cárcel voluntaria.

Michèle Cointet, *Vichy capitale, 1940-1944*

La position à genoux est la moins fatigante.
[Estar de rodillas es lo que menos cansa.]

André Wurmser

Primera parte

«Una de las más nobles y grandes personalidades contemporáneas»*

* Almirante Leahy, embajador de Estados Unidos en Vichy, refiriéndose al mariscal Pétain.

1

La fuga

El domingo 28 de julio de 1940 fue creada en Vichy la primera célula de la resistencia francesa. Lo sé bien porque yo fui uno de sus cinco integrantes.

Una aventura romántica e idiota, una chiquillada, el primer eslabón de una cadena de desgracias cuyas consecuencias algunos, por supuesto, fuimos incapaces de prever, mientras que a otros pareció dejarlos indiferentes. Nos habíamos puesto a luchar en una guerra perdida de antemano, ¿qué podíamos esperar de tan desigual batalla contra los amos del mundo?

Pienso ahora en el resultado final de todo aquello y me parece imposible, no que cinco años más tarde acabáramos ganando sino que no resultáramos triturados de un solo papirotazo nada más iniciar nuestra andadura, cuando sacamos el primer periódico clandestino y lo pegamos en la pared del hotel en el que dormía el mariscal.

También me parece imposible que aquel domingo de finales de julio llegáramos a hacer acopio del valor necesario para empuñar una pistola, pero sobre todo que encontráramos el arrojo indispensable para tomar la decisión moral de lanzarnos a una lucha desproporcionada. En fin, echamos a rodar una bola de nieve que nos acabó aplastando a todos (aunque, pensándolo bien, afirmar que nos aplastó a todos tal vez resulte un poco melodramático: algunos pudimos librarnos para ser testigos de la historia y poder contarla).

Recuerdo la fecha con tanta seguridad porque he pensado en ella una y otra vez durante todos estos años. No pasa un día sin que reviva la pesadilla en que se convirtieron nuestras vidas a partir de aquel momento. No pasa un día sin que maldiga aquel aburrido villorrio en el que, bajo el apacible aspecto de balneario burgués, fue establecido un verdadero infierno de tiranía, delaciones, hipocresía y mentirosa beatería, empezando por la razón misma que invocaron sus mentores para convertirlo en capital de Francia. La capital del mariscal Pétain. Vichy.

GVC. Ésas fueron las primeras siglas de la resistencia: GVC, Grupo Vichy de Combate.

Constituido solemnemente por todos nosotros aquel domingo 28 de julio de 1940, al regreso de las carreras de caballos.

Desde luego que sí. Y apenas tres meses más tarde, el grupo de héroes a su pesar que lo componían se había esfumado, arrastrado por su incapacidad de hacer nada a derechas. Uno, atado de pies y manos por su servicio al mariscal, no podía salir de Vichy y menos aún intervenir en las acciones de la resistencia. Otro había desaparecido, creo que en París, o al menos de allí nos llegaron las últimas noticias que tuvimos de él, mientras lo perseguía la policía por comunista. Un tercero no había regresado de Toulouse para prestarnos la urgente ayuda prometida antes de marchar: la organización del atentado con el que nos proponía inaugurar, mal que nos pesara, la fase de lucha armada contra los nazis. Y puesto que no acabó de llegar cuando lo esperábamos, cuando más lo necesitábamos, así, de un plumazo, nos quedamos huérfanos del único activista experimentado, curtido en la guerra de España, el único luchador que sabía fabricar una bomba. Es más, si no hubiera sido tan patético, resultaría risible constatar que, por culpa de esta circunstancia seguramente casual, el peso de la organización y ejecución del atentado recayó en el único miembro del GVC incapaz de cualquier violencia.

Sí, yo.

Yo, abandonado ahora a mi suerte justo al norte de la línea de demarcación que separaba la Francia ocupada por los alemanes de la Francia sedicentemente libre de los que se habían rendido a Hitler, «firmado el armisticio», decían ellos. Carecía de documentación válida con la que cruzar a la Francia libre, no tenía motivo que esgrimir para justificar mi presencia en el tren proveniente de París, iba sin armas con que defenderme y, lo peor, me faltaba el más mínimo deseo de sacrificarme por una causa que ni siquiera era mía. Una de las dos zonas era peor que la otra, es bien cierto, pero no hubiera podido decir cuál. ¿Cómo explicar a cualquiera de los gendarmes del norte o del sur que sin duda me acabaría deteniendo que yo no tenía nada que ver con una cosa o con la otra, que a mí no me buscaban los alemanes, se lo juro, ni la policía de Vichy? ¡Si era conocido del mismísimo mariscal, por dios, amigo del prefecto Bousquet! Hubiera negado, no tres veces, sino mil que me hubieran preguntado, mi relación con nada.

Ah, pero no. Quedaba Marie. Dios mío, Marie. La más valiente, la más decidida, la más fuerte de todos nosotros. Separada de mí en la Gare de Lyon por su irreflexiva manía de seguir sus impulsos sin cuestionarlos, había saltado del tren para recuperar los cuadernos de notas de Philippa von Hallen, olvidados sobre la mesa del cuartucho de los ferroviarios. ¿Qué falta nos hacían los malditos cuadernos? ¿Qué contenían que fuera tan precioso?

Sólo imaginar los peligros que le acechaban me provocaba una inacabable angustia. Metido entre los bultos que componían el atrezzo de la compañía teatral de Sacha Guitry (escondido de hecho en uno de los grandes baúles del vestuario del propio Guitry) en el vagón que nos trasportaba hacia Vichy, sólo tenía un pensamiento, el único capaz de vencerme el miedo: llegar cuanto antes a la capital para hacer cualquier cosa con tal de encontrar a Marie y recuperarla. ¡Yo! Esta Pimpinela Escarlata de pacotilla intentando poner remedio a un desastre sin paliativos, a una catástrofe que no habría sabido cómo arreglar si no fuera implorando misericordia, que no habría sabido remediar incluso disponiendo de todos los medios imaginables. Y por si hubiera faltado un detalle circense, cuando el tren aún no había salido de París, sobre el baúl dentro del que me encontraba mal respirando apenas por un par de boquetes practicados al efecto, apoyaban sus codos dos soldados de la Wehrmacht que, demasiado perezosos o confiados (¿qué les podía pasar en el París conquistado?, ¿quién habría sido capaz de eludir la búsqueda del ejército más poderoso del mundo?), esperaban en silencio a que alguno de los fugados, Marie, Philippa o yo, cometiera un error estúpido o tosiera o estornudara y desvelara su presencia. Sin embargo, en aquellos momentos de ansiedad, lo único que se me ocurrió fue pensar en el enfado de Sacha Guitry cuando viera que uno de sus preciados baúles de la casa Louis Vuitton había sido agujereado por algún vándalo.

Allí estaba yo, en efecto. Escondido entre la ropa muelle de un pomposo autor teatral era, como siempre, el que se las componía para salir mejor parado de un lance de estos. Ellos no podían imaginarlo porque debían suponer que de algún modo habíamos conseguido salir de la ciudad sin saber que en París quedaba Marie, sola, a merced del ejército alemán, sin lugar donde refugiarse, ni siquiera en el piso de sus padres, huidos al sur unos días antes, o en el mío de la plaza de Alma, ocupado ahora por un oficial nazi.

¿Qué habría sido de los demás?, pensaba yo a ratos. ¿Debían ser dados por muertos o tal vez simplemente desaparecidos porque no podían moverse de donde estaban escondidos? ¿Cuál de mis amigos estaba siendo torturado hasta confesar lo que quisieran sus verdugos? ¿Los habrían cazado como a conejos los gendarmes franceses, sus propios compatriotas, los primeros traidores a la patria?

Debería decir que ésta es la historia de todos ellos, de todos nosotros hasta que uno por uno fuimos desapareciendo disueltos en el olvido, pero mentiría.

Ésta es la historia de Marie. Sólo de Marie.

2

VICHY

(Por supuesto que, aunque tan crucial momento de la historia fuera justificación más que suficiente para explicar los acontecimientos que siguieron, por absurdos, sublimes o cobardes que llegaran a ser, cualquiera con un mínimo de perspicacia habría podido denostar el ridículo ascenso de este presuntuoso balneario a la categoría de metrópoli. Pero, con el vendaval de pasión patriótica que la derrota había traído a las llanuras de Francia, ¿qué cínico querría mantener los ojos tan abiertos? Yo, desde luego, no me atreví.)

Oh, sí. El mundo entero, si por tal se entiende el limitado escenario de los acontecimientos que me dispongo a relatar, recordaría con un escalofrío este 30 de junio, domingo, día en que Vichy, modesta villa carente en el fondo de cualquier vocación que no fuera la de purgar por igual a elegantes de la Belle Époque y a burgueses de más limitados recursos, se convirtió en la capital de Francia. ¡Ja! La Francia libre, nada menos, que pronto recorrería el arduo camino de la regeneración patria bajo el mando del anciano mariscal, un mando que los crédulos y los débiles se apresuraron a calificar de prudente pero firme y necesario. Vaya, eso dijeron hasta los cínicos de mi calaña, aunque no nos lo creyéramos. Bueno, el propio Philippe Pétain lo había proclamado en su discurso de armisticio (de rendición, en realidad): «El espíritu de placer se ha impuesto sobre el espíritu de sacrificio; por eso, habiendo eludido cualquier esfuerzo, los franceses se han encontrado frente a la desgracia».

Ya lo anunciaba el mariscal. Se había acabado la molicie. Y las desgracias de la patria a las que había aludido eran culpa de los franceses. Ahora les tocaba a ellos expiarlas por haber enfangado al país en el vicio y el descreimiento. En fin, así era el lenguaje de aquel tiempo.

Hasta pocas semanas antes Vichy había sido la capital de los balnearios de Europa. Políticos, elegantes de una decena de nacionalidades diversas, *demi-mondains,* cortesanas, parásitos, hombres de negocios más o menos turbios, turistas y simples curiosos poblaban sus calles y ocupaban de forma regular, año tras año, sus más de trescientos hoteles. Pero la nueva guerra se había encargado de acabar de un plumazo con el espíritu de vacaciones y despreocupada diversión. Y mientras el turismo internacional se disponía a buscar otros lugares de solaz, el destino tenía reservado a Vichy momentos de distracción bastante más lúgubres.

Ah, sí, se había terminado la molicie.

El 30 de junio de 1940 el nuevo gobierno de Francia llegó para instalarse en Vichy.

Incluso una estúpida a la que yo apreciaba sinceramente como Mme. Letellier, la más fiel de las clientas del hotel du Parc, en el que pasaba cada año un mes de vacaciones estivales más los veintiún días prescritos por su médico para tomar las aguas —las de Chomel, por dios, que son calmantes y curan las migrañas—, tuvo que acabar silenciando resignada sus quejas ante la dirección del establecimiento: el apartamento que, con puntualidad religiosa, ocupaba durante siete semanas al año junto con su dama de compañía y las dos doncellas de casa, había sido requisado por las autoridades para que pudiera instalarse en él el despacho de monsieur Pierre Laval, el nuevo hombre todopoderoso del gobierno del armisticio. «Llevamos un año o casi, ¿no?, con esta guerra idiota contra monsieur Hitler», había empezado a decir madame, «y, por lo que parece, no sólo no conseguimos terminarla sino que tenemos que venir a estorbar a pacíficos e indefensos, indefensos ¿eh?, ciudadanos que no molestamos a nadie. *Drôle de guerre,* vaya guerra tonta. Ah, bah.»

Claro que cuando madame pronunciaba estas airadas palabras no era consciente de cuánto habían cambiado las circunstancias ni de la gravedad extrema del momento ni del sacrificio que no había más remedio que exigir de todos los franceses de bien sin excepción. «Me ponen de patitas en la calle como si fuéramos una cualquiera, querida», había confiado con tono agrio a su dama de compañía, pero en voz lo bastante alta como para que se enteraran de su protesta cuantos estaban en el vestíbulo. Me lo relató poco después el conserje con un punto de humor en la mirada y luego me lo reiteró con indignación la propia interesada mientras al día siguiente tomábamos una taza de té en el *café-glacier* de Quatre Chemins.

Por fortuna, ese mismo día en que llegaban tan malas noticias a Vichy, el director del hotel du Parc encontró para ella un pequeño apartamento con baño independiente (y con habitación de servicio en la buhardilla) en el segundo piso de un edificio de principios de siglo, justo enfrente del hotel, pero al otro lado del gran parterre de plátanos y castaños del parque de los Manantiales, en la misma esquina de la calle Montaret con la del Presidente Wilson. «Una localización ideal, madame, muy conveniente para tomar las aguas en el establecimiento termal, que está prácticamente a la misma distancia que desde el hotel, a un paso, como sabe usted bien, de Quatre Chemins y del Edén, del *café-glacier,* las tiendas y los salones de té. Una fortuna haber encontrado un apartamento con sala de baño. Ah, madame, un sitio ideal.» De todos modos, el arreglo sería por poco tiempo; el director confiaba en que para el otoño o, a más tardar, para el *réveillon* de fin de año, la situación en Europa se habría normalizado, la guerra sería sólo un mal recuerdo y las aguas habrían vuelto a su cauce o, en este caso, añadió con una pequeña sonrisa que festejaba su propia ocurrencia, pasado el peligro, seguirían manando con abundancia sin que nadie las estorbara. Con toda seguridad, en junio del próximo año, cuando le llegara el momento de regresar a Vichy para tomar sus vacaciones y los baños prescritos por su médico, Mme. Letellier habría recuperado sus apartamentos de la segunda planta del hotel. En todo caso, la pequeña incomodidad actual era sin duda pasajera y no le supondría dejar de frecuentar el *Drink Hall*, en el Vestíbulo de los Manantiales, para beber su ración diaria de aguas y completarla con las indispensables gárgaras, tan medicinalmente beneficiosas. Además, el hotel daba por sobreentendido que madame requeriría a diario los servicios de una doncella que hiciera la limpieza y abriera las camas. Faltaría más, él mismo se ocuparía personalmente de ello.

El de Mme. Letellier no fue el único caso, por supuesto. El director del hotel du Parc tuvo que emplear sus mejores energías y dotes diplomáticas, claro que con menos fortuna desde el punto de vista de las comodidades que acabaría obteniendo para ellos, en convencer a una multitud de sus clientes tradicionales para que cedieran de buen grado (aunque de mal grado habría dado igual) sus apartamentos a esta invasión de políticos, a este cortejo de pavos reales que tomaban Vichy como si se tratara de una plaza de mercado. «¡Esta ciudad termal la construyeron los romanos, por todos los santos! La dignificó madame de Sévigné, le dio gloria imperial Napoleón III... ¿Cómo puede comprender eso un pequeño judío como monsieur

Blum, que lo único que sabe hacer es propalar la revolución bolchevique?», exclamaban indignados algunos de los asiduos más fieles del Parc, a los que oíamos despotricar sin que sus prejuicios parecieran afectados por el curso de los acontecimientos. Pobre Léon Blum, que no tenía nada que ver. Incluso una señora entrada en años y carnes tuvo que ser atendida con sales en pleno vestíbulo.

En fin, el 30 de junio de 1940 no iba a ser recordado como un domingo cualquiera. Aquel día Vichy perdió su calma veraniega, la precisa rutina de los clientes del balneario y el desfile de su elegancia cuando frecuentaban el casino o el hipódromo o los celebérrimos restaurantes de la ciudad. Contra lo que era usual en las primeras horas de la tarde, por ejemplo, hoy sus calles estaban abarrotadas de gentes de la más diversa condición que, en otras circunstancias, habrían estado terminando de merendar, durmiendo la siesta, paseando por la orilla del Allier, a pie o en asno, o disponiéndose a acudir a las carreras de caballos. Y es que la población de Vichy, hasta ahora compuesta en su mayoría por visitantes unidos apenas por la relativa incomodidad que padecen quienes se someten a los rigores de un balneario (y, con frecuencia, al efecto fulminante de sus aguas bicarbonatadas sobre el intestino), se vería obligada a partir de este momento a sufrir, además, las pejigueras sin cuento de una ciudad en guerra o, dicho acaso con mayor propiedad, de una ciudad engañosamente tranquila a la que se exigía ser capital de un país derrotado.

Por debajo de la galería cubierta de hierro forjado que rodea el parque en un gran círculo de más o menos quinientos metros sólo interrumpido por el *Drink Hall*, paseaban con animación poco acostumbrada muchos balnearistas vestidos de punta en blanco; recuerdo que algunos de los caballeros hasta llevaban polainas pese a lo avanzado de la estación, mientras que las damas, dispuestas para toda eventualidad a la última moda de París, vestían en general de blanco o se habían puesto vestiditos veraniegos estampados (la moda, para satisfacción mía, llevaba algún tiempo imponiendo la altura de las amplias faldas plisadas por encima de las rodillas). Las señoras de cierta edad lucían grandes pamelas de seda y se protegían del sol con parasoles de puntillas, blondas y estampados. Todos deambulaban con parsimonia siguiendo el trazado oval de la galería. Guarecidos bajo su sombra, bajaban con lentitud por el costado de la calle del presidente Wilson intercambiando ceremoniosos saludos y discretos coqueteos con conocidos y desconocidos por igual, llegaban hasta el Vestíbulo de los Manantiales donde acudíamos a beber las aguas (por más que yo espaciara al máximo tan raro placer), giraban a su izquierda y, pasando por detrás del establecimiento de segunda clase, en el que tomaban las aguas los menos ricos, subían de nuevo hacia la izquierda por la calle del Parque hasta el lateral del Gran Casino. Luego daban media vuelta y desandaban el camino, sin dejar de mirar con curiosidad mal disimulada hacia la entrada del hotel du Parc, frente al que se arremolinaban policías, soldados, porteros, botones y, sobre todo, viajeros. Rodeados de infinidad de maletas y baúles, los recién llegados acababan de desembarcar de sus grandes automóviles Delahaye, Renault, Citroën, Vivaquatre e Hispano-Suiza a bordo de los que, partiendo de Burdeos, Clermont-Ferrand o el mismísimo París, habían hecho largos e incómodos viajes. De todos modos, me parece que en la falta de confort del recorrido habían intervenido menos la rigidez de los asientos o el estado de las carreteras que la angustia de un futuro cuya incógnita pretendían despejar con la mayor brevedad los políticos, militares, altos funcionarios, financieros y empresarios que, obligados por la necesidad de encontrarse cerca del poder y de los poderosos, acudían a esta pequeña ciudad con la pretensión de residir en ella el tiempo mínimo indispensable para satisfacer sus angustiados deseos.

Centenares de curiosos, inmóviles al otro lado de la calle, protegidos del sol bajo la galería, no perdían detalle de la confusión reinante. Se decía que aquella tarde llegaría el mariscal Pétain y todos querían presenciar el espectáculo. Otros muchos se habían acercado al puente de Bellerive, que era por donde tenía que llegar cualquier comitiva desde Clermont-Ferrand, y esperaban impacientes, escudriñando el interior de los autos que lo cruzaban para reconocer a cada personaje.

Acaso yo fuera el único *habitué* de la primera hora, el único perro viejo que, de pie en la escalinata de la explanada del casino, apoyado en el pomo de marfil de mi bastón, me atrevía a contemplar aquel barullo con el suficiente desapego, hasta diría que con el estúpido gesto socarrón que siempre me había causado tantos disgustos. Puede que fuera el único, pero es que yo lo había visto todo. La entrada de los facciosos en Madrid (a distancia, claro, porque no me había movido de París) y la de las tropas alemanas en Vichy hacía bien pocos días, el Frente Popular aquí y allá, las soflamas incendiarias del niño Primo de Rivera y las del *Je suis partout*, el mesianismo de los generales, los trotskistas, Dios mío los trotskistas cuánta lata dieron, la familia, la patria, las huelgas, los disturbios, la regeneración nacional, la masonería, la judería internacional, el comunismo, el anticomunismo, la estupidez, las bandas de matones de la extrema derecha, la ingenuidad de los líderes, su actitud pusilánime, la crueldad irreflexiva de los combatientes. Todo. Llevaba yo medio siglo, si se incluye mi infancia, padeciendo las tonterías del prójimo e intentando rehuirlas y me parecía una fatalidad, una cuestión de verdadera mala suerte, esta persecución a la que me sometían la estupidez humana y esta incapacidad mía para librarme de ella por más leguas que pusiera de por medio. Roma primero y, después, Viena y Buenos Aires y Madrid. Francia ahora. Y eso que, viendo la incomodidad extrema que se nos venía encima en España a partir de 1934, había aprovechado mi estancia de años en Francia, mis propiedades allá y mis considerables contactos parisinos, para solicitar y obtener la nacionalidad francesa. Había dimitido de mis cargos en la embajada española de la avenida Georges V y, aun manteniendo estrechas relaciones con mis antiguos compatriotas, me había refugiado en lo que yo consideraba la primera civilización del mundo. Vaya, pues al final esta pirueta había acabado por ser una trampa: salí huyendo de un chispazo para refugiarme en un incendio. Menuda tontería. En fin. Casualidades de la vida, el destino, la mala suerte.

Y ahora me hastiaba esta muestra de vanidosa estulticia patriotera con la que era asaltada de nuevo mi inteligencia. Me irritaba que tuviera que provenir de los delirios megalómanos de un mariscal de Francia. Todos iguales: los generalotes de allá y los mariscalotes de acá. Y eso que Francia siempre me había parecido una sociedad un punto más razonable que la mía original. Pues no señor. La angustia de la situación, la odiosa esperanza que engendraba su misma miseria, no hacían más que demostrar que en este final de la paz europea y en el comienzo de la nueva guerra, las naciones acabarían como siempre, igualándose en el barrizal. Aquí no había sociedades más inteligentes o más civilizadas. Todos éramos equiparables por el rasero más bajo.

Había oído, como muchos en Vichy, aunque la cosa me inspirara menos optimismo que a la mayoría, que las hostilidades apenas durarían unas semanas más y que la situación acabaría resolviéndose en lo más natural: la pronta, inevitable y limpia victoria de los más fuertes, al lado de quienes, por evidentes razones, convenía estar. Claro, desde luego. Seguro que sí. ¿Pero es que nadie había aprendido nada? Les daría yo la batalla del Ebro y las purgas del partido comunista y los fusilamientos de Franco para que fueran enterándose todos de lo que se les venía encima.

A Philippe Pétain, el héroe de Verdún, salvador de Francia en 1918, se le había ocurrido asegurar a sus compatriotas veinte años después de aquella guerra insufrible que la nueva catástrofe se evitaría sin necesidad de que ellos se lanzaran a pelear una vez más contra el invasor. Para esa tarea sublime él se bastaba y sobraba: llegada la hora del sacrificio, hacía donación de su persona a Francia para así atenuar la infelicidad de la patria. «Seguro que, encima, este imbécil se lo cree a pies juntillas», mascullé para mis adentros. Sorprendido de mi osadía, levanté la cabeza para asegurarme de que no me había podido oír ningún paseante cercano. Sonreí aliviado. ¡Qué me iban a oír! Estaban todos como papanatas apretujándose frente al hotel du Parc por si pudieran divisar al mariscal en un instante de delirio y no se iban a fijar en este dandy solitario que rumiaba sus quejas al otro lado del parque. «Pétain», exclamé en voz alta poniendo los ojos en blanco. En qué cabeza cabe. Primero se rinde a los alemanes porque decide no luchar y luego acepta que le dejen un trocito de la patria para hacerse la ilusión de que el país sobrevive intacto. Donación de su persona. Vaya, hacía donación de su persona ocupando una suite en el hotel du Parc, acompañado de la mariscala y sin más riesgo para su vida que el mal estado de alguna ostra servida en el almuerzo. Y además le debía de parecer glorioso y valiente recomendar la rendición del ejército francés ante el asalto arrollador de la Wehrmacht: «con el corazón encogido os digo que debemos dejar de combatir». Ésas habían sido sus palabras en la radio. ¿Cómo diablos conseguiría un viejo soldado de ochenta y cuatro años atenuar la desgracia de Francia entregándose por ella? Este hombre chochea. Así me lo parecía y estaba seguro de no equivocarme: apenas una semana antes, mi confidente y amigo Armand de la Buissonière, destinado desde el primer momento del armisticio en el gabinete civil del mariscal, me había asegurado que el coronel De Gaulle afirmaba de Pétain que, a su edad provecta, era demasiado orgulloso para la intriga, demasiado fuerte para la mediocridad, demasiado ambicioso para trepar y que encima lo consumía la pasión por el poder. La vejez es un naufragio, había dicho De Gaulle.

Venían tiempos malos, sí, y como siempre que la soberbia y la tontería resplandecen, serían tiempos de estrechez moral. Días peligrosos para la gente de bien.

Me enderecé y, suspirando, me ajusté —debo confesar que con una pizca de coquetería— el canotier, ladeándolo ligeramente sobre la sien izquierda. Luego, con paso ligero (en realidad, años atrás, a una amante ofendida cuyo nombre no recuerdo aquellos andares le habían parecido no más que pizpiretos; bien es cierto que era holandesa), bajé los pocos y anchos peldaños de la gran escalinata del casino —eran diez y siempre me hacía la ilusión de que los bajaba al ritmo de una mazurca del brazo de una hermosísima dama, tal que un Rhett Butler cualquiera en *Lo que el viento se llevó*— y me dispuse a atravesar el parque en línea recta por su centro, entre los enormes castaños, haciendo caso omiso de la sombra que me brindaba a derecha e izquierda la galería cubierta de hierro forjado, resto bien aprovechado de alguna exposición universal. Me dirigía hacia el hotel Carlton, al que llegaría no sin antes merendar en mi *café-glacier* habitual. Desde 1934 alquilaba en el Carlton una habitación amplia y luminosa con un gran ventanal sobre la avenida Wilson y una vista espléndida sobre el parque. Una disposición verdaderamente afortunada. Y eso por no hablar de cosas más pedestres como, por ejemplo, que el cuarto de baño se encontrara apenas dos puertas más allá de la mía, al fondo del corredor. Mi pequeña fortuna personal me permitía este dispendio manirroto y así me resultaba cómodo disponer durante todo el año de una habitación en la que guardaba alguna ropa de primavera y verano y los libros y cuadernos de notas personales que prefería tener en Vichy mejor que en mi masía de Les Baux-de-Provence. Esa fidelidad al establecimiento y el hecho de que mi habitación se encontrara en la última planta fue lo que propició que me fuera permitido permanecer en el hotel incluso cuando en las plantas inferiores acabaron instalándose los servicios del ministerio de finanzas. Siempre he sostenido que es mejor estar bien colocado a la vista del recaudador de impuestos que inquietándolo porque no sabe él dónde se esconde uno.

Vaya pandilla de engreídos pusilánimes, me dije pensando en toda aquella gente que, recién llegada a Vichy, pululaba intentando medrar desde la primera hora. Politicastros de tres al cuarto más ocupados en mantener sus privilegios que en defender su país, tendrán que tomar una gravísima decisión, quiéranlo o no, si lo que pretenden es entregar todo el poder nacional a este mariscal derrotado al que Hitler permite instalarse en la mitad de Francia para controlarla y jugar a parecer dueño de su destino. No tendrán más remedio que nombrarlo jefe del estado (otra herejía similar a la que el generalito Franco había impuesto a sus camaradas de armas). Jefe de Estado, sí. ¿Y cómo se hace tal cosa si ya existe un presidente de la República elegido por los franceses? ¿Qué piensan éstos hacer con Albert Lebrun? ¿Comérselo? ¿Qué harán con el parlamento, con todos esos diputados que llegan por decenas a Vichy escapados de París, y luego de Burdeos, con más cuidado de mantener sus prebendas que de salvar la patria? ¿Un golpe de estado como en España? ¿En la Francia de la revolución, de la libertad, la igualdad, la fraternidad? No podía saberlo entonces, pero eso fue exactamente lo que ocurrió pocos días después.

Me encogí de hombros y seguí andando por entre los castaños, tan ensimismado en mis tristes pensamientos que no me importaba gran cosa ni el sol de justicia que me quemaba los hombros por debajo de la ligera chaqueta de verano ni la humedad que subía desde la orilla del Allier y me hacía transpirar por debajo del chaleco. Pero como los frondosos árboles hacían difícil la observación de lo que ocurría al otro lado y además entre la calle del Parque y este servidor de ustedes, elegante andarín (si se me permite la presunción) de chaqueta de lino beige, chaleco blanco, cuello blando, corbata de lana roja y canotier de jipijapa, se interponían centenares de curiosos parados bajo la galería cubierta, acabé optando por acercarme a ellos cuando comprobé que M. Pierre Laval, andando en paralelo, iba por la acera de enfrente en dirección al hotel du Parc seguido por un asistente que llevaba la pequeña maleta del futuro viceprimer ministro.

Dos semanas después, o tal vez fueran tres, describiría yo a Oswaldo Cifuentes, ministro de Panamá, y al resto de nuestros amigos, cómo Laval, «que no es más que un campesino pequeño, con mostachón y cara de ratón taimado, que además tiene la dentadura negra de suciedad y nicotina y lleva en la cabeza un sombrero de fieltro que le va demasiado grande», andaba por la acera sin asomo de solemnidad, casi con modestia (ja, modestia, queridos amigos), pero con paso decidido, sin perder el tiempo en frivolidades. A juzgar por lo que fue ocurriendo en los días sucesivos, ya iba planeando lo que le quedaba por hacer, lo que lo separaba del triunfo de ese día, como si de un juego de naipes se tratara (de *belote* o de brisca, que era lo que él dominaba), simple en apariencia pero endiablado en su cazurro refinamiento. «Mírenlo bien cuando tengan ustedes oportunidad de hacerlo», dije. «Siempre intenta dar la impresión de estar yendo de costado, para no dejarse ver demasiado, no se le vayan a adivinar las intenciones... que son siempre aviesas», añadí riendo.

Como, por haberlos estudiado a fondo, conocía bien a la gran mayoría de los actores de la vida política francesa, habría podido dar, sin temor a equivocarme, un verdadero curso de interpretación psicológica de sus motivos e intenciones y de cuanto estaba ocurriendo en Francia en aquellos momentos, desde cualquier ángulo que se lo quisiera mirar. En el fondo, ésa era la razón por la que mis colegas latinoamericanos me habían pedido que los asesorara en la interpretación de los avatares más sofisticados de la vida *vichyssoise.* Pero además, por ser superviviente de la otra tragedia, la mía, la española, era capaz de predecir como ninguno la que se avecinaba en esta guerra tan fácilmente ganada por los alemanes. ¿Podía alguien creer en verdad que Hitler sería magnánimo en la victoria, que no exigiría las arras del triunfo? Yo, Manuel de Sá, diplomático superviviente, republicano español bondadoso (de don Manuel Azaña, caramba) y ahora francés de pura cepa, conocía mejor que nadie cuán engañosos eran los inusuales días de calma aparente que seguían a una capitulación. Ésta no sería excepción; estaba dispuesto a apostar sobre ello. Y lo más terrible era, lo sabía bien, que a los dirigentes y patriotas que llegaban en masa a Vichy aquel domingo les importaba bastante menos el destino de la patria y de sus ciudadanos que la resolución del propio futuro y el mantenimiento de las prebendas. Ah, sí. Conocía bien el alma humana y sus debilidades. Sonreí, debió de ser con melancolía, a juzgar por mi estado de ánimo.

A Laval («el hijo triunfador de Batiste, el carnicero de Châteldon», dije de él después) también le encantaba comprobar el efecto que su aparente sencillez tenía sobre el público que esperaba a los protagonistas de aquel día en los alrededores del hotel (llegar andando al Parc a las cuatro de la tarde con la simple compañía de un secretario portando su maleta no había estado nada mal, es más: había tenido un efecto bestial, un *effet boeuf,* sé que confesó a su yerno aquella misma tarde. Nada mal, no, aunque la cosa se debiera a que había fallado el motor de su automóvil un segundo antes de empezar a cruzar el puente de Bellerive; bueno, las casualidades engendran fortunas).

Los mirones aplaudieron, las señoras sonrieron agitando sus sombrillas, todos se inclinaron hacia delante para ver mejor lo que estaba ocurriendo y los que ocupaban la primera fila de curiosos, apretados por la gente arremolinada detrás de ellos, no tuvieron más remedio que dar un paso al frente e invadir la calzada. Uno, empujado desde detrás, tropezó y casi se fue al suelo; lo sujetaron entre tres y, mientras lo mantenían en pie, él se volvió para buscar al culpable con mirada torva. Un cordón de policías se afanó por contener a la masa (bastante educada, todo sea dicho) de entusiastas. Incluso los ilustres viajeros que le precedían y aún no habían subido los peldaños que conducían al vestíbulo del Parc parecieron esfumarse ante la personalidad arrolladora de Laval y su manejo de las tablas. Quedaron mirando el espectáculo como meros comparsas.

La llegada de Laval fue saludada con una salva de aplausos y pudo oírse más de un *vive la France!,* más de un *vive Laval!,* mientras los cuatro soldados que componían el retén de la Guardia Republicana permanecían firmes a un lado y a otro de la entrada al hotel manteniendo una marcialísima posición al presentar armas. ¡Pero si han perdido la guerra!, pensé, ¿a qué viene ahora esta fiereza en la defensa de lo que tiraron por la borda? Bah. «Y según andaba, lo conozco como si lo hubiera parido», expliqué al grupo de mis oyentes, «estoy seguro de que Pierre Laval iba calculando, midiendo los riesgos de lo que le quedaba por hacer, los pasos que tenía que dar, los mimosos cuidados que debía prestar, las palabras de adulación que tendría que deslizar en los vanidosos oídos de tantos diputados, senadores, urdidores, traidores y vendidos con los que se habría de entrevistar durante los siguientes días».

Lo que sí es cierto es que, ocupado como estaba en planear el mejor modo de dar cumplida satisfacción a sus ambiciones, el viejo político francés no tuvo en ese instante el sosiego necesario para calcular las consecuencias del camino que emprendía si cualquiera de los elementos con que él contaba (entre otros y muy principalmente, la victoria de monsieur Hitler) no daba el resultado esperado. Tampoco lo tuvo para adivinar que este paseo desenfadado constituía el primer tramo de un trayecto fatídico que le llevaría hasta el pelotón de fusilamiento cinco años más tarde. ¿Cómo iba a saberlo? ¡Si los alemanes habían ganado la guerra!

La expectación que causó su llegada al hotel du Parc fue por cierto mucho mayor que la provocada unos minutos después en aquel mismo lugar por el presidente de la República y su señora al descender del automóvil oficial. (En un primer momento se había pensado que el presidente Lebrun ocupara el pabellón Sévigné, cerca del río, pero la proximidad de unos burros —los utilizados para alquiler de paseantes por las orillas del Allier— pastando apaciblemente en un descampado contiguo lo desaconsejó: bastante era que al presidente se lo comparara frecuentemente con uno de aquellos animales, ¡pero ponerle a cuatro o cinco delante, en las mismas narices!)

Tanta fanfarria y excitación frente al hotel acabaron picándome la curiosidad. Decidí esperar la llegada del mariscal para así palpar su grado de popularidad o el entusiasmo que suscitaba entre el pueblo llano. ¿Llano? Poca llanura había aquí.

Miré a mi alrededor, contemplando sin disimulo a quienes me rodeaban, ciudadanos de Francia, derrotados ayer pero, a juzgar por la expresión de sus rostros, victoriosos hoy. Todos sonreían con el aire abstraído de quien vive una ensoñación feliz. Se los veía animosos, optimistas ante una nueva oportunidad de redención nacional. Como si el gobierno del armisticio los estuviera salvando de la derrota, los hubiera rescatado a todos de un destino infernal. El destino horrible de la humillación y del sufrimiento que corresponde a los vencidos. Bueno, pensé, con algo tienen que consolarse del miedo. Se hubiera dicho que la guerra había terminado para todos ellos. No saben lo que les espera. Mi único error en este análisis fue no decirme «no sabemos lo que nos espera».

—¡La Tercera República nos llevó a esto! —exclamó de pronto con voz furiosa un caballero de mediana edad. Calló un momento, temblando de indignación, y luego, levantando aún más la voz, insistió—: ¡Traidores!

Vestía de gris y llevaba anudada al cuello una corbata negra. Se había quitado el sombrero y lo mantenía en alto, sujeto por su mano derecha erguida en una posición de saludo que se me antojó bastante teatral. Pensé que aquel grito bien podía estar siendo el primero con que se rompía la extraña pasividad burguesa de una ciudadanía que había acogido con lo que sólo podía ser descrito como complacencia el cúmulo de acontecimientos desplomado sobre Francia en aquellos pocos días. Me encontraba muy cerca del hombre, a su derecha, y pude ver con absoluta nitidez cada detalle de la tensión de su semblante: su grito llevaba tanta frustración y rabia que no podía ser individual, por fuerza tenía que responder a un sentimiento colectivo, a la tristeza por la muerte patria, a la indignación porque los políticos, siempre culpables, se hubieran rendido y hubieran traicionado a la ciudadanía, antes de que llegara Pétain a salvarlos a todos. ¿Qué otra explicación podía haber si no?

—*Vous avez raison!* —dijo otro—. Ellos nos llevaron al desastre… a la derrota… ¡Son unos corruptos! ¡Los Blum, los Lebrun, los Mandel… todos! Esto es lo que han hecho…

—¡Han sido los comunistas! —exclamó otro.

Y otro más:

—... ¡Los judíos!

—¡Vendepatrias!

Aquí el que no corre, vuela, pensé para mis adentros. Poco han tardado en encontrar culpables. A este pobre señor Blum...

—*Vive Laval! Vive la France!*

A punto de desaparecer en el interior del hotel du Parc, Pierre Laval se dio la vuelta en lo alto de la escalinata, se quitó el sombrero y saludó con él a la muchedumbre. Su gesto fue acogido con una salva de aplausos.

—*Vive le Maréchal!*

La llegada poco después del Presidente de la República pasó sin pena ni gloria. Lo mismo les ocurrió al presidente del Senado, Jules Jeanneney, y al de la Cámara de Diputados, Edouard Herriot. Llegaron, se apearon de sus respectivos automóviles y, quitándose el sombrero, saludaron brevemente a los soldados del retén de guardia, subieron deprisa los pocos escalones de acceso al hotel y desaparecieron en el interior de su vestíbulo.

No, no. Éstos son meros comparsas, me dije: este público espera únicamente a Philippe Pétain. Y era bien cierto que lo esperaban con una mezcla de recogimiento y excitación, como suele suceder en los grandes acontecimientos religiosos en los que, además de una presencia sagrada, se espera alguna manifestación mirífica que la acompañe. Algún milagro, alguna transmutación de agua en vino, de plomo en oro, algún hecho sobrenatural.

Y cómo no, a los pocos minutos, un movimiento imperceptible de la muchedumbre agolpada frente al hotel du Parc, un repentino silencio en el público expectante anunció la llegada del mariscal mejor que si hubiera sido proclamada por altavoces. A un centenar de metros, calle arriba en dirección al lateral del casino, pudimos divisar un pequeño cortejo de tres o cuatro automóviles precedidos por dos motoristas militares que se acercaban con lentitud solemne.

No bien se hubieron detenido, abiertas las portezuelas de los dos automóviles delanteros, se produjo un estallido de indescriptible entusiasmo y griterío. Los hombres, enarbolando sus sombreros, los agitaban pretendiendo lanzarlos al aire para sujetarlos sólo en el último instante; las mujeres habían cerrado las sombrillas y las sacudían como si se tratara de mástiles de banderas de seda enrollada y festoneadas con miles de puntillas multicolores. Todos aplaudían si podían, reían y saludaban agitando las manos que tenían libres o, todo lo más, ocupadas con ramilletes de lirios y rosas. Algunos niños que habían estado correteando por la calzada, sorprendidos por el jolgorio repentino, habían vuelto apresuradamente al regazo de sus madres o a protegerse tras las amplias faldas de las señoritas de compañía (en su mayoría francesas o suizas: con la guerra, el mercado de las *fräulein* alemanas se había reducido de forma notable, ya por estar mal vistas por las familias francesas, ya porque, perteneciendo a la raza triunfadora, ellas mismas debían de considerar humillante trabajar para los vencidos).

—*Vive le Maréchal!* —gritaron unos.

—*Vive notre sauveur!* —exclamaron otros.

—*Vive la France!* —dijeron otros más.

—¡Sálvanos! —pedían los más entusiastas o los más asustados.

—¡Viva Pétain! ¡Viva Francia!

—¡Arriba el ejército!

—¡Muerte a los alemanes!

Esto último, sobre todo gritado por las buenas gentes de Vichy que, pocos días antes, habían padecido el susto inmenso de ver desfilar a la soldadesca alemana por estas mismísimas calles después de que avenidas y plazas hubieran quedado de pronto desiertas a causa de la apresurada huida de centenares de oficiales y altos funcionarios franceses (que, de todos modos, sólo se encontraban en Vichy de paso). En realidad, el entusiasmo de los buenos burgueses de la capital se debía más que nada a una recuperación intensa del patriotismo una vez que la Wehrmacht agotara, apenas una semana antes, todas las existencias de mercancías, bombones, aparatos de fotografía Kodak y picantes objetos de corsetería y lencería íntima expuestos en las bellísimas vitrinas de las tiendas de la avenida Wilson, de la rue Lucas o del pasaje Giboin.

—¡Comunistas a la guillotina!

Y así fue cómo, en este ambiente festivo y desbordante, el mariscal Pétain se apeó con lentitud majestuosa de su coche. Había abierto la portezuela su médico y factótum personal, el doctor Bernard Ménétrel, que, sin permitir que nadie más se acercara, con mano vigorosa ayudó al anciano a bajar del automóvil, permitiéndole aparentar la agilidad juvenil perdida años antes. También se aproximó solícito, aunque sin llegar a tocarlo, Léon Bonhomme, el secretario de Pétain. Conocía a ambos y pensé que pronto aprovecharía cualquier ocasión para saludarlos.

Ya en la calzada, el mariscal se enderezó con un último empujón de riñones y cuadró los hombros. Luego, volviéndose hacia la acera en la que se amontonaba el público, se quitó el sombrero y saludó con aire galante. Sonreía por debajo de su blanquísimo bigote y sus ojos de azul intenso parecían brillar con una luz traviesa y simpática. ¡Qué tipo!

Fue el delirio. El pandemónium de gritos y la algarabía de gestos y aplausos arreciaron hasta el paroxismo. Junto a mí, una mujer pareció ahogarse sin llegar a emitir sonido alguno; sólo hacía gestos convulsos con la boca hasta que, al cabo de unos segundos, consiguió decir con voz estrangulada: «¡Es inefable!». Mientras tanto, Pétain permanecía inmóvil detrás de su coche, saludando con parsimonia, hasta que apareció la pequeña mano de la mariscala sujetándose a la portezuela. Ménétrel, que se había apartado para no robar protagonismo a su anciano patrón, se precipitó a ayudar a Mme. Eugénie Hardon a bajar del gran Fiat. Buena es la mariscala, pensé; si no la ayuda aquél, los castiga a todos sin cenar.

De pronto, una preciosa niña que no tendría más de siete u ocho años, vestida con un delicado traje blanco y tocada con un pequeño sombrero de paja, se separó del público y, andando con paso firme y rápido, se dirigió hacia donde estaba Pétain. En las manos llevaba un pequeño ramo de flores del campo. Cuando llegó hasta él, se detuvo y le ofreció el ramo. El mariscal alzó la cara riendo, cogió las flores, se las dio a Ménétrel y, con un gesto rápido, levantó a la pequeña. Le dio un beso y la volvió a dejar en la acera. Si hubiera faltado algún gesto para consagrarlo como el verdadero padre de todos los franceses, ése habría bastado. Y bastó.

Míralos. Vaya teatro, cielo santo, vaya salvadores de la patria. Pobre Francia, menuda le espera.

Suspiré, pero para no ser menos que cuantos me rodeaban, me quité el canotier y lo agité sonriendo con el entusiasmo propio de quien ha pasado años perfeccionando el arte del disimulo. Luego, para poder seguir mi camino sin levantar sospechas de tibieza patriótica y dirigirme hacia la merienda cotidiana en el *café-glacier* del que era fiel cliente, tuve que esperar a que disminuyera el fervor popular y a que el gentío empezara a disolverse un buen rato después de que el mariscal y su corte hubieran desaparecido en el interior del hotel.

3

MME. LETELLIER

—¡Qué semana, amigos míos! —exclamé, quitándome el sombrero para secarme el sudor de la frente con un pañuelo de seda.

—En efecto, amigo de Sá —dijo el encargado de Negocios colombiano, Mario Barrantes; se pasó un dedo por dentro del cuello duro de la camisa almidonada—. Está haciendo un calor insoportable.

Tipo alto y muy delgado, repeinado con gomina que, por supuesto, respondía al apodo de *Flaco* Barrantes, su entendimiento de las cuestiones de Europa, y en especial de las de la guerra, era, en el mejor de los casos, somero. En su juventud temprana había sido enviado por sus padres a estudiar a París y como únicos frutos de este periodo educativo guardaba un conocimiento prometedor del francés y una impresionante libreta de direcciones de señoritas, no siempre de la mejor sociedad. Pronto había convencido a su padre, un senador liberal de la propia Santa Fe de Bogotá, de que lo dejara permanecer en Europa seudo trabajando en su embajada en Francia. Habiéndole sorprendido allá la guerra, el gobierno colombiano lo había mantenido en el puesto (abandonado como víctima propiciatoria de la diplomacia) para ocuparse de unos intereses colombianos en París que en los tiempos que corrían, no daban la impresión de preocupar a demasiada gente.

—No me refiero al clima, hombre de dios, sino a todo lo que está pasando a nuestro alrededor, caramba —respondí, creo que con mayor viveza de la necesaria, olvidando por una vez mi perenne buena educación; a veces, estos amigos míos conseguían irritarme de veras—. La alta política, los grandes hombres, la diplomacia de altos vuelos, una guerra que es como si no existiera, generales, coroneles, todos buscando colocarse, pintar, intrigar, estar del lado de los que vencen, aparentar una dignidad y una moralidad de la que en realidad carecen... ¡Dios mío! Estar, queridos amigos, en un pueblecito en el que se escribe ahora mismo la historia del mundo. ¿Se dan ustedes cuenta de lo que significa? No me lo querría perder por nada del mundo. ¡Ah, cómo me gustaría ser una mosca en la pared de los despachos de Laval y de Pétain! —imité con la mano el vuelo errático de una mosca.

—Con este calor, sería usted descubierto enseguida, como insecto atontado por la canícula, y lo aplastarían contra el papel de la pared con un periódico enrollado —señaló el ministro Oswaldo Cifuentes, un hombrecillo regordete que lucía en el anular un enorme anillo universitario americano, adquirido, estaba seguro, en cualquier universidad del oeste de Estados Unidos a cambio de unas decenas de dólares.

Cifuentes era cursi, puntilloso y algo pedante, a tal punto que, pese a la bondad inocente de su personalidad, un día había conseguido enfadarme hasta hacerme exclamar con pesada ironía: «¡Cifuentes el panameño es una mierda en pequeño!», para así resaltar, no sólo su reducido tamaño físico, sino su colosal incultura. Le habían ido con el cuento a Cifuentes y éste, siempre dispuesto a la esgrima verbal, había contestado de sopetón: «Ya le gustaría a Manuel de Sá ser una mierda del Panamá». Ahora, de vez en cuando nos enviábamos estos recados pueriles, como broma confianzuda que sólo podíamos entender nosotros, extranjeros alegres en una tierra entristecida, gentes aterrizadas en este lugar incomprensible para aplicar un buen humor algo zafio y ruidoso a una guerra que, acaso exceptuándome a mí, ni nos iba ni nos venía y en la que se trataba no más que de sobrevivir a las inevitables incomodidades que nos depararía. Garabateábamos nuestras ocurrencias en *bouts de papier* al calor de lo que nos inspiraba la última bobada en la tertulia del hotel o como ahora, paseando por el parque en dirección al café al aire libre que se encontraba delante de la escalinata del Casino y en el que nos disponíamos a tomar el té o una limonada con hielo pilé. Levanté una ceja y di un bufido.

—¡No sean ustedes niños! —exclamé con enfado. Con el gesto más teatral de que fui capaz, empuñé el bastón a media caña, como si se tratara de un bastón de mando, y lo agité en el aire—. ¿No se dan cuenta de que ustedes son y serán la memoria viva de cuanto está sucediendo aquí? ¡Pero miren a su alrededor! Estas gentes no podrán ser memoria de nada porque tienen el miedo en el cuerpo y pasiones engañosas en el corazón: eso... eso empequeñece la conciencia colectiva. Ellos sólo recordarán sus diminutas angustias, sus miserias, el hambre que llegaron a pasar o que consiguieron engañar, el miedo... Tal vez en el recuerdo salvarán a los que hoy son sus héroes o tal vez los inmolarán. Sólo ustedes a quienes nada importa —intenté que mi tono no denotara un desprecio que no sentía—, serán capaces de recordar el conjunto de tanto desastre con el desapego necesario para comprender lo que verdaderamente hicieron estas gentes con sus vidas, con sus países, con sus amores...

—Lindas palabras, de Sá —dijo el mexicano Luis Rodríguez, ministro de su país en Francia, un radical comprometido que (me parecía) nunca había comprendido nada de la Europa de los fascismos pero que creía con firmeza en el manto moral del intelecto y, como era frecuente en aquella época, atribuía esta superioridad al liderazgo de Stalin aunque también, con mucha razón, a la dignidad y generosidad de su presidente Cárdenas—. Lindas palabras. Me pregunto si son aplicables a su experiencia personal de la catástrofe española… Dicho de otro modo, ¿será usted igualmente capaz, querido amigo, de recordar con el mismo desapego tanto desastre como ocurrió en España?

—No, claro —contesté—. No es ése mi argumento. No es que yo crea en mi superioridad intelectual y moral a la hora de interpretar la historia, tanto de España hace un año como de Francia ahora. Es que, como sé que eso no es posible, recomiendo a los observadores no comprometidos que analicen y recuerden…

—¡Yo sí estuve y estoy comprometido en España! —me interrumpió Luis Rodríguez con calor. Sus diatribas rara vez venían a cuento, pero su orgullo revolucionario era inapelable y su rectitud, indomable. Tenía el rostro bondadoso, cuadrado, encajado entre grandes orejas, y proyectaba una tensión obstinada ante las cosas de la vida, una terca decisión. Pero sus ojos negros con las cejas descendiendo en permanente actitud de sorpresa dolorida le traicionaban aminorando la firmeza de sus convicciones.

—Pues yo no —interrumpió Enrique Sciamella, ministro argentino , ni me interesa vuestra afición tan… tan… estúpida al derramamiento de sangre. ¡Bah! Ustedes torean al toro deseando en el fondo que les clave un cuerno porque es heroico escenificar la tragedia de la existencia. Nosotros, en cambio, reservamos el dolor de la entraña para las nada dignas traiciones de una mujer… y el toro nos lo comemos en un asado en el campito, vieron.

Sciamella era un porteño buen mozo y moreno al que seguro que jamás había traicionado una mujer. A él nunca;

a mí, casi siempre. En fin. Me parece que el único campo de batalla europeo que conocía el buen Sciamella eran las camas de sus amantes. Me preguntaba yo a veces si, con esa planta de conquistador intenso y fuste de jugador de polo, sería capaz de algún acto de valentía o siquiera de reconocer que alguien se lo requería; si ante un marido ofendido y violento, se escondía en un armario esperando la oportunidad de descolgarse por el balcón o si por el contrario hacía frente al peligro con galanura. Sciamella y Porfirito Rubirosa rivalizaban en conquistas y en elegancia, siempre vestidos a la última moda, con camisas a rayas y cuellos largos y estrechos, chalecos forrados de seda, chaquetas entalladas de delgadas solapas y zapatos en punta con delicados dibujos discretamente perforados en el cuero. Eran nuestra vanguardia del *glamour.* Y, en el fondo, nos enorgullecían.

—Estuve con las brigadas en Albacete —siguió Rodríguez como si no hubiera sido interrumpido—, estuve en Barcelona antes de que cayera en manos enemigas, he estado en los puertos de Francia organizando los paquebotes de exiliados camino de Veracruz...

Yo, que en ese momento arrimaba una silla de pesada forja al velador del café al aire libre que habíamos escogido, me giré hacia él sonriendo para quitar hierro a nuestras palabras e intensidad a la situación.

—No me diga, de Sá —insistió con su tono machacón—, que por orden de mi presidente doy amparo a cuanto gallego huido de Franco se me pone a tiro... Usted sabe que me he pasado los últimos meses censando a todos los españoles exiliados que han sido internados en campos de concentración en Francia. ¡Pero, hombre, si anteayer estuve visitando al presidente Azaña en Montauban!

—Y cómo no, que bien agradecidos le estamos a México por su generosidad, pero no se excite, Luis, que da calor —dije.

—Y *não fales* de calor aquí si *não* has estado viviendo a Zanzíbar —dijo con gran seriedad Arístides de Sousa Mendes. De Sousa siempre parecía sumarse a las discusiones con retraso, como si la información le llegara al cerebro unos segundos más tarde de lo que debía. Algo amorfo, pero buena persona, solíamos decir de él cuando no nos oía. Estos portugueses siempre han sido muy suspicaces.

—¿Eh? —dijo Cifuentes.

—*Pois:* mi *primeiro posto* fue la *legaçao* de Portugal en Zanzíbar. Tres de mis niños *nasceram* ahí.

—¡Es cierto! —dijo *Flaco* Barrantes—. ¿A quién se le ocurre hacer la carrera diplomática en las colonias de África? El único lugar que vale la pena, todo el mundo lo sabe, es París. En las colonias sólo se contagia la malaria.

—¿Has tenido la malaria, de Sousa? Eso es horroroso —dijo Sciamella.

—*Não, não.* Yo fui afortunado. *Dois* hijos, en cambio, sí.

Luego nos aseguraba que su dominio del castellano era tan bueno como el del inglés o el del francés. Los portugueses son así: lo único que hablan siempre fatal es el español.

Y juntando dos veladores y unas cuantas sillas, cupimos todos en círculo, a la sombra de uno de los grandes castaños. De nuestro grupo de *habitués* sólo faltaba Porfirio Rubirosa, el ministro de la República Dominicana, que había viajado a París por negocios particulares.

Vichy no había cambiado, al menos en apariencia, durante esta primera semana de julio de 1940, salvo quizá por la cantidad de gente que no encajaba en el panorama habitual de la ciudad. Seguía haciendo un calor insoportable y la humedad subía desde el río como una manta sofocante que todo lo aplanaba sin concedernos un momento de respiro. Hombres y mujeres, muchos ataviados ceremoniosamente, en especial los políticos, ministros, diputados, senadores, que pronto se reunirían en el casino para votar la transformación del Estado, sudaban sin remisión, ellos embutidos en sus pesados trajes de media gala, algunos tocados incluso con sombreros de copa, o ellas, transpirando y sufriendo los rigores de las duras fajas que moldeaban sus figuras como lo exigía el sobrepeso la moda del momento. Las muchachas jóvenes, en cambio, lucían vestiditos de seda oscura o a lunares, con faldas que apenas rozaban las rodillas. Los zapatos de medio tacón de doble tono realzaban sus pantorrillas para deleite de quienes observábamos sus andares llenos de coquetería. No lo confesaba a nadie, pero en ocasiones, tanta galanura despertaba el don Hilarión que había en mí y que sólo mi pudor me forzaba a disimular todo lo que pudiera. Desde que pocos meses antes había cumplido los cincuenta, había hecho del sentido del ridículo la norma de mi existencia.

No dejaba de ser divertido ver a tanta gente esforzándose por aparentar parsimonia, lujo y sentido del Estado, convencida de su importancia histórica, ir del hotel du Parc al Pequeño Casino, del hotel de la Paix a los establecimientos termales de primera clase, del Gallia al restaurante Chantecler (y hacer cola a la espera de una mesa, aunque se fuera un antiguo presidente del consejo de ministros); para luego acabar en su mayoría recogiéndose en los míseros locales en donde habían conseguido instalarse, pequeñas habitaciones compartidas, carentes de ventanas, ventilación, salas de baño o comodidades mínimas, o incluso en vestíbulos de hoteles o en sus comedores, en los que, en camas pudorosamente tapadas y separadas unas de otras por biombos, compartían después sudores y ronquidos. Sólo el mariscal, por supuesto, y los grandes nombres del Estado, los generales, los ministros, los prefectos de visita, algunos parlamentarios y pocos más, habían conseguido que se les asignaran habitaciones individuales en los mejores hoteles. Y aun así, durante las tres o cuatro primeras semanas, Pétain almorzaba y cenaba en el comedor del hotel du Parc, a la vista de todos, contemplado con concupiscencia por las decenas de caraduras, aduladores y aprovechados que pululaban por allí a la espera de conseguir cualquier prebenda.

El resto del acomodo en Vichy había sido confiscado para instalar oficinas, ministerios, cuartelillos, salas de juntas. Yo, como queda dicho, me había librado por puro milagro. Mi dinero me costaba.

El trajín en Vichy era enorme: organizar un Estado con la pompa debida y en un lugarejo que, como este pequeño balneario, carecía de tradición alguna de seriedad administrativa, no estaba siendo tarea fácil para nadie. Administradores y administrados resolvían con dificultad la confusión nacida de innovar una administración que ya estaba inventada, para trasladarla de sopetón desde los grandes ministerios de París a los exiguos hoteles del balneario. Sólo el hecho de tener Vichy un buen servicio telefónico y la posibilidad de excelentes comunicaciones exteriores había inclinado la balanza del Estado a su favor, en perjuicio de Clermont-Ferrand o Lyon (para la pequeña historia añadiré que el alcalde de esta última ciudad era Edouard Herriot, mil veces primer ministro y ahora presidente de la Cámara, por quien Pétain no sentía simpatía alguna). Quedaba por ver si toda aquella técnica eléctrica tan innovadora resultaba de alguna utilidad.

Yo estaba acostumbrado a valerme en el servicio público. Muchos años de diplomacia me habían enseñado no sólo la prudencia indispensable para no herir las delicadas sensibilidades de la administración del Estado, siempre perezosa y estúpida, sino el modo de circunvalar la obstinación de los funcionarios.

Esperé dos o tres días a que empezaran a serenarse los ánimos y a que con inevitable lentitud se fueran organizando, aun de modo esquemático, algunos de los servicios gubernamentales indispensables. Entre ellos, por supuesto, los de Asuntos Exteriores y Prensa: la afluencia de diplomáticos y periodistas (incluso los grandes nombres de París, pese a que, con la falta de noticias espectaculares, pronto se aburrirían) y agencias informativas de todas clases a Vichy fue multitudinaria en los días iniciales de julio de 1940 y, desde el primer momento, las autoridades quisieron hacer frente a lo que ello suponía.

—La buena cara, la censura y la normalidad en los contactos con otros gobiernos son prioridades de cualquier país —les expliqué semanas después a mis colegas de ultramar—, y más si ha sido derrotado en guerra y debe aparentar que no lo ha sido.

—*Pois* —contestó de Sousa al cabo de un rato.

Y así, la primera persona a la que visité en su despacho de la segunda planta del hotel du Parc fue a Pierre Dominique, el hombre que acababa de ser encargado de las relaciones con la prensa en el gabinete de Pétain. Viejo conocido mío de los tiempos de París, tuve la suerte de que pudiera más una cierta simpatía mutua nacida de los contactos sociales de entonces que la clara antipatía política que siempre nos había separado: yo, el ex diplomático español, nacionalizado francés huyendo de la barbarie, cualquiera que fuera ésta, no pasaba en el fondo de ser un distinguido exiliado disfrazado, por mucho que mi pasaporte dijera lo contrario. Sólo mis afectos parisinos habían servido para que se me aceptara en las alturas pese a algunas de mis irritantes lealtades y para que se diera por supuesto que mi conocimiento del medio me hacía fácil la maniobra entre los españoles refugiados, sobre todo entre los políticos. Puede que aquello le resultara útil a algún ministerio francés, no lo sé, pero en todo caso mi nueva documentación y mi antigua condición de diplomático acreditado en París, además de una cierta fama de inofensivo, con seguridad me habían evitado en los primeros días de 1939, aunque yo lo ignorara, la espantosa tragedia vivida por las decenas de miles de españoles que habían tenido que refugiarse en Francia huyendo de los facciosos por la frontera de Port-Bou, sólo para encontrarse metidos de hoz y coz en los infames campos de concentración instalados por las autoridades galas a este lado de los Pirineos. Pero estoy convencido de que ello no me libraba del estigma revolucionario que pesaba sobre todos nosotros ahora que los vientos políticos habían rolado de modo tan radical.

Pierre Dominique representaba a la clase política triunfante en Francia, a un gobierno aliado y amigo de Hitler y de Franco, nada menos, cuyas afinidades con los «comunistas» derrotados y refugiados de la república española eran más bien escasas. El antimarxismo galo era tan visceral que resultaba hasta patético.

—Espero, querido amigo de Sá —dijo Dominique con tono severo, fijando en mí la mirada intensa y penetrante que se convertiría pronto en marca de la casa— que comprenda que no va usted a encontrar en mí un aliado fácil. Y se lo digo con gran sentimiento porque nuestra amistad viene de lejos, pero... —y se encogió levemente de hombros; las fortunas cambian y los sentires, también y, por lo general, de manera simultánea. De modo que, en lugar de invocar tiempos pasados, respondí:

—Y yo aprecio su franqueza.

—Me debo al mariscal Pétain y al nuevo sentido de la Francia renacida.

—... ni yo le voy a pedir que traicione por amistad —sonreí—, sus lealtades o sus convicciones. No lo creería posible. De hecho —añadí levantando una mano para no parecer agresivo—, sólo querría solicitar de usted un servicio perfectamente normal: mi acreditación como corresponsal que soy de una serie de periódicos y agencias latinoamericanas... *El Sol* de México, *La Nación* de Costa Rica, *El Tiempo* de Bogotá y *Clarín* de Buenos Aires, entre otros. Traigo la lista completa y las acreditaciones necesarias en español y francés.

Bendije en silencio a mis amigos latinos que me las habían facilitado días antes en París. Y como me pareció que Pierre Dominique respiraba aliviado, volví a sonreír. Extendí las manos y dije:

—Sencillo, en realidad —por un momento pensé que estas últimas palabras estaban de más y que mi interlocutor detectaría la ironía, pero no fue así. Pierre Dominique estaba tan pagado de su importancia que hubiera sido incapaz de detectar ironía alguna aunque la tuviera delante como en aquel momento.

—En ese caso... no será difícil —contestó con tono paternal y afectuoso—. No habrá dificultad en que lo acreditemos como miembro de la prensa extranjera.

No estoy muy seguro de qué fue antes, si el huevo o la gallina, y no podría jurar si se les ocurrió a mis amigos los diplomáticos latinoamericanos o a mí que yo actuara de coordinador de todos frente a las autoridades francesas por el tiempo que duraran las hostilidades. Debió de ser a ellos, porque sólo a un grupo de diletantes con un conocimiento restringido de la situación en Francia y con una comprensión más que limitada de la capacidad de maniobra de un tipo como yo en la Europa del nazismo, podía ocurrírseles proponerme que los guiara por los vericuetos de un país derrotado por los enemigos de casi todo lo que apetecían. ¡Qué disparate! Y sin embargo, así había sido y en Maxim's nada menos, con tres botellas de la mejor Viuda. Claro que les dije que, para justificar mi presencia en donde fuera que quedara establecida la capital de Francia si París tenía que ser evacuado y el gobierno decidía proseguir la lucha desde otro lugar (ya pensábamos entonces que de ser alguna capital, sería una bien lejana, como Burdeos), lo más conveniente sería acreditarme como periodista. Una cosa de este tenor no podía ofender a nadie y tendría la ventaja de «mantenerme controlado». Además, ¿qué me iban a hacer a mí, que era casi más francés que los propios franceses y que había vivido en París más de la mitad de mi vida? En fin, a lo que voy: esta concatenación de circunstancias me hace pensar que la cena en Maxim's debió de celebrarse en torno al 6 de junio, una semana antes de la entrada de las tropas alemanas en París y diez días antes del armisticio, es decir, más o menos un mes antes de mi entrevista con Pierre Dominique. Sé, eso sí, que al día siguiente de la cena, emprendí viaje por carretera hacia la Costa Azul con la intención de poner tierra de por medio y esperar allí el desarrollo de los acontecimientos.

Pierre Dominique abrió el cajón de su mesa y de él extrajo una hoja de papel de carta del hotel du Parc.

—No hemos podido imprimir aún formularios en papel oficial —dijo inclinando la cabeza en señal de confusión personal: sin duda, esta carencia de medios le parecía impropia del gran Estado francés—. En fin —alisó la hoja sobre el secante y con puntilloso cuidado sacó de su bolsillo una pluma estilográfica de manufactura alemana con la que se dispuso a rellenar el documento, leyendo en voz alta al tiempo que lo hacía—: El gabinete civil del Mariscal de Francia requiere de las autoridades civiles y militares que presten a monsieur Manuel de Sá, súbdito francés nacionalizado residente en esta ciudad de Vichy en el hotel... —levantó las cejas en señal de interrogación.

—Carlton —me apresuré a decir.

—Carlton, sí, toda la asistencia que necesite en el desempeño de sus funciones como corresponsal de prensa extranjera. Vichy, tres de julio de 1940. Ya está.

Del mismo cajón sacó un sello de tinta y lo apuso al documento tras firmarlo. Era un sello redondo en cuyo centro aparecía la doble hacha de la Francisca (un nombre que siempre me pareció ridículo; cuando no nos oía nadie, la llamábamos la puta Paquita), símbolo de la nueva Francia, que surgía poderosa de un campo sembrado y por delante de un gran sol naciente. El borde superior llevaba la inscripción *État Français* y en el inferior podía leerse *Cabinet civil du Maréchal*.

—Aquí tiene. Con este documento obtendrá en el servicio de prensa la acreditación necesaria para su labor. Espero que le sea útil para contar con objetividad al mundo lo que está ocurriendo aquí.

—Desde luego —contesté, pensando que la censura se encargaría de que así fuera, pero bueno, las cosas estaban de esta guisa y poco se podía hacer—. Le agradezco muchísimo la ayuda que me presta y le aseguro que no lo defraudaré. Tengo, sin embargo, otro favor que pedirle.

Dominique frunció el ceño.

—Usted dirá.

—Un grupo de diplomáticos latinoamericanos, acreditados todos ellos ante el gobierno de Francia, desea constituirse en… digamos… una asociación latinoamericana de amigos de Francia, una especie de círculo informal, un, supongo que lo podríamos denominar Grupo Latino. Verá: se trata más bien de crear...

—¿Un grupo de presión? —preguntó Dominique sin esconder en su voz el horror que tal prospecto le causaba.

—¡No, no! —exclamé con apresuramiento alzando las dos manos—. ¿Cómo quiere que ellos presionen sobre nada? Bueno —me corregí—, sólo presión tal vez en el sentido… teniendo en cuenta lo lejos que están todos ellos de su continente y lo que esta circunstancia debilita su influencia individual… en fin, quiero decir que juntos podrían acaso realizar gestiones, *démarches*, digamos que informativas que los ayuden a comprender mejor la situación europea y las complejidades de la guerra. Las otras gestiones, las que son propias del más elevado tenor político, deberá resolverlas cada embajada por su cuenta. Estoy en lo cierto, ¿verdad? Estoy convencido, sin embargo, de que este grupo también podría realizar *démarches* amistosas en provecho de Francia si así le fuera requerido...

Dominique carraspeó.

—¿Y quién coordinaría ese grupo?

—Bueno... probablemente el ministro mexicano, monsieur Luis Rodríguez, pero creo que ellos quieren... en fin, que yo podría ayudarles para que no perdieran el sentido... no olvidaran el objeto de... en fin, ya sabe usted.

Se quedó en silencio durante un largo rato. No dejaba de mirarme. Tuve que hacer un esfuerzo para sostenerle la mirada y para no revolverme en mi asiento. Por fin suspiró y dijo:

—Hmm... Me parece que tendré que consultar este asunto con el ministerio de Negocios Extranjeros. El señor Baudouin es muy celoso de sus prerrogativas y yo no quisiera excederme en las mías. Bien. Déjeme unos días y le contestaré.

Ninguno de los dos sabía que aquella misma tarde los ingleses bombardearían la flota francesa en Mers-el-Kébir (el puerto de Orán, para entendernos) y que aquel desastre tendría paralizada de furia a toda Francia (para satisfacción de Laval, añadiría yo días después cuando se lo explicaba a mi grupo de amigos). Por esta razón, pasaron al menos dos semanas hasta que Dominique me convocó de nuevo.

Creo que Mers-el-Kébir fue uno de esos *tournants de la guerre,* uno de los giros dramáticos de una situación que ocurren en tres o cuatro momentos clave y que imprimen un giro de 180 grados al curso lógico de los acontecimientos.

El gobierno de Pétain había creído que el armisticio lo ponía a salvo de cualquier contingencia bélica, como si la guerra no hubiera ido con ellos. Ya está. Se hubiera dicho que, según lo entendían los franceses, la rendición no significaba más que quedar al margen de las hostilidades (se entiende que aparte de las que les costaron la derrota), como si de pronto su territorio hubiera sido trasladado a las antípodas: un país entero e incólume que se ha ahorrado las batallas, cuya administración funciona como en tiempos de paz, cuya armada está quieta en puertos de la Francia de ultramar, esperando sólo a que se acabe todo este pasajero drama para recuperar la plena normalidad. Pero, vaya, resultó que Churchill, ¡el amigo de Francia que apenas unos días antes les había propuesto la unión de los dos países!, no lo vio así. ¡El traidor!, exclamaban todos. Menuda ceguera: Churchill no era ningún traidor ni por supuesto ningún idiota y supo que la flota francesa tardaría poco en ser utilizada por Alemania. La menor excusa habría servido para que los nazis se adueñaran de los buques de guerra franceses y los emplearan contra Gran Bretaña.

—Pero vamos a ver —interrumpió el *Flaco* Barrantes—, ¿me está usted diciendo que Francia no llegó a comprender que Inglaterra no permitiría que la flota quedara entera?

—Eso es justo lo que estoy diciendo.

—Son idiotas —sentenció el Flaco.

—No, Flaco, yo creo que las situaciones de catástrofe nacional tienden a obnubilar el entendimiento. Se acaba no comprendiendo nada y se pierde la capacidad de juicio.

—Pero estas cosas no se hacen sin un ultimátum previo —dijo el ministro Luis Rodríguez que era el experto en cuestiones de derecho internacional—. Los ingleses, que tienen un alto concepto del *fair play,* no actuarían de ese modo, sin previo aviso, con tanta alevosía. Sería un escándalo.

—Eso pienso yo también —contesté—, y me parece seguro que tuvo que haber un ultimátum, algo del estilo: o me manda usted la flota a puertos ingleses para que se una a la guerra contra Hitler o se la hundo, algo así, ¿no?

—Pero eso no es un ultimátum. Eso es...

—... un ultimátum, querido —insistí—. Qué va a ser si no. Un ultimátum es la última opción, aunque la velocidad con la que se aplica depende de la confianza en sí mismo que tiene el que lo propone, ¿no?

—Se dice pronto. ¡Dos mil muertos! —exclamó Cifuentes el panameño.

Me gustaría poder decir que la noche del 5 al 6 de julio telegrafié un despacho a los periódicos latinoamericanos explicando lo que había ocurrido, pero mentiría. En primer lugar, porque ni siquiera tenía aún la condición de corresponsal; y cuando la obtuviera, tampoco sería un corresponsal de guerra, puesto que en Vichy vivíamos en paz. Por otra parte, la confusión en Francia era total desde que las radios habían dado la noticia el 4 por la noche y podían palparse la desolación y la rabia en la población de la capital desde que la prensa había recogido el desastre en las primeras ediciones del 5. En mi descargo añadiré que nunca se da uno cuenta de la importancia de cualquier acontecimiento hasta que lo puede analizar con cierta perspectiva temporal; puede que un buen periodista, sí. Pero para un político o para un simple diplomático, sólo lo ocurrido confirma los temores de días atrás.

¿Cómo íbamos a saber nada? Por mucho que viviéramos en un lugar alejado de la batalla, estábamos en guerra. Y en las guerras se sufre, hay muertos, hay destrucción sin cuento. Información, no. Era lo que correspondía. Nadie podía lanzarse al análisis político de lo que no comprendía y sobre lo que, por supuesto, nadie revelaba nada, nadie explicaba nada, nadie siquiera propalaba las versiones más favorables. Eso vendría mucho más tarde. Sólo muchos meses después, hacia fin de año, empezaron a aparecer por Vichy incontables oficiales de Marina pavoneándose con sus rutilantes uniformes, conscientes de ser los únicos que no habían sufrido derrota en esta guerra porque no habían podido entrar en combate: unos miserables traidores les habían hundido los barcos antes de que pudieran lanzarse a la batalla (doblemente traidores puesto que los marinos de guerra del mundo se consideran miembros de una hermandad antes que pertenecientes a los ejércitos de un país cualquiera y están habituados a tratarse con decencia y galanura). Lo que era peor para los marinos franceses: ni siquiera habían tenido el orgullo de poder irse a pique con sus unidades como el comandante Langsdorff el 17 de diciembre de 1940 al hacer volar por los aires el acorazado *Graf von Spee* en el puerto de Montevideo. «¡Quia! Los pilló tomando whiskies en el bar del country club», dijo Flaco.

Me parece recordar que no fue hasta finales de aquel verano de 1940 cuando empecé a ver confirmados mis presagios sobre lo que de verdad estaba pasando en toda esta lamentable historia.

Mientras tanto, por lo que a nosotros se refiere, bastante teníamos con sobrevivir y contar las minucias de las que éramos testigos.

Durante muchas semanas, por otra parte, nos tendría en vilo a todos la aparición en Vichy de mademoiselle Marie Weisman.

La forma algo apremiante con que llegó a manos de Mme. Letellier la solicitud de ayuda para Marie Weisman fue típica de los tiempos confusos que se vivían en Europa durante el estío de 1940 y, en cierto modo, de la complicidad inevitable entre gente que, perteneciendo al mismo bando (y, por descontado, a la misma clase social), estaba en conciencia obligada a prestarse un servicio solidario.

Desde luego, en momentos menos angustiosos, la petición no habría sido tan directa, sino que habría ido por vericuetos más lentos y más llenos de los circunloquios propios de la buena sociedad francesa.

Châlons-sur-Marne,
7 de julio de 1940

Querida Mme. Letellier:

Le pongo esta carta para plantearle una cuestión que sé severa y nada fácil de atender. Es un favor especial que me pide mi madre y, aun a riesgo de molestarla a usted de modo muy impertinente, me veo en la obligación de hablarle de ello. Ayer mismo estuve en Vichy y lamenté no poderla visitar para tratar el tema directamente con usted. Las obligaciones de Estado del pobre secretario general de la Prefectura de la Marne, una región directamente afectada por las pasadas hostilidades, me quitaron el placer de una charla distendida con tan encantadora Amiga. Pasé con el señor Mariscal más tiempo del que mi humilde rango merece y hube de regresar inmediatamente a Châlons a cumplir con sus instrucciones.

Una gran amiga de mi madre, Blanche de Weisman, vive en París con su única hija, Marie, una joven y brillante licenciada en ciencias políticas. Conozco a Marie desde que era muy pequeña y aunque hace años que no la veo, sé que se ha convertido en una agradable señorita.

Mme. Weisman quiere que Marie se vaya de París, lejos de los peligros y ahora de la inmoralidad escandalosa que acechan a cualquier joven y cuánto más en una capital que, además de no ser normalmente un ejemplo de austeridad y buenas costumbres, padece de la confusión impuesta por un ejército extranjero. Como es una madre muy activa, ha conseguido que sus amigos en la Agencia de Noticias Havas destinen a Marie como corresponsal de varios diarios suizos y americanos (no sé muy bien cuáles) en Vichy. He obtenido para ella un salvoconducto, de tal modo que no tenga dificultad en llegar a la Zona Libre.

Sé que desde la instalación del Gobierno del señor Mariscal en Vichy, la cuestión de la vivienda se ha puesto particularmente difícil. Ésta es la razón por la que acudo a usted, querida Amiga. Mis servicios han intentado conseguir habitación para Marie en algún hotel, pensión o casa familiar mínimamente digna, pero les ha sido imposible. Me pregunto si Usted le daría cobijo, lo que, además, tendría la virtud enorme de significar que Marie está protegida y vigilada por una persona tan bondadosa, moralmente digna y de tan excelente educación como Usted.

Recuerdo con particular afecto nuestro último encuentro en París y la muy divertida velada que pasamos junto con su encantador grupo de amigos.

Desde ahora agradezco cuanto pueda hacer por Marie, a quien he recomendado que acuda a visitarla en cuanto llegue a Vichy.

Reciba, querida Amiga, la expresión de mis sentimientos más distinguidos. Con la amistad de

René Bousquet,

Secretario General de la Prefectura.

—¡Periodista! —exclamé—, esta joven muchacha es periodista.

—Sí, eso parece —contestó Mme. Letellier.

—Entonces creo que podré ayudarla en sus primeros pasos en esta profesión.

—¿Pero, *cher* de Sá, no es usted diplomático?

—Sí, sí, naturalmente que sí, pero los cambios políticos, la guerra, provocan extrañas desviaciones en la ocupación de las personas...

—Ya, claro —dijo Mme. Letellier con tono de duda—, así son las cosas.

—Pero volvamos a la joven periodista… Se diría que ha encontrado un formidable valedor en monsieur Bousquet, ¿verdad?

—Ah, querido de Sá —me confió Mme. Letellier—, monsieur Bousquet es un excelente amigo. Un joven encantador… y con un gran futuro. No sabría negarle cuanto me pide. Además, lo hace por su madre. ¡Qué hijo tan bueno! ¿Sabe usted que es un verdadero héroe?

—*Non, madame,* algo he oído, pero... —contesté.

—Pues sí. Hace unos diez años, en unas inundaciones terribles provocadas por la crecida del Garona, Bousquet, solo y sin ayuda prácticamente de nadie, pasó dos días salvando gente.

—¡No me diga usted! —exclamé.

—¡Ah, sí, amigo mío! Y fue condecorado por el presidente de la República y le dieron la legión de honor. ¡Con apenas veinte años recién cumplidos!

—¡Le ruego que me lo cuente! —me incliné sobre el velador, cogí la taza de mi amiga con una mano y con la otra le serví un poco de té y, luego, agua caliente del samovar—. Azúcar, ¿verdad?

—Pero sólo un terrón, ya sabe lo terrible que es engordar. Después me cuesta otra cura de aguas y no sé si voy a ser capaz de aguantarlo —rió con picardía; luego se puso seria y añadió—: una rodaja de limón, por favor.

—No necesita usted adelgazar, querida madame Letellier. Su juventud, además, le permite cualquier exceso.

—Oh, qué cosas dice, *cher* Manuel —contestó feliz, poniéndome una mano en el antebrazo. Hubiera jurado que en el fondo de sus pupilas se adivinaba el fulgor algo salvaje del felino que ha localizado una presa. Tonterías mías.

—En absoluto, se lo prometo. No debe usted adelgazar bajo ningún concepto, aunque se lo recomendara el director del balneario.

La volví a mirar con detenimiento. Olga Letellier siempre había tenido la capacidad de irritarme profundamente. Nos conocíamos desde hacía años, cuando aún no era viuda y siempre la había considerado (en palabras de mi estalinista amigo Luis Rodríguez el mexicano) una lacra social. Idiota era, sin duda alguna, pero al instante me reprendí, arrepentido de mi completa falta de caridad; porque también era buena persona y, aunque entrada en carnes, para sus, qué sé yo, cuarenta años, conservaba una más que aceptable lozanía. Había habido, en efecto, un monsieur Letellier, rico comerciante del norte, muerto diez años antes, dejando a su viuda bien instalada en un hotelito de la avenida Foch y al que yo había tratado superficialmente en el París de los alegres años veinte.

—Me tiene usted sobre ascuas.

—¿Cómo dice?

—Me refiero a la historia de monsieur Bousquet.

—¡Ah, monsieur René Bousquet! Déjeme que le cuente —me miró con ojos pícaros y se dispuso a relatarme la Historia (la h mayúscula se la pondría Cifuentes el panameño) del Héroe (esta mayúscula fue de Rubirosa) Bousquet—: En marzo de 1930 hubo, como le digo, unas inundaciones terribles en torno a Montauban. Se produjo una crecida del Tarn, el afluente del Garona, de tal violencia que sorprendió a las gentes sin dejarles reaccionar. Una verdadera catástrofe, por lo que leí en los periódicos, y le confieso, amigo mío, que en París devorábamos aquella historia como si se tratara de panecillos calientes. Por detalles que me ha contado el propio René, me parece que el curso de los dos ríos empezó a desbordarse a la caída de la tarde. Era, creo recordar, un domingo y las aguas inundaron rápidamente un pueblo tras otro. El propio Bousquet, ¡qué loco aventurero!, ¡veinte años!, se subió a su automóvil y decidió ir a inspeccionar el estado en que se encontraban las márgenes de ambos y comprobar si aguantarían el asalto de las aguas. Pero al poco tiempo, notó que las ruedas de su coche patinaban. ¡La carretera estaba inundada! Sin importarle el riesgo que corría, se bajó de su automóvil y echó a andar para tratar de ayudar a quienquiera que estuviese en apuros.

—¡Qué barbaridad! —exclamé.

—Ah, sí... Enseguida oyó gritos de auxilio, percibió la angustia de gente que, en la noche, pedía ayuda haciendo todo el ruido que podía con sus cacerolas o disparando sus escopetas de caza. Bousquet fue de puerta en puerta alertando a quienes quedaban en las casas para que se pusieran a salvo. Más tarde, salvó a un anciano medio paralítico y después a cinco pequeños cuyos padres no habían podido regresar a casa. ¡Y el río seguía creciendo! No se recordaba una crecida semejante. Las aguas del Tarn subieron hasta el borde mismo de los puentes y, al menos en un caso, pasaron por encima. Sumergieron barrios enteros, se perdió el contacto entre las dos orillas... en fin, una catástrofe —añadió sacudiendo la cabeza, impresionada por sus recuerdos. Suspiró—. Mientras tanto, Bousquet pasó toda la noche yendo de un sitio para otro, rescatando a decenas de personas de una muerte segura, hasta que de madrugada se encontró con otro aventurero, un deportista llamado Adolphe Poult, héroe de la gran guerra, aviador, caballista, nadador, que iba en su canoa deportiva recogiendo a cuanta persona encontraba y poniéndola a salvo en las partes más elevadas de la ciudad. Y fueron muchas... Entonces, los dos unieron fuerzas y se adentraron por las zonas más peligrosas en donde peor era el estado de las aguas. A ratos a nado, a veces progresando lentamente a pie con el agua al cuello, otras veces remando, ¡incluso volcaron varias veces y tuvieron que dejarse arrastrar hasta cualquier rama que se interpusiera en su camino!, siguieron salvando a familias enteras sin que les importara el terrible riesgo que corrían, llevando en volandas a gentes que se descolgaban desde los tejados dejándose caer con la ayuda de sábanas anudadas, nadando, agarrándose a las chimeneas de los tejados... *Mon Dieu!* ¡Qué valentía! Claro, no podían llevar a más de dos o tres personas por viaje hasta lugar seguro en la estación del ferrocarril, lo que hacía que su labor de salvamento fuera en verdad agotadora... ¡Más de un día sin comer, sin beber nada caliente! Estaban extenuados. Los policías y los demás funcionarios que intentaban organizar el rescate les aconsejaban que descansaran. Pero ellos no cejaron: sin desanimarse, sin detenerse, siguieron buscando a gente a la que socorrer... y el río continuaba creciendo como nunca. Durante un rato al final de la tarde se refugiaron en la estación, derrengados por el cansancio, pero una vez más reanudaron sus búsquedas. La última, dijo por fin uno de ellos, y un soldado aterrado, subido a un balcón, haciendo caso omiso de las palabras de calma que le gritaban Bousquet y Poult, se lanzó sobre la canoa, la volcó y arrastró al pobre Poult... Durante un buen rato lucharon para que no se hundiera. Pareció que lo habían conseguido, pero cuando René se giró para agarrar al soldado y que no se le escapara, Poult desapareció tragado por las aguas. No lo encontraron hasta dos días más tarde... Una verdadera tragedia. Monsieur Bousquet pudo salvarse de puro milagro. Dos días con sus noches, ¿se da cuenta de lo que significa?

—Sí —dije—, qué historia extraordinaria. Un verdadero héroe, ¿verdad? Es cierto que aquellas inundaciones fueron espantosas.

—Oh sí. El presidente de la República visitó después la región. Qué devastación, cuánta ruina. Barrios enteros destrozados, granjas hundidas en el lodo, ganado muerto pudriéndose en las praderas embarradas, miles de personas sin casa, muertos, desaparecidos... Y sí, René Bousquet fue el verdadero héroe de aquellos días. ¡Con veinte años! Se mereció la legión de honor que le impusieron, vaya que si se la mereció.

Bueno, si no lo hace a los veinte años, pensé, ¿para cuándo lo habría dejado?

—En fin, así fue. Luego ha hecho una buena carrera, ¿verdad?

—Ya lo creo —dijo Mme. Letellier—. Tanto que, si no estoy equivocada, a sus treinta años es uno de los prefectos más jóvenes de Francia. Ya ha visto usted por la carta que me envía, que es secretario general de la prefectura de Châlons-sur-Marne, otra zona devastada por la guerra... ¿Cómo no le voy a ayudar? ¿A un héroe de Francia? ¡Por supuesto que le voy a ayudar!

—¿Entonces va usted a alojar a esta señorita que él le recomienda?

—¡Naturalmente! Me sobra sitio: la voy a instalar en la habitación de mi dama de compañía.

—¿Y su dama de compañía? —pregunté no sin maldad.

—Ah, no importa nada... Voy a agradecerle los servicios y la voy a devolver a su casa de Aix. ¿Qué otra compañía puedo desear después de la recomendación que me hace monsieur Bousquet? Además, esta Bécassine que me acompaña es bastante tonta y no me sirve de nada.

Durante un tiempo mis verdaderos motivos me tuvieron engañado. Hubiera jurado que mi excitación por la llegada de la señorita Weisman tenía que ver sobre todo con el hecho de que en las pequeñas capitales de provincia en las que rara vez pasa nada, la trascendencia de cualquier acontecimiento que se sale de lo ordinario se multiplica por diez. Menuda tontería. Mi imaginación me jugaba una mala pasada: en aquellos días me sobraban acontecimientos trascendentales y el peso de la visita de una joven periodista tenía por fuerza que ser nimio y palidecer ante los terremotos políticos que nos sacudían. ¿Qué podía significar la presencia en Vichy de una muchacha de París comparada con el nacimiento de la nueva Europa? Lo cierto era que mucho, aunque no lo quisiera confesar: en el fondo, la nueva Europa me importaba una higa y por mi parte estaba dispuesto a sacrificar su importancia redentora en el altar de la sensualidad femenina.

Con el transcurso de los años, me había acostumbrado a que mis sensaciones acerca de la belleza femenina fueran siempre las mismas: la simple alusión a una joven me hacía imaginarla poseedora sin excepción de atractiva armonía y belleza. Me entretenía jugar de modo instintivo con ese imaginario. Un reflejo condicionado, sin duda, un sentimiento estúpido que la realidad de las cosas por supuesto derrotaba una y otra vez y que no soy capaz de explicar más que con el argumento senil de una creciente, pueril y reprimida fascinación por los pocos años, a buen seguro un modo desesperado de retener los crudos rasgos exteriores de una sensualidad cada día menos natural pero perseguida a cada momento con la angustia creciente del que envejece sin remedio.

Quiero suponer que a mis amigos de tertulia les ocurría tres cuartos de lo mismo porque la llegada de Marie Weisman fue esperada por todos nosotros con la excitación propia de un grupo de colegiales a quienes ha sido prometido un premio delicioso lleno de incógnitas y misteriosas ofrendas. Todas estas expectativas que nos habíamos creado carecían de razón alguna desde luego, porque nadie que la conociera nos la había descrito o había explicado los rasgos más salientes de su personalidad. Tal vez habían sido las palabras de Bousquet en su carta a Mme. Letellier («sé que se ha convertido en una agradable señorita») las que habían fomentado unas ilusiones francamente exageradas sobre el aspecto externo y el carácter de esta mademoiselle Weisman.

Pero, por no dejar de ser objetivo en mis recuerdos, debo aclarar que los días que precedieron a su llegada fueron de gran agitación en Vichy.

Estaba en marcha la trasformación del estado, nada menos, la conversión de nuestra vieja república, de nuestra corrompida, humanista, degenerada III República, en un esperpento fascista gobernado por un títere.

La semana y media que siguió a la instalación del gobierno del mariscal en el balneario fue testimonio de lo que pueden conseguir unos cuantos hombres decididos a cambiar las cosas sin más oposición que los susurros de un pequeño grupo de timoratos. Ah, Laval, Laval. En esos días, este hombre hizo más por ganarse el pelotón de fusilamiento que al final lo ajustició que en toda su vida política anterior. ¿Cómo era su argumento? Sí: mejor unirse al triunfador, es decir, subirse al carro de los vencedores (por más que no se diera cuenta de que en realidad lo ataban a sus ruedas) y conquistar Europa, ¡la Europa de la cultura aria!, de la mano de Hitler, mientras que quienes se les resistieran, léase Gran Bretaña y restantes ciegos, serían doblegados y convertidos en los nuevos esclavos del Reich.

¿Dónde estábamos aquéllos a quienes espantaba la idea? ¡Si hasta días antes éramos legión! ¿Tanto nos había minado la vida muelle de los años locos de la Belle Époque? Ése era precisamente el argumento invocado por Pétain: como nos habíamos entregado a una existencia de vicio e indiferencia, había que acabar con ella y, desde luego, con las instituciones y los estamentos de la sociedad que nos la habían facilitado. Nuestros pecados no tenían la culpa de la derrota, puesto que ésta no había existido. No, no. El argumento era el contrario: debíamos regenerarnos para hacer frente a nuestro nuevo destino de triunfadores, el que nos permitiría ir de la mano de Hitler hacia tan brillante futuro. Si no nos regenerábamos, no tendríamos derecho al premio. Por más que millones de franceses creyeran que Philippe Pétain se había colocado al frente de Francia para darle la vuelta a la derrota y plantar cara a Alemania, la realidad era que el mariscal se había puesto a las órdenes de Hitler para doblegar a los franceses. ¡Qué historia tan triste! ¡Y cuánto tardaron en reaccionar! La sociedad civil es miedosa; ¿cuántos tiranos habrían existido si no lo fuera? Pobre Francia; ¡cómo se acobardó ante este anciano de ojos azules y tez sonrosada y cómo permitió que unos cuantos destruyeran el espíritu de todo un país, su generosidad y su fuerza!

¡Y pensar que Pétain no era nada! ¡Nada!

Mi viejo amigo parisino, Armand de la Buissonière, había sido trasladado al ministerio de Asuntos Exteriores en Vichy *(le petit quai,* lo llamábamos en alusión al Quai d'Orsay parisino) y de ahí al gabinete civil de Pétain, lo que me había alegrado sobremanera; de él iba yo a obtener la información política más fiable sobre lo que iba ocurriendo en los corredores del poder y, tal vez, sobre la marcha de la guerra. Al mismo tiempo, juntos podríamos sincerarnos, reír y denostar la estupidez de los políticos como era nuestra costumbre. Además de gran aficionado al champagne y al foie, de la Buissonière era de los pocos diplomáticos franceses que no se habían tragado una escoba: siempre hacía gala de una informalidad campechana y llena de humor, razón última de su escaso éxito profesional hasta entonces. Lo cierto era que nos parecíamos bastante. Ambos habíamos aprendido a disimular nuestras emociones y a callar nuestras filias y nuestras fobias, nuestra falta de compromiso y escaso entusiasmo por las Grandes Causas, motivo por el cual nunca habíamos sido demasiado bien considerados por nuestros respectivos jefes, motivo, a su vez, por el que inevitablemente éramos íntimos desde muchos años atrás. Digamos que los dos habíamos conseguido que se nos mirara con indiferencia, una frialdad que convenía a nuestro deseo de pasar desapercibidos.

Armand era un hombre pequeño, coqueto y atildado, poseedor de una simpatía arrolladora y de una cultura inmensa y rara. Pero lo que lo distinguía sobre todo en estos tiempos tan difíciles era su corazón generoso y su palabra ácida. Nunca resistía la tentación de un comentario irónico sobre el poder y nunca, me parecía, abandonaría a un amigo, por más que aún tuviere que enfrentarse a tal prueba y superarla.

—¡Bah, Manuel! —me dijo una noche mientras paseábamos a orillas del río; hacía calor y casi no se oía el murmullo apacible de la espesa corriente que se deslizaba despacio enganchándose apenas a los bancos de arena, como si sólo quisiera acariciarlos con su agua. Por fortuna la humedad y los mosquitos se habían aplacado. A nuestra derecha se adivinaban las sombras de los grandes sauces y de las hermosas matas de flores del parque del Allier que nos separaba del bullicio de la ciudad. Detrás de la vegetación podía distinguirse el chalet de Napoleón III, con las delicadas columnas de su porche y, apenas intuidas en la oscuridad de la noche de verano, las miríadas de arbustos, flores y plantas trepadoras que adornaban su jardín y sus balcones; a cualquier cosa llamaban chalet—. Qué vida tan desagradable nos hemos organizado en este desgraciado país. Nos dejamos derrotar por unos bárbaros provenientes del este, como de costumbre por cierto, y encima nuestros vencidos, liderados por un mariscal imbécil y senil, pretenden imponernos un estilo de vida beato e hipócrita del que abjuramos hace siglo y medio... *Pardi!* Nos costó una revolución y que rodaran las cabezas de nuestros mejores y ahora regresamos a la estupidez más rancia sin pegar un tiro. Y lo malo es que Pétain es nuestro único valladar frente a los alemanes —sonrió—. ¿Entiende usted la ironía? Nos tenemos que apoyar en él para sobrevivir y, apoyados en él, vamos todos al desastre. ¿Qué le parece?

—Bueno, Armand —le contesté—, ése es el sino de Europa. Estar bajo la bota de esos bárbaros de verde, como usted los llama, permitirles que borren el refinamiento, la anarquía, incluso la suciedad, ¡bendita porquería *mon cher!*, de nuestra vieja civilización, todo para mayor gloria del Reich del señor Hitler. ¡Todos iguales! Alemania, Italia, Austria, España, Checoslovaquia, Rumania... ¿Puede concebirse una idiotez mayor que pretender borrar dos mil años de historia?

—Los ingleses resisten...

—¿Por cuánto tiempo, Armand? Y cuando sean invadidos y rotos en mil pedazos y sus flemáticos obreros intercambiados por sus flemáticos prisioneros de guerra internados en Alemania, ¿seguirán manteniendo el rictus feroz de los que resisten? ¿O se convertirán, como todos nosotros, en dóciles doncellas dispuestas a bajarse las faldas para complacer al animal?

—Bueno —dijo sonriendo—, me parece que es subirse las faldas y bajarse los pantalones —y luego continuó en tono dubitativo—, tengo gran aprecio por Churchill y su capacidad de lucha... Es un bárbaro obstinado que nunca se rendirá y que no permitirá que se rinda su país.

—¡Pero Armand! —exclamé deteniéndome frente a uno de los bancos de la ribera—. ¿Cree usted que todo el país está con Churchill? ¡Ni mucho menos! Empezando por el duque de Windsor que hasta ayer mismo era el rey...

—Menudo botarate.

—Botarate, sí, pero también representante de toda la clase dirigente inglesa, no lo olvide. Con tanto imperio y tanto apaciguamiento son todos de extrema derecha.

—*Mais,* Manuel, una nación que tiene una marina que bombardea la nuestra en Mers-el-Kébir con la brutalidad con que lo hicieron no me parece la más dispuesta a pactar con el enemigo nazi... De derechas, sí, pero patriotas ante todo, y además —añadió con sorna—, con la inestimable ayuda del *petit colonel* De Gaulle...

—Ya —reí—. No me parece que De Gaulle sea el aliado más poderoso que tienen los ingleses para ganar esta guerra. ¿Cuánta gente tiene? Un par de docenas, ¿no? Y además, no es *petit* sino *grand colonel*.

—¿Se acuerda usted de Danielle Darrieux? —preguntó de pronto.

—Pues claro..., la actriz —contesté, desconcertado—. Somos buenos amigos. Pero ¿qué...?

—Sí... Almorcé con ella antes de salir de París anteayer. Me manda saludos para usted —sonrió, y siguió andando—. Es inagotable. Por la noche la vi cenando en Maxim's con el dominicano Rubirosa. ¡Qué hombre extraordinario!

—Es bien cierto —no quise dejar que se distrajera y le puse la mano en el brazo. Giró la cabeza hacia el río y con la barbilla señaló las plácidas aguas, casi invisibles en la oscuridad, como si se dispusiera a hacer una comparación entre el cauce del Allier y algún pensamiento que se le hubiera ocurrido en aquel momento sobre Porfirito, sobre la Darrieux o sobre cualquier otra cosa trascendental, pero no dijo nada—. Sin embargo, éstos son tiempos extraordinarios, Armand —añadí—, en los que todo se trastoca, todo se disparata, ¿verdad? Esta guerra... Vaya, me parece que llevamos en guerra desde el treinta y seis.

—*Mais non,* Manuel. No es desde el treinta y seis. El mundo está confuso, enmarañado, desde mucho antes de vuestra dichosa guerra de salvajes. Esta anarquía del pensamiento es el mal del siglo —Armand se volvió hacia mí para mirarme con intensidad—. No nos quedan valores reconocibles... ¿Qué le ha pasado a nuestra buena república de burgueses bien alimentados? El Frente Popular de Léon Blum, eso es lo que le ha pasado —sonrió—. No quiero decir que la culpa de todo la tiene Blum. Blum no es más que un símbolo, culpable, pero símbolo. ¿De qué? —levantó la mano derecha con dos dedos extendidos—.

De dos cosas. Fíjese bien, Manuel: Blum es israelita y marxista, ¿verdad? De los tres grandes males de este siglo, judaísmo, comunismo y fascismo, a Francia le han caído dos encima, y ahora acaba de llegar Hitler con el tercero. ¡Bah! Y le digo una cosa: si el asunto Dreyfus acabó con el ejército de Francia y dividió a la sociedad en dos...

—¡Pero él no era culpable! —exclamé.

—Ah no, por supuesto, pero, dígame, si hubiera estado en la mano de usted impedir que se abrieran sin remedio las fisuras en Francia aun a costa de sacrificar a un inocente, ¡un solo inocente!, ¿no lo habría hecho? ¡Claro que lo habría hecho! —añadió al observar mi silencio culpable—. En fin, no veo la gran inocencia de los israelitas si, incluso no siendo culpables de nada, han sido los instrumentos de este desastre. ¿Y los comunistas? ¿Qué me dice de los comunistas? ¿Cuándo habrán acabado de traicionarnos a todos, inmolándonos en ese estúpido altar de la revolución proletaria? Ah, y si las doctrinas son el verdadero azote de los pueblos, Manuel, lo peor de las guerras no son las batallas, sino los líderes. ¿Me habla usted de Pétain? —preguntó en tono feroz, bajando la voz y mirando a su alrededor por si alguien hubiera podido oírle. Me agarró la mano que yo aún tenía apoyada en su brazo—. ¡Y pensar que tenemos que ayudarle! Le voy a contar quién es nuestro amado mariscal. Es un viejo senil, eso es lo que es —susurró con desprecio—. Usted sabe que yo estaba de servicio en Burdeos cuando fue solicitado el armisticio. Lo que me parece que no sabe es que estaba presente como secretario del gabinete civil cuando el mariscal formó gobierno. Bah, me limitaba a tomar notas y hacer resúmenes para que nadie olvidara lo que se había dicho y decidido. Bien —suspiró—. Ah, querido amigo. ¿Me creería si le contara que Pétain carece en absoluto de convicciones y que su carácter es débil por demás? Pues sí, como lo oye, Manuel. Siempre ocurre con el tirano: los peores, los verdaderos son quienes lo rodean, mientras que de él sólo se requiere crueldad sin miramientos... —levantó la vista, pensativo—. Yo creo que para ser un autócrata basta con poseer gran soberbia y tener la voluntad de sancionar cuanto propone la clique de los colaboradores. El ejercicio de la tiranía es de autoalimentación: basta con que a la cabeza se sitúe un hombre con algún carisma... poco... no hace falta mucho, a la cabeza, sí, de un grupo de arribistas sin escrúpulos. Todos se necesitan entre sí. No hace siquiera falta que el tirano tenga una ideología; ya se la suministran los de su corte. Lo que hace falta es que no le tiemble el pulso a la hora de hacer el bárbaro...

—Espere —le interrumpí—, ¿qué tiene eso que ver con la senilidad de Pétain? Tendrá que ver más bien con su incapacidad como político, pero...

Armand miró a su alrededor.

—Tiene que ver con su falta de convicción frente a cualquier cosa y con que toma las decisiones irrevocables de acuerdo con lo que le ha dicho el último que le habla. Se obstina, adelanta la mandíbula y no le falta más que dar pataditas en el suelo. Y no da pataditas porque, por encima de todo, sabe que tiene que aparentar frialdad en lugar de demostrar ignorancia —Armand se inclinó hacia delante—. No, si a éstos los instintos les funcionan a las mil maravillas... —se quedó callado.

—¿Y...? —dije.

—¿Eh? —sonrió—. ¡Ah sí! Bueno, estábamos en Burdeos. El mariscal ultimaba el gobierno del armisticio. Ya sabe... un puesto aquí, un puesto allá. Una consulta por aquí y otra por allá, para contentar a todo el mundo. Yo tomaba notas y callaba en una esquina del salón. Debía de ser el 21 de junio. En fin. Entra Laval y Pétain le ofrece el ministerio de Justicia. Bueno, el viejo Laval da un respingo y dice... vaya, no recuerdo las palabras exactas, le dice: señor mariscal, no creo estar en condiciones de servir bien a

Francia en ese puesto; más bien yo era ministro de Asuntos Exteriores en el anterior gobierno y preferiría volverlo a ser. Ah, vaya, dice Pétain, pero ya le he ofrecido esa cartera a monsieur Baudouin. Pues lo siento, contesta Laval. ¡Pero puedo dársela a usted!, exclama el mariscal. Y, amigo mío, Pierre Laval sale de la entrevista con la cartera de Exteriores en el bolsillo...

—¡Pero si Laval no es ministro de Exteriores, sino vicepresidente del gobierno!

—Ya lo sé. Déjeme que le explique, no hablo de las ambiciones de Laval sino de la debilidad de Pétain. En cuanto Laval se hubo marchado, Weygand, ya sabe, nuevo ministro de la Defensa, irrumpió en el salón y le dijo al mariscal que no podía hacer ese nombramiento. Pierre Laval es un germanófilo de primera línea y su nombramiento en Exteriores no haría sino irritar aún más a los ingleses. No estaba el horno para bollos ni el ministerio para Laval. Dicho y hecho: unas cuantas objeciones por parte de Pétain, algo de insistencia por parte de Weygand y se acabó. Baudouin volvía a ser ministro —de la Buissonière se quedó callado. Después se volvió hacia mí y preguntó—: ¿Ve lo que quiero decir? Un pobre diablo. Eso es lo que es nuestro flamante mariscal de Francia. Un pobre diablo.

4

De Sousa

> Artículo único.
>
> La Asamblea Nacional otorga todos los poderes al Gobierno de la República bajo la autoridad y la firma del mariscal Pétain con objeto de que se promulgue, merced a uno o varios actos, una nueva Constitución del Estado francés.
>
> Esta constitución deberá garantizar los derechos del trabajo, la familia y la patria.
>
> Será ratificada por la nación y llevada a efecto por las Asambleas que haya establecido.

¡Ah, amigos míos! Esta broma fue aprobada en la tarde del 10 de julio de 1940 por quinientos sesenta y nueve votos contra ochenta. Senadores y parlamentarios reunidos en el Casino, ¡en un casino! (si esto no es justicia poética, que venga dios y lo vea), habían decidido convertir a Pétain en dictador de Francia y habían aceptado que la constitución de la Tercera República fuera sustituida por unos cuantos «actos» (un eufemismo para «decretos») que liquidaban cualquier atisbo de democracia.

En realidad, el mariscal se había dejado arrastrar a este juego sin comprenderlo, porque si hubiera comprendido algo de lo que se estaban jugando en Vichy él y los suyos, la mera posibilidad de ser derrotado por un milagro de la democracia, le habría forzado a bajar a la tribuna para inclinar la balanza a su favor. Como es natural, lo habría conseguido sin esfuerzo: de un soplo, con su sola mirada, habría alcanzado la unanimidad, ni ocho ni ochenta, la unanimidad. Pero como no entendía nada de todo aquello, hizo lo que siempre: esperar. Esperar, no sin gran suerte, a que las cosas se resolvieran por sí mismas.

Por otra parte, ahora que lo pienso después de tantos años, es incluso probable que su indiferencia ante esta traición a Francia perpetrada por él y por Laval se debiera sencillamente a que, sabiendo como sabía que no existía marcha atrás frente a Adolfo Hitler, no le importaba una higa la opinión de los representantes del pueblo francés, a los que además consideraba una pandilla de degenerados culpables de todos los males. Y así, el 10 de julio tuvo la fortuna de que sólo uno de cada siete parlamentarios se opusiera a sus planes. Ése era el grado de entrega de los políticos franceses a un hombre que creían el salvador de la patria.

Durante toda la semana que precedió a la votación, Pétain dejó los manejos más sucios en manos de Pierre Laval que tuvo, además, la habilidad de equiparar a quienes se oponían a su proyecto con los anglófilos: con toda seguridad eran los antipatriotas que se alegraban de la catástrofe de Mers-el-Kébir de unos días antes. Y maniobró de tal manera que acobardó a todos, insultándolos, violentándolos, llevándolos al extremo de la agresión verbal, echándoles la culpa de toda la situación. Lo que es más, supo aparentar que se eclipsaba ante el mariscal para señalar que él no tenía ambición política alguna, cuando lo único que pretendía era el poder absoluto.

Digo ahora todas estas cosas porque las interpreto con la perspectiva de años. Pero aquella tarde de 10 de julio sólo fui capaz de pensar que tal muestra de confianza por parte de la clase política de Francia apuntaba sobre todo a que yo estaba equivocado en mis apreciaciones: acaso Pétain fuera en efecto el padre de todos los franceses y residiera en él toda esperanza frente a los nazis.

Armand de la Buissonière estaba tan confundido como yo. Tampoco conseguía encajar en sus esquemas filosóficos cuanto estaba ocurriendo, acaso porque en esos días tan trágicos, el patriotismo nos era presentado como el único valor supremo. Pero, claro, sólo se trataba del patriotismo de los que se adjudicaban la exclusiva de su interpretación. La democracia, la libertad, la tolerancia (y dios sabe que la tolerancia de los franceses es poca, mientras que su soberbia es grande) quedaban en suspenso para tiempos mejores. Y no digamos las opiniones de quienes ni siquiera éramos patriotas. Conclusiones amenazadoras, cierto, pero que, por el momento, no pasaban de ser un delirio de nuestros temores.

Pronto, sin embargo, íbamos a comprobar cómo estas cosas se plasmaban de un modo brutal en la práctica, cómo el espacio en el que se movían nuestros intelectos, nuestros códigos de conducta, nuestra moralidad, nuestra felicidad, se iba a estrechar de manera insoportable y aterradora. Pronto Vichy olería a detritus y a miedo.

Aquel 10 de julio, pues, Armand y yo paseábamos al atardecer, a ratos creyendo que podríamos protegernos del calor y de la humedad bajo la pérgola de hierro del parque de los Manantiales, a ratos intentando respirar un poco al socaire de los castaños y de los parterres de flores, esperando que el frescor presentido de la anochecida aún lejana nos aliviara. Íbamos sin rumbo fijo, atentos a que pudiera ocurrir algún acontecimiento de mayor trascendencia aún que el de la votación en el Casino. ¿Mayor trascendencia? Como si tal cosa fuera posible en ese día. Como si ahora, en este momento, quedara por reventar alguna revolución, alguna barbarie que esta Francia infeliz no hubiera ya gustado.

Pero no pasaba nada. En el anticlímax posterior a la votación del Casino, la calma en Vichy se había restablecido y no estaba siendo alterada por nada. No así en los días precedentes, en los que el parque de los Manantiales había sido un hervidero de curiosos y un lugar incómodo, si no peligroso, para el paseo de cualquier político de la Tercera República: circulaban por él provocadores y tipos patibularios, fascistas y escuadristas, muchos sin duda a sueldo del propio Laval, que aprovechaban cualquier oportunidad para insultar, acorralar y atemorizar a las figuras públicas que reconocían. Yo mismo había sido testigo de cómo un par de tardes antes un grupo de jóvenes se cebaba en aquel lugar contra monsieur Blum, que había tenido la osadía de aparecer por allí, prometiéndole la muerte a gritos y profiriendo contra él los peores insultos imaginables. Aunque me había mantenido prudentemente apartado del incidente, no había dejado de ser chocante oír cómo le gritaban «¡Judío!» y «¡Bolchevique!» y «¡Acabaremos contigo!». Como siempre que era testigo de actos de violencia de este jaez, me sorprendió la pasión maligna que se reflejaba en los rostros desencajados de aquellos muchachos. No teníamos defensa. ¡Y con qué facilidad se levantaban pasiones, se enfrentaban unos contra otros sin ser ninguno culpable! Todos, juguetes de la manipulación de cuatro politicastros despreciables. De todos modos, me parece que estos hechos deberían hacernos dudar de la condición humana o, cuando menos, de la de los franceses. Porque, cuando se contraponen las actitudes tan chulescas y violentas de aquellos matones fascistas con las de los que, cinco años después, acabada la guerra, se tomaron la revancha contra los colaboracionistas (o aquellos a quienes, por pura conveniencia o por celo interesado se describió como colaboracionistas), creo que es válido concluir que los salvajes eran los mismos. Igual que las salvajadas.

Con todo, al atardecer del 10 de julio Armand y yo deambulábamos pacíficamente por el parque, que había recuperado, al menos en apariencia, su aire provinciano y pacato de días atrás. Pero me sentía inquieto: intentaba razonar sobre cuanto había pasado, pretendiendo encajar los acontecimientos del día en lo que sabíamos del resto de la situación en Francia y en los campos de batalla y todo aquello producía en mi ánimo una considerable alarma. ¿Cómo compaginar esta tranquilidad de Vichy con lo que intuíamos que pasaba en el resto de Europa?

En un momento de nuestro paseo tuvimos la mala fortuna de cruzarnos con un cura que andaba, me pareció, con aire desafiante, mirando a todos lados con obstinada fijeza como un cuervo de mal agüero. Lo recuerdo perfectamente, como si acabara de verlo ahora mismo, aunque entonces no le prestáramos mucha atención. Iba con las manos cruzadas a la espalda sujetando un breviario de tapas negras y una teja de alas redondeadas que se había quitado de la cabeza con la obvia intención de combatir la canícula. Tenía el pelo escaso y aplastado sobre el cráneo por el sudor. Los ojos muy oscuros bajo las espesas cejas y una nariz enorme salpicada de poros como cráteres enrojecidos conferían a su rostro un aspecto malévolo, decididamente malévolo, sí, por más que un lunar amoratado, grande y abultado en su sien izquierda me resultara más repugnante que diabólico. El bajo de su gran sotana negra estaba manchado del polvo de los senderos del parque. Creo haberme encogido de hombros. El cura aminoró la marcha. Es cierto que Armand y yo veníamos ensimismados, ocupados en nuestros negros presagios y pensamientos, y ni siquiera registramos conscientemente la presencia de aquel religioso delante de nosotros. El hecho es que no tuvo más remedio que detenerse al borde del camino, exagerando su incomodidad, y no pudo sino dejarnos pasar, al tiempo que nos dirigía una mirada de severa desaprobación. Al punto, pareció querernos reprender por algo que habíamos o no habíamos hecho; supongo que no apartarnos de su camino o no mostrar el suficiente respeto, no sé.

El incidente no habría tenido mayor importancia si no hubiera sido porque dos caballeros que venían detrás del siniestro personaje se detuvieron delante de nosotros, impidiéndonos seguir y con evidente intención de interpelarnos.

—Perdón, señor —dijo uno de ellos dirigiéndose a de la Buissonière con tono desabrido y señalándolo con un dedo. Era un hombre gordo en cuyo abultado chaleco lucía una leontina de oro. Olía poderosamente a sudor. Armand levantó las cejas en señal de interrogación—. Creo que es incorrecto que no hayan cedido el paso a un sacerdote —prosiguió aquel grosero.

—¿Perdón? —dijo Armand sorprendido.

—Que es de extraordinaria mala educación, qué digo, una falta de respeto incuestionable que no se hayan detenido ustedes para ceder el paso a monsieur l'Abbé.

Miré hacia atrás y vi que el cura se había detenido a observar la escena. Volví de nuevo la cara y comprobé que Armand había dado un paso hacia atrás, protegiéndose así de este asalto verbal inesperado y del dedo índice que a punto estaba de golpearle en la pechera.

—Y —añadió el otro. Luego calló como si hubiera bastado la conjunción para subrayar su enfado. Era menudo y delgado y tenía la cara macilenta y marcada por profundas arrugas, más propias de un asceta o de un fanático, de un hombre consumido por demonios interiores que de un simple enfermo. Un bigotito de puntas retorcidas y unas cejas que más parecían un acento circunflejo que otra cosa, producían en el observador la impresión de encontrarse ante un petimetre estirado y agrio, ávido de impartir lecciones silenciadas durante mucho tiempo. Para acentuar sus palabras, el hombre se apoyaba en su bastón y se elevaba una y otra vez sobre las puntas de los pies. Resultaba tan ridículo que poco faltó para que me entrara la risa. Hubiera sido un grave error.

—¿Y? —dije yo.

—Y, señor mío, que estas cosas van a cambiar en Francia a partir de ahora.

—¿Ah?

Me sorprendió que Armand se hubiera quedado mudo de pronto. Lo miré y vi que estaba pálido y que me observaba, esperando, sin duda, que yo también guardara silencio para evitar males mayores cuya naturaleza no acababa de reconocer. Durante la Guerra Civil española yo no había estado en la llamada zona nacional (de hecho, ni siquiera había estado en España) y, por tanto, nadie me había expuesto a la intolerancia y a la beatería de la gente de Franco; ésa fue la razón de que tardara unos segundos en comprender que se inauguraba aquella tarde, en aquel preciso instante, en Vichy, en la Francia de Pétain, la misma pedantería de los mismos meapilas patrioteros que tan peligrosos resultan para la libertad y, sobre todo, para la vida.

—*Parfaitement!* —prosiguió mi airado interlocutor—. Vamos a restablecer la cortesía y la devoción filial a los sacerdotes y la sumisión a las enseñanzas de la santa Iglesia católica. Ustedes, señores, han tenido tiempo más que suficiente —cada una de sus afirmaciones venía subrayada por una puesta de puntillas; resultaba hipnótico, arriba, abajo, arriba, abajo— para hundir a Francia en el lodazal de la degeneración de las costumbres —puntillas—. ¡Ah pero esto se ha acabado! El mariscal nos ha devuelto la dignidad, nos ha vuelto a poner en la recta vía —puntillas—. ¡Prepárense ustedes! —levantó su bastón—. ¡Francia resurge bajo la invocación de Jesucristo! —puntillas, puntillas.

Nos quedamos mudos de asombro. Con gusto habría querido rebatirle con igual indignación pero, claro, no habría sabido qué decirle. No se me ocurrió protestar, reír o disentir de tanta tontería. El silencio de Armand, en cambio, lejos de ser timidez o miedo, como me había parecido, se debió al enfado.

—Caballeros, ustedes se confunden —dijo secamente—, e intervienen en lo que no les importa ni les concierne. Si tuvieran algo de discernimiento, sabrían que soy el director del gabinete diplomático del mariscal Pétain.

Los dos energúmenos se sobresaltaron casi de idéntica manera. Y carraspearon.

—En tal caso, les presentamos nuestras más expresivas excusas —dijo el gordo—. Se ha tratado de un error lamentable —los dos se inclinaron en una seca reverencia—. Ustedes comprenderán, sin embargo, señores, que no podamos bajar la guardia.

Y ambos se volvieron para comprobar que dos policías de uniforme seguían la escena con el semblante grave. Luego se giraron de nuevo y echaron a andar, apartándonos, me pareció que sin contemplaciones y con aire vigilante y casi marcial; al llegar a la altura del sacerdote, uno tras otro besó su mano y ambos prosiguieron su camino. El cura sonrió y reanudó la marcha no sin lanzarnos una mirada, no sé si malévola o triunfal. También pasaron a nuestro lado con aire de censura los policías y cuanto paseante (nos pareció) que se encontraba a cien metros a la redonda.

Estuvimos un buen rato callados, quietos en el camino, al pie de uno de los enormes castaños. La gente se cruzaba con nosotros, mirándonos al principio con curiosidad y después, con indiferencia.

Suspiré.

—Caramba —murmuré—, esto es lo que nos espera, Armand, aunque nos ha defendido usted más que bien.

—Bah... *Eh oui.* Me parece que de ahora en adelante vamos a tener que ser muy prudentes, porque de esto a... qué sé yo... la cárcel, el internamiento, la confiscación de bienes... no hay más que un paso —sonrió.

—Se descuida uno y ahí está Roma con la hoguera dispuesta a quemar herejes. ¿Pero no era éste un país laico?

—Bueno, Manuel, usted sabe bien que la sociedad francesa es muy conservadora y que, pese a ser nominalmente laica, la influencia de la iglesia católica en ella es grande.

—En eso se diferencia de la Iglesia española que no es que sea influyente, sino que tiene mucho más poder y admite bastante menos discusiones, claro —contesté riendo—. Allí te excomulgan por un quítame de ahí esas pajas.

—No, no —dijo Armand—, aquí a la larga es peor. Sólo en Francia se excomulga como si en el siglo veinte eso tuviera algún valor. Aquí todo lo que huela a modernismo, liberalismo, laicismo... La regresión es aterradora. El renacimiento de Francia, el fuego purificador, consiste en echarse en brazos del partido de la reacción, L'Action Française, esa pandilla de locos monárquicos de extrema derecha que incluso se opone ¡a la revolución francesa! Esta gente de Pétain y Laval se ha vuelto más papista que el papa, Manuel. Sí, sí. L'Action Française. Son tan exagerados que hasta la jerarquía católica se desentiende de ellos. No es que le desagraden sus teorías; es que, como son excesivas, les basta con que otros las defiendan por ellos —rió—. ¡Claro que la Iglesia se puede permitir el lujo hasta de excomulgarlos! —se tocó la boca con dos dedos—. Pero es de pura boquilla porque saben que, como el gobierno de Vichy coquetea con L'Action Française, puede escandalizarse por lo malos que son sin por ello renunciar a los beneficios. ¡Ay la Iglesia católica! —soltó una breve carcajada pero se interrumpió de golpe, mirando a su alrededor.

—Bueno, esto del fuego purificador es como volver a la Edad Media.

—Desde luego. Y no ha hecho más que empezar... Ya verá usted, Manuel, cómo se acaba pareciendo la ideología del mariscal a la de esta gentuza. Trabajo, familia, patria —espetó con desprecio—. ¡Pero en qué cabeza cabe! Trabajo, familia, patria en vez de libertad, igualdad, fraternidad... Aquí no se bromea. Y, claro, para mayor escarnio, Pétain se va rodeando de tipos de L'Action Française: Moulin de Labarthète, Gillouin, ¡Alibert!, por dios, Alibert, un sectario obseso... Y, mire por dónde, qué casualidad, además de en la política y pese a la excomunión, cardenales hay, como Baudrillart, ya sabe —añadió ante mi gesto de ignorancia—, el rector del Instituto Católico de París, bueno, pues el cardenal Baudrillart y gentes como él que, a la chita callando, se sienten más próximos de ese tipo de conservadurismo que de la religión de todos los días, la nuestra, vamos. Todos ésos son los que nos van a hacer la vida imposible —añadió en voz baja.

—Mucho me temo que va a ser así, en efecto —coincidí.

De la Buissonière me agarró por el brazo y me obligó a seguir andando en dirección al hotel du Parc.

—Vámonos de aquí —suspiró—. Es muy triste todo esto. La Iglesia en Francia ha intervenido combatiendo y siendo combatida en cada movimiento político, en cada guerra, en cada escándalo, en cada polémica sobre la orientación de la sociedad civil. Todos conocemos el valiente comportamiento de párrocos y canónigos durante el avance de las tropas alemanas por el norte en los primeros meses de este año, pero la jerarquía se ha alineado con Pétain. Vaya, un anciano vigoroso de ochenta y cuatro años, de pelo blanquísimo y ojos azules, que fue, por cierto, jefe de muchos de estos obispos y monseñores en las batallas de la guerra del catorce, viene que ni pintado para convertirse en el salvador providencial de la Francia aherrojada. Y un salvador providencial así no puede sino ser colocado bajo la advocación de la virgen y el resto de la dichosa corte celestial.

Armand se separó de mí y del bolsillo derecho de su chaqueta sacó un periódico, *Le Petit Parisien* me parece recordar, lo desplegó con un gesto brusco de las manos y se puso a leer en voz alta una gacetilla que, si la memoria no me falla, rezaba más o menos así: «En el cielo de Francia, un cielo cargado de tempestades, ha amanecido una luz bienhechora y llena de esperanza. Esta luz han sido las palabras de un hombre, grande por su heroico pasado, por su tenacidad victoriosa en los campos de batalla y por un sentido humano que jamás traiciona».

—Esto es del cardenal Baudrillart. ¿Qué le parece? Heroico... sublime, ¿no? Y no es más que el principio. Dios mío... Bah, vayamos al Parc a tomarnos un té antes de que nos lo racionen o lo declaren antipatriótico por ser un brebaje inglés.

Cuando entramos en el vestíbulo del hotel apenas se encontraban en él media docena de personas sentadas en los pesados butacones. Hacía mucho calor. En una esquina, en torno a un pequeño velador, habían ocupado sendos sofás el doctor Ménétrel y dos antiguos ministros, hoy ya desposeídos de su rango pero, gracias a su amistad con el mariscal, todavía influyentes. Al menos lo bastante como para acompañar al todopoderoso médico del mariscal en una charla de café.

Armand y yo nos disponíamos a acudir a saludar a los tres cuando, de pronto, hizo su entrada en el vestíbulo el mismísimo Philippe Pétain. Venía solo. Avanzó con paso vivo, ¡qué fenómeno, a los ochenta y cuatro años!, hacia donde estaban su médico y sus dos amigos y se sentó junto a ellos sin las alharacas ni los grandes aspavientos que cabía esperar de un hombre que acababa de dar un auténtico golpe de estado con el que adquiría todo el privilegio de la gobernación de Francia. Pudimos oír cómo decía a Ménétrel: «He dado un espléndido paseo, aunque hace bastante calor». Ni una sola referencia a los acontecimientos del Casino, ni una palabra sobre el peso del Estado, sobre Laval, que le había hecho el trabajo sucio, sobre lo que ahora podría hacer con su país. Nada. Este hombre era de una frialdad estremecedora.

Iba, como siempre, impecablemente vestido y tenía la tez, también como de costumbre, rosada, sin una arruga, con la mirada muy azul, casi ingenua. No tenía una sola preocupación que le quitara el sueño.

Se frotó las manos.

—¿No nos tomaríamos una taza de té? Ah, de la Buissonière —exclamó al vernos inmóviles, confusos, tal como habíamos quedado con el vestíbulo a medio cruzar—. Pero, acérquense —añadió haciendo un gesto que nos incluía a los dos.

—*Monsieur le Maréchal* —dijo Armand, haciendo una profunda reverencia.

—Ah —contestó Pétain con una sonrisa traviesa—, me parece que hoy me he convertido en un civil y que ya no me corresponde el título... Pero, bien pensado, esto es como el bautismo, ¿no? Un militar se hace militar y muere militar, ¿no le parece?

—Señor mariscal —dije yo entonces.

—El señor es Manuel de Sá, un diplomático español —interrumpió el doctor Ménétrel, al tiempo que me saludaba con una breve inclinación de cabeza.

—Ah, español. *Cher ami,* me enorgullezco de haber representado a Francia en España. Tengo allá muy buenos amigos, entre otros, a un camarada de armas, el general Franco... —sonrió de nuevo con picardía—. Ahora los dos hemos hecho el mismo sacrificio. Los dos somos jefes de

Estado —suspiró—. Sólo que él ha terminado su guerra y yo apenas empiezo la mía... Pero siéntense. Tomemos una taza de té. ¿Doctor?

Bernard Ménétrel se levantó y fue hacia el restaurante para encargar lo que se le pedía.

—*Monsieur le Maréchal* —intervine con un atrevimiento que aún hoy me asombra—, ahora que ha salvado usted a Francia, ¿cree muy difícil recuperar el control de todo el país? Quiero decir... —balbuceé—, la... la zona de ocupación...

—Sé lo que quiere usted decir —contestó Pétain con amabilidad—. No veo serias dificultades para ello. En realidad, durante cierto tiempo deberemos convivir con las autoridades alemanas. Pero no estamos en guerra con ellas —me miraba de hito en hito. Se encogió levemente de hombros—. Hemos firmado un armisticio honorable, pronto tendremos un embajador alemán en París, lo que en la mente de Hitler indica una voluntad de colaborar, no de invadir. Nunca aceptaríamos una invasión. Yo mismo espero estar de vuelta en París antes de fin de año —y dio el asunto por zanjado—. Madame Pétain me escribe desde nuestra granja de L'Ermitage, adonde se fue nada más llegar a Vichy hace una semana, que este año los tomates están siendo muy abundantes y tienen gran tamaño y sabor... También las judías verdes... —sonrió una vez más—. Podremos vender una buena cantidad de hortalizas en el mercado de Cagnes. En fin, estoy deseando poder ir a pasar allá unos días... ¡Ah, Ménétrel! —exclamó al ver que el doctor regresaba—. Deberemos pensar en cómo desplazarnos hasta la Côte d'Azur.

—Claro, *monsieur le Maréchal.* No será fácil dadas las circunstancias, pero veremos cómo podemos hacerlo...

Pétain frunció el ceño con desagrado.

—No, no, Ménétrel. No me comprende. Vamos a ir a Cagnes.

—Naturalmente, señor Mariscal. Lo que usted ordene... —sonrió para que en su tono no pudiera adivinarse ironía alguna, aunque me dio la sensación de que se trataba más bien de una sonrisa servil. Bueno, quién era yo para decir nada—. Por cierto, unas damas... eh... me han pedido que usted les conceda el privilegio de servirle el té.

Pétain se volvió para mirar al fondo del vestíbulo. Dos señoras jóvenes elegantemente vestidas sonreían con timidez. El mariscal cambió de golpe el gesto algo ácido con el que se había estado dirigiendo a su médico y, con expresión risueña, se levantó diciendo: «*Mesdames,* por favor, nada podría alegrar más a mi viejo corazón que disfrutar del privilegio de verme servido por ustedes. Por favor, acérquense y tomen una taza de té con nosotros, se lo suplico».

Y así fue como pasamos la tarde en que el mariscal Philippe Pétain se convirtió en jefe del Estado francés en medio del estruendo de una guerra y con su país derrotado y partido en dos: departiendo amigablemente con él, con su médico personal y con dos bellas señoras mientras todos tomábamos té de Assam en un magnífico servicio de porcelana de Limoges.

El desfile de gentes de todas clases fue continuo a lo largo de la hora en que estuvimos en el vestíbulo del hotel du Parc. Pocos eran, sin embargo, los que se atrevían a acercarse; la mayoría se detenían a prudente distancia y muchos hacían una inclinación de cabeza más o menos solemne. Pétain, sobre todo si se trataba de una pareja, devolvía el saludo, por lo general con no más de una sonrisa.

Uno de los muchos personajes que atravesaron el hall, aunque éste sin detenerse, fue Arístides de Sousa Mendes, nuestro buen amigo el cónsul de Portugal en Burdeos. No iba solo, pero tampoco lo acompañaba su mujer Angelina sino una dama joven de agradable aspecto, gordezuela, pizpireta, con aire provinciano y, desde luego, bien vestida, con coquetería y presunción.

—O mucho me engaña mi vista o la acompañante de de Sousa no era su esposa —comenté a Armand en un aparte cuando nos hubimos despedido del mariscal.

—Por supuesto que no, *mon cher* —me contestó con una sonrisa—. Angelina debe de haberse quedado en Burdeos cuidando de sus veinte o veinticinco hijos.

—¡Son sólo doce!

—¿Sólo doce? —se encogió de hombros—. En fin... que ésa no era Angelina sino mademoiselle Andrée Cibial Rey —sonrió con picardía.

—¿Es lo que pienso que es?

—Desde luego... por lo que sé, desde luego. Mademoiselle Cibial es una señorita de Burdeos, de buena familia...

—Me parece un poco joven para él —dije—. Porque, ¿qué edad tiene Arístides? Más de cincuenta, seguro. Más que nosotros... Por lo menos cincuenta y cinco. ¡Por dios, si esta chica debe de tener la edad de su hijo mayor, que anda por los treinta!

—Lo sé, lo sé, pero... —Armand hizo un gesto de impotencia levantando las manos con las palmas hacia arriba—. *L'amour, mon cher, l'amour...*

—Vaya, es verdad que el hermano de Arístides ha sido ministro de Asuntos Exteriores de Portugal y eso, por fuerza, tiene que hacerle más atractivo para una señorita de provincias con aspiraciones, pero...

—Bueno, Manuel, señorita de provincias con aspiraciones es una forma algo malvada de describirla. La muchacha es atractiva, simpática, tiene talento musical y, que yo sepa, una excelente bodega en Saint Émilion...

—¡Ajá! —exclamé con risa cómplice—. Iba a añadir que, por mucha simpatía que le tengamos a de Sousa, no es el hombre más apuesto... en fin, que está gordo y patoso y, por dios, Armand, tiene mujer y doce hijos.

—¿Ah? —me miró con curiosidad—. ¿Y cuándo ha sido eso un impedimento? Diría yo que es más bien un estímulo.

—Cuando estuvo aquí la semana pasada, había venido solo.

—Puede que todo esto sea fruto de un enamoramiento muy reciente, de un flechazo de Cupido de unas… no sé… veinticuatro horas.

Reímos los dos.

—Caramba, Cupido escoge las más curiosas víctimas.

—¡Pobre Arístides!

Nos habíamos acercado a la mesa en la que estaban instalados Arístides y la muchacha francesa dando buena cuenta de una opípara cena. (Siempre se había comido bien en el hotel du Parc, aunque a medida que avanzase la guerra, las dificultades crecientes para obtener las materias primas que requería el chef harían que la carta tuviera por fuerza que reducirse y los platos, simplificarse; nunca, sin embargo, dejaron de ser sabrosos, nunca dejaron de estar presentados de manera impecable.)

—¡Mi querido de Sousa! —dije—. No sabía que hubiera regresado a Vichy.

Arístides se incorporó no sin cierta dificultad y, desde luego, con el aire algo confuso de quien ha sido sorprendido cometiendo una travesura. Se limpió con la servilleta de hilo, carraspeó y dijo:

—Sí, llegué anoche… una *viagem* larguísima desde Burdeos… —miró a su acompañante y trabucándose, añadió con precipitación culpable—: os presento a madame Andrée Cibial, *uma* querida amiga.

Murmurando a turnos cualquier nadería, Armand y yo nos inclinamos, primero el uno y después el otro, a besar con gran ceremonia la mano de la señorita Cibial (que, vista de cerca, era considerablemente más atractiva y joven de lo que a primera vista pudiera haber parecido; añadiré sin la más mínima malicia, que, conociendo a Angelina, esposa legítima de nuestro amigo, me habría costado mucho condenar a de Sousa por esta excursión fuera de los lindes del matrimonio; el muy sinvergüenza). Me hizo gracia pensar que ambos repetíamos el gesto solemne de los dos imbéciles que un rato antes en el parque habían rendido pleitesía al siniestro cura. Seguro que la mano del viejo aquel olía mucho peor que la de Andrée, una mezcla de perfume de violetas y jabón enjuagado con agua de rosas. Digo yo que sería eso, porque me trajo un aroma a gloria bendita.

El de Arístides de Sousa Mendes era un caso curioso. Y es que no sé si se trataba de un diplomático atípico por ser él un tipo raro o porque el país al que representaba era una rareza internacional (díganme si no dónde encajar a una nación que padece una dictadura corporativista, como en la Italia de Mussolini para que nos entendamos, sometida a un tirano gris, plúmbeo y rencoroso como Oliveira Salazar, que no es capaz siquiera de atarse al carro de las autocracias fascistas de Europa; un país pobre con un gran imperio colonial y una política exterior estúpida). Algo habría de las dos cosas. Vaya, el hermano gemelo de nuestro amigo, César, había sido ministro de Asuntos Exteriores a principios de los años treinta, aunque a Arístides de nada le sirviera tan exaltada posición. La cartera de César Mendes se había debido entre otras cosas a que a Salazar le convenía tener en su gobierno a un católico ultraconservador y monárquico para equilibrar la balanza de las distintas familias políticas de Portugal; y los Mendes lo eran. Y como tales habían pasado buena parte de su vida profesional irritando a quienes eran mayoría en la carrera diplomática portuguesa, los republicanos. En cuanto éstos tuvieron la oportunidad de tomarse la revancha, se cebaron en Arístides. No es que éste llevara una carrera fulgurante, pese a la ayuda de su poderoso hermano: se había estrenado como cónsul en la Guayana Británica para después ser destinado sucesivamente a Zanzíbar, a Curitiba y a Porto Alegre. Entre 1929 y 1938 fue cónsul general de Portugal en Amberes, en lo que puede ser descrito como el momento más brillante de su larga e insignificante carrera. Por fin, a todos los efectos, sus enemigos acabaron consiguiendo que fuera degradado y lo mandaron a Burdeos en 1939.

Debo decir que a lo largo de sus años de servicio, la actividad más distinguida de Arístides fue la de procreador: tuvo los doce hijos ya mencionados y para trasladarse con ellos por la geografía europea se hizo construir por encargo un Ford de diecisiete plazas (para el matrimonio, los doce hijos y tres ayas). Nunca tuvo dinero y el escaso rédito obtenido de la propiedad familiar en la región de Beira Alta, una gran casona rodeada de fértiles campos, acababa indefectiblemente en las arcas de los bancos como pago de onerosas hipotecas.

Arístides de Sousa Mendes era un hombre triste y solemne, sí. Pero como yo lo apreciaba mucho, creo haber sido el único de todos los que lo conocieron capaz de discernir un curioso sentido del humor en las cosas que hacía y decía. Su modestia era genuina y su paciencia con los rigores de su precaria y aburrida vida, infinita. No me sorprende en absoluto que sucumbiera a los encantos de mademoiselle Cibial aunque ello acabara acarreándole grandes quebraderos de cabeza.

Como amigo, por otra parte, el aspecto para mí más simpático de su personalidad era su modo irreverente y poco respetuoso con la autoridad. En gran medida, este carácter indisciplinado (más fruto del desorden que de otra cosa) le honraba, aunque por desgracia llegó a arruinarle la vida. Sus enemigos en el ministerio de Lisboa lo tenían en el punto de mira y se abalanzaban sobre él a la menor infracción reglamentaria: un pequeño viaje sin permiso, una demora en la rendición de cuentas consulares, un informe requerido y nunca enviado, mínimas estupideces que Arístides despreciaba con razón (aunque sin tener conciencia de lo que arriesgaba con el desafío) pero que iban cavándole una tumba administrativa cierta. Estoy convencido de que si mi buen amigo hubiera sabido que se le preparaba una jugarreta, se habría reformado para convertirse en un funcionario ejemplar, al menos durante un tiempo. No es que de Sousa fuera un poltrón o un timorato frente a la autoridad; simplemente carecía de imaginación para el pecado de cualquier clase (lo de Mlle. Cibial fue, estoy seguro, la excepción que confirma la regla), era pobre de solemnidad y no quería problemas.

Lo recuerdo tan bien con su pelo revoltoso por fin encanecido, sus pequeñas gafas de concha, su cara redonda de nariz recta, su papada, debajo de la que lucía una sempiterna corbata de pajarita, y su traje arrugado, un par de tallas más pequeño de lo que hubiera exigido su ya amplio estómago. ¡Ah, el bueno de Arístides! Me resultaba entrañable e inofensivo. Lo único que de verdad me parecía fuera de lo común era el encaprichamiento de su amante bordelesa. Cosas más raras se han visto, desde luego.

—Ah, querido Manoel —dijo cuando Armand y yo hubimos saludado a su deliciosa acompañante.

—Siéntese, Arístides, por favor —le rogué para evitarle el desaire.

Así lo hizo. Dirigió una breve mirada cómplice a la señorita Cibial, excusándose tácitamente por su mala educación al interrumpir el rito de la cena para hablar conmigo.

—Precisamente tengo venido a Vichy para hablar con usted —dijo—. Un asunto de cierta urgencia...

—¿Ah? ¿Problemas? Usted me dirá —pero enseguida me reprendí por la grosería que estaba a punto de cometer—. ¡Perdóneme, Arístides! Le pido perdón, madame. Estas cosas no se dilucidan en presencia de una dama.

Por supuesto, querido amigo, naturalmente. Hablaremos cuando usted quiera. ¿Mañana a la hora del almuerzo? ¿Aquí mismo?

Asintió.

El 11 de julio también iba a ser una fecha señalada, al menos para mí.

Al regresar a mi hotel la víspera, después de nuestra agitada tarde, primero con el cura, con el mariscal Pétain, después, y por fin con Arístides de Sousa, el conserje me dio un sobre perfumado (con esencia de mimosa) que contenía una nota manuscrita de Mme. Letellier. La había traído una de sus doncellas con el ruego de que se me entregara sin falta.

En la nota me anunciaba la llegada aquella tarde de «nuestra joven y encantadora reportera, Marie Weisman», y me invitaba a tomar el aperitivo en el café habitual de Quatre Chemins para presentármela.

Estaba tan cansado por las peripecias del día que aquella noche no conseguí conciliar el sueño. Sin razón aparente, me sentía inquieto; tal vez me pesaba la digestión de la cena o hacía demasiado calor. Es posible que fueran las preocupaciones del momento o la inquietud sobre lo que nos depararía el futuro, no lo sé, pero recuerdo haber dado mil vueltas en la cama sin llegar a dormirme. Me molestaba la chaqueta del pijama, que de tanto agitarme, se me acabó enroscando alrededor del cuerpo. En un arrebato de impaciencia me la quité. Después me levanté para ir al cuarto de baño y bebí agua dos veces. Pero no hubo modo de que me durmiera.

Todo parecía haberse confabulado para impedírmelo. Por la ventana abierta de mi cuarto entraba una claridad difusa provocada por la luz temblona de las farolas de gas; y de tarde en tarde, por la avenida Wilson, justo debajo de mi balcón, pasaba un automóvil petardeando; sólo cuando se apagaba el eco del motor, se oía el suave tintineo del agua cayendo en la fuente de alguno de los manantiales del parque o el roce de las hojas de los castaños mecidas por la brisa. Se hubiera dicho que mi sentido del oído se había agudizado de tal modo que era capaz de percibir el más mínimo susurro y que mis párpados entrecerrados se habían hecho tan delgados que dejaban pasar cualquier resplandor por imperceptible que fuera. Me fui poniendo progresivamente más irritado hasta que, dando por concluida la noche, aparté las sábanas con violencia y me puse en pie.

Empezaba a clarear. Sin encender la luz eléctrica, me vestí de cualquier manera y salí con la intención de dar un paseo y llegar hasta el río. Al verme aparecer, el conserje de noche me miró sorprendido y luego me saludó con la ceremonia habitual:

—*Bonjour* monsieur de Sá, que tenga usted un buen día.

Le contesté con un gruñido.

El cielo, del que se habían borrado las estrellas, tenía el tono malva y opaco propio de la madrugada de un día de verano. Haría calor de nuevo en cuanto empezara a calentar el sol, pero a esta hora absurda la mañana estaba fresca y el paseo me resultó agradable y contribuyó a calmarme los nervios. Yendo en línea recta hacia el río, crucé el parque de los Manantiales y pasé por el lateral del hotel du Parc, luego por el del Majestic y por fin por delante de la embajada americana. Me adentré por el parque del Allier dejando a mi derecha los chalets del emperador Napoleón III, en uno de los cuales pronto se instalaría la Gestapo. No tenía modo de saberlo, aunque lo intuía, pero ¡cuánto iba a estropearse nuestra pacífica vida de gente provinciana a lo largo de los siguientes meses! Hubiera debido aprovechar más, saborear más, aquellos instantes privilegiados. Pero sólo estaba atento a que se me quitara la excitación y la ansiedad de una noche en vela.

A aquella hora no había nadie más paseando por allí. Únicamente yo. Y durante un rato tuve para mí solo el césped y los sauces, los matorrales de bignonias y los chopos, las pequeñas rosaledas y los grandes setos y, al fondo, delimitándolo todo de modo tan apacible, el río. Si la memoria no me falla, fue por muchos años mi último paseo en solitario, en silencio y en la paz más completa. ¡Ah, cómo lo añoro! Por un breve instante el tiempo se había detenido: aquella madrugada no estábamos en guerra.

Guardo estas cosas en mi memoria: tienen la precisión de una fotografía. Supongo que si ahora me sentara a solas en mi balcón sobre el Sena podría rememorarlo todo, detalle a detalle. Porque en cada foto mil veces revisada, la expresión de los rostros permanece inmutable, las sonrisas incambiadas y los gestos y las posturas, perfectamente fijos. Sólo cuando se deteriore la emulsión, se irán borrando los perfiles en el tiempo. Entonces los recuerdos desaparecerán, pero el futuro y el pasado, no: en cada escena de aquellas, el destino habrá jugado sus cartas sin remedio, sin que, desde entonces, quepa ya cualquier marcha atrás.

Sí. Podría estar sentado abriendo un álbum de recuerdos; pasaría sus grandes hojas contemplando despacio las escenas fijas de lo que ha sido mi vida.

5

Marie Weisman

Refrescado tras el largo paseo a la orilla del Allier pero con ganas de darme un buen baño perfumado y de afeitarme antes de acudir a la cita con Olga Letellier, regresé al hotel. Lo hice siguiendo el camino inverso al que había utilizado un par de horas antes. Tampoco es que hubiera muchos más. En fin. Cuando cruzaba por el parque en línea recta desde el hotel du Parc al Carlton, allí mismo, bajo la galería cubierta, me topé con Luis Rodríguez, el ministro mexicano.

—¡Manuel! —exclamó, arrastrando mi nombre con aire de fatalidad. Por su semblante cariacontecido, me pareció un alma solitaria en busca de un poco de compañía. Ceremonioso, se quitó el sombrero e hizo con él un gesto casi por entero versallesco—. Buenos días, ¿cómo le va? Pero ¿y qué hace usted a tan temprana hora?

—Paseo, don Luis, paseo para quitarme las miasmas y disponerme a hacer frente a las locuras que hoy nos depare el mundo... Ojalá que conocer a la señorita Weisman nos sirva de consuelo... ¿Usted también la va a saludar?

—He sido convocado, sí —dijo con una sonrisa socarrona.

—Bueno, veremos qué nos ofrece hoy el destino en forma de joven parisina y así podremos comprobar si la espera estaba justificada... Vaya, Luis, dicho todo lo cual, a usted tampoco parecen habérsele pegado las sábanas a esta hora de la mañana aunque, a juzgar por lo poco que parece sonreírle la vida hoy, hay días en que sería mejor quedarse en la cama.

—Permítame que lo invite a desayunar y le explico la razón. Sé bien que esta costumbre de desayunar para conversar es cosa de bárbaros, pero en estos tiempos de guerra no queda resquicio para los buenos modales.

Sentados en un pequeño restaurante del pasaje Giboin, tomándonos lo que sería con toda probabilidad uno de los últimos cafés verdaderos que podríamos degustar en años y, desde luego, el croissant definitivo, Rodríguez me dijo:

—Anteayer me entrevisté con el mariscal. Ya sabe usted, Manuel, acababa yo de regresar de Montauban de visitar a su presidente...

—Lo sabía, sí, y no había tenido ocasión de... ¿Qué tal está el presidente Azaña?

—Pues postrado. Sí, claro... Está en una situación pésima de salud, pobre hombre, ha empeorado del corazón y, aunque lo cuida el doctor Gómez Pallete sin apartarse de su cabecera, hace pocos días tuvo un ictus ligero y ahora casi ni habla...

—¡Qué barbaridad! —exclamé.

—Sí, sí, está muy mal. Muy desmoralizado, ¿sabe? Se siente abandonado por todos. Carajo, de Sá, Azaña no tiene quien lo proteja, hombre... Tuvo que salir de naja de Burdeos... bueno, de Burdeos o del pueblecito en la costa en el que estaba, cerca de Arcachon ante la llegada del ejército alemán. Ahorita a todos los que han sido sus amigos y que tienen algo de influencia se les llena la boca de buenos deseos y en cuanto acudimos a ellos, todos le ofrecen salvoconductos que no van a parte alguna. Roosevelt, Churchill... todos. ¡Bah! Y en cuanto uno dice sí, desaparecen, encuentran dificultades insuperables, se olvidan de todo... ¡Qué desastre!

—¿Qué podemos hacer, pues?

—No, no, ya lo tengo resuelto... en fin, creo que lo tengo resuelto. Usted sabe que, por orden de mi presidente, me ocupo desde hace meses en asegurar la protección de los pobres combatientes republicanos que los franceses tienen internados de mala manera en campos de concentración. Intento levantar acta y listas para que, finalmente, el que quiera pueda viajar a México... Pero, claro, el presidente Azaña es un viajero especial al que hay que librar primero de la persecución de las tropas alemanas y de la policía española... bueno, y también de la del embajador español en París, Lequerica, que no hace más que exigir a los franceses la entrega de Azaña para que sea ajusticiado en Madrid. ¡Ajusticiado! ¿Se da usted cuenta? —Rodríguez sacudió la cabeza con horror—. Ajusticiado —repitió—. No queda decencia en este mundo.

—¿Qué podemos hacer? —repetí.

—Bueno, en realidad, como nada está a salvo de los bárbaros, ni siquiera en lo que esta gente llama zona libre, ¡libre!, ¿libre de quién?... voy a intentar llevar al presidente a un lugar seguro, ¿Vichy? ¿Aix-en-Provence? —resopló—, algo que podamos colocar bajo la protección del gobierno de México. Por ahora no lo puedo mover de Montauban puesto que su salud no lo permite... Ya veré. Intentaré alquilar allí mismo una residencia que mejore la que ahora ocupa. No sé. Pero mientras tanto, me esfuerzo en impedir que su seguridad física peligre. En fin, querido de Sá, pensando en cómo sacarlo de Europa, tampoco es tan difícil, híjole, a poco que se mejore de salud y que haya un poco de buena voluntad, anteayer, como digo, conseguí ver al mariscal en su hotel... Fíjese que cuando le comuniqué a Azaña que me venía para acá a hablar con Pétain, el presidente me dijo que, en tal caso, si ése era mi interlocutor, no habría problemas. El mariscal es un hombre de bien, me dijo, una persona honorable, un gran militar, un héroe. Don Manuel sentía las dificultades por las que Francia atraviesa; el mariscal no puede ser un traidor, nadie debe tildarlo de traidor, me dijo, y merece que se le reconozca el tremendo sacrificio que le ha impuesto la historia al tener que moderar la derrota. ¡Moderar la derrota, amigo de Sá! ¡Bah! —guardó silencio mirando con tristeza a lo lejos. Dio un sorbo a su café y suspiró—. En fin, Pétain me esperaba a las cuatro y media en su habitación en el Parc. ¡Ni se levantó a saludarme! Al principio me chocó porque me pareció de una mala educación grande pero luego pensé que, al fin y al cabo, él es el Jefe del Estado de Francia, es un mariscal y, sobre todo, un anciano... me tuve que aguantar. Estaba sentado, en pantuflas, sin corbata y me ordenó sin contemplaciones que me diera prisa en explicar el motivo de mi visita porque esa tarde estaba muy ocupado. Bien. Lo hice. Le dije que el presidente Azaña corría peligro y que necesitaba la protección de Francia. ¿Sabe lo que me contestó? Me dijo que estaba dispuesto a ayudar siempre y cuando fuera con la mayor reserva. ¡Con la mayor reserva! —rió—. Para que nadie se enterara...

—... Luego Azaña dice que el mariscal es un hombre de bien —interrumpí con irritación—. ¿Sabe usted lo que quiere decir todo esto? Que esta noble aseveración utilizada por Pétain para sugerir que sus buenas acciones deben hacerse a escondidas de tal modo que los alemanes no tomen represalias y el pueblo francés no sufra por ellas es una vulgar coartada para no hacer nada.

Rodríguez se quedó muy quieto mirando con fijeza al frente.

—Bah —murmuró—. Luego le hablé de la gente que está internada en los campos y Pétain me preguntó el porqué de esa noble intención, son sus propias palabras, de *cette noble volonté,* de favorecer a gente indeseable. Al salir de la entrevista, vine aquí, a este bar y estuve acodado a este mismo velador y mire —dijo, sacándose del bolsillo una servilleta de papel—, lo apunté todo para que no se me olvidara. Fíjese que justo antes de despedirme, me espetó la siguiente lindeza —fijó la mirada en la servilleta y leyó—: «¿Y si ellos les fallaran como a todos, siendo como son renegados de sus costumbres y de sus ideas?» —me miró—. Ya ve, Manuel, ésta es la razón de estar tan cariacontecido, como usted dice.

—Caramba, Luis. La próxima vez que vaya usted a Montauban no deje de avisarme. Iré con usted.

Sonrió de nuevo.

—No sé si le va a gustar pasearse por los campos entre esos miles de compatriotas derrotados. Están deshechos, sucios, desesperados, incapaces de reaccionar... Son la horrible imagen de la derrota y eso pesa mucho en el ánimo de cualquiera, y más en el de un compatriota —arrugó el entrecejo.

Tres mesas más allá un hombrecillo de edad indefinida y de sucio atuendo nos miraba fijamente; tenía un periódico abierto y en una mano un croissant a medio comer. Durante un buen rato yo lo había tenido en el subconsciente; sólo cuando Rodríguez le devolvió la mirada me di cuenta, no sin alguna alarma, de su presencia. Así estuvieron uno y otro, observándose durante unos segundos, un tiempo que se me hizo eterno, hasta que el hombrecillo se dio por vencido y bajó los ojos.

—Qué impertinencia —dijo mi amigo en voz muy alta.

Bajé la voz.

—¿Un espía?

—Bueno, tal vez —dijo Rodríguez volviéndolo a mirar. Se encogió de hombros—. Me da igual. Represento a otro país... Nada puede hacerme, tengo inmunidad diplomática. ¡Que se vaya al diablo!

El hombrecillo levantó los ojos de nuevo y los fijó en nosotros. Dobló el periódico con un gesto de impertinencia deliberada, se puso en pie y se dirigió despacio hacia la salida.

—Bah —exclamó Luis.

—Vaya, se me ocurre ahora mismo que tal vez el grupo latinoamericano que hemos constituido aquí podría desplazarse a los campos y acreditar su utilidad, levantando acta, protestando, qué sé yo...

Rodríguez inclinó la cabeza.

—Bueno, tal vez. No me parece que el gobierno francés lo aprobara. Ya veremos lueguito, ¿no? —apoyó las dos manos en el mármol del velador tomando impulso para levantarse—. Vamos a rendir pleitesía a doña Olga antes de que nuestro espectador —hizo un gesto con la cabeza para señalar al hombrecillo que ya había salido a la calle—, vuelva con refuerzos y meta los pies en nuestras tazas.

Reí.

—Debo bañarme primero.

Me miró con picardía.

—Bien, tiene tiempo. Lo espero allá. Acicálese y póngase guapo.

A la hora fijada por Mme. Letellier, y casi de forma simultánea, Rodríguez y yo llegamos a la cita. En el interior del café, al fondo de su sala principal, se sentaban ya Armand de la Buissonière, mi viejo amigo y antagonista Pierre Dominique, encargado de prensa del gobierno, Arístides de Sousa Mendes, el dominicano Porfirito Rubirosa, el conde Daniel Hourny, personaje joven muy elegantemente vestido, un enarco con fama de inteligente y de malvado que trabajaba en el gabinete de Pierre Laval y un canadiense (si no me traiciona la memoria, se llamaba Oscar Hockansmith), que se ocupaba de tareas a medio camino entre la labor de prensa, la representación diplomática y el espionaje. Semiescondido en la penumbra asomaba otro muchacho también muy joven, exageradamente delgado, de grandes ojos febriles y románticos y pelo muy negro del que le caía un mechón rebelde sobre la ancha frente; ninguno lo conocíamos y Mme. Letellier, sin presentárnoslo, se refirió a él como le *très jeune professeur* Jean Lebrun (nada que ver con el Presidente de la República, me aclaró ella después). Otro protegido, supuse.

A la derecha del grupo, en uno de los incómodos sofás, se sentaba con languidez *Bunny* de Chambrun, yerno del mismísimo Laval, un tipo siempre sonriente, de largas piernas (de ahí su tendencia a recostarse en los asientos más que a sentarse en ellos) y eterno cigarrillo entre los dedos. René de Chambrun era un personaje muy simpático. Pese a su influencia social y a su considerable fortuna, nunca había querido meterse en política. Prefería llevar su bufete de abogados en París. Su madre era una americana de la buena sociedad de Washington y su padre, general en el ejército francés; un tío suyo, embajador, en Washington, primero, y en la Santa Sede durante la guerra, y el mayor de los tres hermanos, senador. De hecho, fue el único senador que el 10 de julio votó contra los poderes absolutos de Pétain. (Unos años antes Jean Giraudoux, con la lengua viperina que dios le había dado, decía de la familia: «es completa: hay un diplomático, cuyas meteduras de pata nos llevarán a la guerra, un parlamentario que votará a favor de que se declare y un general que la perderá». En fin.) En 1935, Bunny se había casado con Josée Laval, la hija lista, encantadora y caprichosa del primer ministro.

Registré toda la escena en menos de un segundo. Y lo hice casi con impaciencia porque la otra protagonista de la reunión reclamaba mi atención inmediata.

Marie Weisman se sentaba muy erguida en el borde de su silla a la derecha de Mme. Letellier y sonreía con una curiosa y atractiva mezcla de excitación e ingenuidad. Era o debía de ser la protagonista de la velada pero enseguida comprendí que Mme. Letellier nos había reunido en la mañana del 11 de julio en aquel café de los Quatre Chemis no tanto para presentarnos a su nueva protegida cuanto para subrayar su propia y recientemente adquirida importancia en la vida social de Vichy. Era obvio que le encantaba que un personaje como René Bousquet le hubiera recomendado a la joven y la hubiera puesto bajo su tutela, pero por encima de todo resultaba evidente que se enorgullecía de haber estado en disposición de hacerle ese favor. Me pareció que a poco que se la empujara, Olga Letellier se consideraría ya heredera por derecho propio de Mme. de Sévigné y se dispondría a abrir un salón literario y de discreto comercio político. Justo lo que se necesitaba en Vichy en aquellos momentos. Política y literatura.

Puede que esta Mlle. Weisman tuviera los ojos demasiado pequeños, puede que su boca fuera demasiado grande, igual que sus blanquísimos dientes, la mandíbula demasiado puntiaguda o la nariz demasiado pequeña y recta. Puede que tuviera el pelo castaño demasiado largo y que por ello lo llevara peinado a la antigua y en relativo y anacrónico desorden, con unos cuantos mechones rojizos encendidos en el brillante resplandor de un delgado rayo de sol que, rebotando en uno de los grandes espejos del establecimiento, se había colado hasta el fondo del salón. Y estoy seguro de que a la mayoría de quienes nos habíamos reunido en el café pareció que Marie Weisman era demasiado alta o que estaba demasiado delgada. Alguno pensaría que sus piernas, realzadas por una falda tan corta como lo permitía la moda del momento (y la nueva moralidad pública), eran demasiado esbeltas o que sus pies eran demasiado grandes. (Lo que nos chocó a todos sin excepción, estoy seguro de ello, fue que no llevara medias: sólo su expresión risueña e inocente desmentía que las piernas desnudas denotaran una altivez de elegante parisina, de *parisienne nonchalante,* con la que pretendiera señalar la poca importancia que asignaba a este pequeño centro estival de provincias.)

Una suma de imperfecciones, sí. Vaya con la suma de imperfecciones.

Marie Weisman me pareció arrebatadora.

Creo que despertó en nosotros una simpatía inmediata no exenta de un latido hecho de concupiscencia. Todos la contemplamos sonriendo embobados, con la excepción de Porfirito Rubirosa y del joven Lebrun. Porfirito me confesó más tarde que Marie le resultaba alta en exceso y escasa de carnes: una presa poco interesante para un hombre que contaba entre sus conquistas a las mujeres más voluptuosas y célebres del mundillo internacional y que, según nos enteramos poco después, iba a casarse nada menos que con Danielle Darrieux. Y el joven Lebrun, por su parte, con su aspecto fiero y ascético, parecía desdeñar a la recién llegada con la intensidad de un universitario más ocupado en cuestiones realmente trascendentales que en frivolidades mundanas.

—Mademoiselle Marie Weisman —anunció Mme. Letellier con aire triunfal, como quien presenta una atracción de feria. Le puso una mano en el antebrazo y añadió sonriendo con picardía—: He querido presentaros a esta deliciosa nueva amiga recién llegada de París para escribir crónicas interesantísimas sobre la vida de esta capital y los terribles secretos de los grandes hombres de la política y de la sociedad. Mi querido amigo René Bousquet me ha pedido que proteja a Marie y me ha rogado que la aloje en mi casa durante las semanas en las que el gobierno esté instalado en Vichy. Ni qué decir que lo hago encantada y que estoy segura de que la tranquilidad de mis habitaciones y la ayuda de tantos amigos como vosotros le permitirán enviar unos reportajes espectaculares.

Marie dejó escapar una carcajada cantarina, juntó las manos y exclamó:

—*Mais non!* Apenas soy un alevín de periodista que viene a Vichy a intentar aprender el oficio. Claro que mi madre pidió ayuda a monsieur Bousquet y que monsieur Bousquet a su vez se la pidió a madame de Letellier y que sólo gracias a la amabilidad de Olga pude instalarme anoche en su casa, pero… —muchos habrían opinado que su voz era un poco ronca, *un peu trop enrouée,* dijo Armand; yo la encontré terriblemente atractiva—, les aseguro que estoy encantada de encontrarme en Vichy, entre amigos —arrugó la nariz—, y no en París topándome sin parar *avec des boches,* esos soldadotes alemanes con su aire prepotente y curioso… Ya les gustaría ser tan amables e inofensivos como quieren aparentar cuando pasean por nuestra ciudad desierta.

El joven Lebrun había levantado bruscamente la cabeza fijando su mirada en Marie con interés repentino. No dijo nada pero desde ese momento no apartó sus ojos del rostro de ella.

Pierre Dominique, por su parte, frunció el entrecejo.

—Es inevitable que la Wehrmacht circule por París, mademoiselle —dijo secamente—. Aunque no puede decirse que los alemanes hayan ganado una guerra que el sacrificio y la visión política del señor mariscal cortó de raíz, sí es preciso rendirse a la evidencia de que, de forma momentánea, sólo momentánea, ocupan parte de Francia. Tengo entendido que en París lo hacen no sin discreción y con un tacto exquisito para no zaherir los sentimientos de los parisinos.

—Será así —contestó Marie con viveza—, pero no crea usted que los parisinos aceptan de buena gana la imposición.

Aquella diatriba me pareció fuera de lugar. Dicha con tanta vehemencia frente a un grupo de personas que estaban situadas cerca del nuevo poder, resultaba, con seguridad, peligrosa, tal vez no de modo inmediato; pero gente así tiene la memoria larga. Alarmado, pues, hubiera querido sugerir a Marie que se callara, que controlara sus impulsos, pero habría sido inútil: la experiencia de los meses siguientes nos enseñaría a todos que la espontaneidad de Marie Weisman era incontrolable por completo. Armand de la Buissonière la interrumpió con suavidad.

—Bueno, mi querida señorita, es cierto que en Francia preferimos nuestros uniformes a los de los alemanes...

—Ya lo creo —farfulló Marie.

—... pero —continuó Armand como si no hubiera sido interrumpido— ciertos sacrificios son inevitables. Considere la acción de Philippe Pétain —con una severa mirada de advertencia hizo que Marie guardara silencio— ... con quien, por cierto, Manuel de Sá y yo tuvimos el honor y el placer de conversar largo y tendido ayer por la tarde... —una declaración que no dejó de tener su efecto entre los asistentes—, considere su entrega, hago entrega de mi persona a la patria, son sus propias palabras. No me parece razonable que por la comodidad y el bienestar de los parisinos, y es sabido que estamos convencidos de tener la capital del mundo a la orilla del Sena, podamos llegar a torcer el plan supremo del mariscal... —dijo «plan supremo» como si se hubiera estado refiriendo a los designios de dios.

Miré a Armand con sorpresa. Me guiñó un ojo. Al mismo tiempo me dio la impresión de que Marie se enfurruñaba al comprender de pronto (o no comprender) que se encontraba en un nido de pétainistas.

—*Pois* —terció Arístides. Como siempre, se había mantenido en silencio unos segundos más de lo necesario si lo que pretendía era intervenir en la discusión— las situaciones de guerra son siempre muy complicadas —levantó una mano con sorprendente autoridad para que no lo interrumpiéramos—, y a *vezes é* preciso tener paciencia ante la adversidad y esperar…

—¿Tener paciencia, señor cónsul? —interrumpió Dominique con sequedad—. Francia, señor cónsul, y me refiero a la unidad colectiva, al alma de nuestro país, al concepto filosófico y moral de Francia, *à la Patrie,* en una palabra, ha tenido demasiada paciencia demasiadas veces, ha sido traicionada demasiadas veces por sus propios hijos… y ésta de ahora, ésta de 1940 es la traición peor de todas. Porque se trata de una traición provocada por la molicie, por la degeneración de la vida pública y de la privada, por la corrupción de las costumbres, por la Tercera República, por los masones, por los socialistas…

(Semanas después, Marie me confesó que en aquel mismo momento hubiera querido ponerse en pie y desnudarse, *me mettre à poil,* para que Pierre Dominique supiera lo que era bueno y cómo la carne, sobre todo la carne joven e impúdica, tenía poco de corrupta y mucho de apetecible; y cuando me lo contaba, rompió a reír sin poderse contener ante mi cara de asombro; así era Marie.)

Arístides hizo un gesto blando, fluctuante, con las manos, dándose por vencido en la discusión.

—*Peut-être que vous vous trompez,* me parece que se equivoca usted —dijo Daniel Hourny. Recuerdo haber pensado cuán bello me parecía aquel joven. Una apreciación estética estúpida, desde luego, pero así la recuerdo, qué se le va a hacer—. No creo que los franceses seamos tan espantosos como nos describe, Dominique… Sencillamente nos hemos equivocado de bando con alguna frecuencia —la frialdad y precisión con la que hablaba me helaron la sangre—. Son errores que se pagan y que es preciso corregir aun cuando el sacrificio exigible sea grande y el precio a pagar, mayor. Si hubiéramos comprendido que nuestros amigos naturales en Europa son los alemanes y no los anglosajones, nos habríamos ahorrado miles de muertos y destrucción sin cuento. ¿Ve usted, mademoiselle? —sonrió. Luego, bajó la voz para que tuviéramos que inclinarnos si queríamos oírle—. Debemos ser prácticos. Nuestros vicios han llevado a nuestra patria a la ruina y eso —levantó las cejas con resignación—, debe ser remediado. Pero, mademoiselle, nuestros pecados nada tienen que ver con la derrota frente al Tercer Reich. La derrota se debe exclusivamente a que, hasta ahora, los gobiernos de Francia se han negado a comprender que el aliado estaba al este y no al oeste —levantó un dedo—. De haberlo comprendido antes, el sacrificio de Pétain —dijo «Pétain» con la familiaridad de quien no se pierde en adulaciones superfluas porque no lo necesita—, no habría sido necesario y ahora el mariscal sería simplemente el jefe de estado al que hay que rendir pleitesía y no el héroe al que hay que seguir y apoyar en el camino de la recuperación. ¿Me comprende usted, señorita?

Se produjo un largo silencio. A todos nos había sorprendido, claro, la suave dureza (si se me permite el oxímoron) de las palabras de Hourny, pero a mí me indignó además que este joven, con su deliberada soberbia, haciendo gala de una heladora indiferencia que seguramente ningún patriota debía permitirse, hubiera decidido ignorar el espectáculo del sufrimiento que todo un pueblo había padecido apenas unas semanas antes; todo un ejército huyendo despavorido del avance alemán por los caminos del norte de Francia, mientras la famosa BEF, la British Expeditionary Force, hacía lo propio por los de Bélgica. Muertos abandonados en las cunetas, heridos vendados con sucios trapos manchados de sangre, mutilados cojeando sobre improvisadas muletas, familias enteras escapando con todas sus posesiones en bicicleta, en pequeños automóviles llenos hasta los topes de bebés y míseros fardos, en carros tirados por caballos que las mismas familias (u otras que vinieran detrás) acabarían comiéndose cuando el hambre fuera más fuerte que el asco a la carne podrida o el terror a las ráfagas de los Messerschmitt, que, rugiendo sobre ellos, pasaban sembrando muerte y desolación. Un espectáculo horrible que el esplendor de una maravillosa primavera llena de color y aromas había hecho aún más obsceno: la más abyecta de las derrotas agravada por el escarnio final de la ocupación de París sin resistencia.

Y aquí estábamos nosotros, tan insensibles.

Cualquier extraño, oyéndonos hablar, no habría podido dar crédito al hecho de que nos encontráramos en Vichy, bien trajeados con excelente ropa de verano, embarcados en hábiles lances dialécticos para lucirnos como pavos reales ante una hermosa mujer (por lo menos, en lo que a mí hacía, aun cuando todavía no hubiera pronunciado palabra) y tomando un aperitivo mientras debatíamos de guerra, patria y regeneración nacional como si estuviéramos en Marte y la tragedia ocurrida en toda Francia nada tuviera que ver con nosotros en Vichy. Siempre me he preguntado de dónde nos venía la capacidad de establecer estos compartimentos morales estancos.

Al cabo de un instante, Armand carraspeó para suavizar el ambiente. *Bunny* de Chambrun, que estaba encendiendo un cigarrillo, levantó la cabeza y, sonriendo, sugirió:

—Bueno, no nos enfademos. Querido Hourny, es evidente que todos estamos de acuerdo con lo que usted ha dicho. En caso contrario no estaríamos aquí... Pero debe usted convenir conmigo que nuestros amigos alemanes son a veces prepotentes en exceso y tienen la virtud de irritar a los parisinos que, como usted y yo sabemos, son malhumorados y faltones.

Esto, dicho con la autoridad de ser quien era el que pronunciaba tales palabras, calmó los ánimos como si se hubiera derramado sobre ellos aceite perfumado. Habla muy a favor de Luis Rodríguez que decidiera callarse en lugar de protestar por lo que había sido una grave impertinencia hacia quienes, como él, tenían una conocida posición contraria a la manifestada por el conde Hourny.

—Ah —dijo Mme. Letellier de pronto—, con estas discusiones tan vivas, se me han olvidado los deberes elementales de una anfitriona. Déjenme que les presente a Marie uno a uno.

—... Y finalmente, Marie, el más pícaro de todos, *le plus coquin* —concluyó acercándose con ella hasta donde yo estaba. Me puso la mano en el brazo. Marie me miró con curiosidad; era un poco más alta que yo, más vigorosa, y sus movimientos resultaban más vivos y, desde luego, más precisos—. Manuel de Sá, querida, es una intrigante combinación de sofisticación parisina y crueldad latina.

No me habría reconocido en esta descripción en mil años. Entendámonos: me encantaba ser un parisino de adopción con todas las facetas cosmopolitas que pudieran atribuírseme, ¡pero un cruel español, además! Levanté una mano para protestar pero Marie se me adelantó:

—¡Ah! Olga ya me ha puesto en guardia sobre usted —sonrió maliciosamente—. Me ha dicho que puede que no sea un toreador, pero que tiene el espíritu de un donjuán... Hmm, peligroso, muy peligroso...

—¿A mi edad? Ah, querida señorita, me parece que la descripción que mejor me cuadra es la de buenazo y si tuviera nietos, que es lo que correspondería, la de abuelo bondadoso.

Acentuó la sonrisa y se le iluminaron los ojos con travesura.

—De acuerdo, Geppetto —dijo—, de ahora en adelante le llamaré Geppetto, como el padre de Pinocho.

Mme. Letellier la miró con cierta severidad.

El menú para el miércoles 11 de julio en el restaurante del hotel du Parc, al menos el que consumimos para almorzar Arístides y yo (y todos los comensales, ahora que lo pienso, puesto que la primera medida de sobriedad del gobierno en guerra consistió en limitar la posibilidad de elección en los menús), fue el siguiente:

Suprème de Turbot Mireille

Cotelettes d'agneau Bergère
Petits pois à la française

Poularde de Bresse en gelée
Salade Lorente

***

Fromages
Boule de Neige
Fruits du marché

Lo reproduzco con tanta fidelidad porque conservo la carta de aquel día. Me la llevé por atender a mi viejo prurito de guardar las cosas que, pasado el tiempo, pudieran refrescarme la memoria. Sé que hoy un almuerzo de estas proporciones pantagruélicas sería impensable; entonces era bastante normal, por más que tanta abundancia fuera a durar bien poco pasadas las primeras semanas de armisticio y ocupación alemana. El racionamiento se encargaría enseguida de poner las cosas en su sitio. También guardé la cuenta, que ascendió a ciento veintiséis francos, lo que constituía una pequeña fortuna considerando que los vinos de que dimos buena cuenta eran más bien mediocres: un Cassis de 1938 (un blanco seco y afrutado de la Provenza, que nunca me gustó) y un Moulin à Vent del Beaujolais de 1934; y para terminar, café, un coñac para Arístides y un kummel para mí. El coñac siempre me ha sentado fatal.

—Encantadora señorita, Marie Weisman, ¿verdad?

—*Muito.* Como *uma* rosa en un cementerio.

Me hizo gracia el siniestro símil con el que Arístides describía el ambiente de Vichy y sonreí.

—Vaya, una descripción algo macabra... pero merecida, ¿eh? ¿Y madame Cibial? —pregunté luego—. ¿No le hubiera gustado que nos acompañara a comer?

—¿Andrée? —dijo Arístides con alguna sorpresa—. No, no. *Penso* que es mejor que tuviéramos esta conversación a solas, Manoel. Es un poco delicado el tema y la posición de Andrée no es muy sencilla de explicar...

—Bueno, supongo que se presta a algún equívoco, aunque en mi caso no creo que debiera usted preocuparse. Somos buenos amigos y mi discreción está asegurada...

—*Não duvido,* Manoel, pero lo que tengo que decirle es... sí... delicado, mas *não* tiene que ver con mi vida sentimental.

—Caramba, Arístides, usted dirá.

De pronto empezó a tutearme. (Cuando los portugueses tutean, las terminaciones de los verbos se vuelven sibilantes y sabes se convierte en *sabesh.)*

—Sabesh que, como cónsul de mi país en Burdeos... —se interrumpió y se puso muy colorado: sin duda, la ansiedad que le producía cuanto me tenía que contar le hizo olvidar las formalidades impuestas por los usos sociales. Pidió perdón pero levanté una mano y le dije:

—Arístides, nos conocemos hace mucho tiempo, somos buenos amigos y las angustias y los riesgos de una guerra acaban aconsejando que no perdamos el tiempo en tonterías superfluas. ¿Tratarnos de usted cuando nos jugamos la vida a cada momento? Bah. Por cierto, ¿has visto al señorito conde de Hourny dándonos lecciones de patriotismo? Qué miedo. No me gustaría tenerlo de enemigo, ¿eh?

—Desde luego que *não*... —suspiró—. Gracias, Manoel, por tu amistad. Te aseguro que lo que te tengo que contar y pedir... Ser cónsul de Portugal en Burdeos en estos momentos no es muy fácil. Preferiría estar destinado en Pernambuco, por cierto... Te aseguro que he llegado a temer, que no sé cuál es peor enemigo, si los alemanes o mi propio gobierno...

Me quedé con un trozo de rodaballo Mireille pinchado en el tenedor suspendido en el aire a punto de metérmelo en la boca.

—¿Qué pasa? Arístides —añadí con tono serio—, me alarmas.

—Por serte muy sincero, te diré que siempre me he tomado mi profesión como una forma de vivir cómodamente y de disfrutar de aquello que no se puede disfrutar en mi país... —bajó la voz—, bajo Salazar. Ya *sabesh,* libertad, buen vino, mujeres...

Le miré con ironía. Desde luego que de Sousa no era el epítome del *bon vivant* mujeriego que acababa de describir. Para dedicarse a las amantes y al buen vino, le faltaba el *physique du rôle,* le faltaba, ¿cómo decirlo?, la elegancia, el aire desenvuelto, la belleza latina y algo lánguida de un Porfirito Rubirosa, su dinero y, me parecía, su agilidad. Le sobraban el *embonpoint,* esa cintura que la glotonería le había redondeado con generosidad, y los doce hijos. Se lo dije.

—No me tomes el pelo —me contestó con un deje de tristeza.

—No te tomo el pelo, Arístides. No te lo puedo tomar habiendo conocido a mademoiselle Cibial...

—Madame.

—Madame, sí. Y sé que...

Me cortó con un gesto de la mano. Luego levantó la vista y en sus ojos vi tristeza, angustia, soledad tal vez, pero sobre todo, miedo.

—Venían sin parar, Manoel. Sin parar... Desesperados, asustados... *não, não...* aterrorizados, vivos de milagro... Y llegaban a Burdeos con la esperanza, la última esperanza de salvar sus vidas... les habían dicho, sí, que llegaran hasta el consulado de Portugal. ¡Diantre! Les habían dicho que el consulado podía ayudarles a salvar la vida... Pero ¿cómo iba a hacerlo?

—Un momento, un momento, un momento —exclamé interrumpiéndole—, no sé de qué me estás hablando, no entiendo nada Arístides, nada, ¿comprendes? ¿De qué me estás hablando? ¿Quién les había dicho que si llegaban al consulado...?

—Los propios policías franceses que custodiaban los campos de concentración en los que habían sido encerrados los que huían de Alemania. Al ver el avance de los soldados nazis, habían abierto las puertas y les habían dicho que escaparan si querían salvar la vida... *Outros,* en cambio, llegaban aterrorizados sin más, todos escapando del avance alemán. *Não* huían de campos de concentración sino sencillamente de la guerra. ¡No puedes ni imaginar el espectáculo de Burdeos unos días antes de que llegaran los alemanes! No es que fuera sólo el *tout Paris,* el gobierno, los ministros, sus amantes, los diputados... ¡qué espectáculo, Manoel! Eran trenes y trenes de refugiados, caravanas de automóviles, era... la locura.

Un anciano camarero se acercó a la mesa y nos preguntó si habíamos terminado el primer plato. Sin dejar de mirar a de Sousa, me incliné hacia atrás, me apoyé contra el respaldo de la silla e hice un gesto impaciente con la mano. El camarero retiró nuestros platos. Después tomó la botella del Cassis del cubo de hielo y rellenó los vasos. Durante toda esta ceremonia, de Sousa y yo no cruzamos palabra alguna.

—¿De qué me estás hablando, Arístides? —repetí cuando quedamos solos—. ¿En qué te afectaba todo esto?

Se quitó las gafas y con gran cuidado las limpió con la servilleta de lino mientras murmuraba algo que no alcancé a oír.

—¿Cómo dices?

Suspiró, se volvió a poner las gafas y dijo:

—Hace un año recibimos en el consulado unas nuevas instrucciones para la concesión de visados a los extranjeros que *quiseram* viajar a Portugal... Entonces se trataba de controlar a los disidentes portugueses que vivían en Francia, pero... —levantó la cara hacia el techo con un gesto de exasperación—, todo en el Portugal de Salazar es hipocresía —sonrió—. Basta con mirarme a mí —sacudió la cabeza—. ¿Controlar a los disidentes? No. No se trataba de controlar a los disidentes. El dictador se preparaba para lo que vendría... —arrugó el entrecejo y pegó repetidamente con el índice en el mantel—: ¡se preparaba para los refugiados, sobre todo para los judíos! ¡Oh sí! Sabía bien lo que iba a ocurrir. No podía decir que se proponía rechazar a los judíos y a todos los demás que escapaban de Alemania porque él es un liberal, un gran liberal, un cristiano verdadero. No, no, los judíos, no. Sólo los disidentes portugueses... ¡Ah! Me sé las instrucciones de memoria: se referían a los extranjeros de *«nacionalidade indefinida, contestada ou em litígio...»* de portadores de pasaportes Nansen, *«judeus expulsos dos países da sua nacionalidade ou de aqueles de onde provêm»*... ¿Sabes qué es un pasaporte Nansen? —asentí—. Es un pasaporte de apátrida, un documento de la SdN para judíos polacos y rusos... ¿Quién más? ¡Judíos alemanes! Y todos los demás que huyen de Hitler y los austriacos, los checos, los polacos... hasta los franceses... —bajó la voz—. Te puedo decir, Manoel, lo que Hitler tiene intención de hacer con los judíos... ¡Pogromos! Quiere acabar con todos ellos. No hace falta ser demasiado perceptivo para adivinarlo.

—¡Pero cómo va a acabar con todos ellos! De acuerdo que son una pesadez con sus gorros y sus tirabuzones y su usura, pero ¿qué crees que puede hacer con ellos?, ¿dónde los metería?

Arístides me miró largamente y por fin, sacudió la cabeza.

—Ah, Manoel, Manoel... En fin, da lo mismo... Empezaron a venir al consulado, cada vez en mayor número. Primero eran simples refugiados que huían de la guerra, ricos, pobres, judíos, arios, alemanes, polacos, austriacos... Al principio, como Francia seguía combatiendo, no importaba que estuvieran en Burdeos. Eran como toda la demás gente en guerra, refugiados... Cierto, eran extranjeros y ya sabemos que los franceses no son muy hospitalarios con la gente con problemas... mira tus compatriotas, internados en campos... en fin. El caso es que todos querían un visado...

—¿Todos? ¿Todos los que llegaban a Burdeos? ¡Pero debían de ser miles!

—Bueno, sí —se encogió de hombros—, miles... miles, sí. Y las cosas se estropearon enseguida. El día 18 —levantó la mirada—, ¡hace apenas tres semanas! —asentí—, la Luftwaffe bombardeó Burdeos. Fue muy violento, hubo muchísimos muertos y heridos, muchas casas destruidas, hasta el puerto. Como allí estaba el gobierno en pleno y también estaban los diputados, yo creo que les entró miedo... ¿a quién no, eh?, y fue lo que terminó de decidirlos a solicitar el armisticio.

—Hombre, Arístides, eso y el fracaso de los belgas, de la tropa expedicionaria inglesa y de las defensas francesas. Caramba, he oído que han muerto noventa mil soldados franceses. Eso convence a cualquiera. Aunque, la verdad sea dicha, no estoy muy seguro de que los franceses hayamos escogido el mejor método para hacer frente al problema.

—Sí —contestó distraído. Y después cambió bruscamente de tema—. En fin, tú sabes que soy monárquico convencido y que, para mí, las repúblicas, las democracias, todo eso, son violaciones de la ley divina. ¿Un hombre un voto? Ésa es la mejor *receita* para las luchas fratricidas, para el desastre. Mira cómo está Francia, en qué estado de postración la ha dejado tanta libertad y tanta relajación de costumbres. Hay un orden natural —me miró a los ojos y de pronto comprendió lo que yo estaba pensando—, ... bueno, no tiene importancia. El hecho es que, en los primeros momentos lo más urgente para mí fue ocuparme de la seguridad del archiduque Otto de Habsburgo y de su madre, la emperatriz Zita, que habían llegado a Burdeos sabiendo que Hitler quería acabar con ellos. Bueno, el archiduque llegaba con un séquito interminable de gente y solicitaba visado para Portugal para él y todos los suyos —sacudió la cabeza—. Decenas de personas... Y la gran duquesa de Luxemburgo y ministros belgas y hombres de negocios...

—Dios mío, Arístides, ¿y qué podías hacer?

—¿Qué? Pues darles visado a todos, qué iba a hacer. Aunque no había autorizaciones desde Lisboa, ¿me iban a prohibir dar visado a la emperatriz Zita? Ni Salazar se habría atrevido a semejante... ¡Qué tres días, Manoel, qué tres días! Debí de firmar cuatro, cinco, diez mil pasaportes cada día. Las colas en el consulado eran terribles, la gente protestaba...

—Lo entiendo. Imposible hacer frente a todo.

—Pero tú comprendes que la alternativa era dejar indefensos a miles de inocentes, condenarlos a dios sabe qué penalidades —sonrió—. Y no acaba ahí la cosa: una vez que tenían el visado para Portugal, era preciso conseguirles el de salida de Francia y el de tránsito por España. Los franceses acabaron por decir venga, ya ni exigimos visado de salida y a los españoles... bah, con tal de que no se quedaran en España, les daba igual. Una locura —sacudió la cabeza—. Qué tres días. Y lo mismo, la misma avalancha ocurría en Hendaya. Y, entonces, el 17, el nuevo gobierno francés prohibió el movimiento de refugiados. Aún me estoy preguntando por qué. Vaya, tuve que ordenar que se les diera visado a todos para que se pudieran mover y se fueran de donde estaban.

—¡Pero si lo tenías prohibido!

—Sí, pero ¿qué iba a hacer? Te digo lo mismo que le contesté a mi cónsul en Hendaya cuando, al preguntarle por qué no ayudaba a esos pobres refugiados, él me contestó que los reglamentos del ministerio lo impedían. Le dije ¿a usted le gustaría encontrarse en la misma situación con su mujer y sus hijos? No, ¿verdad?, pues mientras yo sea su superior, usted concede visados. Había tanta gente haciendo cola que calculé que serían unos cinco mil a pie firme y que habría hasta otros veinte mil vagando por la ciudad y esperando a ocupar su sitio. Recogíamos los pasaportes en mazos enteros, los sellábamos y firmábamos y luego los volvíamos a repartir.

—¿Y qué hacías? ¿Ibas con una caja registradora ambulante para cobrarlos?

Guardó silencio durante unos instantes.

—Bueno... decidí que no me los pagaran... Ya se ocuparían de ello en las aduanas portuguesas. Allí hay más gente.

—Estás loco.

Dio un largo suspiro.

—Pero luego vino el armisticio y llegaron los alemanes. Ah sí, llegaron los alemanes, sólo que ahora venían persiguiendo a los judíos. ¡Y yo obligado a pedir permiso a Lisboa para cada visado! Pero me los habrían denegado por sistema y sé que por orden directa de Salazar. Y, claro, los refugiados hacían cola y al salir del consulado eran detenidos por la Gestapo... Era insoportable, Manoel.

—¿Y qué hacías?

—¿Qué querías que hiciera? —se encogió de hombros—. A lo mejor me juego la vida... Pero los que hacen cola en mi consulado huyendo de los nazis, esos sí que se la juegan seguro. Si no les doy el visado, sé que los van a devolver a Alemania y que luego los matarán. ¡Lo sé!

—Hombre, Arístides, eso es mucho decir, ¿no? Hitler no les tiene mucha simpatía, y yo tampoco, pero de ahí a matarlos y en tan grande número, además, hay un buen trecho. No soy un asesino. Por muy mal que me caigan, ni por un instante pensaría en matar a uno solo. Él a lo mejor sí, él es un tirano, un déspota, capaz de matar fríamente, ¡pero asesino en masa! Esas cosas no ocurren en el mundo civilizado.

—Ya lo creo que ocurren —contestó con desesperación—. Ya lo creo que sí... ¿has visto lo que hicieron las SS en su país con quienes se atrevían a no estar de acuerdo, simplemente no estar de acuerdo? ¡No puedo permitir que lo sigan haciendo con gente a la que puedo ayudar sin que me cueste nada, aunque mis jefes me ordenen negarles esa ayuda! Sólo que yo, Manoel, tengo familia, tengo esposa y doce hijos, más de una vez he pedido el traslado a cualquier otro lugar... soy pobre...

—Bueno, ¿y?

—Pues que me prohíben ayudar a esas gentes del único modo en que se les podría ayudar... que es dándoles el visado para que hagan escala en Portugal y desde allí viajen a donde quieran, ¿no? ¿Y qué arriesgo yo desobedeciendo las órdenes? ¿Tú sabes lo que arriesgo? Y encima, los nazis pueden acusarme de estar protegiendo a judíos, lo que según ellos es un acto inamistoso de Portugal, tradicional amigo del Reich. ¿Sabes lo que pueden hacer conmigo en Lisboa?

—¡Pues no es tu problema! ¿Judíos, dices? ¿Expulsados de sus países? ¡Ese problema es de los países que los expulsaron! ¿Cómo vas a hacerte responsable... vas a hacerte responsable de todas las tragedias que lleguen a tu puerta?

—Pero Manoel, te digo lo mismo que a mi cónsul en Hendaya. ¿Tú recogerías a un familiar tuyo enfermo que hubiere tenido que huir de una zona de epidemia? ¿No intentarías ayudarle?

—Claro, pero no es lo mismo.

—¿No? ¿Qué te parece lo que está pasando en Francia?

—De qué me hablas, Arístides.

—De las dos zonas, la libre y la ocupada. Unos franceses castigados y los otros, no. Sólo por suerte o por desgracia. ¿Y si tu madre estuviera en el norte y la amenazaran de muerte? ¿No estarías contento de que un estúpido cónsul portugués le diera un visado para que pudiera viajar hasta donde estás tú? Y la culpa no es de tu madre ni del cónsul, sino de los alemanes, ¿no?

—Sí, pero yo me pongo en la posición del cónsul. ¿Qué tiene él que ver en el problema de mi madre, si resolverlo, además de ser casi imposible, le va a crear más quebraderos de cabeza que otra cosa?

—Nada. No tiene nada que ver... Pero lo único que puedes esperar es que se apiade de tu mamá y le firme el visado aunque lo haga arriesgando su vida, ¿no?

Me quedé en silencio durante un buen rato. Y después dije:

—O sea, que has decidido conceder visados a los judíos que hacen cola por la escalera del consulado.

De Sousa no dijo nada.

Nos trajeron nuevos platos de comida. Había perdido la cuenta de si tocaban costillas de cordero, una pularda o los quesos. Daba igual.

—Dime, Arístides, ¿has decidido conceder los malditos visados a los judíos alemanes? —sacudió la cabeza—. Oh, por dios, Arístides. ¿Cuántos has dado ya?

Murmuró algo ininteligible.

—¿Cuántos?

—Desde el armisticio, dos mil doscientos tres.

—¡Válgame el señor! ¡Pero tu ministerio va a descubrir esta nueva trampa enseguida! Dos mil visados no se esconden así como así... Y ¿qué harás cuando lo descubran, hombre de dios?

Se encogió de hombros y, con un hilo de voz, dijo:

—*Não* sé —al cabo de un momento se enderezó en su silla—. Había una mujer muy joven en el primer descansillo, ¿sabes? Tenía un niño en brazos; lo llevaba apoyado en la cadera. ¡Se parecía tanto a ella! Tenía el pelo muy negro y grandes ojeras azules, como su madre. Al lado de los dos había un fardo pequeño... seguro que era todo lo que tenían. Me miraban los dos con esos ojos tan oscuros cada vez que pasaba delante de ellos. No se movían, siempre en el mismo descansillo mirándome... sin decir nada... —de Sousa parecía al borde de las lágrimas—. Hice que les bajaran una barra de pan y un tazón de chocolate... Cuando pasé de nuevo delante de ellos al irme hacia casa, la mujer me agarró por el brazo y me dijo *danke, danke, danke*. ¡Me dio las gracias! Ah, Manoel, pensé en mis niños pequeños. ¿Qué podía hacer? —levantó las manos con las palmas hacia arriba—. ¿Qué podía hacer? Cuando regresé *do almoço,* allí estaban. No sé cómo ni cuándo se las apañaba para que el bebé hiciera pis, cómo dormían. Por la noche los hicieron bajar a todos al jardín y allí pasaron las horas de espera... todos, guardando el orden de la cola en silencio. Aún no sé cómo los alemanes no entraron y los detuvieron a todos. Cuando regresé a la mañana siguiente, se habían vuelto a colocar todos en la escalera. Entonces hice que llamaran a la mujer y me la trajeran al despacho. Se quedó quieta delante de mí con el niño en la cadera. ¿Tú sabes que no lloraba? El niño, que tenía que estar hambriento, no lloraba. Dime, Manoel, ¿era yo responsable de todo aquello? ¿Me tocaba a mí cargar con el problema? ¿O debía decirle a aquella mujer que su desgracia era culpa de Hitler? —pinchó una pequeña patata salteada como si la estuviera banderilleando y luego la sostuvo en el aire mirándola fijamente. Sacudió la cabeza y se metió la patata en la boca. Masticó, tragó y después dijo—: La miré durante un buen rato y ella acabó por poner al niño en el suelo y se abrió el chal que la cubría; debajo llevaba una camisa de algodón y cosida en el lado izquierdo sobre el bolsillo, una estrella amarilla que llevaba una inscripción: *Jude*. ¿Cómo habría llegado hasta Burdeos? Santo cielo, Manoel, ¿cómo pudo llegar? *Ela me disse: «Ich bin jude»*, como si aquello lo explicara todo. Le pregunté cómo pensaba llegar hasta Portugal, pero me parece que no me entendió. Del fardo sacó, entonces, un pasaporte. Lo cogí y lo estuve examinando un rato sin saber qué hacer. ¿Qué tendrías hecho tú?

—Ah, no sé, Arístides —contesté confuso, sorprendido, sin saber bien qué decir—. Tal vez llamar a la policía francesa...

—No los conoces, entonces... Son los mismos que han encerrado a los viejos combatientes españoles, a tus compatriotas, en esos horribles campos de concentración... ¿Pero tú has estado en alguno? ¿Tienes visto el espanto? —sacudió la cabeza—. Miré a aquella pobre mujer, Raquel Hammer se llamaba, y le hice la señal de dinero, así —se frotó el índice con el pulgar—, para averiguar si tenía dinero para sobrevivir. Ella no me entendió —Arístides bajó la vista, avergonzado por la mera idea de que alguien hubiera podido pensar que pretendía aprovecharse de la situación—, y del fardo sacó un mísero fajo de billetes, marcos alemanes, creo, y me los quiso dar. No, le expliqué, no, no, es para tu viaje, para tu viaje, y se los rechacé. Luego ella comprendió lo que le quería decir y sonrió: *mein Bruder ist da*, su hermano estaba ahí. No sé lo que era ahí, pero que su hermano anduviera en algún sitio cercano parecía resolverlo todo... —bebió un gran sorbo de vino tinto y eructó de forma casi imperceptible—. ¿Sabes? Es como cuando abres una compuerta y se salta el agua a presión... Llamé a mi secretaria y le ordené que le dieran el visado. Y ella me dijo pero señor cónsul y yo le respondí qué puedo hacer. Bueno, mi secretaria me contestó que no habíamos pedido autorización a Lisboa. Recuerdo haberme encogido de hombros. Déselo, repetí. ¡Mas está prohibido!, dijo ella. Da igual. Mas es ilegal. ¿Más que lo de los días pasados? No eran judíos, bueno, no todos. Déselo, insistí —de Sousa sonrió—. Sí, señor cónsul. Y no se lo diga a nadie. No, señor cónsul...

—Estáis locos.

—Lo sé —soltó una carcajada amarga—. Luego le dije, Amalia, deles visado a todos los de la escalera, a todos, ¿me oye? Mire, le dije, ni son apátridas ni huyen de nada. Para mí todos quieren viajar a Lisboa por placer.

—Pero ¿cuánto tardarán en Lisboa en darse cuenta de que has dado esos visados sin autorización?

Arístides volvió a encogerse de hombros.

—*Não* sé. Imagino que cuando llegue el primero a Lisboa... Bueno, no, el primero no. Cuando lleguen dos mil...

—Pero los devolverán, y a ti te cortarán el cuello...

—No, devolverlos, no. La mayor parte van en tránsito, van a embarcarse rumbo a Estados Unidos, a Argentina, a Brasil... Además, en Portugal hay una comunidad grande de judíos, con mucha influencia. Salazar no se atrevería. Está todo en un equilibrio muy delicado: dejar entrar, no; expulsar, tampoco. ¿Sabes que Gulbenkian, el millonario del petróleo, el *Mister Cinco por Ciento,* ha conseguido instalarse en Lisboa? ¿A que a ése no lo echan de Portugal? Pues él no deja que se persiga a los judíos en Portugal...

—Pero ¿y tú?

Hizo una mueca.

—Un par de visados que concedí a personalidades más conocidas hace dos meses me crearon problemas, pero al final fueron convalidados. Me advirtieron de que era la última vez que pasaban por alto mi indisciplina. Pero ¿qué puedo hacer? Después de eso he dado otros treinta mil. ¿Qué puedo hacer? —repitió—. Pedí muchas veces que me destinaran de vuelta a Lisboa. Nunca lo conseguí. Vaya, cuando me castiguen, que supongo me castigarán, iré a ver a Salazar y le explicaré todo. No creo que sea muy grave. Le pediré que me mande a algún lugar lejano, a Buenos Aires...

—¿Con tu mujer, tus doce hijos y madame Cibial?

Se le ensombreció el semblante.

—¿Te puedo confesar una cosa? La quiero mucho. Y con todo y lo joven que ella es y la posición que tiene, algo debe de ver en mí puesto que está decidida a seguirme a donde vaya. Y ella sabe que no me puedo divorciar de Angelina. ¡Dios mío, Manoel, qué escenas de celos!

—Bah, que no te amarguen la existencia —quise cambiar de tema para averiguar de una vez en qué consistía la espada que este Damocles me había colocado encima y apartarla—. En fin, dime, ¿qué puedo hacer por ti?

Dije esto con la aprensión que suscitaba en mí el asunto, porque después del relato de sus angustias consulares, cualquier cosa que Arístides me pidiera sería, sin duda, engorrosa de atender. Y bastante tenía yo con cuidarme las espaldas para andar comprometiéndome en defender las ajenas.

Suspiró.

—¿Has oído hablar de Eduardo Neira?

—¿El médico?

—Sí, el catedrático de la universidad de Barcelona, es grande amigo.

—¿Qué le pasa? Oí que se dedicaba a coordinar a los vascos exiliados de Dax...

—Eso es. Pero como a todo exiliado español prominente lo buscan los alemanes para entregárselo a Franco y lo quieren los franceses para meterlo en un campo de concentración. En cualquiera de los dos casos, es la muerte segura para él y para toda su familia.

—¿También los franceses?

—También los franceses ¿qué?

—Pregunto si los franceses son también asesinos en masa.

Hizo un gesto de disgusto.

—No, claro que no. Pero la mujer de Neira... bueno, a ella no le pasa nada, pero su hijo mayor, ése sí está enfermo. Los Neira no tienen recursos. No les queda nada. Si a él lo internaran en un campo, intentaría escapar... en fin, no quiero describirte las consecuencias... —alzó los hombros—. Bueno, a través de *Flaco* Barrantes, hemos conseguido un visado para que se vayan todos a Bolivia. Creo que si los Neira llegan a Lisboa a bordo de un paquebote que lleve rumbo a Suramérica, no me dirán nada desde mi ministerio y a ellos los dejarán seguir.

—¿Y qué problema tienes?

—Pues que el primer paquebote que parte de La Rochelle hacia Portugal y América no zarpa hasta dentro de doce días... Neira y familia... —titubeó—. Tú tenías una casita en el campo cerca de Montpellier, ¿verdad?

Tragué saliva.

—No —contesté con prudencia—. Es un pequeño *mas*, una masía provenzal, pero no está cerca de Montpellier sino de Arles.

—Ya. *Bom*. Como fuere... Es que no pueden estar vagando como almas en pena por Francia sin lugar en el que refugiarse... Y tú eres el único que puede darles cobijo, el único que conozco. Si están escondidos en tu casa, puedo irlos a buscar dentro de diez días para llevarlos a La Rochelle... —me miró expectante.

Inspiré muy despacio por la nariz.

—Arístides, me pides algo que me es muy difícil darte. Mi posición es muy delicada... Imagínate: yo un refugiado...

—¡Pero si tienes la nacionalidad francesa! ¿Cuál es tu problema? —preguntó con el tono algo lento y pesado que utilizaba al enfadarse. Se subió las gafas, empujándoselas con el dedo índice sobre el puente de la nariz.

—Un fugitivo... —balbuceé.

Guardó silencio y bajó la mirada al plato que tenía delante. Al cabo de unos segundos, sin levantar la vista, dijo:

—Técnicamente no es un fugitivo, Manoel. Lo buscan, sí, mas él no se ha escapado.

—Pero ¿y cómo pasarías de esta zona a la ocupada? Porque La Rochelle está en zona ocupada...

—Eso no es problema, en realidad. Soy un diplomático de un país extranjero y neutral y puedo moverme con libertad por toda Francia —sonrió—. Bueno, casi. Son muy pocos días los que tiene que pasar la familia Neira en tu casa. Te lo pido como amigo y como ser humano: esta gente debe ser salvada.

—Me planteas un grave problema, Arístides, un grave problema: si los Neira son descubiertos en mi masía, a ellos los detendrán y a mí probablemente también. Y será mi ruina.

—*Não.* Es muy simple. Dirás que son tus amigos y los has invitado a pasar unos días en tu casa hasta que reciban los visados para viajar a América —de pronto levantó la cabeza—. *Ainda melhor...* Déjame que te proponga una cosa: si los Neira son descubiertos en tu casa, diré que te había engañado asegurándote que se trataba de mi propia familia pasando unas semanas de veraneo en el *mas* y te exoneraré de toda responsabilidad.

—¡Pero eso sería *tu* ruina!

Tardó unos segundos en contestar.

—No —aseguró, por fin, aunque, por su tono, noté cuán inseguro estaba—. Ya encontraría una solución... Bah, ya se me ocurriría algo para excusarme ante los franceses e impedir que en Lisboa llegaran a enterarse —tonterías, pensé—. Me aterra, pero no puedo dejar de ayudar a los Neira —concluyó, clavando su triste mirada en mí. Y murmuró—: No creo que me quede mucho tiempo para hacerlo. *Creio* que me van a acabar echando de Francia y bien pronto.

Removí con una cucharilla el azúcar del café que alguien había puesto delante de mí sin yo darme cuenta de que habíamos llegado al final de nuestro almuerzo.

—Vaya —musité. Después alargué la mano izquierda hasta el otro lado de la pequeña mesa y di unas palmaditas en el antebrazo de Arístides.

—Gracias —dijo por fin éste, conmovido—. Gracias.

Todavía hoy, al recordar aquel instante, no soy capaz de determinar qué pudo más en mi decisión de ayudar al cónsul portugués, si la admiración por la entrega de un hombre dispuesto a arriesgar todo con tal de librar a unos desconocidos de los graves apuros que los acechaban; o la vergüenza (guiada sólo por el más educado concepto del qué dirán) que me provocaba tanta generosidad; o el sentimiento frívolo y casi aventurero de sentirme seguro en el bando reconocible de los buenos pese a que fuéramos a perder esta guerra. Como si tal adscripción supusiera estar encuadrado en un regimiento compacto, invencible, sin fisuras, cuya solidez no se debiera a mí sino a los que lo componían conmigo. Una fortaleza inexpugnable en el centro de la cual me encontrara, aterrado, infeliz, pero relativamente a salvo. A buen recaudo de los que querían asaltarla. Y todo esto por cuatro o cinco personas. Arriesgar la vida por cuatro o cinco personas cuando los que sufrían se contaban por millones.

—No me des las gracias —suspiré—. No me las des. En realidad, no estoy siendo generoso, Arístides. Hago lo que hago porque… porque… —me encogí de hombros—. Da igual. Acompáñame a mi hotel y te daré la llave, un plano para que podáis llegar sin pérdida a la casa y una carta para los guardeses.

Sí. Aquel 11 de julio cambió mi vida. No puedo decir que la cambiara para bien ni para mal: sólo la hizo diferente.

Por seguir un orden cronológico de tal modo que su secuencia me permita recuperar los recuerdos uno a uno, diré que me resultó asombroso comprobar cómo el almuerzo con Arístides de Sousa había alterado mi percepción de cuanto estaba ocurriendo a nuestro alrededor... y, desde luego, cualquier pretensión de valentía personal. Estábamos en una platea desde la que la guerra era un espectáculo (desagradable, pero espectáculo al fin) de ejércitos machacados, de refugiados penando por las carreteras, de muertos, de heridos, de gentes huyendo de Hitler y su infernal maquinaria, de pobres miserables que padecían privaciones, miedo y horror sin cuento. Poco a poco, las circunstancias me iban obligando a dejar de ser espectador de este circo para convertirme en funambulista. Los judíos que hacían cola en la escalera del consulado portugués en Burdeos y, sobre todo, la familia Neira, se empeñaban en entrar de la mano de Arístides en mi masía de Arles para meterme de lleno en una guerra que me parecía obscena, una pesadilla de la que había conseguido mantenerme apartado hasta aquel mismo momento.

Y así, cuando, terminado nuestro almuerzo, salimos del hotel du Parc, me pareció que Vichy había cambiado: ya no era la estúpida y frívola ciudadela-balneario que conocíamos, sino un villorrio sofocante, húmedo, lleno de amenaza.

Deambulando por el parque des Sources, había más gente, mucha más gente que apenas unas horas antes. No se trataba aún, como acabaría ocurriendo semanas más tarde, de bandas políticas organizadas o de manifestantes fascistas, de legionarios, de activistas de L'Action Française o de cualquier otra tendencia de la extrema derecha. Se trataba de la atmósfera instintiva creada por civiles estupefactos que intentaban organizar sus vidas y acomodar sus creencias a las nuevas realidades. Todos pretendían sobrevivir, por más que no se dieran cuenta todavía de lo que les esperaba. La necesidad hace virtud y quien más quien menos montaba sus mecanismos de defensa frente al hambre, el miedo y la tiranía estúpida. Se estructuraba, planeaba y perfeccionaba el arte del disimulo, que es el modo que tienen los aherrojados de hacer frente a los déspotas.

(Tampoco es que hubiera en Vichy en aquel momento una diversidad grande de estamentos sociales y, por consiguiente, de opiniones políticas. Los balnearistas eran los balnearistas y a ellos el armisticio había sumado en los últimos días funcionarios, militares, diputados, senadores y diplomáticos extranjeros, ninguna de aquella gente de la extrema izquierda. Desde luego, no me pareció que fuera éste el caldo de cultivo de resistencia alguna al régimen del mariscal Pétain.)

Ahí estaban todos juntos, anunciando el nuevo evangelio de la lucha contra el complot del judío, el masón, el extranjero y el comunista. Con Francia derrotada, los tiranos ni siquiera tuvieron necesidad de imponer su férula con violencia. La adhesión al viejo mariscal lo hizo todo y el francés aceptó con gusto su nuevo papel de delator colectivo al servicio de la moralidad renacida. Sólo mes y medio después de que fuera certificada la defunción de la Tercera República y para llenar el vacío dejado por la disolución de los partidos políticos, el mariscal, embarcado en su reforma patriótica, creó la «Legión de los combatientes» (recuerdo la angustia que nos causó a todos la recomendación dada a los nuevos legionarios por Xavier Vallat, secretario general de los ex combatientes: «sed los ojos y los brazos del mariscal hasta la esquina más recóndita de Francia»; es decir, sed delatores). Y éste era sólo el principio. En fin, volvamos al relato.

Aunque podría encontrarse a la prensa siempre en el bar del hotel des Ambassadeurs, que era donde residía el cuerpo diplomático, y casi siempre en el de la Paix, que era el lugar reservado a los periodistas, este 11 de julio por la tarde, a la salida de nuestro almuerzo, la curiosa aglomeración de colegas se movía frente al hotel du Parc a la caza de cualquier noticia que les permitiera enviar sus despachos a las respectivas agencias y periódicos. Era todavía pronto, los días trascurridos eran demasiado pocos desde su llegada a Vichy para que les hubiera entrado ya el hastío sabiondo que poco después los confinaría a todos a los butacones del hotel y al interés más que relativo de las ruedas de prensa oficiales.

Hoy en día, quince años después de todo aquello, con el telón de acero impidiendo cualquier intercambio libre de ideas, sería inconcebible que así ocurriera, pero en julio de 1940, el número mayor de periodistas extranjeros provenía de la Europa del este. Los había húngaros, turcos, rumanos, búlgaros, desde luego, gente pintoresca. Y a su lado, también había suizos (entre ellos, una bellísima Wanda Laparra, a la que recuerdo risueña casándose por fin en Vichy con el portavoz de uno de los ministerios), españoles y americanos. Todos se aburrían muchísimo y se encontraban de permanente mal humor. Pronto empezarían a encerrarse más y más, y sin noticias, en los salones del hotel de la Paix, con sus cómodos butacones de cuero marrón, sus pilas de periódicos nacionales e internacionales pasados de fecha y su inútil batería de teléfonos al fondo del vestíbulo. Muchos eran nombres familiares de las publicaciones que leíamos a diario: de las cínicas y al tiempo ingenuas de la América todavía indiferente, de las de Francia, siempre pedante e irritada, de las de la Europa más romántica del viejo Imperio austrohúngaro, de los eslavos misteriosos, de los otomanos. Con el tiempo y la solidaridad nacida de las dificultades de la guerra y del aburrimiento nos acabaríamos llevando bien.

Rebuscando entre mis papeles encontré hace unos días nada menos que el primer artículo de periódico que envié para la prensa latinoamericana a finales de aquel mes de julio. Decía así:

> El armisticio con Alemania ha sido el único movimiento político inteligente que han podido realizar los viejos santones franceses de la III República para salvar al país de la catástrofe.

Después de nueve meses de la conocida como «Guerra tonta» (los que trascurrieron entre la declaración de hostilidades el 1 de septiembre de 1939 y la invasión de Bélgica y Francia en mayo del presente año), de súbito las divisiones Panzer alemanas, con su revolucionario concepto de la guerra relámpago, atacaron y tomaron por sorpresa al ejército francés y pese a la heroica resistencia de éste, tardaron pocas semanas en llegar hasta el corazón mismo de París.

Fue entonces cuando el gobierno galo presidido por el Sr. Paul Reynaud se vio abocado a solicitar el armisticio para evitar males mayores y un derramamiento de sangre inútil. ¿Quién gestionaría tan delicada situación? El único capaz de hacerlo desde su prestigio de héroe era el mariscal Philippe Pétain, el hombre que había salvado a Francia ya en 1918, el hombre que, a regañadientes, aceptó entrar en el gobierno como vicepresidente del Consejo. El hombre que ha escrito hace bien pocos días: «Me quedaré con el pueblo francés para compartir sus penas y sus miserias. Creo que el armisticio es la condición de la perennidad de la Francia eterna». Sólo un personaje lleno de prestigio como el mariscal Pétain, puede decir «franceses: ha llegado el momento de deponer las armas; hago donación de mi persona a la patria para evitar sufrimientos a mis compatriotas»...

Tras el armisticio firmado el pasado 22 de junio, Francia ha sido dividida en dos: una, la parte norte y oeste, es la zona de ocupación alemana, que incluye la capital, París; otra, es la llamada zona libre en la que se encuentra Vichy (cerca de Lyon), sede del gobierno de Philippe Pétain. El tráfico entre las dos zonas es fluido. Sin duda, a ello contribuye el hecho de que los servicios de seguridad y policía siguen siendo únicos y franceses para todo el territorio y también que las comunicaciones por carretera y ferrocarril, muy dañadas por las operaciones militares, hayan sido restablecidas rápidamente. No existe en la población sensación de que una potencia extranjera ocupa su patria: las autoridades alemanas tienen buen cuidado de no interferir en las cuestiones internas. Su trato con la población francesa es exquisito en todo momento.

Por lo que parece, Francia habrá de colaborar en el esfuerzo bélico alemán aunque no con combatientes, sino, como me decía el propio mariscal Pétain ayer en una entrevista exclusiva celebrada en su hotel, con un esfuerzo de renovación moral del país: la derrota de Francia se ha debido a la degeneración de las costumbres y actitudes de los franceses. Francia debe ser reconstruida, afirmó el mariscal, para poder estar en pie de igualdad con el Reich en el momento de la victoria y la consagración de la nueva Europa. «Mire usted el ejemplo que nos está dando España que, después de la victoria de las fuerzas anticomunistas, ha instaurado un régimen fuerte bajo el mando del generalísimo Franco, cuyos principios-guía son los mismos que los nuestros: Trabajo, Familia, Patria. El parlamentarismo, la democracia, los partidos, son reliquias del pasado que no han hecho sino debilitar a Francia.»

El mariscal, convertido ya en Jefe del Estado francés, cree firmemente en la victoria de Alemania en esta guerra europea. Es evidente que con Adolfo Hitler está en una posición inmejorable para negociar el retorno de los prisioneros de guerra y la mejora de las condiciones de vida de sus compatriotas, al tiempo que mantiene intacto el enorme imperio colonial de ultramar. Tarea nada fácil: además de los enemigos interiores tradicionales y quintacolumnistas (aquí se cita primordialmente a los comunistas, a los masones y a los judíos) existen los falsos amigos exteriores, como por ejemplo, Inglaterra, que mostró su verdadera faz bombardeando a traición la gran flota gala en la localidad del norte de África, Mers-el-Kébir.

El gobierno de Vichy confía en que las hostilidades concluyan en unas semanas y que Europa vuelva a la normalidad antes de las próximas Navidades. Hasta entonces las condiciones de vida no serán fáciles. Parece que pronto se instaurará el racionamiento de alimentos: Francia debe alimentar a sus hijos y a los ocupantes.

Me da cierta vergüenza haber escrito todo esto, pero achaco su imprecisión y su blandura al ojo siempre vigilante de Pierre Dominique y sus censores.

En fin.

El caso es que Arístides y yo íbamos andando con lentitud por el parque, saludando a derecha e izquierda, deteniéndonos con frecuencia a cumplimentar a algún colega y a sopesar con él la evolución de los acontecimientos del día. Yo quería aparentar normalidad, aterrado de que pudiera adivinarse en mi expresión la duplicidad cómplice que mi ayuda a los tejemanejes de de Sousa no podía dejar de reflejar. Sonreía de continuo, utilizando un tono de forzado optimismo o de gran solemnidad patriótica, según lo requiriera el caso, para dirigirme a unos y otros con inocencia culpable, convencido de que así nada trascendería de mi traición a Francia. Es notable que tomara una sencilla acción de ayuda a unos refugiados por una traición a mi patria adoptiva. ¡Con qué facilidad se somete un ciudadano al más mínimo atisbo de tiranía!

Avanzábamos despacio y supongo que en algo contribuirían a nuestra pesadez de movimientos el calor reinante y el vino consumido. De modo que al cabo de un buen rato, recogida en mi hotel la llave de mi masía y pormenorizadas las explicaciones sobre su localización, decidimos que éste era el momento de cruzar el umbral del establecimiento de aguas de primera clase para darnos una merecida sesión de aguas termales, masajes y musculación.

Lo habríamos hecho, sin duda, de no ser porque topamos de frente con Marie Weisman que acababa de salir del Parc, de visitar a Pierre Dominique, nos dijo. Fue como una aparición: etérea en su camisero de lunares blancos, su sombrerito de paja negra y sus mocasines de dos tonos; parecía flotar sobre el albero del camino.

—Es alta y delgada *demais* —murmuró Arístides.

Al vernos, Marie aplaudió varias veces con entusiasmo y exclamó:

—*Geppetto et le Portugais!* Mis dos amigos preferidos desde esta mañana —por un instante pareció dispuesta a demostrarnos su alegría dándonos a cada uno un sonoro beso en la mejilla. Pero se contuvo. Se acercó sonriendo hasta donde estábamos y nos dio la mano: si no hubiera sentido pudor, la habría retenido entre las mías para disfrutar unos segundos de su piel suave y firme. Suspiró—. Uy, qué aire de conspiración se traen ustedes dos. ¡Qué habrán estado tramando!

Arístides, como de costumbre, tardó un tiempo en contestar y yo me apresuré a decir:

—Nada —sonreí—, nada, aquí en Vichy no se trama nada y menos aún desde la llegada del mariscal.

—Bueno, pero los mejores espías son los que, como ustedes, más pinta de inocentes tienen, *n'est-ce pas?* —la afirmación no contribuyó a calmar nuestra inquietud; sólo hizo que nuestra confusión resultara más evidente. Con aire cómplice, Marie se colocó entonces entre los dos, pasó sus brazos bajo los nuestros y, bajando la voz, preguntó—: Y ahora en serio, díganme, ¿de qué cosa terrible hablaban? No se puede ir por la calle tan ensimismados e intentando disimular como iban ustedes dos sin estarse contando secretos que por lo menos eran de Estado —¡Dios mío! ¿Tanto se nos notaba?

—Ah, mi querida amiga —contestó Arístides en su buen francés—, esa cara que usted nos veía tiene más que ver con el dolor de la indigestión que con un complot de alta política... Nos dirigíamos hacia el establecimiento balneario para ver si los masajistas podían hacer algo con nuestros problemas digestivos.

—... Pero ahora —interrumpí—, ya no necesitamos masajistas. Ha llegado el hada de Vichy y nos va a curar como por ensalmo.

Marie rió de buena gana. Vaya cursilada, pensé, reprendiéndome por este exceso de zalamería galante.

—Me van a permitir —dijo Arístides de pronto, como si la llegada de Marie le hubiera recordado un deber ineludible— que los abandone y que Manoel sea el único afortunado en disfrutar de la compañía de mademoiselle Weisman. Debo volver a mi hotel. Mañana regreso a Burdeos muy temprano y aún me quedan por hacer las maletas y preparar el automóvil para el largo viaje... —se despidió de nosotros con aire medio solemne y encaminó sus pasos hacia el hotel des Ambassadeurs.

Cuando Arístides ya no podía oírnos, Marie, sonriendo con travesura, sugirió que «también tiene que recoger a madame Cibial, ¿no?».

—¡Vaya! Hay que ver cómo circulan los rumores por esta ciudad.

—Uy, no he querido ser malvada —exclamó—. Es sólo que me parece encantador ese *côté* tan humano de monsieur de Sousa, padre de familia numerosa —gesticuló para esconder su confusión pero enseguida se encogió de hombros—. Las personas son libres de hacer lo que las hace felices... ¿No le parece, monsieur de Sá?

—Si alguien la oyera en este momento, probablemente la llevaría ante el gran tribunal de la inquisición de Pierre Laval y acabaría usted en la hoguera...

—Bah, son todos un poco hipócritas.

Estoy seguro de que parpadeé sorprendido.

—Sí, tal vez.

—Dígame, Manuel, ¿le puedo llamar Manuel? Es que monsieur de Sá me parece tan solemne... ¿Sí? A cambio, le exijo que me llame usted Marie...

—Eh, está bien... eh... mademoiselle...

—Ah —dijo levantando un dedo.

—Quiero decir... Marie.

—Muy bien —se colgó de mi brazo con ambas manos—. ¿Me acompañaría usted a dar un paseo por la orilla del Allier, así *bras dessus, bras dessous?*; hace una tarde estupenda, ¿no?

Me latía muy fuerte el corazón y tuve que carraspear para poder articular palabra.

—¡Claro que sí! No tengo…

—… ¿nada mejor que hacer?

—¡No, no! Quería decir que no tengo ningún compromiso insoslayable que me impida hacer lo que más me apetece en este momento.

—Ajá. De acuerdo. Pues vamos.

Dimos unos pasos en silencio hacia la rue Petit, al costado del Parc y en dirección al río. Me pareció que había transcurrido un siglo desde que aquella madrugada el insomnio me había empujado por el mismo camino. Apenas doce horas y me sentía más vivo (y más aterrado) que en años.

—¿Y a Manuel le gustan los alemanes?

—No me gustan absolutamente nada, pero dígame, Marie, ¿cómo es que ha acabado en Vichy?

—No quería quedarme en París ni un momento más —exclamó con intensidad—. Lo que dije esta mañana era cierto. La… la invasión de los *boches* con sus botas ensuciándolo todo como campesinos patosos era más de lo que podía soportar… ¡En mi París! Poco falta para que tengamos que hablar alemán.

—Bueno, dicen que los soldados alemanes se comportan con delicadeza…

—*Mais non!* Es para cubrir las apariencias. Ya verá usted, Manuel, cómo a la menor ocasión les saldrá el Wagner por las orejas y empezarán a pisotearnos… No, no. No podía quedarme allí. ¿Sabe? No hay nada más triste que contemplar la capital del mundo humillada en la derrota. Y encima hay franceses que están encantados…

—Bueno, hay muchos franceses pro Hitler. Ya lo vimos esta mañana... También hay muchos anglófilos y si hubieran ganado ellos...

—¡Oh, prefiero tomar el té a las cinco que desfilar haciendo el paso de oca!

—Pues me temo que es lo que nos espera en cuanto ganen la guerra, Marie.

—Pero ¿vio usted al conde Hourny y al propio Pierre Dominique? Yo creo que me asustan más ellos que los alemanes. Porque los alemanes ganarán la guerra, pero éstos, en cuanto la hayan ganado los otros y no queden enemigos, nos van a triturar con su moralidad y su trabajo y su familia... *Mais, bon Dieu, si j'aime baiser, de quoi se mêlent-ils?* —exclamó con irritación—. Y además, Pierre acaba de decirme que tenga cuidado, que mi deber como buena francesa es respetar al mariscal y que... y que... ¡ah, bah! *Quel con!*

Impelida por su explosión de vehemencia, Marie se había soltado de mi brazo. Como nos disponíamos a cruzar el bulevar des États Unis para entrar en el parque de L'Allier por el lateral del chalet de Napoleón, la agarré de nuevo para evitar que pudiera atropellarla algún automóvil de los que circulaban velozmente por allí. Lo hice con ternura benévola de modo que en ningún caso pudiera interpretar mi gesto como algo deliberadamente íntimo. Tiempo después (puedo dar la fecha exacta: el 3 de octubre siguiente), Marie me lo reprochó.

—Los hombres bien educados sois muy curiosos: ¿a que no harías un gesto así para demostrar amistad o preocupación a un hombre? No, no, tiene que ser a una mujer. En realidad, no tiene nada que ver con la ternura cálida que nace de la atracción o de la sensualidad, sino que es una cuestión de educación: has sido educado en la creencia de que una mujer necesita calor, cercanía... más que un hombre, desde luego, y que debe dársele sin que ello tenga connotación sentimental alguna. Me tocas el brazo porque crees que lo necesito, no porque tú busques el contacto físico —vaya.

—Marie Weisman —dije cuando hubimos cruzado e íbamos adentrándonos por el parque, por entre matorrales de anémonas y lirios, sorteando sauces y cerezos—, Weisman… ¿viene de dónde?

—Polonia. Toda mi familia es polaca… originariamente, claro. En su emigración pasaron por Alsacia y el primer Wizzie nacido en París…

—¿Wizzie? ¿Os llamáis Wizzies? Vaya falta de respeto hacia vuestro nombre.

—No es muy grave —respondió con impaciencia—. Wizzie, por abreviar… el primero ya fue un soldadito de Napoleón. A todos estos inmigrantes, que eran judíos que huían de los pogromos en Varsovia y llegaban a la tierra de libertad que era Francia, a Alsacia, a Marsella, al bordelés, los emancipó la Constituyente durante la revolución de 1789. Luego, Napoleón los dotó de un sistema consistorial, más o menos como la organización de los protestantes y les dijo: vuestra religión es asunto privado vuestro y se acabó. Vaya, en mi familia hay una tradición grande de laicismo desde siempre. En realidad dejamos de ser judíos hace tres generaciones… ¡Qué bonito es el chalet de Napoleón! —exclamó de pronto—. Me encantan esos balcones tan delicados. Si yo fuera Pétain, me habría instalado allí, pero, bueno, como no soy Pétain… —rió.

Cuando reía, los rasgos de su cara se suavizaban, se hacían tal vez más femeninos, no, ésa no es una buena explicación. ¿Cómo se iba a hacer más femenino algo que ya lo era? Puede que fuera que sus párpados se plisaban o que las arrugas de su sonrisa se hacían más marcadas, puede que de ella se desprendiera una promesa de sensualidad como un aura. No sé. A lo mejor al reír cambiaba de postura, metía los riñones (la expresión francesa, mucho más sugerente, es *elle cambrait les reins),* subía el pecho, se tornaba más provocativa...

—Los militares entienden poco de belleza, Marie. Seguro que al mariscal, los chalets de Napoleón III le parecen una estupidez decadente.

Se soltó de mi mano para agarrarse con más comodidad de mi brazo.

—Parecemos novios —murmuró—. Bien. Mi abuelo Raymond era un aventurero. ¿Sabe usted lo que hizo? Se fue a Palestina a trabajar.

—¿A Palestina? —pregunté con incredulidad.

—Sí. Él trabajaba para el barón Rothschild en París y le propusieron ir a Palestina a administrar las posesiones que los Rothschild tenían allí. Ni corto ni perezoso. Y no sólo eso. Allí se casó con la nieta del primer médico judío de Galilea. De modo que mi abuela era una beduina morena de grandes ojos negros así —con las dos manos se estiró de los extremos de los ojos para achinarlos. Sonrió—. Después volvieron a París... allí nació mi padre.

—¿También es banquero?

Rió de nuevo.

—No, no. Papá es profesor de universidad. Enseña Historia en la Sorbona.

—¿Y su madre?

—¿Mamá? Mamá es médico. Pediatra —me pareció que lo decía con orgullo.

—¿Y la niña?

—Ah, mais *quel interrogatoire* —sonrió—. Parece usted de la policía. La niña nació hace veintiocho años, creció... demasiado, siempre me llamaron patas largas, estudió Ciencias Políticas en la Sorbona, salió corriendo cuando estaba a punto de casarse, se fue al frente del Ebro como conductora de ambulancias y ahora ha acabado en Vichy de corresponsal de guerra. *Voilà.*

Habíamos llegado al borde del río. Estuvimos quietos durante unos momentos mirando cómo las apacibles aguas se deslizaban haciendo pequeños rizos y remolinos en los que se enganchaban briznas de hierba y hojas. El Allier bajaba marrón, cargado del barro de las tormentas de verano. Muchos paseantes iban y venían andando despacio. Otros se sentaban en los pequeños cafés que jalonaban el sendero del río bajo los sauces.

Nos encontrábamos a un millón de kilómetros de la guerra. Apenas se oía el murmullo a flecos de las conversaciones de los demás.

—¿Cómo *voilà?* —dije. No me atreví a preguntar si ahora había alguien ocupando su corazón (su cama, habría dicho si hubiera sido descarado hasta conmigo mismo)—. ¿Le parece poco?

—Bah, aventuras de adolescente —que es lo más maduro que le he oído nunca a una mujer joven. Se volvió hacia mí y me miró con seriedad.

—¿Estamos coqueteando? —preguntó. Y arrugó los ojos.

Me dio un escalofrío.

—Soy muy viejo para eso.

—*Et vous, Manuel?* ¿Qué ha sido de su vida?

—Poca cosa y la poca, sin interés. Espere —levanté una mano para que no insistiera—. Espere. Me queda una pregunta, Marie. Esta guerra es muy peligrosa, especialmente para ustedes...

—¿Para los franceses? —se encogió de hombros—. Ya lo sé. ¿Y?

Carraspeé.

—Quiero decir... eh, para los judíos.

Alzó las cejas.

—Bueno, sí. Hay mucho antisemitismo por ahí. Claro, parte de la motivación de la guerra... —hizo un gesto, una mueca de duda y luego de indiferencia. Miró hacia el otro lado del río hacia donde estaba el pabellón del club de golf—. Pero a nosotros los franceses no nos afecta. Como dice mi padre, el antisemitismo es un elemento de discordia importado de los países teutónicos. No tiene nada que ver con nosotros. Nosotros somos franceses. Bueno, es cierto que hay, en la extrema derecha, alguna histeria contra los israelitas, pero Francia es Francia. Somos civilizados... *D'accord?* —su expresión se había vuelto seria. No quería para sí ni la sombra de la duda.

Me parece ahora asombrosa la ligereza con la que tratábamos el tema de los judíos. En 1940, los judíos franceses eran tan franceses que podíamos hablar del semitismo y del antisemitismo estando judíos presentes en la conversación, como era el caso ahora con Marie, sin que las alusiones a los méritos y deméritos de una raza u otra pareciera más que una disensión intelectual y el peligro para el futuro de sus miembros, algo consustancial a un pueblo en guerra, ni más ni menos. Asumíamos con naturalidad que lo que arrostraban ellos era en el fondo tan grave como lo que arriesgábamos los demás; ni más ni menos. Por lo demás, el semitismo era un estado de lepra con el que habíamos crecido desde pequeños; siempre habíamos vivido con él. ¿Qué otra cosa podía esperarse de nosotros?

¡Qué lejos estábamos de comprender entonces y de darnos cuenta más tarde que el antisemitismo estaba a punto de convertirse en la cuestión moral más grave de nuestro tiempo! A todos nos parecía de más trascendencia política y social, por ejemplo, el marxismo. Locos inconscientes, cretinos morales, cobardes insensibles y ciegos, todos habríamos estado a tiempo entonces de detener la tragedia que estaba a punto de desplomarse sobre el mundo. Y encima no es verdad. Era ya demasiado tarde.

Marie me volvió a mirar con mirada intensa.

—*Et vous, Manuel, alors?* ¿Qué ha sido de su vida?

6

Domingo González

Años atrás, en 1934 o 1935, buscando refugio tierra adentro para huir por unos días de la alocada vida de la Costa Azul en verano (mi alma, después de todo, tenía recovecos estetas dentro de su frivolidad), llegué sin pretenderlo a Les Baux-de-Provence. Viajaba solo y la descubierta me produjo tal placer íntimo que la sensualidad del instante quedaría para siempre en mi memoria como un secreto a no compartir con nadie.

Conducía entonces un Chrysler Roadster (modelo anterior del que ahora tenía) y recorrer en solitario y con la capota bajada los caminos desde Cannes hasta las inmediaciones de Arles, un buen número de kilómetros, dicho sea de paso, me debía de haber ido preparando para el espectáculo que me esperaba en aquel rincón de la Provenza. Aun así, quedé mudo.

Corté el contacto del motor, puse el freno y me apeé del auto sin pronunciar palabra. Me aparté unos pasos. Recuerdo haberme colocado en medio de la carretera y haber levantado la vista intentando absorber el espectáculo de golpe, de izquierda a derecha sin mover los ojos, como quien desde una perspectiva suficiente contempla un cuadro y puede verlo en su totalidad.

A mis pies, allí mismo donde me encontraba, salvada la cuneta, arrancaba un olivar, no muy cuidado por cierto, como lo demostraba el hecho de que en los troncos de cada árbol hubiera nacido libre y abundante el acebuche. Más allá, en un segundo plano, una línea de algarrobos delimitaba el campo tras el que, ya en la ladera de la montaña, crecían algunos pinos mediterráneos y sobre todo matorral bajo y jaras en flor.

Descolgándose sobre la ladera, una gran extensión de roca blanca coronaba el paisaje como una ola de piedra que lo atravesara de parte a parte. Ocupaba todo el horizonte y más parecía el muro de un enorme castillo que lo que era en realidad: una cresta de roca calcárea. Arquitectos medievales, buscando sin duda camuflarse frente al enemigo, habían labrado siglos atrás en la misma piedra una torre de defensa, consiguiendo crear un efecto óptico que requería una segunda mirada sorprendida para descubrir el trabajo del hombre encajado en el de dios.

Hacía un día maravilloso de calor, de luz brillante como sólo el aire seco y transparente del Mediterráneo es capaz de producir.

Estuve mucho rato allí, quieto, contemplando el paisaje. Luego, volví al coche y subí hasta el pueblo. Lo visité detenidamente. Era muy pequeño y muchos de sus edificios estaban en ruinas, escondidos debajo de los restos de la fortaleza. Me entusiasmaron sus vestigios renacentistas, restos de una floreciente sociedad protestante barrida de aquellos parajes en el siglo diecisiete: unos portalones en piedra que se erigían solitarios entre muros derruidos, algunas ventanas de cruces rectilíneas, las casas de piedra, los diminutos huecos de los que asomaban macetas de geranios y, en las afueras del pueblo, un delicioso pabellón de verano llamado, me dijeron, de la reina Juana. (Durante años hablé de la reina Juana del dichoso pabellón hasta que me desengañó un erudito al aclararme que no se trataba de la Juana reina de Provenza en el Medioevo —como si hubiera podido importarme un ápice—, sino de Juana de Quiqueran, esposa del barón de Les Baux del momento, que ordenó que el edificio fuera construido en aquel lugar a finales del dieciséis. Es una pedantería recordarlo, lo sé, pero me mortificó recibir la lección de historia en presencia de algunos invitados míos; me pareció que me miraban con cierta ironía.)

Refugiado en un hotel de Arles, pasé días y días buscando alguna propiedad que estuviera a la venta. Preguntaba a unos y a otros, a alcaldes de lugarejos y a labriegos, a los integrantes de la colonia de poetas e intelectuales que, siguiendo a Mistral, se habían instalado en el villorrio y sus aledaños, a pedantes y snobs *avant-la-lettre*, a periodistas y maestros. No resultó fácil porque hay en las gentes autóctonas del Mediterráneo una desconfianza instintiva hacia el forastero que es preciso vencer y que rara vez se convierte en amabilidad. Pero perseveré como sólo puede hacerlo un caprichoso.

Hice dos viajes a Arles desde Cannes y uno desde París, hasta que en el otoño, por pura casualidad, a tres o cuatro kilómetros de Les Baux, encontré lo que andaba buscando: cuatro hectáreas de olivar y viña cuya masía era una vieja casa de no excesivo tamaño, plantada en medio de un jardín grandote y descuidado. En una de las esquinas del jardín había una alberca cuadrada de sólidos muros de piedra y cemento viejo. Vendía la propiedad un joven de Aix-en-Provence que acababa de heredarla a la muerte de su padre. Para mi fortuna, el muchacho quería emigrar a París, en donde se proponía hacer carrera en el mundo del arte (pintura, creo, o poesía, no lo recuerdo bien) y no me costó gran trabajo convencerlo.

El *mas* necesitaba arreglos, desde luego: dos cuartos de baño de que carecía, un porche que estaba medio en ruinas, varias alcobas que uní para formar una gran estanciabiblioteca... También tenía tres o cuatro cuartos de dormir, un pequeño comedor y la gran cocina provenzal que hubo que restaurar pero que conservé con su hogar de leña y su gran chimenea acampanada. Nunca se trató, sin embargo, de reconstruir una propiedad para convertirla en una finca de recreo al uso de las que hoy conocemos. Los ricos parisinos de entonces tenían castillos con fincas de caza y no casas rústicas en las que esconderse para un romántico regreso a la vida sencilla. Eso pertenece a este tiempo nuevo en el que nos adornamos con la naturaleza sobria para indicar que la nuestra es la austeridad algo suficiente de quienes nos desprendemos de las cosas materiales y superfluas por necesidad estética o por hastío.

Mi masía de Les Alpilles era una casa de campo llena de encanto, desde luego, pero rudimentaria. Sigue siéndolo hoy; un refugio para pasar algunas temporadas cada cierto tiempo, ni siquiera a intervalos regulares. De hecho, mantuve su condición de pequeña explotación agrícola a cargo de mis dos viejos guardeses, Maurice y Albertine Cassou, que vivían algo alejados de la masía, en una casita que también arreglé. No les pagaba gran cosa, pero tampoco me entregaban ellos el fruto de la tierra, las aceitunas, el aceite, el vino, las almendras y los tomates y lechugas de su pequeña huerta. Fuérase una cosa por la otra.

En fin, como digo, un pequeño y agradable refugio, nada que pudiera desplazar en mis preferencias a mi apartamento de París o las temporadas de aguas en Vichy o, desde luego, el Martinez en Cannes. Sólo que todo había empezado allí, en mi masía de Les Baux-de-Provence, y si miraba la fotografía enmarcada de Marie vestida con pantalones cortos, riendo de aquella forma tan explosiva y tan traviesa, era como tragar aceite hirviendo.

Allí fue, en Les Alpilles, donde se alojaron los Neira a mediados del mes de julio de 1940, esperando que Arístides se los llevara a La Rochelle para embarcar rumbo a Lisboa y América.

El 15 de julio recibí una nota de Arístides en la que me agradecía una vez más el préstamo de la casa y me anunciaba que los Neira se habían instalado en ella. El hijo enfermo mejoraba. Estaban muy contentos y por fin al abrigo de las angustias de una incierta y peligrosa situación: la de unos refugiados no ya en una tierra de acogida sino en un país que de pronto se había convertido en enemigo. Deseaban pasar el menor tiempo posible en Les Baux y perder de vista Francia a la mayor brevedad. La carta continuaba así:

> Querido Manuel, me pregunto si puedo pedirte un nuevo y tal vez no tan pequeño favor. El vecino de la propiedad de al lado ha venido a husmear y a hacer preguntas. Maurice les ha enseñado tu carta de autorización, pero me ha parecido que sobre todo su esposa sospechaba que algo no era correcto. No son muy simpáticos. ¿Sería mucho pedirte que hicieras un pequeño viaje hasta Les Baux lo más pronto posible? No me atrevo a dejar solos a los Neira y, sin embargo, debo ausentarme por unos días, para atender al consulado en Burdeos [...].

Desde luego, madame Cloppard no era la más agradable de las personas en el mejor de los casos. En una situación de guerra y con un sistema de sospecha institucional impuesto por un gobierno que se había lanzado a la regeneración nacional contra sus propios ciudadanos a los que consideraba una pandilla de cretinos morales, aquella buena mujer se convertía en una peligrosa arpía. Madame Ursule Cloppard, sí.

(Éramos todos un poco inconscientes, desde luego. Que Arístides de Sousa me escribiera una nota en términos de tanta franqueza y la encomendara sin más precauciones al correo y que a ninguno de los dos se nos antojara que corríamos grave riesgo con ello, da idea de la lentitud con la que el ser humano se adecua al cambio violento impuesto por una guerra. No nos sentíamos amenazados aún en nuestra esfera privada. Sí, los gestos externos, los comportamientos visibles quedaban sujetos a la sospecha de los tiranos; pero lo que pensábamos todavía era nuestro, ¿no? Recuerdo el susto que me llevé apenas unas semanas más tarde cuando en mi hotel de Vichy recibí otra carta que había sido burdamente abierta y repegada de cualquier manera tras pasar por la censura de los servicios del gobierno. En fin, en esta ocasión fuimos afortunados.)

Me había hecho la ilusión de poderme desentender de la suerte que corrieran los Neira. Su presencia en Les Alpilles sería breve, Arístides se los llevaría antes de que pudiera producirse reacción alguna en Les Baux y yo quedaría a salvo de la maledicencia local y de los efectos, aún desconocidos para mí, de la delación o de la denuncia a unas autoridades de policía que hasta entonces me habían tratado con benevolencia amistosa. En fin, que hubiera preferido quedar al margen.

No pudo ser.

Con un entusiasmo más que moderado, organicé aquel mismo día un viaje hacia el sur, dejándome arrastrar a lo que no quería hacer. El único consuelo sería la presencia de Marie, a la que propuse la aventura y que, como excusa para acompañarme, alegó alguna imperativa necesidad periodística. No recuerdo bien el pretexto, pero tuvo que ver con escribir una serie de artículos sobre la organización y las comodidades o incomodidades de la vida civil en la zona libre tras el armisticio. Como no quise que Mme. Letellier pudiera desconfiar de la moralidad de un viaje a dos, propuse a Jean Lebrun que nos acompañara.

No me pareció sensato explicar a Olga el verdadero motivo del periplo que emprendíamos; las confidencias tienen un límite, sobre todo en tiempo de guerra, cuando atañen menos a la amistad que a las lealtades a un bando u otro. Aquella mujer era tan tonta que, incluso con la mejor voluntad, si la hubiera tenido, era capaz de meternos a todos en un lío con un simple comentario hecho en voz alta ante quien no debía. Por esta razón, simplemente le pedí autorización para ser el chófer de Marie en su misión periodística por el sur de Francia. Aceptó de buen grado y dijo mostrarse aliviada por que una muchacha de tan pocos años llevara a su lado a un protector de confianza. Y, de paso, añadió sonriendo, porque ambos jóvenes, Marie y Jean, viajaran acompañados de una «carabina» tan respetable. No me hizo mucha gracia verme tildado de tal. Pero reímos ambos y me tuve que aguantar.

Emprendimos camino en la mañana del 16 de julio, dos días después de la fiesta nacional, conmemoración bien triste de la toma de la Bastilla, tres días después de que Albert Lebrun dejara de ser presidente de la República y, según pudimos saber más tarde, en las mismas horas en que Hitler ordenaba que fuera preparada la invasión de Inglaterra.

Tuvimos la suerte de que la gasolina todavía no estuviera racionada aunque ya no fuera fácil encontrar un surtidor bien aprovisionado y en algunos lugares la vendieran ¡a veinte francos el litro! Una buena propina, sin embargo, allanaba bastante las dificultades.

Pusimos a Jean Lebrun en el ahítepudras, lo que pareció divertir a Marie sobremanera. Se pasó el viaje mirándolo con aire travieso, mientras nuestro joven y airado amigo mantenía una expresión más lúgubre y enfurruñada que nunca y ella me ponía de vez en cuando una mano cómplice sobre el brazo aprovechando que lo movía para cambiar de marcha.

El camino era largo, más de cuatrocientos kilómetros, y pese a que salimos muy de mañana, tras seis horas de viaje sólo pudimos llegar hasta Valence. Algunos trechos de la carretera habían quedado bastante intransitables tras los bombardeos de pocas semanas antes y no había modo de avanzar a un ritmo razonable. En vista de ello, decidimos almorzar en Valence. Fui derecho a Pic, el antiguo hotel de la avenida Victor Hugo, cuya bodega tenía justa fama y en el que comeríamos algún guiso, si no abundante debido a los rigores de la guerra, al menos bien condimentado y sabroso.

Aquellos primeros días de después del armisticio y del establecimiento de una engañosa zona libre en el sur de Francia, producían una extraña esquizofrenia en el observador: el país estaba en guerra, desde luego, había sido derrotado, por supuesto, pero había recuperado, al parecer, la normalidad de antes del conflicto. Sin embargo, normalidad o no, destrozos de la guerra o no, nada había vuelto a ser como antes. El paisaje era el mismo y las ciudades que atravesábamos seguían siendo iguales a como las recordábamos (bueno, en fin, con alguna destrucción provocada por los bombardeos de la aviación alemana en zonas rurales), pero todo era distinto aunque todavía o de nuevo engañosamente normal.

Por eso, la llegada a Les Baux sólo produjo en Marie una reacción de maravillada sorpresa. Me obligó a detener el coche casi en el mismo lugar en el que yo me había parado cinco o seis años antes y se apeó de un salto ágil, como el de una cabritilla. También Jean Lebrun se estiró, desenroscándose de la posición forzada en la que había viajado metido en el ahítepudras. Y mientras Marie aplaudía con un entusiasmo casi infantil, Jean se unió a ella al otro lado del camino; se detuvo y permaneció inmóvil y en silencio contemplando el espectáculo de aquella roca blanca iluminada por el sol poniente.

—*Mais que c'est beau!* —exclamó Marie. Dejó de aplaudir y apoyó las manos en el hombro izquierdo de Jean—.

Nunca he visto nada igual... ¿Y eso es una fortaleza? Casi ni se ve...

—No —dije desde el coche—, está muy disimulada en la roca. El pueblo está justo detrás.

—¿Y su casa está en el pueblo? —volvió la cara para mirarme.

—No, no. Está a unos tres kilómetros de aquí, en el llano, siguiendo por esta misma carretera. Enseguida llegamos.

Jean Lebrun se dio la vuelta.

—Esta familia de españoles que tiene usted allí, son los que usted dice que son luchadores antifascistas escapados de España.

—Sí, eso es lo que son... me parece —sonreí—. En fin, en la medida en que un catedrático de universidad puede serlo... Luchadores escapados de España.... Al menos ellos pudieron llegar a Francia y ponerse a salvo.

—¿Están solos en la casa? ¿No es un poco arriesgado que cualquiera los encuentre allí?

—No, mi amigo el cónsul portugués es quien los ha traído hasta aquí. Está con ellos protegiéndolos y nos espera...

—Geppetto —dijo Marie, interrumpiéndonos a los dos con cierta urgencia—, ¿tiene usted una cámara de fotos? Se me ha olvidado la mía en Vichy. ¡Qué tonta soy!

—No se preocupe, Marie. Llevo una en mi equipaje. Es una Zeiss estupenda. ¿Seguimos?

—Vamos —contestaron los dos a coro. Y Marie añadió—: me muero de ganas de *rencontrer les petits espagnols* que se han escapado del infierno.

Hicimos una entrada triunfal por el camino de tierra de Les Alpilles. Marie se había puesto de pie en su asiento y, agarrada al marco del parabrisas, daba gritos de entusiasmo, mientras que Jean, sentado a mis espaldas sobre el guardabarros y con los pies metidos en el espacio del ahítepudras, contemplaba la escena con solemnidad y aire levemente desaprobatorio.

El escándalo de ruidos y bocinazos, como no podía menos de ocurrir, alertó a todo el mundo. Dos niños de más o menos diez años, saliendo a toda velocidad del porche, se precipitaron con expresión sorprendida y la boca abierta a la explanada que había delante de la masía. Se pararon de golpe, mirando con los ojos como platos hacia el automóvil en el que llegábamos. Cualquiera habría dicho que sobre ellos se abalanzaba un tren expreso que, en su camino hacia París o hacia la jungla tropical, estuviera dispuesto a atravesar la casa de parte a parte.

Inmediatamente detrás de los niños asomó con aspecto de ansiedad mal reprimida la figura bonachona de Arístides. Al vernos, sonrió con alivio. Le seguía una mujer joven y pequeña, peinada con un severo moño, que se apresuró a sujetar a los niños para que no fueran atropellados por este automóvil de locos que se dirigía hacia ellos sin control.

Detuve el coche y nos apeamos todos.

—Ah, Arístides —dije, frotándome las manos con buen humor—, aquí estamos... Recuerdas a mademoiselle Marie Weisman y a monsieur Jean Lebrun.

—*Pois.* ¿Cómo podría olvidar a mademoiselle Weisman?... Y a monsieur Lebrun, claro —se apresuró a añadir—. Te voy a presentar a la señora Neira y a *dois* de sus hijos, Joan y Andréu.

—Usted es el señor de Sá, ¿verdad? —preguntó la mujer joven. Se acercó a mí apartando a sus hijos con suavidad. Tenía unos ojos negros muy hermosos, algo tristes y asustados. Me cogió las manos entre las suyas y las apretó—. No sabemos cómo agradecerle lo que está haciendo por nosotros...

—No estoy haciendo nada, señora mía, nada... No me lo agradezca —quise retirar mis manos porque me resultaba un tanto embarazoso tenerlas retenidas por aquella mujer de singular fuerza. Pero ella no me dejó.

—Sí que está haciendo… y ha hecho mucho más de lo necesario. Ha arriesgado lo que no tenía que arriesgar por una familia a la que usted ni siquiera conoce.

Era verdad. ¿Y qué sabía yo de los riesgos que corría con todo esto? Porque una cosa era mantenerme (bien, de acuerdo, por egoísmo y por poltronería) al margen de toda esta historia y otra muy distinta, incurrir en los peligros verdaderos que había aceptado arrostrar al ceder a los ruegos de Arístides en nuestro almuerzo de unos días antes en Vichy. Me dio un escalofrío. Más que nunca deseé que esta gente se marchara lo antes posible de mi casa.

—No. ¿Qué quiere usted que arriesgue? Nada, ¿verdad Arístides? —Arístides negó en silencio con la cabeza, de un modo que no me pareció muy convincente—. Ustedes son una familia que reside legalmente en Francia y que espera embarcarse hacia América dentro de unos días. Son mis huéspedes. ¿Qué puede pasar? Se irán pronto y no habrá peligro para nadie.

—Bueno —respondió ella—, en realidad nos han ordenado que nos presentemos a la policía para ser internados y si nos encuentran, lo harán… No nos engañemos: aquí estamos escondidos… Todos lo sabemos y usted también… Y eso nos hace culpables a los ojos de la policía. Y también hace que nos preocupemos por la seguridad de usted.

—Bah, bah, bah —dije.

—Están *baixo* mi protección —añadió Arístides con no demasiada firmeza.

—¿Qué está pasando? —preguntó Marie, irrumpiendo desde detrás en nuestro pequeño círculo de manos apretadas—. Huy, quiero decir… perdón por haberles interrumpido, pero es que los veo preocupados…

—Hablábamos en español, Marie, lo siento. Le diré de qué se trata —contesté volviéndome hacia ella. Y le traduje la conversación que acabábamos de tener.

—Pero ¿cómo es eso de que ustedes están en peligro? —Marie se dirigió a la señora Neira—. ¿Lo he entendido bien? —su tono era de enfado—. ¿Habla usted mi idioma? Soy Marie… quiero decir, *bon soir.*

—¿Cómo está usted? Yo me llamo Elvira. Sí, sé francés… Perdone que habláramos en español —contestó.

—No es nada, Marie —dije para tranquilizarla—. Sencillamente…

—Sencillamente —me interrumpió Jean desde donde estaba al lado del coche—, que nuestro país, el suyo, Marie, y el mío, se dedica a traicionar toda decencia. *Ce gouvernement trahit toute décence. Voilà.* Francia siempre ha sido un país de acogida en nombre de la libertad y de la democracia. Ahora se ha convertido en una nación que rechaza todo lo digno, todo lo honorable que hay en el ser humano.

Marie sacudió la cabeza como si no entendiera.

—Pero, vamos a ver…

No pudo continuar. Fue interrumpida por la llegada de dos personas más que, saliendo del porche, avanzaban hacia nosotros con timidez. Una era un hombre de edad mediana, probablemente próximo a la cuarentena; tenía lo que, para simplificar, yo hubiera descrito como un «aire intelectual», gafas redondas, traje negro, pelo negro repeinado y el porte algo solemne de quien nunca pierde la calma y está acostumbrado a ejercitar la paciencia. Eduardo Neira, sin duda. El segundo era lo menos parecido posible al profesor Neira: alto y desgarbado, bastante joven, pero no lo bastante como para ser hijo del anterior, la ropa que vestía estaba muy usada y su estado físico era lamentable.

Arístides titubeó.

—El profesor Eduardo Neira —dijo por fin. En ese momento Elvira se acercó a su marido y se cogió de su brazo con ambas manos. Quedaron los dos mirándome en silencio—. Y… —Arístides dudó de nuevo—, en fin… esto… este amigo es Domingo González.

El muchacho me miró de hito en hito y me dedicó un curioso saludo, medio inclinación de cabeza, medio afirmación con la mandíbula, como si, aun reconociendo que me debía un cierto respeto por mis canas y, caramba, por encontrarse en mi casa, quisiera no dar una impresión de sumisión. Pobre hombre, era un verdadero espectáculo, con sus ojos hundidos y los párpados enrojecidos, las mejillas colgándole de las sienes y el color de piel cetrino de hambre y dolor.

Arrugué el entrecejo y miré a de Sousa.

—Sí —dijo Arístides al cabo de un instante.

Me acerqué a Neira y le di la mano. Las suyas eran gordezuelas, delicadas; le sudaban. Luego vi que se las frotaba todo el tiempo.

—¿Cómo está usted? —le pregunté—. ¿No estaba enfermo uno de sus hijos?

—Bueno, claro, sí… Sí, se trata de nuestro hijo mayor. Padece asma y este clima húmedo y caluroso no le sienta nada bien —y luego, viendo que yo miraba al joven Domingo González, añadió—: Domingo es un antiguo amigo de Barcelona que estaba internado en Prats de Molló —como si tal cosa lo explicara todo.

—Ya —dije.

—En realidad, Manoel —intervino Arístides—, yo mismo, viendo el estado en que se encontraba Domingo, sugerí a Eduardo que lo trajera hasta aquí, *agora* que el chico por fin había conseguido salir… bueno, escapar de Prats. De otro modo corría el riesgo de ser deportado a España y fusilado. Sé que *não* es *correto* porque debí pedir tu permiso, pero el riesgo de vida era grande.

—Ya… ¿y qué va a hacer?

—No se preocupe usted por mí, señor de Sá —intervino de pronto el joven mientras se aproximaba más a nosotros. Tenía una voz hermosa y clara, de las que sirven para hacerse oír en los mítines. Cojeaba un poco—. Llevamos año y medio en Francia y nos hemos acostumbrado a esta tierra, hemos aprendido el idioma… —después, con desparpajo total, siguió en un francés bastante fluido aunque con un acento horroroso—: No creo que vaya a tenerlo muy difícil yéndome hacia el norte.

—¿Hacia el norte?

Se encogió de hombros.

—Mejor en el norte que cerca de los campos franceses en los Pirineos, ¿no? —sonrió—. Está lleno de *flics*, de polis.

—Ya —interrumpió Marie—, pero en el norte está lleno de *boches* y esos bromean aún menos que los *flics*. Hola, soy Marie Weisman y éste es Jean Lebrun. Da clases.

—Soy profesor de instituto —matizó Jean secamente. Marie dejó escapar una carcajada y le apuntó con un dedo risueño. Esta mujer iba a acabar con nosotros.

—Oiga, señor de Sá, no crea que no. Le estoy muy agradecido por lo que ha hecho por nosotros —Domingo me miraba con fijeza y expresión seria, pero me pareció detectar un tono burlón en sus palabras, como si yo, un típico rico ocioso, hubiera tenido la obligación de echarle una mano. ¿Para qué estaba en este mundo si no?

Me volví hacia Arístides.

—Tú dirás lo que hacemos, amigo. Yo…

—¿Me permiten que haga una sugerencia? —dijo Elvira Neira. Todos nos volvimos hacia ella—. Eh… ¿por qué no preparo algo de comer…? —me miró con una sonrisa tímida y cómplice—. Bueno, en realidad, hemos matado una gallina de su corral, como venían ustedes, nos permitimos…

—No, no, si me parece muy bien, no me importa nada que hayan matado una de mis gallinas o más bien una de *m'sieu* Maurice. Yo...

—... pensábamos que nos perdonaría... Le pedimos permiso a *m'sieu* Maurice, claro... No le hizo mucha gracia pero dijo que no le importaba. La he preparado en pepitoria con lo que había, hasta con unas almendras. También hay tomates de la huerta y aceitunas y algo de aceite... ¿Qué le parece?

—Elvira cocina muy bien la pepitoria —apuntó Eduardo Neira.

—Bien, bien, a mí me parece muy bien. Es más, en la bodega hay alguna botella de vino —levanté una ceja—. Bueno, si han dejado alguna.

Uno de los dos niños, haciendo con la mano un gesto que imitaba una carrera en círculo, enloquecida y errática, nos explicó:

—La gallina corría y nosotros íbamos todos detrás. Fue Joan el que la cogió y luego Domingo la agarró por el cuello y *crac* se lo retorció... —el niño Andréu se ahogaba de la risa al contar la aventura.

Todos nos sumamos a la hilaridad infantil y Joan añadió:

—Nos queremos hacer un gorro de plumas, como los indios.

—Bueno —dije frotándome las manos—, pues comamos... Que alguien prepare la mesa debajo del porche. Allí estaremos bien, disfrutando de la fresca.

—¿Por qué cojea usted, Domingo? —preguntó Marie.

—Ah, por nada. Esto de andar mucho desgasta los zapatos —levantó un pie para enseñarnos el gran boquete que tenía en la suela—. Y en algún sitio de algún camino debí de pisar una piedra puntiaguda...

Dimos cuenta del guiso, de los tomates y de tres o cuatro botellas de vino en un santiamén. Recuerdo la primera parte de aquella cena como bien grata, tan alegre y despreocupada que bien hubiera podido ser una reunión familiar en la que se celebrara un cumpleaños o una primera comunión. Sólo al lado de su madre, el tercero de los hijos Neira, pálido y ojeroso, con aire enfermo, estuvo en silencio toda la noche hasta que se fue a acostar; lo único que probó fue un caldo que le había hecho Elvira con los huesos y los higadillos de la famosa gallina.

Sentada entre Jean Lebrun y Domingo González, Marie fue la reina de la fiesta. Aplaudió, rió, contó historias de París y de la Sorbona, del novio con el que casi se había casado, *un vrai con,* y de los peligros de conducir ambulancias en el frente del Ebro (momento en el que Domingo pareció despertar cambiando el semblante serio por un gesto de animada melancolía), entremezclándolas con bromas a sus compañeros de mesa y miradas cómplices a Arístides y a mí. Allí, a la luz de las velas, con la melena suelta y el nada discreto escote de una blusa veraniega de algodón, nos tuvo hechizados a todos. Elvira Neira la miraba con ternura serena y una media sonrisa bailándole en los labios.

—Se diría que no estamos en guerra —comentó de pronto Jean—. Hace una noche maravillosa, hemos cenado bien, hemos reído mucho y estamos sentados alrededor de esta mesa *comme de vieux camarades.*

—Y sin embargo, compañero —le respondió Domingo—, estamos en guerra... —y luego masculló en español—: *Me cago en dios.*

—Y sin embargo, estamos en guerra —repitió Jean, inclinándose para mirarle por delante de Marie.

—Claro, pero ¿sabéis lo que nos une a todos los que estamos en torno a esta mesa? —preguntó Neira. Hubo un silencio—. Todos somos derrotados —hizo una pausa—. Todos hemos sido vencidos en esta guerra que casi no existe, aunque sólo sea porque tenemos que huir o escondernos o disimular... porque existe un enemigo que nos ha vencido a todos...

—¿Cuál? ¿Alemania? —preguntó Marie.

—¿Alemania? —interrumpió Jean con voz campanuda, como si estuviera declamando—. Entonces tenemos dos enemigos. Alemania, sí. Y Francia. Porque si Alemania nos ha derrotado en el campo de batalla, Francia ha dejado de existir, se ha rendido, se ha acobardado. Este país, que ya no es el mío, tomó la decisión vergonzosa de no defender París. Ha dicho no combatiremos más... ¡lo ha dicho un mariscal!... Un héroe —añadió con sarcasmo—. ¿Cómo podremos fiarnos de los viejos, incluso cuando están cubiertos de gloria? ¿Debemos fiarnos de ellos ahí donde están, encaramados a las ruinas después de haber perdido una causa que no estaba perdida? —alargó una mano para agarrar la botella de vino. Rellenó su vaso y después, viendo que el de Marie también estaba vacío, murmuró alguna excusa ininteligible y echó vino en su copa—. ¿Y qué ha dicho Francia? Ha dicho: no soy culpable... son culpables mis hijos y por eso los voy a castigar.

—*Não* sé, Jean. Toda derrota militar trae consigo humillaciones... Es siempre inevitable.

—Bueno, inevitable... Nos queda la esperanza de que la historia nos vengue y vuelva a poner a estos vejestorios donde les corresponde: en la sombra y el olvido.

—Ya —respondió Neira—, y de debajo de los rodapiés salen las cucarachas —suspiró—. Los traidores de ahora son los traidores de siempre, los cobardes.

—Hombre, va —añadí—, y también los que están de acuerdo con la nueva situación y los que sólo se rinden porque es el único modo de asegurarse el pan, y alguno que, sin ser necesariamente cobarde, pretende sacar tajada de la situación en provecho propio —alcé las cejas y abrí las manos—. Cosas así.

—¿Y a mí qué carajo me importa de quién sea enemigo Francia? Que Francia sea vuestro enemigo —dijo Domingo de pronto señalando a Jean con la barbilla—, es vuestro problema, el de vosotros los franceses.

—¿Ah? —dijo Marie.

—Y el vuestro —contestó Jean—, el de los que estáis en Francia refugiados, habiendo huido de Franco. Éstos sí que son enemigos para vosotros porque habéis llegado aquí huyendo de la muerte cierta y os habéis encontrado con la miseria y el desprecio…

—No, Jean. A los derrotados siempre los tratan igual, aquí o en la Cochinchina. No nos engañemos. A nosotros nos venció el fascismo y ahora de lo que se trata es de seguir la lucha a muerte contra ellos —puso las dos manos sobre la mesa, con las palmas hacia abajo, como si quisiera darse impulso y ponerse en pie. Marie lo miraba sin parpadear. Domingo alzó la voz—. Mi enemigo es Franco, es Hitler, es Mussolini, es Pétain… No Francia. ¿A mí qué me ha hecho Francia? Sí, me ha tratado como una mierda. Claro. Pero me ha salvado la vida, ¿eh? Y a lo mejor ahora ya no… a partir de ahora ya no, pero serán los fachistas, no los franceses los que acaben conmigo. Pues ¿sabes lo que te digo? Que hasta que no los derrotemos a todos, a los Hitler y a los Franco, el mundo será una mierda. Pues eso. ¿A mí qué más me da que me maten en Francia o en Alemania? Lo que me importa es quién me mate, porque lo hará donde me pille…

—*Mais non!* Puede que no para ti, pero para mí el enemigo es Pétain —se señaló el pecho con el pulgar—. ¡Qué enemigo abstracto ni enemigo abstracto! ¡Ya hombre, fascistas! Es Pétain el que me ha clavado un cuchillo en la espalda y ha traicionado a todos los franceses…

—¡Como a mí Franco! Ya sé que mi lucha va a acabar teniendo que librarse en España hasta que acabemos con todos ellos, pero mientras tanto…

Viéndolos, se hubiera dicho que eran dos gallos de pelea ensoberbecidos, con el plumaje encrespado, marcando airados su territorio, guapos, duros, sombríos, oliendo a macho. Y de pronto me di cuenta de que los dos muchachos no disputaban en realidad sobre cuestiones ideológicas o de supervivencia, sino que estaban escenificando un rito de conquista en el que la política contaba poco, en el que el peligro no les añadía miedo sino adrenalina.

Fijé los ojos en Marie. Miraba fascinada de un joven a otro con la respiración ligeramente entrecortada, sin pronunciar palabra, sin apartar ni un instante la atención de lo que decían, tal que si su vida dependiera de aquella discusión; tenía la cara brillante, seguro que del calor de la noche de julio, pero sobre todo de la excitación de las palabras y las posturas.

Miré a Marie y tuve celos.

Así, de pronto. Irracional, violenta, irremediablemente, tuve celos. Porque yo estaba excluido de aquel combate; me encontraba fuera de sus límites, había quedado al margen de aquella justa de trovadores de la guerra. De la pelea de aquellas dos fieras, uno de las cuales terminaría por subyugar a la gacela, hincándole las garras en el pecho para arrancarle el corazón. Así fue lo que vi. Y no pude ponerle remedio.

Yo era otra cosa. Yo era sólo un espectador impotente. Yo era un tipo pacato, amable, de voz y modales apacibles, de discurso irónico, de opiniones civilizadas, arrastrado en contra de su voluntad a este reñidero de gallos, metido de hoz y coz en una guerra idiota y sangrienta, que, tal como discurría, amenazaba con llevarme a la peor de las muertes antes de que fuera librada la siguiente batalla.

¿Cómo iba yo a competir con aquellos dos jóvenes que intercambiaban argumentos como si fueran pelotas de *foot-ball?*

Desvié la mirada hacia Elvira Neira que, desde una esquina de la mesa, tenía los ojos clavados en mí. Se me debía de haber pintado en la cara una expresión desolada de impotencia, de incomprensión o de rabia, no sé, porque, sorprendida y tal vez avergonzada, apartó la mirada, pero supe que había comprendido y se me hizo insoportable su conmiseración. Enrojecí e intenté aparentar indiferencia o, al menos, una cierta distancia condescendiente.

—Y por ahora a ti qué más te da Pétain —prosiguió Domingo con calor. Se había levantado y, saliendo de detrás de la mesa, había ido a colocarse entre ésta y el jardín, al lado de una de las columnas del porche—. ¿Qué más te da? El mundo civilizado tiene ahora un enemigo único: el fascismo y nuestra obligación es pelear contra él donde quiera que esté... aquí, en Italia, en Alemania... ¿Tú crees que en España nos derrotó Franco? ¡No, quia! Ganar, nos ganó Franco, pero derrotarnos, nos derrotaron Franco, Mussolini y Hitler juntos. La internacional fascista. Y es a ella a la que hay que derrotar.

También Marie se había puesto en pie y había ido a apoyarse contra el muro de la casa. Como no me parece que su movimiento fuera consciente, sospecho que lo hacía instintivamente, para no perderse el conjunto de los gestos de los dos antagonistas, para poder contemplar mejor el drama que se desarrollaba en el porche de mi casa, convertida, por fuerza de las circunstancias, en un verdadero escenario de teatro.

Jean Lebrun seguía sentado, aparentando la misma frialdad que había demostrado desde el comienzo de la discusión.

—Eso que dices está muy bien, pero Franco está en España, Mussolini está en Italia y Hitler está al norte de la línea de demarcación.

—¡Claro! Nos queda Pétain. A ver si os enteráis: sólo nos queda Pétain. Nosotros contra Vichy y, al tiempo... que la policía francesa se acabará aliando con la Gestapo para derrotar a los patriotas que quieren liberar a Francia. Bonito, ¿eh?

—Pues es exactamente lo que te digo: la lucha contra la internacional fascista estaría muy bien si fuéramos capaces de derrotar toda esta maquinaria bélica y de propaganda de que disponen estos *salauds*. El fascismo o el nazismo o como quieras llamarlo, qué más da. Yo te digo que el enemigo exterior importa poco, que lo que importa es la descomposición del enemigo interior, su degradación hasta la podredumbre, su derrota.

Decidí intervenir.

—Todo eso está muy bien, pero me parece que los dos olvidáis un dato fundamental, implícito en lo que afirmaba Domingo hace un momento: que esta guerra de Alemania contra Francia está acabada y vencida. Igual que la guerra de Alemania contra Polonia y contra Bélgica y contra Holanda y contra Noruega y contra los Sudetes. Como decía Neira hace un rato, todos hemos sido derrotados. Hitler es el dueño de Europa y no creo que tardemos mucho, dos o tres meses a lo sumo, en ver que todos los demás, con Churchill a la cabeza, firman la paz y sanseacabó. Los alemanes se irán de París y volveremos a celebrar las navidades sin uniformes extranjeros por las calles. ¡Ah, pero amigos míos! Nuestras miserias bélicas podrán haberse terminado, pero empezarán nuestras miserias de paz... todos bajo la misma bota de la misma dictadura. Ahora... —levanté un dedo—, una cosa es luchar contra un invasor o contra el tirano de casa cuando se está en guerra y otra muy distinta cuando se acabó la guerra... No habéis visto nada aún (bueno, vosotros los españoles, sí), quiero decir vosotros, nosotros los que estamos en Francia, no hemos visto nada de lo que nos queda por padecer en nombre de la paz, del orden y de la patria. ¿Quién va a luchar contra el fascismo, Domingo?

¿Nosotros? ¿Quién va a luchar contra Pétain, Jean? ¿Vosotros?

—¡Nosotros, Geppetto! —exclamó Marie—. Nosotros contra todos...

Levanté las cejas.

—¿Sin un solo aliado fuera? ¿Sin nadie que nos eche una mano? ¿Se fía usted de los ingleses y de su desinteresada ayuda? ¿De los americanos a cinco mil kilómetros? ¿De los rusos? Mis jóvenes amigos, no hay nada más difícil que luchar contra la paz... o, mejor dicho, contra un país pacificado por las armas. Las mismas armas que antes se emplearon en las trincheras y que ahora deberían callar, necesitan un enemigo más que nunca.

—¿Me quiere usted decir que lo más sensato sería abandonar la lucha sin siquiera haberla empezado? ¿Que mis años de guerra, mis meses de campo de concentración no habrán servido para nada? ¿No vale la pena luchar porque estamos derrotados de antemano? —la voz de Domingo retumbaba debajo del porche—. Debo abandonar mis ideales, huir y con un poco de suerte hacerme rico, mientras la gente aquí se pudre. ¿Yo? Prefiero la muerte.

—¿Pelear solos? —pregunté—. Os aplastarán como a cucarachas... Mejor que os volváis a España a luchar en la guerrilla. Al menos, lucharéis por vuestra tierra.

—No, don Manuel. Desde luego que volveremos, pero por el momento, el campo de batalla se ha trasladado a Francia porque aquí es donde está el fascismo triunfante. Ya lo verá: bastará con que peguemos una patada en el suelo para que surjan los patriotas a miles...

—Ah, no —dijo Neira—. Creo que la batalla de España no está ni mucho menos perdida. La guerra en Francia se acabará pronto, es cierto, pero precisamente por eso será necesario mantener viva la de España: una guerrilla de desgaste fuerte y rápida, eso es lo que se necesita allá...

—No es así —protestó Domingo—, no estoy de acuerdo. Debemos liberar a Francia, aunque estemos solos para hacerlo.

Arrugué el entrecejo con resignación. ¡Cuánto entusiasmo juvenil desplazado! Un solo disparo de un mísero fusil entre millones de fusiles, una sola bala entre decenas de millones de balas y esta voz poderosa y apasionada callaría sin que apenas nadie se diera cuenta de ello, sin que fuera necesario condecorar a nadie por una acción bélica idiota. ¡Pobre Domingo!

—Stalin nunca nos abandonará —afirmó de pronto Jean con voz tranquila.

—¡Ah! Acabáramos —exclamó Domingo volviéndose hacia él, recuperado el hilo argumental—. ¡Claro! Vosotros los comunistas, ¡ah, carajo, si os he padecido en España!, vosotros los comunistas pretendéis impedir que luchemos contra los nazis y ¿sabes por qué?...

La mera mención de los comunistas me sobresaltó. ¡Los comunistas! Quise disimular, pero seguro que se me notó en el gesto de la cara. Marie me miró y frunció el ceño.

—No, no, no —interrumpió Jean con vigor—. Lo que pretendemos es luchar contra el régimen de Pétain, acorralándolo hasta que sea derrotado... La gente en el poder, Pétain, Laval y los demás son los principales responsables del sufrimiento del pueblo y de su sumisión al yugo extranjero. Pétain y su gente han sido quienes han provocado deliberadamente la derrota del país para así instaurar, con la ayuda extranjera, un régimen de dictadura. Eso es contra lo que hay que luchar. Y en esa lucha contaremos con el apoyo de Rusia...

—Ya. Con el mismo apoyo de Rusia que tuvimos en España. Tus comunistas se dedicaron a purgar a los compañeros y papá Stalin se quedó con todo lo demás. ¡Pero si es peor que los capitalistas, hombre! Vosotros, ¿eh?, no queréis que luchemos contra los nazis —repitió Domingo con ardor.

—¡Sí queremos!

—¡No queréis! Vuestra única consigna es —puso la voz aflautada—: «Hay que derrotar a Pétain», ¿y sabes por qué? —nos miró a todos—. ¿Sabéis por qué?

Jean no dejó que Domingo se contestara a sí mismo.

—Bah, vas a decir que es porque es el único enemigo que nos queda al alcance de la mano... Suponte que todos perdemos la guerra, lo que, como dice monsieur de Sá, es probable que ocurra en unas pocas semanas. Ahora no estamos preparados para combatir con un ejército alemán que es infinitamente más poderoso que nosotros. ¿Pero y dentro de un año cuando lo que tengamos enfrente sea el pobre y desmoralizado ejército francés? ¿Con ese viejo mariscal chocheando?

—¿Sabéis por qué? —insistió Domingo.

—Bueno, es evidente, ¿no? —dijo Neira con voz pausada. Todos se giraron hacia él. Jean permaneció en silencio—. Es por el pacto germano-soviético de hace un año, ¿verdad? Si la gran patria del proletariado se alía con la gran patria del nazismo, ¿quiénes son los meros franceses para oponerse a ello? ¿Quiénes son los comunistas franceses para oponerse a ello?

—*Mais que isso* —propuso Arístides, que no había abierto la boca hasta entonces—. También está el tratado de amistad y cooperación firmado por Hitler y Stalin, en septiembre del año pasado, para repartirse mejor Polonia, ¿verdad?

—No es así —saltó Jean a la defensiva—. Son alianzas tácticas... Y nos conviene que el sistema de Vichy se tambalee porque sólo así acabará siendo el hazmerreír del mundo entero y caerá como una fruta madura.

—El viejo Pétain es ridículo, ¿eh? —dijo Domingo—. Con sus patrias y sus religiones y su trabajo y su familia y su moralidad de cretinos, es ridículo, ¿no? Pues, amigo Jean, son las mismas patrias, las mismas religiones y familias que las de Franco. Año y medio lleva este hijo de puta en España matando gente y el lema es el mismo, patria, familia y trabajo, y no me parece que se esté pudriendo nada. Te diré más, camarada: en cuanto Hitler se lo pida, y te garantizo que se lo pedirá pronto, Franco entrará en la guerra de su lado. ¿Fruta madura? No, Jean. Sólo si luchamos a la desesperada tendremos una mínima posibilidad de derrotar a tus nazis algún día —se volvió hacia mí—. Incluso si se ha acabado la guerra, don Manuel.

—Vosotros los anarquistas, con vuestro nihilismo, pretendéis desmontar...

—No pretendemos nada, Jean. Vamos a ver si consigo explicarme, *joder* —exclamó—, no tengo en cuenta ninguna necesidad política, ningún requerimiento de ninguna directriz de ningún partido, de ninguna dirección de nada. Todo eso me trae absolutamente al fresco. Sólo pretendo dos cosas y las pretendo sin matices, sin condiciones: pretendo eliminar el fascismo erradicándolo de la faz de la tierra y pretendo derrotar de paso a Hitler y al tonto ese de Pétain. No sé si queda claro.

—Clarísimo —concluyó Marie dando una palmada y separándose de la pared.

—Grandes argumentos, nobles propósitos —intervino Neira, como si con sus palabras pudiera desmontar la puerilidad de las de Jean y Domingo.

—Naturalmente que queda claro. Por supuesto que estoy de acuerdo con vosotros al máximo —dijo Jean—. Rechazo, sin embargo, la desorganización, el perseguir objetivos esenciales en desorden, lo que en el fondo entorpece la consecución de los objetivos finales.

—Vaya —dijo Domingo sonriendo—, eso sí que me suena a directiva del partido, que es algo que me pone enfermo, pero al menos estamos sustancialmente de acuerdo en quiénes son los enemigos a derrotar y en que no queremos demorarnos mucho en hacerlo.

—Directivas de partido, enemigo a derrotar... Habláis de Hitler, de Stalin, de Pétain, de Laval —dijo Neira con voz tranquila—, hablamos de Churchill y de Roosevelt... Cada cual a su manera, todos obedecen, bueno, obedecemos, unos mandatos morales que sólo los partidarios de cada cual reconocen y aceptan, o debieran reconocer y aceptar con exclusión de los de los demás. Unos códigos de conducta que todos ellos quieren bañar en una gran solución líquida de respetabilidad. Ninguno acepta nunca que hace las cosas porque le conviene... Todos nos presentan sus peores crímenes bajo el disfraz de la honorabilidad. Si alguno de estos estadistas justifica alguna vez sus actos en aras de la verdadera lo que sea, la verdadera libertad, la verdadera democracia, los verdaderos intereses del pueblo, malo. Miente —levantó la mirada y la fijó en los tres jóvenes—. Os lo digo para que no os fiéis nunca de los cantos de sirena... Si estando cada cual en trincheras opuestas, todos aseguran estar en posesión de la verdad, es que ninguno posee un ápice de esa verdad —se puso muy serio—. Espero que estéis muy convencidos de la justicia de vuestra causa, de la necesidad de hacer lo que sea necesario con tal de verla triunfar. Porque la actividad política y, por supuesto, la mercantil, nunca, nunca es moralmente justa, siempre es delictiva. No es posible realizar una actividad pública sin cometer el delito que responde a la necesidad de llevarla a buen puerto... ¿El fin justifica los medios? No, claro. Sin embargo, la vida y especialmente la guerra nos enseñan que el fin siempre se invoca para esconder los medios empleados. Seréis crueles y nunca os podréis arrepentir...

Hubo un largo silencio.

—De modo que —hablé—, cuando Pétain habla de entregarse por Francia, en realidad, lo ha hecho porque era el único modo de llegar al poder absoluto. Franco fusila y fusila porque es su único medio de asegurarse el control y no porque crea que debe salvar las almas de los que fusila para expedirlas al cielo de los justos. Y vosotros ¿por qué lucháis?

—*Il fait chaud, Geppetto*. Fíjese, toque este muro: todavía arde del sol de todo el día —dijo de pronto Marie poniendo las manos contra la pared.

—Sin embargo, la noche es espléndida —contesté. Me puse en pie y salí al jardín. Miré hacia arriba. No hubiera podido contar las estrellas que tapaba mi mano abierta levantada contra el firmamento, de tantas como había y de la nitidez con que lucían. Pero por una vez, me pareció un espectáculo sobrecogedor: en lugar de resultarme amistoso y próximo, en lugar de calentarme el corazón, me empequeñeció. Imaginé de pronto, sin congruencia alguna, un camino cualquiera de la campiña francesa en el que un tanque inmóvil, verde pálido a la luz de la luna, vigilara sigiloso con el cañón apuntando a un campanario. Una estupidez como otra cualquiera.

Me dio un escalofrío y eché a andar por entre los olivos con las manos en los bolsillos.

Noté que alguien me seguía y me detuve. Al instante, Marie me pasó una mano por el brazo y seguimos andando en silencio.

—Ah, Manuel, *que c'est triste tout ça* —comentó al cabo de un rato—. La guerra no es romántica.

—No, no es romántica, no.

—Es que parece mentira que hace apenas un año estuviera yo en el frente del Ebro, subiendo y bajando a las trincheras, haciendo curas de campaña con cuatro vendas sucias y un tarro de yodo, llevando aquellos cacharros destartalados que pasaban por ambulancias. ¿Sabe usted, Manuel? Me reía, fumaba esos horribles cigarros que a ustedes les gustan en España, vino, bebía vino, amaba y estaba completamente viva. El miedo nos mantenía despiertos, aunque, en realidad, no y no... Nos parecía que nunca podría pasarnos nada. Éramos inmunes a la metralla... —en la oscuridad, su perfil de niña pequeña resaltaba contra la roca blanca de Les Baux, allá a lo lejos. Volvió la cara hacia mí y ya no pude verla; sólo el contorno de su pelo—. Pero ahora esto ya no es divertido. Ahora tengo miedo. ¿Por qué, Geppetto? ¿Por qué tengo miedo?

—Porque ésta es su tierra, Marie. Esto de aquí es su hogar —me encogí de hombros—. El Ebro no era más que un país de salvajes, un lugar de aventuras, como si hubiera estado usted luchando en una guerra colonial. En una guerra en la que participaba por ser generosa, puesto que en el fondo ni le iba ni le venía...

—*Mais oui.* Yo había ido allí a defender la libertad.

—Ah, *les grands mots.* Defender la libertad. ¿Qué libertad, Marie? La suya, ¿verdad? Pues aquí no. Aquí no hay libertad que valga. Aquí lo que hay es un alemán intentando destruir su casa, deportar a su familia, violarla a usted... No es lo mismo... ¿Me entiende?

—Le entiendo. Pero, entonces, ¿por qué me dice Pétain que estoy a salvo, que no me debo preocupar, que él ha hecho el único sacrificio necesario?

—Porque miente.

Suspiró.

—Ha sido una cena maravillosa —añadió de pronto—, ¿sabe Manuel? Gracias a usted... —sacudí la cabeza—. No, no, déjeme terminar. Ha sido una cena entre amigos, sin miedo, con historias divertidas —se detuvo y, repentinamente, se puso a reír en voz baja—. Sólo faltaba la orquesta del pueblo o un gramófono de La Voz de su Amo para que nos hubiéramos puesto a bailar.

Empezó a tararear «La mer», imitando a Charles Trenet; se puso delante de mí, colocó su mano izquierda sobre mi hombro, con la otra agarró mi mano, pegó su mejilla contra la mía y murmuró: «*Dansons*».

Estuvimos así una eternidad, abrazados, creyendo que bailábamos. Después, Marie apartó la cara para mirarme, quitó la mano de mi hombro y me acarició la mejilla con el dedo índice. Suspiró y se apartó.

—*Bon* —dijo—, ¿sabe qué? Me muero de calor. ¿Está limpia la alberca? Porque me encantaría bañarme en ella.

Tiró de mí y me arrastró hacia la alberca.

El agua estaba oscura, verdinegra, con apenas un riel de luna atravesándola en diagonal. Nos detuvimos y apoyamos nuestros brazos en el borde.

—Me tiene que prometer que no va a mirar, ¿eh?

—Claro —contesté. En ese momento hubiera prometido incluso mi condena eterna.

Todo quedó en silencio hasta que oí el suave chapoteo de Marie entrando en el agua.

—¡Brrr! ¡Qué buena está!

Oí cómo nadaba y volví la cabeza. Encuadrada en la luz de la luna, su espalda blanquísima refulgía como si en la alberca estuviera nadando un pez fuerte y sinuoso, cubierto de escamas plateadas, lleno de armonía. De vez en cuando sobresalían del agua un muslo o un brazo o un pie ligero.

Entonces y más tarde y más tarde aún, una y otra vez vuelvo a ver la escena con idéntica nitidez y una y otra vez se me encoge el estómago y se me tensa la cintura con idéntica emoción. Me parece que es la fotografía preferida de mi álbum de recuerdos.

7

René Bousquet

Estuvimos una semana en Les Alpilles. Una verdadera vacación. Fuimos y volvimos a ir a los pueblos, ciudades y mercados de la redonda, a Saint-Rémy, a Arles, incluso llegamos hasta Avignon y, desde luego, a Les Saintes Maries-de-la-Mer. Allí, en Les-Saintes-Maries, pasamos un día memorable por lo que supuso de desafío instintivo y lleno de vida al hecho en sí de la guerra, al anuncio de las privaciones, de las restricciones que sabíamos inevitables. Como si nada debiera preocuparnos, nos bañamos durante horas en el mar, paseamos de un extremo a otro de las playas casi desiertas y luego tomamos el sol tumbados en la arena blanquísima mientras mirábamos a los chicos Neira corriendo despreocupados detrás de una pelota, cayendo al agua, chapoteando y salpicándonos a los demás.

Siempre he nadado muy bien y con Marie nos alejamos a *crawl* de la orilla, bien lejos, hasta que no pudo oírse más que un murmullo de voces y de ruidos de tierra que nos llegaban amplificados por el agua pero que eran como el arrullo de quienes charlan en voz baja cuando queremos conciliar el sueño después de un agradable almuerzo. Estuvimos un buen rato quietos en el agua, haciendo el muerto y dejando que el sol de la mañana nos calentara el estómago, hasta que Marie me miró con su carita pícara, alargó su mano y cuando, con el corazón latiéndome aceleradamente, hice lo mismo con la mía, me agarró riendo, se encaramó sobre mis hombros y me empujó hacia el fondo. ¡Aha!, exclamé y empecé a perseguirla para devolverle la ahogadilla. No fui capaz de alcanzarla hasta que volvimos a hacer pie. Entonces, la cogí por la cintura como si quisiera hacerle una caricia amistosa (¡ah, ya me hubiera gustado atreverme a ello!), la levanté y la tiré por el aire. Soy fuerte y ella, pese a su estatura, era una pluma de cintura ligera, vientre liso y fuerte y pechos descarados. Sí. Volando por el aire, Marie cayó al mar con estrépito y, cuando emergió, lo hizo riendo sin poderse contener. Salió a la superficie tosiendo y atragantándose. Le tendí una mano. Nos dimos la vuelta para volver a la orilla y allí estaban Domingo y Jean, con la expresión bobalicona de espectadores de circo, plantados en la arena con el agua llegándoles apenas por encima de los tobillos. No se habían movido de allí desde hacía un buen rato; y es que ninguno de los dos sabía nadar. Y nosotros, viéndolos así, como dos pasmarotes, nos dejamos caer sobre la arena presos de un *fou-rire* incontrolable.

A la espalda de la iglesia parroquial, apenas a una cincuentena de metros de aquel templo-fortaleza cuyo sólido campanario se ve lejos desde el mar, en la pared de Les Arènes que daba a la playa, alguien había escrito con grandes mayúsculas de pintura negra *Les Juifs sont notre malheur*, «Los judíos son nuestra desgracia». Jean estuvo contemplando la pintada durante un buen rato. Luego dijo *putain!* en voz baja, se encogió de hombros con desprecio y volvió hasta donde estábamos los demás. Acto seguido, sin embargo, giró sobre sí mismo y, rezongando, regresó al muro. Cogió una piedra y la lanzó contra la pintada con todas sus fuerzas, gritando *mais qui aura vu des conneries pareilles!*, «¿pero a quién se le ocurre hacer estas idioteces?».

Dos muchachos apenas adolescentes contemplaban la escena desde el murito que hay sobre la playa. Jean los miró y les espetó:

—¿Habéis sido vosotros?

Uno de los dos chicos se encogió de hombros.

—¿Pero sois idiotas o qué? ¿Eso es lo que aprendéis en la escuela? ¡Si yo fuera vuestro maestro os iba a dar judíos!

Sin duda atraído por el vocerío, un gendarme se asomó también al murito.

—¿Qué pasa aquí? —preguntó, dirigiéndose más a los dos chicos que a Jean. Esta vez fueron ambos los que se encogieron de hombros; uno de los dos señaló a Jean con la barbilla.

—¿Eso es lo que se enseña aquí a los jóvenes? ¿Ésos son los valores republicanos que enseñáis en la escuela? —gritó éste—. *Non, mais ça va pas?*, ¿nos hemos vuelto locos o qué? —insistió llevándose un dedo a la sien.

Hubo un silencio. El gendarme, que no había dejado de mirar a Jean mientras se debatía entre el deseo de no tener problemas, una cierta vergüenza (o tal vez fuera lo que yo quería ver en su rostro) y la necesidad de restaurar el orden, acabó diciendo:

—*C'est pas bien grave* —dio unas palmaditas en el hombro de uno de los dos muchachos—. *Les gosses,* los chicos, son así. No tienen mala intención... Y, después de todo, los judíos son los judíos, ¿eh? *Allez, allez,* circulen. ¿Van a comer por aquí? Hay un buen *bistrot* aquí detrás, ¿eh? —era regordete y tenía la cara bonachona; seguro que nunca antes se había enfrentado a un dilema moral.

Durante todo el incidente, tuve a Marie agarrada de la mano, no tanto para trasmitirle consuelo y solidaridad como para retenerla e impedir que se lanzara a batallar. Notaba que quería soltarse, estaba furiosa, piafaba como un potrillo, pero no le permití que entrara al trapo y, por fortuna, la cosa quedó en nada, apenas un susto. Me miró con irritación durante un buen rato, imagino que reprochándome la cobardía, pero permanecí imperturbable hasta que, por fin, encarándome con ella, me puse bizco y le saqué la lengua. Soltó una carcajada y exclamó:

—¡Ay, Geppetto, Geppetto!

En fin, siguiendo la recomendación del gendarme, a mediodía fuimos a un pequeño restaurante en la plaza de los Gitanos, frente a correos, y nos comimos una *bouillabaisse* bien condimentada con una *rouille* llena de ajo. Estaba riquísima. Después de comer, subidos todos a un murito cercano a la carretera, bastante achispados por el buen vino, con mi cámara Zeiss les saqué fotos, especialmente a Marie, que ese día, con el pelo aún mojado de agua de mar y arrebatadora en un pantalón corto y una blusa de alegres colores, aparecía en verdad risueña sin que, a juzgar por su aspecto, el desagradable incidente de antes le hubiera preocupado en demasía.

Acabábamos de leer en un ejemplar del *Petit Marsellais* que alguien había dejado en la mesa de al lado: «¿Llevarán medias o irán con las piernas desnudas? Las jóvenes valientes han decidido hacer frente a la intemperie con las piernas al aire, al igual que muchas van con la cabeza sin cubrir. Otras, más sensibles al viento, han decidido adoptar el pantalón masculino, por más que endosarlo no sea de una elegancia suprema». En otra página del mismo periódico podía leerse que el prefecto de las Alpes Marítimas había prohibido «a las personas del sexo femenino llevar vestidos masculinos». Ni shorts ni pantalones. Justo lo recomendable para el espíritu contradictorio de Marie.

Marie, Jean y Domingo se hicieron inseparables en aquellos días y, aunque a veces discutieran entre sí con pasión y no se pusieran de acuerdo sobre el rumbo que debía tomar la guerra o sobre qué era más conveniente hacer para derrotar a los alemanes, acababan riendo y dándose palmadas en la espalda como viejos compañeros. Incluso el bueno de Jean perdía a veces su ceño y su solemnidad y llegaba a sonreír con franqueza. Lo cierto es que si hubiera tenido que inclinarme por uno de los dos muchachos a la hora de decidir cuál de ellos tenía más posibilidades de convertirse en amante de Marie y destrozarme la vida, no habría sabido con quién quedarme. Había momentos en que me parecía que Domingo era el que encajaba mejor por su vitalidad inagotable y por su simpatía descarada y cazurra; pero enseguida me convencía de lo contrario, guiado por la mayor prestancia masculina de Jean y por la suavidad y seguridad con la que manejaba sus argumentos y, sin duda, su capacidad de seducción. No sabía a cuál de los dos odiaba más.

Y al final de cada día, Marie se empeñaba en pasear conmigo por entre los olivos o incluso más allá de la linde de mi propiedad. Parecía querer oír los sabios consejos que yo me esforzaba en discurrir sobre la marcha. Me hacía preguntas y preguntas sobre los más variados temas, sobre mi vida y mis viajes y me daba la impresión de que respetaba cuanto yo podía decir bastante más de lo que merecían mis palabras. Luego, de pronto, me interrogaba sobre mi vida amorosa, «ah, sí, cuénteme de aquella americana tan tonta», y reía sin poderse contener ante el relato de algunas de mis aventuras más estúpidas o ridículas (vaya, a mí me divertía ridiculizarme explicando con aspavientos algunos de mis complejos y las situaciones en que me había metido por intentar disimularlos; sabía que todo eso resultaba gracioso y me parecía que hacía crecer la intimidad entre nosotros. Después, según avanzaba el tiempo y se hacía más cómplice nuestra amistad, me dediqué a escandalizar a Marie con alguno de los disparates de mi vida de donjuán. Lejos de sorprenderla y de parecerle chocante, sin embargo, se hubiera dicho que mis anécdotas estimulaban su imaginación y su picardía. Y entonces, ella relataba sus propias experiencias bufas hasta que un recuerdo más escabroso de lo conveniente hacía que cortara de raíz el relato y se negara a retomarlo, incluso a pesar de mi insistente curiosidad).

Más de una vez pensé en proponerle reanudar nuestro baile de la primera noche, pero nunca me atreví a hacerlo. Ella jamás me lo propuso y no volvimos a estar el uno en brazos del otro hasta mucho tiempo después.

Mme. Ursule Cloppard no vino a Les Alpilles hasta el atardecer del quinto día, cuando, habiendo regresado Arístides (acompañado esta vez de mademoiselle Andrée Cibial) para recoger a los Neira y llevárselos a La Rochelle, cargábamos su enorme automóvil con la escasa impedimenta de aquella pobre familia.

Mme. Ursule era una vieja pequeña y enjuta, de facciones amargadas y cara arrugada en la que lucían con extraordinaria malevolencia dos ojillos negros y suspicaces. Cubría su cabeza con un pañuelo negro y lleno de mugre. Olía poderosamente a sudor viejo, tanto que a tres metros su hedor producía arcadas. Siempre me había parecido una mujer espantosa.

Albertine y *m'sieu* Maurice venían con ella. Traían aire cariacontecido, como si quisieran pedir perdón por no haber sido capaces de evitar la irrupción fisgona de aquella bruja.

Levanté las cejas y esperé a que la Cloppard hablara.

—Eh, monsieur de Sá... Este... en fin... venía... —cuanto más dubitativa, me dije, peor intención—, por si... en fin, por si necesitara usted algo. En fin, no sabíamos si estaba usted al tanto de... las visitas...

—Pues ahora me ha visto usted, madame Ursule. Estoy aquí y estoy perfectamente al tanto de las visitas. Son mis invitados.

—Sí. Pensaba que a lo mejor no estaba usted en Les Baux y que... vaya, que con esto de la guerra, ninguna vigilancia está de más... Ya sabe.

—No le incumbe, sobre todo sabiendo que *m'sieu* Maurice está aquí y se ocupa de todo.

Mme. Ursule, sorprendida en el renuncio, se calló de golpe y miró desconcertada a Albertine y luego a *m'sieu* Maurice.

—¿Algo más? —pregunté.

Ella se encogió de hombros y, vencida por la curiosidad, quiso mirar por detrás de mí a los Neira que en ese momento apilaban sus fardos en el porche. Yo me desplacé un poco hacia mi izquierda para que no pudiera ver. Pese a todo, con total descaro, quiso seguir mirando mientras murmuraba algo ininteligible en un tono que me pareció cargado de amenaza.

Momento en que Marie acertó a salir de la casa.

—*Mais, qu'est-ce que vous faîtes-là?* —exclamó con un estallido de furia—. *Non, mais quel culot!* ¡Qué descaro! ¿Y a usted quién le ha dado vela en este entierro?

Y sin empacho alguno, bajó el peldaño que separaba el porche del jardín, puso las manos en los hombros de Mme. Ursule, le obligó a darse la vuelta y la empujó, aunque sin violencia, camino adelante.

—*Allez, ouste* —añadió.

Después se olió las manos, hizo una mueca de asco y alzándolas en el aire como si fuera un cirujano, entró en la casa para lavárselas.

Los demás nos quedamos petrificados y estuvimos en silencio, inmóviles, todo el tiempo que Marie tardó en volver, que fueron dos o tres minutos. Por el aire con que retornaba, sin embargo, se hubiera dicho que no había pasado nada, aunque, haciendo una concesión a la galería, se detuvo de golpe y nos fue mirando uno a uno con total inocencia, sonriendo con la teatralidad cómica de una actriz consumada.

—¿Qué pasa? —preguntó—. ¿Cenamos?

Aquella noche, durante nuestro paseo, la reprendí con suavidad.

—Me parece que, tal como están las cosas, Marie, no es muy prudente enfadarse con madame Ursule.

—Pero ¿por qué? ¿Qué me va a hacer ella? ¡Si es una vieja ignorante! Dígame, Geppetto, ¿es esa asquerosa más patriota que yo? ¿Más francesa? ¿He traicionado al mariscal por el simple hecho de ponerla de patitas en la calle?

—No, no, claro que no... Es sólo que ella es más malvada que usted y éste es un momento en que la maldad resulta más útil que la bondad...

—¡Que vuelva y esta vez la echaré a patadas en el culo, *à coups de pied dans le cul!*

Le puse la mano en el brazo.

—Marie, Marie, recuerde que estamos en guerra y que siempre es más conveniente actuar con prudencia que a dictados de nuestros impulsos más nobles. En estas circunstancias, la indignación justa no paga.

—Ah, pero es que usted, Manuel, tiene bastante más paciencia que yo con la estupidez humana.

Sonreí.

—Será eso —debería de haber hecho más caso de mis propias premoniciones.

Arístides, Andrée Cibial y los Neira se marcharon al día siguiente muy de madrugada. Fue una despedida muy emotiva. Recuerdo perfectamente el detalle imborrable de los bellos ojos de Elvira Neira, dulces y calurosos, cuando decían adiós arrasados en lágrimas. Cuánta tristeza.

También nosotros habíamos decidido emprender viaje de regreso a Vichy un día más tarde. Y, mientras volvíamos a la «capital» (a cualquier cosa se le llamaba capital), Domingo se quedaría recluido en el *mas* durante unos días hasta que, calmado cualquier efecto pernicioso que hubieran podido provocar en las autoridades de policía las sospechas de la Cloppard, pudiera regresar hacia Toulouse a reunirse con su gente. Neira nos había dicho que restos del ejército rojo, de las unidades del POUM y de los milicianos anarquistas se habían reorganizado para continuar la lucha desde este lado de los Pirineos con incursiones guerrilleras a territorio español. También se creaban redes de paso de fronteras por el monte en un sentido y en otro, irónicamente para los que huían de Franco, por un lado, y para los que lo hacían de Hitler y de Pétain, por otro. No les arrendaba la ganancia a ninguno.

No dudábamos de que Domingo podría ser útil poniéndose al servicio de todas estas organizaciones de patriotas. Por eso y para evitarle riesgos innecesarios, el consejo de todos nosotros fue que olvidara sus planes de ir hacia el norte a luchar contra los alemanes. ¿De qué serviría que sacrificara inútilmente su vida?

—¡Es muy peligroso andar por Francia ahora! —le advirtió Marie, y Domingo bajaba la cabeza con obstinación.

—Ya veré lo que hago.

El 23 de julio, cargado mi automóvil con nuestra impedimenta de viaje, sobre todo con la de Marie (lo que no dejó de suscitar los comentarios irónicos de Jean) nos pusimos en marcha. Domingo quedó mirando por un ventanuco de debajo del porche al tiempo que *m'sieu* Maurice, gorra en mano, permanecía firme viendo cómo nos alejábamos por la carretera. Debo decir que le recompensé generosamente por la pérdida de su gallina y de los demás manjares compartidos con tanta liberalidad con nosotros. Era una buena persona. Y Albertine, también.

Por pura prudencia, me detuve en la *gendarmerie* del pueblo. Y como sospechaba, Mme. Ursule ya había pasado por ahí sembrando cizaña. Me bajé del auto a saludar al sargento del puesto.

—¡Monsieur de Sá!, ¿se marchan ustedes ya?

—Ah, sí. Es hora de regresar a Vichy.

—Vichy, ¿eh?

—Vichy.

—¿Está usted viviendo allí ahora?

—Pues sí… Tengo trabajo en la secretaría de prensa y no debo ausentarme por más tiempo…

—¿Ha tenido ocasión de ver a *monsieur le Maréchal* en persona?

—Ah, sí. Tomé el té con él hace apenas diez días… —al sargento se le abrieron mucho los ojos de estupefacción—. Sí, estuvimos hablando del futuro, de cuándo piensa él que se acabará esta guerra y —sonreí— de cómo crecían los tomates de su finca de Cagnes.

—¡No me diga!

—Pues sí. Me dijo que tal vez pudiera acudir al mercado del domingo para venderlos.

El sargento sonreía, encantado. Y mientras lo hacía, no dejaba de mirar hacia mi coche.

—Y sus amigos ¿también van a Vichy?

—Sí, claro.

—Todos tienen papeles.

—*Naturellement*. Madame es periodista de París, protegida de monsieur Bousquet, el prefecto de Châlons. Y el caballero, profesor Jean Lebrun de la Escuela Normal de Lyon.

Ambos mostraron sus documentos al policía, que se los devolvió tras una somera inspección.

—Pero los demás huéspedes de usted, monsieur de Sá, los que estaban en la masía…

—Ah, esos… Se marcharon de viaje ayer. A La Rochelle. Iban a embarcar hacia Portugal. Deben de estar haciéndolo ahora… en estos mismos momentos.

—Ya… —quedó pensativo. Después, me miró a los ojos y añadió—: pues que tengan buen viaje.

Durante todo el trayecto hasta Vichy, el humor de los que viajábamos en mi coche fue sombrío. Marie, siempre tan alegre, apenas pronunció palabra y cuando lo hizo fue para recordar a Domingo.

—Le va a ser difícil escapar de los policías, ¿verdad?

—Si quiere volver a Toulouse, desde luego —contestó Jean—. Fíjate que al final de todo, le hubiera convenido más irse hacia el norte como pretendía, ¿no?

—Pero él quería seguir combatiendo —dije—, y la batalla no está en la zona libre... quiero decir, por el momento al menos. Yo no me preocuparía mucho por él. Me parece que se las apaña muy bien sin la ayuda de nadie...

Tuvimos que detenernos por el camino en varias ocasiones. Un par de veces porque habían empezado los trabajos de desescombro en los canales de Francia del sureste: los bombardeos habían hecho de ellos un estercolero de gabarras amontonadas contra las esclusas, semihundidas en las aguas menos profundas, encaramadas a las orillas, y sus propietarios, ayudados por los «voluntarios» que pronto quedarían encuadrados en los Grupos de Trabajadores Extranjeros, pobres desgraciados, alemanes, españoles, polacos, se afanaban en hacer expedita la vía con la ayuda de las bestias de tiro que habían sobrevivido al paso de la guerra. También había puntos en las carreteras por los que resultaba difícil pasar, no ya a causa de los baches y socavones producidos por la artillería semanas atrás, sino por los vehículos abandonados en las cunetas o la aglomeración de personas que intentaban regresar a sus hogares a este lado o al otro de la frontera.

Volvimos a parar en Valence con la intención de comer. ¡Qué vuelco había dado la situación en apenas una semana! Nada de sentarnos a una mesa de restaurante, nada de detenernos en una charcutería para comprar algún salchichón, nada de entrar en una panadería o de acercarnos al carromato de un vendedor de legumbres y hortalizas, de un *marchand de quatre-saisons*. Eso se había acabado, al menos de momento. En Pic, por la puerta trasera del restaurante, conseguí que nos vendieran, ¡a qué precio!, unos sándwiches de jamón y una botella de vino apresuradamente envueltos en el periódico *Paris-Soir* del día, que la gente de Clermont, en donde se imprimía temporalmente, pronto bautizó como *Pourri-Soir,* el «Vespertino Podrido».

Nos detuvimos en las afueras de Valence, al borde de la carretera, a comer los bocadillos. Mientras lo hacíamos, Jean se puso a hojear el periódico sin prestarle demasiada atención. Al cabo de unos segundos, sin embargo, levantó la cabeza.

—Escuchen esto —dijo leyendo en voz alta—. El gobierno de Francia, bueno, imagino que se refiere al del mariscal, al de Vichy…, aprobó ayer una ley en la que se regula la extranjería y se faculta a las autoridades a revisar las nacionalizaciones realizadas al amparo de leyes recientes… Supongo que está hablando de las leyes de nacionalidad de 1927 y de 1933, ¿no?

Me dio un vuelco el corazón. Alargando la mano, pedí:

—¿A ver? —cogí el periódico y leí atropelladamente que una comisión del gobierno revisaría, en efecto, las concesiones de nacionalidad francesa a extranjeros que se hubieren acogido a la ley de 1927. ¡Y yo era uno de ellos! Levanté la vista. Marie y Jean me miraban con los ojos muy abiertos.

Al cabo de un momento durante el que nadie pronunció palabra, me encogí de hombros y dije:

—Bueno, no creo tener que preocuparme: no soy un revolucionario, no soy francmasón, soy una persona de orden, he sido diplomático hasta que decidí que no me gustaba la política de la república española… —puse una mueca de relativa indiferencia—, tengo propiedades en Francia, no soy jud… —me interrumpí bruscamente—. Quiero decir...

Marie enrojeció. Quiso hablar, pero la interrumpí con apresuramiento:

—Marie, le pido perdón. Santo cielo, no he querido decir eso… Lo único que he querido decir es que cualquier política antisemita de Vichy, si es que algún día la ponen en marcha estos locos, no puede aplicárseme, sencillamente porque no soy israelita ni conseguí la nacionalidad francesa como consecuencia de una sangre judía que no tengo... Por dios, le pido perdón, Marie... no he querido decir nada de eso.

Jean, apoyado contra la portezuela derecha del coche, nos contemplaba inmóvil, con un sándwich a medio camino de la boca.

Marie se llevó la mano a la garganta como si quisiera sujetarse la cabeza, no se le fuera a caer. Me miraba fijo fijo sin pestañear, con los grandes ojos doloridos. Al cabo, suspiró y se puso a hablar lentamente.

—No importa, Manuel... Supongo que es muy difícil sustraerse a este ambiente antijudío que se respira por todos lados. Basta con ver lo que pasa en Alemania... las cosas que escriben los periódicos aquí... bueno, la tontería de Les-Saintes-Maries —alzó la barbilla con determinación—. No crea —sonrió—, *je ne suis pas une bécassine,* no soy completamente tonta... bueno, en todo caso no lo suficiente como para pensar que aquí no pasa nada. Ya sé que somos judíos y que corremos cierto peligro. Pero ¿qué peligro? ¿Qué nos van a hacer? ¿Qué nos pueden hacer? Si antes que judíos somos franceses... y lo somos desde hace más de un siglo. ¿Qué van a hacer? ¿Quitarnos la ciudadanía? ¿Escupirnos a la cara? ¡Bah!

¿Cuántos años tenía esta mujer? ¿Veintiocho?

—No te fíes —dijo Jean—, que éstos son capaces de todo.

Marie rió.

—¡Bah! —repitió con desprecio—. Mi padre, héroe del catorce, no te creas, siempre dice que tanto las esperanzas como los duelos de Francia son nuestras esperanzas y nuestros duelos... Sean cuales sean nuestras convicciones, por dispares que sean, el pueblo francés es nuestro pueblo, es el único que conocemos... —inclinó con suavidad la cabeza hacia la derecha, como queriendo excusarse por la pedantería de su lenguaje—. En una palabra, por cruel que sea hoy el destino que pesa sobre muchos de nosotros, por grande que sea la amenaza, nuestro mayor afán es nuestro apego por Francia. ¡Somos franceses, Manuel! No podemos concebir dejar de serlo... no podemos imaginar siquiera un porvenir que no sea francés.

Di un paso hacia ella y le puse una mano en el antebrazo.

—Le pido perdón, Marie —me temblaba la voz—, ha sido una observación miserable... Todos perdemos el norte ante tantas amenazas. No sé qué decir para excusarme.

—*Mais non, Geppetto* —contestó sonriendo. Se acercó a mí y apoyó con ternura su otra mano sobre mi corazón—. Esas cosas pasan. No son culpa nuestra. Vivimos tiempos extraños, peligrosos. Tenemos demasiado que perder. —no creo haber pasado tanta vergüenza en toda mi vida.

—*Eh bien,* lo vamos a perder todo —intervino Jean—, lo vamos a perder todo... desde luego que sí. ¿Quién puede asegurar que mañana estaremos vivos? Decidme, ¿cuántos de nosotros llegaremos al otoño? ¿Eh? —empujándose con un golpe de cintura, se apartó del automóvil y en dos pasos se puso junto a nosotros, muy cerca—. ¿Eh? ¿Cuántos? Y si Domingo estuviera aquí, menos aún, ¿verdad? Nuestras probabilidades disminuirían todavía más.

—No digas eso —murmuró Marie, y de golpe se le llenaron los ojos de lágrimas. Se volvió hacia él y le agarró por las solapas—. ¿No comprendes que lo único que nos queda es la esperanza de sobrevivir? Tú mismo dices que nos quitarán el resto, Jean —me miró y, buscando consuelo, alargó su mano, la enlazó con la mía y me la apretó con fuerza. Jean sacó entonces un pañuelo de su bolsillo y quiso secarle los ojos.

—Tch, tch, tch —dije, apartando su brazo—. Está sucio. ¿Cómo le vas a limpiar los ojos con un pañuelo sucio, muchacho? Aquí, toma, hazlo con el mío.

Marie nos miró a los dos con ternura, supongo.

—Estos chicos jóvenes, *ces jeunes gens me comprennent rien,* no entienden nunca nada —e inclinándose a turnos, nos dio un beso en la mejilla, primero a Jean y luego a mí—. ¿Vamos? —y arrugó la nariz para sorberse las lágrimas.

No es que Vichy nos resultara irreconocible. El parque des Sources seguía en el mismo sitio, los hoteles no se habían movido, las gentes estaban donde las habíamos dejado. Pero de pronto, en aquel atardecer de nuestro regreso, las cosas habían cambiado y no para mal sino para extraño.

Desde luego, la guerra estaba menos presente en las calles, los uniformes alemanes habían desaparecido, ¡los enemigos se habían ido!, y todo había recuperado un cierto aire de normalidad o mejor aún, un aspecto cómplice que los forasteros no habrían de comprender puesto que esta colosal broma era sólo para franceses: derrotados pero no en exceso y a la larga vencedores gracias a la superioridad de lo francés sobre lo alemán, al final esos patanes del otro lado del Rin, sin que nosotros moviéramos un dedo, acabarían sometidos a las luces de la Ilustración por su propio papanatismo pueblerino. ¡Que desfilaran, que desfilaran por los Campos Elíseos! A Marie incluso le llegó a parecer (aunque yo, perro viejo y asustado, estaba seguro de que se trataba de un espejismo) que lo peor de la guerra había pasado. Era de un optimismo a toda prueba.

Porque la gente de Vichy, lejos de jugar un papel bufo en una ligera comedia de enredo cuyo final había de consistir en reírse de los pomposos alemanes, estaba siendo la víctima propiciatoria de una tragedia espantosa. El país había sido derrotado por un ejército extranjero, aunque los vencidos se empeñaran en no verlo e hicieran el ridículo con sus patéticas pretensiones de amistad e igualdad con los vencedores. Peor aún, esta nación gloriosa estaba siendo triturada en el molino de su propia podredumbre. ¿Qué otra cosa podía predicarse de la destrucción de todo lo que nos era caro que nos reservaban, no los peores, sino los mejores hombres de la patria? Pronto, la media sonrisa de quienes creían saber que todo este asunto era pasajero se tornaría en el rictus trágico de quienes habían comprendido que nuestro destino definitivo eran las cenizas.

Llegamos, pues, a Vichy con las primeras sombras de la noche.

Hacía mucho calor y al menos Marie y yo estábamos deseando darnos sendos baños de agua fría para quitarnos la sensación pegajosa de tantas horas de viaje y de la pesada humedad que subía del Allier. No nos pareció que Jean se interesara en exceso por su higiene personal porque se despidió de nosotros bruscamente diciendo que tenía trabajo. Prometió encontrarnos a la mañana siguiente. «*Mais qu'il est bourru!*» exclamó Marie.

Viéndole marchar así, deprisa, con las manos en los bolsillos, perdiéndose en la oscuridad incipiente, me asaltó un sentimiento de nostalgia. Y es que los días de intimidad pasados en Les Baux amenazaban con dejarnos huérfanos de amistad. Hubiéramos necesitado meses de convivencia para llegar a satisfacer este deseo de seguir juntos. Los Neira y Arístides y Domingo y nosotros...

—*Allez, bon soir, Geppetto* —dijo Marie al apearse del coche en la puerta de la casa de Mme. Letellier—. No se baje —apoyó las manos contra la portezuela para que no la pudiera abrir. Luego inclinó la cabeza hacia mi hombro pero se detuvo a medio camino y me dio un beso furtivo en la frente—. Ha sido una semana maravillosa —recogió su maleta del ahítepudras y desapareció de un salto en el interior del portal.

Vaya por dios, pensé.

Guardé el auto en el garaje de la parte trasera de mi hotel, subí a mi habitación, deshice las maletas y me di un baño de agua templada, casi fría. Después me vestí con ropa ligera de verano y bajé al parque a dar un paseo. No tenía hambre; acaso sólo la misma sensación de angustia en la boca del estómago que me había perseguido toda la tarde.

En Quatre Chemins compré un cucurucho de helado de vainilla. *Vanille de Tahití,* se nos aseguraba, por más que las plantaciones de aquellas islas se me antojaran más bien fuera de nuestro alcance y ahora más que nunca. En fin, por el momento todavía se vendían helados en los *café-glacier* de Vichy. No lo sabíamos, claro, pero en la dichosa Francia libre pronto se acabaría la sacrosanta materia prima (que el gobierno reservaría para llenar los torturados estómagos de la Wehrmacht) y los heladeros tendrían que dejar de mezclar con sus grandes palas de madera aquella deliciosa melaza de nata y leche y azúcar, que hasta entonces había estado destinada al común de las gentes. Y apenas unos días después tendríamos ocasión de recordar con añoranza lo fácil que había resultado hasta entonces comprar un simple helado.

Me senté en uno de los bancos de forja del parque, cerca de la fuente del manantial. Desde donde yo estaba, por debajo de los castaños y de la hojarasca, más allá de la galería cubierta, podía divisarse la entrada del hotel du Parc y todo el chaflán del edificio en cuyo tercer piso se encontraba el balcón del dormitorio de Pétain.

Había bastante bullicio debajo de aquellas ventanas. No eran sólo los petardeos de los escasos autos que pasaban por allí, sino el simple movimiento de gentes que parecían querer velar el sueño del padre de todos los franceses. Un regimiento de jóvenes *scouts* ataviados con camisas verdes y boinas azules ocupaba gran parte de la calzada y en marcial posición de descanso parecía presto a dar la vida por la seguridad del mariscal.

—Lo hemos echado de menos —susurró de pronto la voz amiga de Armand de la Buissonière. Había aparecido como por ensalmo a mi lado. Se sentó en el banco y alzó la vista hacia el mismo balcón que yo había estado contemplando—. El gran hombre duerme.

—Mi querido Armand…

—Ah, Manuel, qué de cosas han pasado durante su ausencia… Pero no quiero molestarle con mi catálogo de quejas. Dígame primero qué tal les ha ido durante esta semana en el sur… Hábleme de nuestra deliciosa mademoiselle Weisman —y me miró con sonrisa cómplice.

Le detallé nuestras aventuras, los nuevos amigos, las ausencias, las excursiones, hasta la malevolencia de Mme. Ursule, todo. Armand escuchó mi relato sin interrumpirme y, por fin, exclamó:

—¡Cuánta diversión! Lo que yo pensaba: una semana maravillosa… Pero aún no he oído nada de mademoiselle Weisman, ¿eh?

—Bueno… en realidad hay poco que decir.

—Ah, bah, bah, bah. ¿Cómo que hay poco que decir? ¿Cuánto hace que nos conocemos, Manuel?

—No, de veras, no hay nada que decir. Marie es una joven deliciosa, muy atractiva, ¡pero podría ser su padre!

—No, no, no. Usted podría ser su padre si tuviera la edad mental, qué digo, incluso física para ser su padre. Pero no la tiene. Usted y yo somos coetáneos, ¿no? —asentí—. Cincuenta y uno —de repente exclamó con impaciencia—: ¿Pero de qué clase de frivolidades estamos hablando?

—¿Perdón?

—Una relación sentimental jamás viene condicionada por las edades de quienes se involucran en ella. Ah, Manuel, Manuel... —sacudió la cabeza y cambió de tema con brusquedad—. La guerra se complica, amigo mío. Hitler ha decidido invadir Inglaterra para acabar de una vez con todos sus enemigos y ser el dueño indiscutible de toda Europa. La lógica del invasor... Es bien cierto que debemos admirar su habilidad política: gana la guerra en occidente y mantiene la colaboración diplomática con Rusia y Japón en oriente. Me aterra, pero ¡qué estadista!, ¡qué visión!, ¡qué descaro!

—Vaya, tiene la fuerza de su parte, ¿no? ¿Cuánto cree que tardará en controlar Inglaterra?

—Nadie sabe, pero es bien cierto que los ingleses están en plena retirada y sin capacidad ni moral para defenderse. Ah, no sé. Si tuviera que hacer una predicción... Les doy un mes y eso sólo porque entre las divisiones Panzer y Londres está el canal de la Mancha. A finales de agosto todo habrá acabado, a pesar de que Winston Churchill, se lo he oído decir por la BBC con esa voz insoportable que tiene, sostiene que la batalla de Inglaterra no ha hecho más que empezar.

—¡Pero eso es terrible! —murmuré—. Eso supone que todo lo que estamos viendo venir en Francia, la desaparición de la República, los obispos, la beatería, las persecuciones, la delación, los traidores... es inevitable. Todo se nos viene encima. Oh, sí, yo sé lo que pasará: si alguien cree que Hitler será benevolente con aquellos a quienes ha sometido, nos espera una amarga desilusión.

—Pues me temo que es lo que va a pasar, Manuel.

—¡Pero es terrible! —repetí—. Y las cosas han empezado ya a ocurrir. Las amenazas se van cumpliendo. Ayer, de pronto, me entero de que van a cambiar las leyes de naturalización, de que me pueden desposeer de la nacionalidad francesa... ¿se da usted cuenta? De aquí a unas semanas puedo ser un apátrida, me lo pueden quitar todo... Todo...

Armand hizo repetidos gestos negativos con las manos.

—No, no, no, no. He presenciado la mayor parte de las discusiones sobre la ley, sobre todo entre Pétain y Laval, y esto no tiene nada que ver... No debe usted preocuparse. Esta ley apunta a los masones franceses, a los marxistas y a los israelitas refugiados en Francia, no a gente que, como usted, se refugió aquí huyendo de la barbarie extremista en su propio país. ¡Pero, *pardi*, si todo el mundo en el gobierno le considera persona de derechas, alguien de quien es posible fiarse de verdad!

—¿Usted cree? —pregunté con alivio.

—¡Naturalmente!

—Pues que dios les conserve la vista. Bueno, Armand, me quita usted un gran peso de encima.

Sonrió.

—La gente que se viste con cuello duro está perfectamente a salvo.

—Bueno, no sé, debo de estar corriendo un riesgo grande: este verano he proscrito el cuello duro...

—... Pero es sólo porque el calor está casi siempre reñido con las convicciones políticas.

Reímos ambos. Nos pusimos de pie.

—¿Vamos? —dije.

Armand asintió, pero luego se detuvo, pensativo. Al cabo de unos segundos me miró con tristeza.

—Además, no crea que esta ley de revisión de las naturalizaciones ha sido una ocurrencia de Hitler y que nos la ha impuesto él —rió con amargura—. No, no. Esto se les ha ocurrido a nuestros sesudos gobernantes sin la ayuda de nadie. Esto y todas las otras persecuciones que vendrán, y vendrán, se lo juro, son cosa nuestra. Este gobierno de Vichy tiene una capacidad insuperable para cubrirse de indignidad, ya lo verá. Por cierto, ¿no ha recibido un mensaje de Olga Letellier?

—No —contesté con cierta sorpresa y enseguida pensé en Marie—. ¿Pasa algo grave?

—No, claro que no. Es sencillamente que nos invita a tomar el té en sus apartamentos mañana por la tarde. Al parecer, se encuentra en Vichy René Bousquet...

—¡El gran hombre!

—... y acudirá a visitarla. Quiere presentárnoslo.

—Ah, muy bien. Siento verdadera curiosidad por conocerlo.

—Bueno, me parece que es uno de esos políticos franceses con agallas que acabarán siendo nuestra única esperanza: hábiles, valerosos, decididos... ¿Le he dicho que Hitler, al mismo tiempo que decidía invadir Inglaterra, le pedía a Pétain que le dejara disponer de nuestros puertos en el norte de África?

—¿Sí?

—Ya lo creo. Pues fue Bousquet el encargado de responder a los alemanes en Châlons: no habrá puertos en el norte de África...

—¡Caramba! ¿Y qué dijeron los nazis?

—Bueno, insistieron, se enfadaron, amenazaron, pero Bousquet contestó cada vez que eso no era lo que estaba firmado en las cláusulas del armisticio y que el gobierno de Francia lo sentía en el alma.

—No es posible.

—Pues sí... Y los alemanes aceptaron.

—Caramba... Pues esto sí que duplica las ganas que tengo de conocerlo.

Por primera vez en ocho o nueve días dormí mal. Habían sido demasiados viajes, demasiados acontecimientos, demasiados amores. Demasiadas emociones. Había perdido la serenidad de días pasados, la calma de Provenza, la libertad de disfrutar de mis amigos sin cortapisas e, incluso, la excitación de estar haciendo algo prohibido o ligeramente peligroso. Y, para colmo, en la habitación del hotel contigua a la mía no descansaba ya Marie, como en Les Alpilles, sino un piso más abajo y, junto a mi pared, un funcionario de Hacienda cuya principal gracia era su poderoso y variado ronquido.

Y aunque era la mía, extrañé la cama y acabé maldiciendo la manía francesa de sustituir la almohada de plumón por un rulo relleno de lana, incómodo y caluroso.

—De modo que la situación no es cómoda ni fácil —concluyó Bousquet, colocando con gran cuidado su taza de té sobre la mesa del saloncito—. No cabe que nos engañemos: hemos sido derrotados sin paliativos y lo que urge es *minimiser les dégats*.

—Bueno —dije—, parece que todo el mundo está de acuerdo en que hemos sido derrotados y en que hay que minimizar los daños, pero...

—No todo el mundo, no todo el mundo...

—... se diría que eso son excusas para disfrazar una realidad bastante más cruda.

—No, no, monsieur de Sá. No se equivoque sobre el vigor del pueblo francés. Una derrota militar no es la derrota de una nación —sonrió—. Es simplemente una derrota. Francia sigue en pie. Y puede que la República se haya tambaleado. ¡Pues es preciso salvar la República! Eso entraña complejos sacrificios cuyo alcance real no es fácil adivinar. Y se lo digo a todos ustedes con gran firmeza: el gesto del mariscal Pétain al buscar un armisticio honorable es de gran utilidad patriótica. Por ponerlo de modo pedestre, el mariscal nos ha guarecido a todos debajo de un paraguas a esperar a que escampe. Tiene una apariencia horrible, pero, en el caso de Philippe Pétain, se lo aseguro, es un sacrificio deliberado... —inclinó la cabeza—. Es incluso posible que él no se haya dado cuenta de la clase de sacrificio que ha hecho.

Miré a Armand y, aprovechando que Bousquet había girado la cabeza hacia Olga, levanté las cejas con incredulidad, pero él permaneció imperturbable.

René Bousquet era muy joven incluso para ser el prefecto de menor edad de toda Francia. Rondaría los treinta años, no más, pero tenía ya en el rostro la expresión madura, el aire de autoridad y responsabilidad más propios de una persona de las de mi generación (y algunas de sus arrugas). Era bien alto y vestía de modo impecable un traje oscuro de seda de shantung de una sola fila de botones, camisa de seda blanca y una discreta corbata. Del bolsillo asomaba un pañuelo blanco doblado en pico. Ah, sí, me impresionó su porte, pero me impresionaron aún más sus manos delgadas de largos y fuertes dedos. La boca fina, los ojos marrones de párpados abombados, el pelo peinado con raya y alisado con brillantina conferían a su rostro un aura de determinación e inteligencia. Sólo su nariz, aguileña y agresiva como la de un halcón, hacía pensar en la ambición y crueldad de un pájaro de presa. (Dicho todo lo cual, hubiera jurado que se tenía a sí mismo en un alto concepto, pero quién era yo para juzgar a nadie, sobre todo considerando la sinceridad y sencillez con que parecía dirigirse a nosotros sin escondernos la cruda realidad.)

—Un sacrificio deliberado, sí —repitió, pensativo—. O tal vez no... En cualquier caso —hizo un gesto de indiferencia con la mano—, me temo que el mariscal nos lo ha impuesto a quienes trabajamos a sus órdenes ¿Estábamos en disposición de hacer frente a la maquinaria bélica alemana cuando empezó la guerra de invasión hace unas semanas? No, claro que no. La defensa opuesta por el ejército francés a las divisiones Panzer fue heroica. Sí. Tan heroica como estéril. ¿El viejo ejército francés con su armamento obsoleto y sus tácticas periclitadas frente a la guerra relámpago de las modernas divisiones alemanas? —rió con amargura—. Era preciso detener tan desigual lucha. Porque, ¿permitir que Francia fuera deliberadamente machacada? ¿Sacrificar toda una juventud, lo mejor de Francia, para apenas nada? No sé ustedes, pero yo estaba en las carreteras de Francia, yo vi la sangre de ancianos, de chicos y chicas, de los bebés y sus madres y yo fui el primero en decirme a mí mismo ¡basta! Oh, bueno, claro, habría seguido peleando porque ése habría sido mi deber, pero con la sensación de futilidad a la que el mariscal puso término tan oportunamente. Y eso, *mes chers amis*, es lo que cuenta a la hora de la verdad. Nuestra obligación ahora, la mía y la de ustedes, es salvar los restos del naufragio, repararlos y reservarlos para cuando podamos reconstruirlos y entregarlos intactos a nuestros hijos... *Chère* Marie, me mira usted con desconfianza, como si no creyera en la bondad de nuestras intenciones.

—No, René —contestó Marie, con un escalofrío, como si saliera de un sueño—. Claro que creo en la bondad de sus intenciones, ¿cómo no voy a creer en la palabra de un patriota? Es sólo que me parece que no son demasiado prácticas... ¿Cuánto tiempo va a transcurrir hasta que la guerra se acabe en Europa? ¿Semanas? ¿Meses? —nos miró a los demás buscando en nosotros la confirmación a sus predicciones: ¿no lo habíamos hablado una y otra vez durante las vacaciones en la Provenza? ¿No habíamos especulado con lo que iba a ocurrir en Francia, en Europa, en cuanto Hitler acabara con toda resistencia?—. Y, cuando termine, por grandes que hayan sido los sacrificios por salvar los restos del naufragio, todo habrá acabado y nos habremos convertido de forma inexorable en una colonia alemana —empujó la barbilla hacia delante, como siempre que quería argüir su punto de vista desafiando al antagonista—. ¿No?

Una pequeña vena se le había hinchado en la sien derecha; le brillaban los ojos y mantenía la boca ligeramente abierta. Es así como la recuerdo cuando se apasionaba: toda la cara se le encendía. Justo en la base de la garganta le latía con fuerza el pulso (y yo, no sin disimulo culpable, dejaba que se eternizara allí mi mirada); luego aquella piel tan suave se perdía en su escote y desaparecía debajo de las clavículas por entre las delicadas curvas de sus pechos.

Alguien dijo algo que, perdida la noción del tiempo, no alcancé a oír y luego Bousquet:

—No, puesto que habiendo cesado la lucha a tiempo y habiéndonos colocado en pie de igualdad con Alemania, Francia habrá sobrevivido.

—¿Y usted cree, monsieur Bousquet, que también habremos salvado nuestra democracia? —me pareció que la pregunta de Jean Lebrun, formulada casi en voz baja y desde la discreta esquina del saloncito en que se había sentado, sonaba como un brutal desafío. Miré a Bousquet sobresaltado, esperando una ácida respuesta a semejante impertinencia. Y, peor aún, antes de que pudiera contestar, Jean remachó—: Me refiero a nuestras libertades... si habremos conseguido preservar la libertad, la igualdad y la fraternidad.

Bousquet estuvo callado unos segundos que se me hicieron eternos. Luego, muy despacio, giró la cabeza para mirar a Jean y por fin dijo en tono amable:

—Es posible que haya que redefinir los conceptos de libertad, igualdad y fraternidad... —alzó una mano para adelantarse a la objeción de Lebrun—. No, no. A mí tampoco me gusta. Son nuestros valores más preciados desde la revolución de 1789, claro.

—Y ha jurado usted defenderlos —interrumpió Jean.

Esto exasperó a Bousquet.

—¡Claro que he jurado defenderlos! Y he jurado hacerlo con mi vida si fuera preciso. No ponga usted en duda mi patriotismo, mi joven amigo. Son nuestras virtudes cívicas más preciadas. Lo sé bien. Y son muy nuestras... por oposición a los axiomas formulados por el Tercer Reich. Pero me pregunto: ¿no es mejor ser prácticos y disimular nuestros sentimientos para que no resulten brutalmente aplastados por el ejército extranjero? ¿No es mejor poner en la reserva nuestras preciadas libertad, igualdad y fraternidad, esconderlas debajo del Panteón, lo digo por invocar un depósito sagrado, y aparentar que sustentamos esas tonterías de la familia, el trabajo y la patria... —sonrió ante nuestra cara de sorpresa colectiva—. Sí. ¡Claro que son tonterías! Por supuesto que lo son, pero también son excelentes escudos detrás de los que esperar a que pase la tormenta —se recostó en su butaquita con una sonrisa satisfecha.

Hubo un largo silencio.

—Está bien, René —concedió por fin Marie—, pero ¿cuánto hay que transigir? ¿Cuánto debemos aguantar? ¿No es posible que de tanto ceder para que los nazis no sepan cuáles son nuestros sentimientos, acabemos renunciando por comodidad a todo lo francés?

—No me gustaría que eso pasara —interrumpió Mme. Letellier que había seguido la conversación con una taza de té en la mano, sin moverse, sólo girando los ojos para seguir la diatriba de unos y otros. Todos nos volvimos hacia ella con sorpresa. E inmediatamente, como yo esperaba, dijo una tontería—. ¿Alguien quiere una taza de té? —parpadeó y en tono dubitativo, añadió—: ¿O un poco más de *cake?*

—Muchas gracias —se apresuró a decir Armand—. Sí que tomaría otra taza de té —se levantó y dio dos pasos hacia la bandeja en la que reposaban el samovar, la tetera, el azucarero, una pequeña jarra de plata para la leche y un platito en el que había unas rodajas de limón. Pronto añoraríamos tamaños lujos.

Mme. Letellier volvió a la carga.

—Después de todo, hemos vivido muy bien hasta ahora... Desde luego mejor que muchos alemanes en Alemania.

De nuevo nos volvimos para mirarla ahora con verdadero estupor.

—¿Perdón? —preguntó Armand.

—Bueno, vaya... sé que exagero —parpadeó—. Quiero decir... en fin, como diría monsieur Bousquet, estamos aquí, en la Francia libre, a salvo de los avatares de la guerra, con un gobierno bien francés, ¡el mariscal!, estamos en Vichy, podemos seguir tomando sus aguas. Yo no me siento mucho más incómoda que hace unos días... Bueno, quiero decir que, dentro de lo que cabe...

—Es verdad, *chère* Olga, que hay una guerra ahí fuera. No debemos olvidarlo. Y puede que ustedes se sientan a buen recaudo aquí en Vichy pero creo que ello se debe a que otros los protegemos a ustedes de las peores consecuencias del conflicto. Somos como un escudo, vaya, el paraguas del que hablábamos antes —todo esto, dicho con tono paciente y amable—. Verá: uno de mis trabajos más ingratos y difíciles en Châlons tiene que ver, sobre todo, con los prisioneros de guerra franceses, ¡prisioneros en su propia tierra! —sacudió la cabeza y suspiró—. Hay miles de soldados franceses detenidos en el acuartelamiento de Chanzy. Los alemanes lo han transformado en un *Frontstalag,* un campo de concentración del frente de batalla. Bueno, pues hace unos días, pude establecer contacto de forma clandestina con el interior del campo, a través de una monja, que es la que nos lleva y nos trae la correspondencia —de pronto se aplaudió, sonriente y encantado de la vida—. Cada día saca centenares de cartas de los presos para sus familias. Luego, mis propios servicios de correos en Châlons las envían a sus destinos...

—¿Ah sí? ¡Pero eso es maravilloso! No sé cómo conseguiremos recompensarle por lo que está haciendo.

—Me parece que lo que hago no es demasiado difícil, querida Olga. Basta con un poco de mano izquierda. Con amabilidad y paciencia se consigue lo que se quiera de los alemanes. Fíjese: he obtenido de las autoridades alemanas que permitan a las esposas visitar a sus maridos en el campo.

—¿Y cuánto se van a quedar ahí nuestros muchachos? —preguntó Armand.

—Bueno... Se supone que los prisioneros de guerra van a ser llevados a territorio alemán en algún momento no demasiado lejano —bajó la voz—. Me parece que mi misión en la vida, al menos por el momento, consiste en desmovilizar a cuantos soldados pueda, y dios sabe cómo protestan los alemanes, y, en fin, si no en facilitar la huida de los presos del *stalag*, sí al menos encarrilar hacia las redes clandestinas establecidas en París a los que consigan fugarse.

—¡Pero eso es muy peligroso! —exclamé.

—Bueno, nuestros chicos son mayorcitos y me parecen perfectamente capaces de cuidarse a sí mismos.

—No, no, me refería a usted. Si el mando alemán descubre que boicotea los planes nazis, le van a crear muchas dificultades.

Bousquet se encogió de hombros.

—Bah —dijo con desdén—, no creo que me puedan hacer gran cosa. Y además, estoy bien protegido: me amparan el mariscal y sobre todo el propio viceprimer ministro Laval. ¿Qué quiere que me hagan? —estuvo así, pensativo por un momento y después levantó la cabeza, cambió de postura, como si hubiera recibido una inyección de fuerza—. En fin, que lo que quería subrayar es que hay que ser prácticos, hay que jugar con las cartas que uno tiene y eso, en este momento, pasa por colaborar con Alemania y buscar las mayores ventajas de una situación francamente desfavorable —abrió las manos y me sonrió.

Debo decir que estuvo cerca de convencerme, por más que resultara demasiado bueno para ser cierto. ¿Lo había logrado con Marie, Armand y Jean? Me pregunté si seguían opinando como yo.

—¿Un poco más de té?

—¿Aún cree que los alemanes corren peor suerte que nosotros, Olga?

—En realidad... —balbució Mme. Letellier, y se calló.

—¿Miles de muertos, heridos, millones de franceses sin casa, lejos de sus ciudades, presos a punto de ser deportados a territorio enemigo?

—No, no, René —titubeó ella—, en realidad, bueno... pensaba que con amigos como usted defendiéndonos, poco nos podía pasar —afirmó con la cabeza para convencerse—. En realidad... pensaba..., vaya, pensaba en algunas conocidas mías de Alemania... ¡Bueno! Claro que no se trata de la generalidad de los alemanes, pero que creo que hay alemanes indefensos que sufren —miró suplicante a Marie—. ¿No?

—Sé bien lo que quiere decir, Olga —intervino Marie, dispuesta como siempre a la batalla con la fogosidad de los grandes momentos, incluso cuando eran pequeños—. Muchos alemanes han tenido que escapar de allá, han tenido que huir de Hitler...

—En realidad —interrumpió Armand—, es lo que suele pasar cuando hay guerra, ¿no?

—Yo también tomaría otra taza de té —dijo Marie de pronto.

—¡Claro! —exclamó Mme. Letellier, aliviada por una interrupción que la apartaba del centro de la discusión.

—¿De qué conocidas hablaba usted? —preguntó entonces Bousquet.

—Bueno, lo cierto es que tengo una amiga, una buena amiga, Philippa von Hallen, que ha tenido que salir huyendo de Berlín por el mero hecho de estar en desacuerdo con monsieur Hitler.

—¿Ah, sí?

—Sí. Se opuso a él desde el principio. Dijo que era un bandido y un asesino que pretendía destruir la gran Alemania.

—Bueno, eso no es muy amable por su parte, ¿verdad?, y un caballero como Hitler no se lo va a tomar muy a bien.

—No, claro. Pero ¿justifica que la persiguieran y la encarcelaran?

—Habría que conocer el caso a fondo.

—No sé. Philippa está viviendo ahora en mi casa de París.

—Vaya, Olga, no sé si eso es muy prudente —aunque el tono de Bousquet seguía siendo amable, me pareció que ahora se teñía de cierta reconvención irritada.

Mme. Letellier parpadeó.

—¿Qué iba a hacer? No podía negarme a ayudar a una amiga en dificultades, ¿no? —nos miró a todos con aire de súplica—. Además, habla un francés tan hermoso...

—En realidad, señor Bousquet —intervino Jean tras un silencio—, la pregunta es si debemos considerar enemigos a los alemanes y si debemos aceptar que Francia ha sido derrotada en esta guerra o si por el contrario ellos son nuestros buenos amigos y para nosotros la guerra se ha detenido un minuto antes de la ignominiosa derrota.

¿Estaba siendo demasiado impertinente? Miré a Bousquet para calibrar su reacción, pero seguía con la misma expresión plácida que había tenido a lo largo de toda la conversación.

—Bueno, monsieur Lebrun —contestó al fin—, hay realidades que son innegables. No me parece que, con los muertos, heridos, prisioneros y desplazados de los que hablaba antes, quepa decir que Francia no ha sido derrotada. También sería difícil afirmar sin ambages que Alemania no es el enemigo de nuestra patria aunque esta segunda cuestión podría ser matizada. ¿Es el Reich hostil a nuestra nación o simplemente al gobierno que le declaró la guerra? Derrota y enemistad... —añadió pensativo—. A eso responde el armisticio, ¿no? A eso responde la extraordinaria habilidad del mariscal, que nosotros copiamos al pie de la letra, para salir lo más indemnes posible de esta tragedia. La cuestión, sin embargo, no es ésa. La cuestión es: ¿puede Francia aprovechar la circunstancia para recuperar la vitalidad perdida por años de desidia republicana y para retener... bueno, tal vez sea más apropiado utilizar el término recuperar, recuperar, sí, al final de toda esta aventura, su posición preeminente en Europa y en el mundo? ¡Espere! Un momento... —de nuevo levantó una mano para no ser interrumpido—. La cuestión no es si, al terminar el proceso, Francia será aliada de una u otra potencia. ¿Qué más nos da que nuestro aliado sea el Tercer Reich o Gran Bretaña si se cumple nuestro objetivo de grandeza? Lo que importa es que Francia esté a la cabeza.

—¿Cualquiera que sea ésta? —insistió Marie.

Bousquet se encogió de hombros.

—Caramba, eso me parece ilógico —replicó Jean—. Francia sale ganando sea cual sea el vencedor de la guerra... ¿De verdad cree usted eso? ¿Es indiferente que gane Inglaterra, por ejemplo? —hizo una mueca incrédula—. ¿La Inglaterra que ha bombardeado nuestra flota y con la que nos hemos enemistado?

Y yo, para mis adentros pensé: ¿nos es indiferente que gane Hitler, con lo que suelen hacer estos autócratas en cuanto les quedan las manos libres?

Bousquet sonrió.

—Bueno, no parecen los mejores amigos del mundo, es cierto. Pero seamos prácticos: no creo que nos equivocáramos en mucho si apostáramos por una rápida victoria alemana.

—En cualquier caso, y ése es mi argumento, nada nos pone a salvo de sus represalias cuando ganen los alemanes —insistió Jean con terquedad.

—Sí, si hemos quedado en pie de igualdad con ellos —afirmó Bousquet. Ya, pensé yo: en tal caso las represalias las tomarán Pétain y sus acólitos. Pero me guardé de expresarlo en voz alta.

—René te está diciendo otra cosa —interrumpió Marie—. ¿Por qué si no estaría dedicado a facilitar la huida de los soldados franceses de los campos alemanes? ¿Para qué estaría siendo hipócrita con los alemanes? —miró a Bousquet buscando confirmación, pero éste se limitó a seguir sonriendo—. No es que te esté diciendo que no importa quién gane la guerra. Te está diciendo que es indiferente con tal de que salvar a Francia sea lo primordial.

—Espere, espere —pidió Armand—. Usted está diciendo que para los franceses, el mariscal nunca será un traidor sino el principal de los patriotas, ¿sí?

Por fin, Bousquet rompió a reír y aplaudió.

—Naturalmente que sí.

—... Que su sacrificio no es debilidad sino fuerza.

—Naturalmente que sí.

—Y que existe una porción de franceses —añadió Marie con algo de escepticismo—, los verdaderos demócratas que fueron derrotados en la votación del diez de julio y sus seguidores, cuya misión a partir de ahora debe ser olvidar el pasado y sostener a Pétain, no hacerle la contra... No me acaba de convencer, René.

—Apoyarle contra todos los enemigos de Francia —corroboró Armand—. Alemania, sí, pero también los comunistas —Jean Lebrun dio un respingo, pero fui el único que reparó en ello—, y... —Armand miró con rapidez a Marie—, y...

—... y los israelitas, sí, y los masones —concluyó Bousquet—. Francia cuenta con muchos enemigos y mientras activa sus defensas, tiene que poder apoyarse en todos sus ciudadanos verdaderos.

Aquella declaración tan deliberadamente antisemita y antimasónica me dejó anonadado. Recuerdo haber pensado que si hablaba así, se debía a la prepotencia maleducada de quien no tiene empacho en ofender con total indiferencia hacia los sentimientos de los demás; luego me dije que era porque desconocía la raza de Marie (o cuando menos que la había pasado por alto), pero enseguida comprendí que esto último no era posible. Sus respectivas madres eran amigas y él mismo la había recomendado a Olga Letellier. Tenía que saber que Marie era judía. La propia interesada se encargó en aquel momento de despejar cualquier duda:

—Soy judía, desde luego, pero soy más francesa que judía —exclamó con gran pasión y, me pareció, verdadero enfado—, siempre francesa... ¡Éste es mi país! ¿Adónde iría si me quitaran mi patria? ¿O es que alguien duda de mi patriotismo? —miró a Bousquet con desafío.

—Naturalmente que no, Marie. No podría ser de otro modo. Los franceses, todos los franceses, son sólo franceses. Y nadie duda de su patriotismo, ¿cómo podría atreverme a hacerlo? *C'était ça la Révolution Française...* —dijo, señalándose con un dedo, como si él fuera la encarnación de la revolución que dio carta de naturaleza a los derechos del hombre—. No, no, me refiero a los comunistas cuya patria querrían ellos que fuera el mundo entero para aplicarle un tiranía inaplicable si no es a base de esclavitud y muerte; para un comunista francés, Francia no existe —rió con desprecio—, sólo existe el mundo proletario... —miré a Jean, que en su esquina disimulada se había sonrojado violentamente pero que no movía ni un músculo de la cara. Respiré aliviado—. Me refiero a los masones, que llevan siglos conspirando en sus logias secretas, y me pregunto ¿qué tienen que esconder? Son ellos los que han dejado de ser franceses. Porque nosotros no los hemos expulsado. Son ellos los que se han convertido en nacionales de sus propias sectas con exclusión de cualquier otra lealtad... Ah, y sí, también me refiero a los israelitas extranjeros que, huyendo de Hitler, invaden nuestro país —hizo un gesto de desagrado—. Aunque no fueran un grupo, este grupo, que sólo actúa como una masa compacta de explotadores, con sus usuras y sus rapiñas, aunque no hubieran salido de sus siniestros guetos para venir aquí, los rechazaríamos. No son nuestro problema, sino el de Alemania. Bueno, sí son un problema nuestro en la medida en que llegan aquí y ocupan nuestro espacio, y sangran nuestra economía de guerra, ya tan en precario.

Así hablaba este hombre, este héroe de Francia, esta esperanza blanca. Bousquet. Tuve miedo. Creo que lo que más me aterró fue que en su discurso no hubiera inflexiones apasionadas, puntos de exclamación que reflejaran pasión alguna. Hablaba así, expresando unos sentimientos de dureza extrema con frialdad sobrecogedora. Se hubiera dicho que era un entomólogo describiendo con indiferencia una mariposa cuyo veneno (y por consiguiente, cuya existencia) era preciso eliminar. Me horrorizó.

Sin embargo, bien pensado, me dije luego, ¿no éramos iguales todos los demás, no opinábamos del mismo modo por más que, en el mejor de los supuestos, lo expresáramos con menos crudeza? Al menos, en mi caso yo era capaz de hacer las distinciones que me parecían esenciales. Por ejemplo, no contemplaba a la raza judía como un todo condenable; vaya, como conjunto económico, tal vez sí; pero como enemigo persona a persona, desde luego que no. Y menos aún a los que eran mis propios connacionales.

—No, René. ¡Pobre gente! —interrumpió Marie—. ¿Cómo puede usted decir que los judíos son explotadores y usureros? ¡Si lo fueran serían los dueños de Europa! Y son sólo una pobre gente digna de lástima.

—¡Pero es que son los dueños de Europa! Por eso deben ser desposeídos.

Marie sacudió la cabeza con frustración y me miró. Parecía dispuesta a insistir, pero le hice un gesto negativo que debió de resultar muy convincente, porque cambió bruscamente de tema.

—Decía usted René que todos los franceses deberían ponerse a favor del mariscal. ¡Pero si Francia ya tiene cuarenta millones de pétainistas! Entre ellos, muchos judíos franceses bien leales —insistió para que no quedara duda—. ¿Para qué necesita a los franceses que no son pétainistas? —exclamó—. Porque los que no lo son no es que quieran traicionar a su patria; simplemente pretenden luchar contra los alemanes incluso sin estar de acuerdo con Pétain.

—Se refiere a los que apoyan a De Gaulle —puntualizó Armand.

—Bah, ésos... La lucha a la que me refiero se hace ayudando a Pétain. Nosotros también luchamos contra los alemanes —susurró Bousquet con intensidad.

—Ya —afirmó Jean—, pero me parece que quienes no estamos de acuerdo con el régimen del mariscal ni con sus acuerdos con Hitler, queremos otra clase de lucha... ¿Qué hay de malo en hacer la guerra a favor de los dos, de Pétain y de De Gaulle, si los dos son patriotas y los dos quieren una Francia libre?

—¿Qué hay de malo? Que perdemos la fuerza que nace del concurso de voluntades. La otra clase de lucha, la de unos centenares de desperdigados, no vale para nada. ¿Cuánto tardará el Reich en ganar esta guerra? ¿Eh? ¿Y en dejar a De Gaulle sentado a la puerta del palacio de Buckingham, eh? —preguntó secamente—. No, no, no, no. ¿No le parece que Pétain merece el apoyo de todos sin excepción y que los que se lo niegan, se lo niegan también a Francia y acaban siendo los verdaderos traidores?

Hubo un largo silencio.

—Pero Pierre Laval —dije al cabo—, Pierre Laval no quiere ni la guerra ni...

—*Ah non mon cher!* Laval es un pacifista, desde luego. Nunca ha querido ninguna guerra, pero eso en este momento no tiene importancia alguna. Laval, que es un viejo zorro, se ha convertido en el otro pilar de la resistencia francesa: mientras el mariscal impresiona a los nazis con su currículo y su fortaleza, a Laval toca calmar la concupiscencia de Hitler e impedir que nos caiga definitivamente encima, que destruya Francia sin darnos cuartel... y lo tiene que impedir sin más armas que la habilidad negociadora. ¿Qué le parece? *Hein?* —me miró de hito en hito y algo debió de ver en mi expresión porque, después de un instante, dijo—: No le quepa duda.

¿Tendría razón Bousquet? ¿Ese Pétain y ese Laval que describía en términos tan elogiosos eran los mismos que me causaban tanta inquietud? ¿Dos héroes en vez de dos villanos carcomidos por el ansia de rapiña? Años después recordaría yo esta discusión (tan peligrosamente franca y despreocupada, como si se hubiera tratado de una simple disputa académica). Y la recordaría en sus más mínimos detalles, precisamente porque esta guerra sibilina y sacrificada de la que hablaba Bousquet fue lo que costó la vida a tantos franceses, empezando por los dos héroes del momento, por Pétain y por Laval. En una ocasión, Laval dijo: «Para que todos los demás tuvieran razón, yo tuve que estar equivocado». ¡Menudo epitafio!

Es cierto que Pétain era poca cosa fuera de sus aficiones militares y su condición de mujeriego impenitente. Eso fue lo que lo hizo tan peligroso. Se encontró con el poder absoluto y, a falta de una imaginación ética y estética que le hiciera comprender sus propias limitaciones, lo explotó de forma absoluta, implacable y fría. Y encima pretendió que se lo agradeciera el pueblo al que había aherrojado (bueno, lo consiguió durante dos o tres años). Hitler, al menos, sabía perfectamente lo que estaba haciendo y, como Stalin, llevó su maldad consciente hasta extremos inconcebibles. Philippe Pétain se dejó ir a la felicidad del poder, a la rabieta del capricho sin saber nunca hasta dónde alcanzan los límites de la naturaleza humana antes de llegar a la naturaleza diabólica. Un pobre hombre con mando en plaza.

Pierre Laval, en cambio, tuvo una personalidad mucho más compleja. Despreció al débil, engañó al inocente y creyó ser el *deus ex machina* de la historia de un pueblo: fue deliberado en sus objetivos y cruel en sus métodos. Hasta que su soberbia le hizo cometer el error que lo llevó frente al pelotón de fusilamiento: *la frase*.

Todos recordamos aquel discurso terrible de Laval, radiado el 22 de junio de 1942: *Je souhaite la victoire de l'Allemagne,* «Deseo la victoria de Alemania». Si hubo algo que enajenó a la mayoría de los franceses, ya severamente castigados por la ocupación alemana, irritados por un fuerte sentimiento antigermánico, heridos en su patriotismo, fue esta frase pronunciada en el peor momento posible. Todos los colaboradores del primer ministro intentaron disuadirle. Fue en vano. A uno de ellos, que le sugería que tomaba un riesgo superfluo, Laval contestó con exasperación: «Pero, vamos a ver, ¿será usted el fusilado o yo?». Espantosa premonición.

¿Qué había querido decir? Laval siempre se defendió asegurando que la mala fe de sus enemigos había sacado la frase de su contexto:

> De esta guerra surgirá inevitablemente una nueva Europa. Se habla a menudo de Europa, pero es una palabra a la que no estamos muy acostumbrados en Francia. Amamos nuestro país porque amamos nuestro terruño. En lo que me concierne, franceses, me gustaría que mañana pudiéramos amar una Europa en la que Francia tuviera una posición digna de ella [...]. Para construir esta Europa, Alemania libra combates gigantescos. Con otros, se ve obligada a aceptar sacrificios inmensos. No escatima la sangre de sus jóvenes [...]. Deseo la victoria de Alemania, porque sin ella, mañana el bolchevismo se instalaría

> por todas partes. De modo que, como os decía el pasado 20 de abril, ésta es nuestra disyuntiva: integrarnos con nuestro honor y nuestros intereses intactos en una Europa nueva y pacífica o resignarnos a ver que desaparece nuestra civilización.

Hermosas palabras. Lo malo fue que recomendaban echarse en brazos de un socio no muy recomendable. Laval, como muchos en Francia (y no digamos el generalito en España), sentía horror por el comunismo y estaba dispuesto a sacrificar lo que fuera con tal de derrotarlo. Así hizo, aunque el enemigo más inmediato y más brutal no parecía la mejor tabla de salvación para librarse del otro más bien remoto. Claro que, puestos a buscarse enemigos que acabarían revolviéndose de manera formidable contra ellos que se les encaraban, estos paisanos míos de adopción también odiaron a los masones, a los judíos, a todos los que fueran distintos de ellos.

Por más que intento ahora comprender su estúpida ceguera y perdonarla, soy incapaz de olvidar cuánta fue la miseria que causaron.

Muchos años después he querido sin demasiado éxito decidir cuándo, en aquellos primeros meses de la guerra, se había producido el brusco cambio de la placidez a la amenaza, de la contemplación distanciada al peligro inmediato. Un día nos encontrábamos discurriendo como principiantes sobre las razones filosóficas de la guerra y sus consecuencias para Francia (y haciendo un pequeño paripé de resistencia armada, ¿armada?) y al día siguiente, sin solución de continuidad, se desencadenaba la tragedia sobre nosotros. ¿Cómo había podido ocurrir esta desolación? Sólo encuentro una explicación: nadie tiene nunca el ánimo dispuesto a que las cosas empeoren y que empeoren, como en el caso de un conflicto bélico, hasta límites que la mente humana no está preparada para aprehender. Nos habíamos ido librando del campo de batalla (escapando hacia el sur, en realidad), de los bombardeos, del infierno y creíamos que éste nunca llegaría porque antes se acabaría la guerra. No estábamos preparados para un acontecimiento como este conflicto, que cambiaría nuestras vidas de modo tan profundo y tan trágico: nunca podríamos volver a ser los mismos. De pronto se desplomó sobre todos nosotros pillándonos desprevenidos. Bueno, en mi caso, aunque desde el primer día del armisticio me barrunté lo que iba a pasar, fue necesaria la violencia física de la guerra para apearme de la visión diletante que yo tenía de todo aquello. Marie me lo había reprochado más de una vez y me había pedido que me tomara las cosas más en serio. ¿No decía yo siempre que bastaba con mirarse en el espejo de España para comprender esta tragedia? ¿Cómo podía estar tan ciego, entonces, cómo podía creer que, por ser conocedor del drama que se avecinaba, quedaría exento de él?

Por mucho que con optimismo desmedido quisiera creer que siempre existiría una última oportunidad de librarnos del desastre bélico, sabía que este milagro no se produciría. Lo sabíamos todos en nuestro fuero interno, con total certeza, por más que nos empeñáramos en no reconocerlo. En una guerra como aquélla no se libra nadie de nada. Todos quieren aplazar la tragedia, porque sabiendo la miseria que se aproxima, ¿quién quiere anticiparse a ella, quién quiere cargar con las culpas y los dolores de todos?

Derrotado el Reich, ¿no nos dedicamos todos a culpabilizar, uno por uno, a cada alemán de los crímenes de Hitler? ¿No dijimos que eran todos responsables? En efecto, llegada la paz y, con ella, las crudas imágenes del sufrimiento, nos pareció imposible que, como colectividad o como individuos, los alemanes hubieran ignorado que la *solución final* y el Holocausto, la tortura, la muerte, las persecuciones habían sucedido de verdad. El asunto, dijimos, era demasiado monstruoso y generalizado como para ser desconocido, incluso cuando estaba ocurriendo: los fusilamientos debían de oírse, los hornos crematorios debían de olerse, los gritos de las víctimas tenían que percibirse desde los cercados de los campos de concentración en las lindes de los pintorescos pueblos del Tirol con sus balcones de geranios y sus vacas pastando apaciblemente en los verdes prados.

Puede que así fuera. Es más, estoy seguro de que así fue y de que los alemanes merecen castigo por ello. Pero ¿porque cerraron los ojos o porque condonaron los crímenes? Porque nosotros, la pequeña gente de Vichy, los que padecimos el conflicto, nosotros que deberíamos haber conocido la maldad de la guerra, pretendimos desconocerla: Vichy estaba lejos del resto del mundo y ésa era justificación suficiente, sobre todo si con un mínimo de colaboración o de obediencia podíamos librarnos de lo malo, incluso estando en desacuerdo con todo, incluso sin comprometernos en demasía.

¿No se nos debería acusar ahora de haber colaborado con los horrores bélicos sólo porque quisimos cerrar los ojos y aplazar el dolor que nos iban a causar? ¿O es que tampoco oíamos los gritos desgarradores que provenían de los campos de concentración situados en plena Francia? ¿No sabíamos que allí padecían y morían los refugiados españoles de la guerra civil y los exiliados de Polonia, de Alemania, de Austria que habían huido de Hitler sólo para toparse con los guardianes franceses? ¿No reconocíamos los efectos deletéreos de la colaboración con el enemigo, no veíamos lo que estábamos haciendo unos franceses contra otros, matándonos los unos a los otros, delatándonos, robándonos? Menudo espectáculo. Y encima, al final de la guerra, sólo fuimos capaces de vengarnos de Francia y de nuestra miseria, rapando a unas cuantas miles de desgraciadas que eran las únicas que habían colaborado con el enemigo fornicando con él por amor, por hambre, por miedo o por simple fascinación hacia el vencedor.

Me avergüenzo de todo. No encuentro excusa en nuestra fragilidad como hombres después de haberla invocado tantas veces para justificar tantas traiciones. No me atrevo a consolarme amparado en la generalidad de nuestro pecado.

SEGUNDA PARTE

DOLOR

«BUENO, A MÍ TAMPOCO ME GUSTAN LOS JUDÍOS»*

* Neville Chamberlain, primer ministro británico conservador, en carta a su hermana Hilda, 30 de julio de 1939. «Creo que la persecución [de los judíos] nace de dos motivos: el deseo de robarles su dinero y los celos por su inteligencia superior... No son un pueblo que se haga amar», pero eso no justifica que se lo persiga.

8

28 DE JULIO DE 1940

Lo que sucedió aquella tarde del 28 de julio explica muchas cosas, me parece.

Ese día, el grupo latinoamericano en pleno había acudido a las carreras de caballos del hipódromo en la otra orilla del río. Y, no me olvido, también ese día (a última hora de la noche, como corresponde a la clandestinidad obligada) quedó constituido *le Groupe Vichy de Combat,* el aguerrido pero totalmente desconocido GVC. Y lo digo sin asomo de ironía.

Apenas había trascurrido un mes desde la instalación del gobierno en nuestro balneario y ya la vida diplomática de Vichy se había organizado con bastante orden y, me parece, entusiasmo. Al principio, los embajadores, ministros y agregados de cerca de cuarenta países se tomaron este destino provisional (todos esperaban que resultara *muy* provisional) con cierto espíritu deportivo. Al fin y al cabo, la vida diplomática era la vida diplomática aquí y en Sebastopol, decía con razón Cifuentes el panameño, por más que ignorara dónde se encontraba Sebastopol. La ronda de festejos, intrigas, bailes y galanterías se mantendría impertérrita, sazonada además por la titilación de saber que al fondo del escenario estaba la guerra. ¡Ah, la excitación íntima de sentirse rodeado de espías! La frivolidad seguiría cumpliendo su función social y política, ¡qué bien lo sabía yo!, y sin duda alguna, estos excelsos servidores del Estado continuarían empeñados en resolver los problemas que con tanta diligencia se habían esforzado en crear.

Sin embargo, tardaron poco tiempo en darse cuenta de que la vida que les esperaba en este villorrio iba a resultarles increíblemente tediosa, encerrados sin mayor actividad en el hotel des Ambassadeurs en el que les habían sido asignadas habitaciones cuyo número variaba en función de la importancia de la misión respectiva o de la falta de un aposento imposible de conseguir a última hora en alguna villa de la ciudad. El bueno de José Félix de Lequerica, que era el embajador de Franco y que además disponía de un chalet detrás de los Quatre Chemins, había reclamado diez (y se las concedieron), en vista de que la trascendencia de sus ocupaciones (recuperar la Dama de Elche a cambio de algún Goya, supongo, porque no me parece que el alcance de su gestión cultural diera para mucho más) y lo sacrosanto de sus maniobras políticas (intentar acabar con la vida del presidente Azaña, imagino, y acuchillar a cuanto adversario se le pusiera de espaldas) así lo requerían. Pero para nadie era un secreto que la razón de tanto favor estribaba en el parecido íntimo de las ideologías de los respectivos jefes de Estado y de su crueldad de hielo a la hora de tratar a los oponentes políticos. Alguien me dijo que de todos modos Franco y Pétain se tenían poca simpatía; sería personal, porque la política estaba más que garantizada, me parecía a mí, y además, si no recuerdo mal, el mariscal fue muy popular en España en su temporada como embajador de Francia en 1939. Supongo que por mujeriego, ¿no?, él que gustaba de decir «lo que me ha apasionado sobre todo en mi vida ha sido el amor y la infantería». Luego añadía que los sesenta y cuatro años, que fue la edad a la que matrimonió, son pocos para casarse, y añado yo, con la mariscala... Y aunque en estos años de senectud asistiera a misa los domingos, tampoco es que fuera muy religioso; desde luego no le tenían por tal en los cuarteles. Vaya, ahora que lo pienso, en eso sí se parecía al general Franco.

¿Y Lequerica? ¿No había negociado él el armisticio de Francia con Hitler? ¿No paseaba con su boina de requeté bien calada a orillas del Allier charlando en ocasiones con el mariscal? ¿No presionaba a las autoridades francesas para que entregaran a las españolas en la frontera a políticos republicanos que intentaban huir o simplemente acogerse a la tradicional hospitalidad del gran pueblo francés? ¿No conseguía que su propia policía rechazara en los Pirineos a refugiados que las SS reclamaban? Sí: eran servicios prestados con la mayor de las intimidades y en cuyas transacciones el embajador español hacía de muñidor implacable. ¿No hubiera hecho bien Laval en desconfiar de Lequerica? Sí, hubiera hecho bien. Desde luego que sí. Habría salvado la vida.

Con toda seguridad había dos cosas características de esta ciudad-capital en guerra pero no en guerra. A medida que progresaba el conflicto, por una parte, se iba haciendo más complicado el protocolo: todos los representantes de todos los países acreditados en Vichy eran invitados a las mismas recepciones, por supuesto, pero los representantes de los enemigos se evitaban cuidadosamente, refugiándose cada cual en los corrillos de quienes eran sus aliados en el campo de batalla, y se cruzaban con el adversario teniendo sumo cuidado de no verse. Incluso en los actos oficiales, resultaba cómico que los embajadores de Estados Unidos y de Japón cayeran, por razón de la antigüedad en la presentación de las cartas credenciales, el uno al lado del otro y tuvieran que hacer patéticos esfuerzos por ignorarse. Mamarrachadas sin sentido que no contribuyeron a salvar una sola vida ni a preservar la honra de ningún estado. Únicamente los más sensatos, que eran pocos, ejercerían de memoria viva de lo que ocurría a su alrededor, como había recomendado yo que hicieran a mis colegas latinos. Pero de todos ellos, sólo se libraba de mis ironías Luis Rodríguez, mi buen amigo mexicano.

Por otro lado, mientras los diplomáticos orientales, el egipcio, el turco, el afgano, el saudita, el iraquí, ponían la nota exótica en la corte, el toque de incienso y mirra, el drama y la decadencia, por decirlo de manera inteligible, los suramericanos suministraban la simpatía. Todos eran queridos. No había fiesta sin ellos y hasta sus proezas sentimentales eran comentadas, envidiadas e incluso toleradas en esta sociedad tan pacata e hipócrita. El romance de Porfirito Rubirosa con una actriz tan bella y delicada como Danielle Darrieux fue celebrado con entusiasmo. Porfirito nunca dejó de asombrarnos. Su afición por la buena vida y por las mujeres pasaba por delante de todo lo demás, incluso a riesgo de su propia supervivencia, y mira que era inteligente el hombre. No exagero: un tipo que se ha casado con la hija del dictador de su país (y de uno tan sanguinario como lo fue Trujillo, además) no suele atreverse, si no es un insensato, a dar el peligrosísimo paso de divorciarse de ella para casarse inmediatamente a continuación con una actriz de cine. Da, sin duda, idea de su formidable poder de seducción que Porfirito fuera no sólo capaz de plantar a su mujer llevándose a otra a la cama, sino que pudiera hacerlo sin incurrir en la venganza de su brutal suegro.

El caso es que el 28 de julio de 1940, domingo, habíamos ido a almorzar al club de golf, aquel chalet de madera con los tejados Tudor de teja gris sustentados por una balconada construida a lo largo de todo su perímetro en el que yo había pasado tardes enteras jugando al bridge con ancianas e incansables damas en los años anteriores a la guerra. Edificado muy cerca del río, verdadero pabellón para socios elegantes que luego saldrían a jugar una partida de golf o se dirigirían al hipódromo que estaba a sus espaldas, siempre me había gustado. Me parecía muy airoso, plantado allí en medio de una gran extensión de césped con el Allier discurriendo con placidez a pocos metros. En aquellas tardes de sol, cruzar en las barcazas que partían de cualquiera de los embarcaderos de los parques de L'Allier hasta el Golf se me hacía más típico de las regatas veraniegas de Henley-on-Thames al oeste de Londres que de unas vacaciones francesas, por mucho que Vichy hubiera llegado a ser la capital mundial de los balnearios de aguas.

Creo recordar que aquel 28 de julio fue el último domingo en que en el club se pudo comer algo decente y relativamente abundante antes de que se establecieran las cartillas de racionamiento. Y eso que Vichy, por ser la capital (y en la capital era necesario mantener la moral alta y la materia prima, constante), fue privilegiada a lo largo de toda la guerra. Cuando lo pienso, no recuerdo muy bien en qué consistían aquellos privilegios puesto que muy poco después se prohibió la venta de carne los lunes, martes, miércoles y viernes (este día, por respetar el precepto de la santa madre iglesia, y se limitó el consumo público de vino a pequeños vasitos en las comidas. Incluso de los bares de los hoteles desaparecieron las bebidas alcohólicas durante casi todos los días de la semana. Siempre me pregunté, de forma retórica, claro está, quién se bebía un vino, nuestro vino, cuyas cosechas sabíamos abundantes. No creo que hiciera falta buscar muy lejos. Y fueron éstas y otras cosas de similar calado cotidiano las que contribuyeron más que ningún otro asunto grave a mantener en la población el patriotismo francés y, lo que es más importante, el sentimiento antialemán.

En fin. En el club de golf almorzamos y allí hicimos exhibición de una alegría y de un alborozo que hubiera sido más propio de un escenario de vodevil que de un restaurante lleno de gente comedida y en apariencia preocupada por el futuro y por lo que ocurría en los campos de batalla. De todos modos, es cierto que cualquier angustia que hubiere podido existir en el ánimo del público asistente se notó poco una vez que comenzaron las carreras.

Allí estaban *Bunny* de Chambrun con su mujer Josée Laval. Atractiva mujer, aquella; morena, de ojos oscuros y brillante sonrisa, resultaba casi tan agitanada como su padre (de hecho, a su padre, en los peores momentos de odio solían llamarle «gitano bastardo hijo de una prostituta», a lo que él contestaba riendo que sólo era un *auvergnat* oriundo de Châteldon; por más que sé que los insultos le dolían mucho), pero de belleza intensa e intimidante. Creo que era la reina indiscutida de la sociedad francesa en guerra. Por su parte, a Bunny, gran aficionado a las carreras, le gustaba mucho apostar fuerte. Y ganaba fuerte. A mí, en cambio, los caballos siempre me habían dejado indiferente y acudía a los hipódromos más por el espectáculo de la moda y de la frivolidad que por pasión deportiva. «Es extraordinario», decía Armand, «que, en guerra, los modistos y las sombrereras sigan haciendo el mismo negocio que en tiempos de paz». En efecto, las mujeres se paseaban por el *turf* vestidas de Dior, de Chanel, de Balenciaga... como si nada estuviera pasando en el resto de Europa o en el resto de su propio país. Me asombraba esta indiferencia tan frívola que nada tenía que ver con un valiente esfuerzo por aparentar que la vida seguía pese al sufrimiento colectivo, sino que surgía de la simple incapacidad egoísta de asimilar, por la más elemental de las solidaridades, la tragedia de los demás.

Saludé a Chambrun desde lejos y él alzó su sombrero de fieltro lanzándome una sonrisa.

Algo más allá se encontraban Marie y Olga Letellier. Marie estaba resplandeciente en su camisero de seda en el que flotaban su cintura inverosímil y sus pechos, que, desde esta distancia, se me antojaban sensuales y libres. Sus movimientos rápidos y deportivos, las piernas desnudas y aquel aire ágil, juvenil, la hacían descollar por encima de todas las demás. Comparada con ella, Josée Laval parecía una flor de invernadero, más propia de un salón cerrado que de este campo abierto.

Marie, al divisarme, me hizo un gesto urgente, señalando hacia mi derecha. Giré la cabeza para ver el objeto de tanta excitación y enseguida comprendí que me estaba indicando a Porfirito y a Danielle Darrieux que paseaban del brazo a unos metros de mí. Me volví de nuevo hacia Marie y le hice señas de que se acercara. La pareja estaba siendo objeto de verdadera curiosidad general, un entusiasmo comprensible si se considera que la Darrieux, propulsada por el fenómeno del cine, se había convertido en una de las novias de Francia, un país bien necesitado de ilusiones.

Me aproximé a la pareja.

—¡Ah, Manuel! —exclamó Danielle—. Le mandé recuerdos con Armand.

—Claro que sí. Y lo agradecí. Que la mujer más maravillosa de Francia mande recuerdos a un pobre anciano, me llena de orgullo —le besé la mano y Porfirito me dio una palmada en el hombro—. Una gran amiga tiene mucho interés en saludarla a usted, Danielle. ¿Puedo presentarle a Marie Weisman?

—*Mais oui!* ¿Cómo está usted? —le tendió la mano y Marie se la estrechó con delicadeza, como si temiera estropeársela. Se le notaba encantada de poder saludar a una celebridad. De todos modos, en lo que a mí se refería, me quedaba con ella mil veces antes que con la actriz.

Todos los latinoamericanos se arremolinaron en torno a Porfirito y su prometida, y todos besaron la mano de Danielle con ceremonia.

Y por mi izquierda, mientras revoloteábamos alrededor de nuestra estrella, se acercaban al grupo Luis Rodríguez y el *Flaco* Barrantes. Venían del brazo, charlando con animación.

Luis se quitó el sombrero al llegar por fin a nuestra altura y sonrió a las señoras presentes de aquella manera tan bondadosa que tenía. Luego se dirigió a mí:

—Querido Manuel. Tenía verdaderas ganas de verlo. Y es que acabo de regresar de Montauban, de ver al presidente Azaña. Su estado de salud no mejora por desgracia. Su corazón está débil y su físico no parece recuperarse del ictus que, aunque leve, no deja de tener gravedad para una persona de tanto años, verdad —sacudió la cabeza con resignación—. Ah, caramba, cómo siento tanta miseria… Menos mal que mi presidente no ceja en su empeño de atender y proteger a don Manuel. Vaya, cuando pasen los calores, dentro de un mes, más o menos, he decidido traérmelo para acá… —y añadió con viveza—, si consigo quitarme de encima a aquel perro de presa —señaló con la barbilla al embajador Lequerica que paseaba con decisión no lejos de nosotros, andando por el *turf* en dirección al vallado de la pista de carreras.

Como si nos hubiera oído, Lequerica se detuvo bruscamente, giró la cabeza, divisó a Rodríguez y, cambiando de dirección, se vino hacia nosotros.

—¡Señor embajador de México! —exclamó con su vozarrón de asentador de pescado del puerto de Bilbao, que era lo que era—. Sé que nos une, ¡o nos desune!, un interés común…

—Señor embajador de España —contestó Luis con envaramiento. Era obvio que aquella interpelación no le divertía en absoluto—. No existe nada que nos una. En realidad, todo nos desune…

—Digamos entonces que compartimos un pequeño problema.

—¿Se refiere usted al señor presidente de la República española?

—Ése ha dejado de ser presidente de nada —afirmó Lequerica con desprecio—. La verdadera España encabezada por el Caudillo acabó con él y con todos los rojos a los que representaba... Pero me refiero a Azaña, sí.

—A don Manuel Azaña no...

—A ese fantoche...

—Ese fantoche, como usted tiene la osadía de llamarlo, tiene más dignidad en el dedo meñique de su pie que su general Franco y toda su corte celestial.

Se había hecho un duro silencio alrededor de nosotros. Lequerica había enrojecido de ira y Rodríguez temblaba de indignación. Parecían dos viejos y gastados gallos de pelea, pero la hostilidad mutua era tan brutal que Flaco dio por instinto un paso adelante para interponerse entre los dos.

—*Que disent-ils?* —me preguntó Marie al oído, aunque el sentido del enfrentamiento fuera más que evidente. Levanté una mano para que no se atreviera a intervenir, pero, claro, como si fuera espectadora de una tragedia que se desarrollaba sobre la escena de un teatro, le era necesario conocer palabra a palabra la razón exacta de la violencia. Cuando no hay contacto físico, son la voz y las palabras las que cuentan para transmitir el *pathos* de una situación. Quiso volver a preguntar: no sería un mero gesto mío el que aplacara su curiosidad. Tuve que hacerla callar apoyando mi mano en su antebrazo con firmeza.

—¡Usted no puede ofender de esa manera a mi Jefe de Estado! ¡Exijo que retire esas palabras inmediatamente!

—Usted, Lequerica, fue quien ofendió primero el buen nombre de un connacional suyo ¡que es su Jefe de Estado democráticamente elegido! y que ahora se debate entre la vida y la muerte sólo porque no queda en Europa ni un ápice de decoro o de respeto...

—No reconozco la...

—No me importa lo que reconozca o deje de reconocer, Lequerica —interrumpió Rodríguez—. Por fortuna no soy súbdito suyo. Lo que me importa es la autoridad moral que me concede ser el único ser humano que parece dispuesto a amparar a un moribundo... Un ser humano, le recuerdo, que es representante de un Estado soberano, de otro Estado soberano.

Quiso la suerte que este intercambio tuviera lugar en un corrillo bastante reducido de gentes y que el tono de voz de los antagonistas no consiguiera alzarse por encima del tronar de los altavoces que anunciaban carreras y apuestas o del ruido de conversaciones o del griterío de los centenares de espectadores, de tal modo que pasó desapercibido para la práctica totalidad de los que se encontraban incluso en las inmediaciones de nuestro grupo. Hubo algún gesto de extrañeza, eso sí, ante la algarabía. De todos modos, enseguida fue atribuida al modo vocinglero habitual de los españoles. No pasó más. Sólo los colegas latinoamericanos se interpusieron entre Rodríguez y Lequerica para que no llegaran a las manos. No me parece que hubiera peligro de ello pero en cualquier caso hicieron bien en separarlos. Así se evitaban sonrojos innecesarios. Si no me equivoco, ésta fue la última vez que el mexicano y el español cruzaron palabra.

Lequerica se dio la vuelta pero, antes de alejarse, por encima del hombro lanzó un melodramático «¡Esto no ha de quedar así! ¡Le mandaré a mis padrinos!». Por un momento me pareció que le habría gustado añadir algo a este desafío a duelo, pero se contuvo, cediendo tal vez a un atisbo de sensatez. No dejó de sorprenderme, puesto que todos estos caballeros eran muy dados a gestos grandilocuentes. En fin, caló el chapeo, fuese y no hubo nada. Luis Rodríguez, aún furioso, no pudo reprimir un bufido.

—¡Uf! —exclamó Marie—. *Quel énergumène!*

—*Eh bien!* —dijo Olga Letellier.

—No se altere, Luis —añadí—. Conozco bien a Lequerica. Se le va toda la fuerza por la boca.

—No, no —protestó Rodríguez, mirando con enojo la silueta del embajador español que se perdía entre la muchedumbre—, precisamente ese energúmeno, como lo llama mademoiselle Weisman, es capaz de cualquier cosa.

—*Comment?* —preguntó Marie.

—¡Ah, le ruego que perdone mi mala educación, mademoiselle! —se apresuró Luis a decir en francés. Y relató la escena para que los franceses presentes pudieran comprenderla.

—¡Qué disparate!

—¡Qué locura!

—En fin, así son las cosas, queridas señoras.

—Pero dígame, Luis, cuando usted y Flaco venían hacia acá, me contó usted que precisamente era yo la persona a la que quería ver. Es así, ¿no?

Consciente de que mi mano aún sujetaba el brazo de Marie, murmuré «perdón» y la solté. Ella me miró con expresión de irónica sorpresa, pero no dijo nada. Se limitó a pasar su brazo por debajo del mío. Ese descaro suyo me iba a jugar a mí una mala pasada cualquier día de aquellos.

Luis alzó las cejas.

—Entiendo que la amistad que les une a ustedes dos me permite hablar sin tapujos, ¿sí?

Miré a Marie.

—Desde luego —contesté al cabo de un instante. Con disimulo, Marie me apretó el codo—. Usted dirá.

Como impulsados por un mismo resorte, los tres nos separamos un poco de los demás, dejándolos que se adelantaran a nosotros. Olga nos miró con preocupación pero se unió al grupo que se dirigía a seguir la carrera.

—Verá. En Montauban me topé con nuestro buen amigo Arístides de Sousa, ¿sí? Bien. Arístides me relató la valentía

—me empezó a latir el corazón con fuerza—, y la generosidad con las que usted intervino para proteger al profesor Neira y a su familia —mi alarma ante aquellas palabras cuyo significado era perfectamente capaz de reconocer crecía por segundos. Empezamos a andar lentamente por el césped hacia el vallado.

—*Oh oui.* Ya lo creo —exclamó Marie con un entusiasmo que consideré exagerado en demasía—. Generosidad y valentía, monsieur Rodríguez. Añadiría más: añadiría indiferencia ante el peligro...

La miré con irritación. Si no hubiera estado tan seria, me habría parecido que se estaba riendo de mí. Sin embargo no la conocía lo suficiente como para adivinar sus momentos de travesura. Quise hablar para defenderme, pero Luis se me adelantó:

—Sí, eso me contó Arístides.

—No, no, por dios, no fue nada de eso —balbucí al fin—. Simplemente no tuve más remedio que acudir en ayuda de quien lo necesitaba con toda urgencia. Mis sentimientos o mi inexistente bravura nada tuvieron que ver. Me gustara o no, me asustara o no, estaba obligado a ayudar a una familia cuya alternativa era la muerte. No tuve más remedio —repetí con desesperación. Poco faltó para que me retorciera las manos—. No sé si me comprende, Luis, mis sentimientos no intervinieron para nada... Habría dado igual.

—Bien, lo comprendo —Luis se detuvo. Como si lo hubiera estado esperando, Marie se volvió hacia él y me arrastró en el giro.

—Luis, no, no me comprende. Aquéllas fueron unas circunstancias extraordinarias...

—Ah, pero éstas lo son aún más, Manuel.

Negué con la cabeza.

—Sí, Manuel, lo son. En este caso, desde luego nuevamente extraordinario, se trata...

—No me lo diga. No me lo diga... Me está usted hablando del presidente Azaña.

Luis Rodríguez separó las manos con las palmas hacia arriba.

—Le estoy hablando del presidente Azaña, sí.

—*Bravo!* —exclamó Marie, con un entusiasmo que se me antojó en verdad pueril y ciertamente irritante.

Torcí el gesto.

—Pero no es posible. Usted no puede llevar a don Manuel a mi masía... Imaginemos que lo hace, ¿y una vez que esté allí? Estará completamente indefenso, a merced de animales como Lequerica y sus esbirros alemanes. ¿No lo comprende? Tardarían menos de un día en descubrir su paradero y llevárselo detenido... ¡No es posible!

—No me comprende usted, Manuel. Antes de trasladar al presidente Azaña a su *mas*, plantaríamos un mástil con la bandera de México y declararíamos la extraterritorialidad de la casa de usted. Vaya, mi amigo, estableceríamos en ella el consulado de México en la Provenza. Intocable. Don Manuel, su esposa y su séquito serían intocables hasta que consiguiéramos para todos ellos los salvoconductos necesarios para embarcarse rumbo a América... El ministro-consejero, es decir, mi segundo de a bordo, y dos secretarios quedarían destinados allí como garantía. Ni Lequerica ni toda la corte celestial podrían con ellos y sus privilegios diplomáticos —sonrió.

—¿Y yo? —murmuré.

—¿Tanto les importa a ustedes en México la vida de Azaña? —interrumpió Marie.

—Azaña es más que un personaje, mademoiselle. Azaña es un símbolo. El símbolo de la decencia frente a la barbarie... Es lo único que nos queda a las gentes de bien. Lo comprende, ¿verdad?

Marie asintió y yo incliné la cabeza lentamente. Y recuerdo haber repetido con Rodríguez el gesto con el que me había dado por vencido ante Arístides semanas atrás:

le di unas palmaditas en el brazo sin pronunciar palabra. Que nadie lo interprete como un acto de valor; fue una rendición en toda regla.

Esta vez fue Marie la que me premió: se inclinó hacia mí y me dio un sonoro beso en la mejilla.

—Ah, Manuel, *je savais. Quel courage.*

Como si se hubiera tratado de una señal urgente a los comisarios de la carrera, el beso de Marie coincidió con el campanillazo de salida de los mil quinientos metros para purasangres de tres años, en los que, por hacer honor a la verdad histórica, yo llevaba una apuesta a ganador de mil francos sobre un caballo que no era precisamente el favorito; las apuestas estaban ocho a uno y si la diosa Fortuna premiaba mi osadía de ignorante, pensaba gastar el capital resultante en varias botellas de champagne y en un *bijou* para mi joven acompañante.

Por esta razón empujé a mis dos amigos hacia el vallado. No quería perder detalle de la carrera. De este modo, sin yo pretenderlo, el gesto fue interpretado por ellos como otra muestra de mi gran modestia y más cuando me puse a proferir gritos de ánimo y entusiasmo, como si la grave conversación habida unos momentos antes no hubiera tenido lugar.

Es de lamentar que, como previsto por los apostadores, mi caballo perdiera pronto el resuello (bastante hizo con quedar quinto).

—Eh, Marie —lamenté—, me parece que en esta ocasión no podremos bebernos esas botellas ni podré colgarle del cuello el *pendentif* que me había prometido regalarle…

Marie me miró con curiosidad incrédula.

—¿Qué colgante? ¿Qué botellas?

—Ah, cosas que dependían del comportamiento de un mísero caballo… Los caballos no son de fiar —Marie sacudió la cabeza sin comprender. Me encogí de hombros—. Dígame, Luis, ¿para cuándo prepara el traslado del Presidente? Habría querido añadir que hacía esta pregunta para asegurarme de estar ausente de Europa en la fecha, pero me callé.

—Esperaremos a que pase el calor y a que don Manuel mejore lo suficiente como para emprender el viaje. En torno a los días finales del mes de septiembre, ¿le parece?

No llegué a contestar. Y es que de pronto mi atención, como atraída por un imán irresistible, se había desviado hacia otra parte: en efecto, detrás de Luis Rodríguez y a una decena de metros de donde nos encontrábamos, apoyado contra la misma valla que nos separaba de la pista del hipódromo, un hombrecillo de aspecto sucio e insignificante, con una gruesa colilla manchada de nicotina y saliva colgándole de la comisura de los labios, hablaba con otro que, vestido con el uniforme de la Marina francesa, tenía un aire decididamente más vistoso.

Reconocí al primero de ellos de forma inmediata. Se trataba del mismo siniestro personaje que unas dos semanas antes había estado sentado en el restaurante del pasaje Giboin, observándonos con todo descaro mientras Rodríguez y yo hablábamos de su entrevista con Pétain. Un espía, habíamos decidido entonces, un pobre hombre sin importancia.

Rodríguez se volvió para seguir mi mirada y comprobar qué era lo que había requerido mi atención de modo tan exigente. Al cabo de un momento, giró de nuevo la cabeza y sonrió.

—Lo ha reconocido, ¿verdad? —me preguntó. Asentí—. Bueno, es verdad que la primera vez que lo vimos ya atinamos con su profesión sin equivocarnos. No era muy difícil, claro está, pero ahora me lo confirma su elegante interlocutor.

—¿Quién es? —preguntó Marie.

—¿El marino? Capitán de fragata Jacques-Pierre Brissot de Warville. Un personaje curioso, Brissot. Es el jefe de contraespionaje del *Deuxième Bureau*. Yo creo que lleva tantos años en los servicios de seguridad de Francia que ya no sabe a quién espía ni a quién traiciona ni a quién debe lealtad.

—Y entonces ¿a qué se dedica ahora? —pregunté.

—Ah, interesante pregunta. Bueno, desde luego, a lo mismo de siempre: a espiar. Para el gobierno legítimo, supongo... quiero decir para el mariscal, para Vichy, vamos —sonrió de nuevo—. Lo que ocurre es que Brissot ha dedicado toda su vida profesional a espiar a los alemanes. Y lo cierto es que uno no cambia de ocupación con tanta facilidad. Me pregunto cómo se habrá acomodado ahora a la nueva situación.

—No sé, Luis. Sospecho que esta gente guarda una única lealtad: la fidelidad a sí mismos, nacida de saber que sólo ellos conocen los verdaderos intereses de su país, porque conocen todos sus secretos. Los jefes, las guerras, los gobiernos, pasan. El *Deuxième Bureau* permanece —afirmé con tono solemne.

Rodríguez asintió sonriendo.

—Claro que sí. Son espías del antiguo régimen que con el nuevo consiguieron mantener su papel y su importancia. Si uno lo piensa bien, como entraron al servicio del Estado con el antiguo régimen, su única lealtad es para con éste...

—Por tanto —dijo Marie con gravedad—, nuestro capitán Brissot sigue espiando a los alemanes —se quedó callada unos segundos mirando a Brissot sin disimulo y luego exclamó—: ¡es un aliado!

Rodríguez frunció el ceño.

—¿Un aliado? ¿Para qué?

—Pues... para la lucha contra los *haricots verts,* contra los judías verdes...

Era la primera vez que oía la expresión aplicada al color de los uniformes de la Wehrmacht y me hizo reír.

—*Haricots verts,* ¿eh? Pero, Marie, ¿de qué lucha está hablando?

—Ah, Manuel, de la misma que planeábamos cuando hablábamos en Les Baux con Jean y con Domingo.

—¡Pero si habíamos quedado en que era una lucha inútil! Por dios, Marie, esta guerra no llega a Navidad. ¿Qué lucha vamos a emprender?

—Concédame al menos que existe un deber insoslayable de lucha contra el invasor... Al menos podemos luchar contra el invasor, ¿no?

—¿Haciendo qué?

Marie titubeó. Luego añadió con fogosidad:

—*Les harcelant, voyons!*, hostigándolos, caramba.

Guardamos silencio por unos instantes. Al cabo, Luis murmuró:

—Eso que usted aventura, mademoiselle, es francamente peligroso; no se juega con los riesgos de la guerra.

—No me lo diga, monsieur Rodríguez, porque yo estuve en el Ebro conduciendo ambulancias y escapando de los morteros y sé bien que esto no es un juego. La cuestión es otra. La cuestión es dónde acaba la obligación de los ciudadanos de defender su patria... No digo los militares. Los militares tienen el deber de pelear en el campo de batalla. Eso se da por supuesto incluso cuando, como ha pasado, lo único que saben hacer es rendirse...

—Rendirse no, mademoiselle, rendirse no —corrigió con suavidad a nuestras espaldas el capitán Brissot. Sin que nos diéramos cuenta, se había acercado a nosotros mientras hablábamos. Se puso firme y, haciendo una inclinación de cabeza, dijo—: capitán de fragata Jacques-Pierre Brissot de Warville, mademoiselle, a sus órdenes —sonrió—. Tengo una hija que es, me temo, exactamente igual de espontánea que usted.

—¡Capitán Brissot! —exclamó Luis—. ¿Qué tal está?

—Espontánea, no —proclamó Marie con desafío—. Patriota. Soy una francesa.

—No lo dudo.

Miré detrás de él para ver qué había sido del hombrecillo con quien hablaba hasta un minuto antes, pero ya se encontraba lejos en dirección a la salida del hipódromo. Visto desde la distancia, se le veía andar escorado a la derecha, cojeando ligeramente, tal que si hubiera sido el jorobado de Nôtre Dame, sólo que sin joroba. Sí. En verdad una figura patética.

—¿Y usted, capitán? ¿Quiénes son sus enemigos? —preguntó Marie.

—¡Marie! —exclamé.

—No, no, déjela estar. Los jóvenes tienen que hacer estas preguntas descarnadas... Comprendo lo que usted quiere saber, señorita. Sólo tengo un amigo: Francia. Y aquellos con los que me he enfrentado en el campo de batalla son mis enemigos. No lo dude.

—¿Veis lo que os decía?

—La espontaneidad, ésa sí que es enemiga de la prudencia, al menos durante la guerra —dije—. No lo digo por este momento, claro, pero, querida Marie, un país en guerra es un país en peligro y nunca se sabe dónde está el enemigo.

Miré a Brissot queriendo encontrar en él alguna confirmación a la necesidad de discreción, pero mantenía fija la mirada en Marie. Luego me pareció que me dirigía una breve mirada, como si le hubiera sorprendido mi sequedad. Pero enseguida volvió a fijarla en Marie.

—Usted, *capitaine,* es un patriota —afirmó ella como si no hubiera oído mi interrupción, y Brissot asintió—. Estoy segura de que me comprenderá si le digo que nuestro deber como patriotas es considerar que la guerra no ha terminado y que debemos seguir luchando.

—Ah, pero querida señorita, la guerra sí ha terminado. El mariscal la ha terminado y nuestro deber patriótico es seguirle en la regeneración de Francia —el tono de su discurso era completamente neutro e indescifrables sus intenciones. Lo que hoy en día se describiría como políticamente correcto y, sin embargo, algo en él sonaba a insincero—. Debe usted tener cuidado con ciertas manifestaciones que podrían ser malinterpretadas.

—No digo que debamos emprender acciones violentas para sabotear al mariscal —insistió Marie con terquedad—. Digo que siempre habrá algo que pueda hacerse en ayuda del mariscal... para recordar a los franceses sus deberes como ciudadanos, ¿no?

—Éste no es el momento ni el lugar para hablar de estas cosas —dijo Brissot secamente. Después se le ablandó el semblante, sonrió y añadió—: Digna hija de su padre, ¿eh?

—¿Usted conoce a mi padre?

—¿Quién no conoce al profesor Weisman?

Marie sonrió aliviada. Y a mí, que nunca había oído dos amenazas tan claras y tan amablemente sugeridas, me dio un escalofrío. Me volví a mirar a Luis Rodríguez y vi que me observaba con el semblante serio sin quitarme ojo. Este modo impulsivo que tenía Marie de buscarse aliados me parecía peligroso en extremo.

Además, ¿cómo sabía Brissot quién era Marie?

9

GVC

Nuestro regreso a la ciudad fue decididamente menos alegre y despreocupado de lo que había sido el comienzo de la jornada unas horas antes.

En cuanto desembarcamos en la orilla del parque del Allier, Marie y Jean Lebrun se nos adelantaron, mientras los demás (me refiero a Olga Letellier, Armand de la Buissonière, Luis Rodríguez, el *Flaco* Barrantes y yo) nos rezagábamos unos metros con la extraña sensación de ser unas comadres o tal vez unas ayas que fueran vigilando a una pareja de díscolos muchachos. Los dos jóvenes iban hablándose con gran intensidad, gesticulando un poco, señalando aquí y allá como si fueran decidiendo la orientación que debían tomar sus vidas; a la izquierda, la rebeldía; a la derecha, el sigilo; de frente, el triunfo o la muerte o la derrota. También es posible que discutieran de otra cosa y que aquellos brazos girando como molinillos estuvieran siendo simplemente impelidos por la juventud de sus articulaciones.

Me habría gustado saber de qué hablaban. Y juro que en mi curiosidad no intervenían los celos para nada en absoluto; había preocupación, eso sí, miedo por lo que estos dos... imberbes, habría dicho si no fuera consciente de que rozaban la treintena, en fin, por lo que estos dos jóvenes pudieran estar tramando. Oyendo a Marie durante las pasadas semanas se me hacía fácil llegar a la conclusión de que era una mina a punto de estallar y me parecía imperativo protegerla de sí misma. Ni por un momento se me ocurrió que su odio hacia los alemanes estuviera bien dirigido y que el deber de un patriota fuera combatirlos a riesgo de dejarse la vida en ello.

Pronto llegamos al parque des Sources. Delante del chaflán del hotel du Parc, todos bajamos instintivamente la voz para no molestar el descanso del gran hombre (o, diría yo con más propiedad, para que nadie oyera los propósitos poco ortodoxos que íbamos intercambiando). Todo estaba tranquilo.

Hacía muchísimo calor y la humedad era en verdad agobiante. Se hubiera dicho que estábamos en el trópico, sólo que no habíamos preparado la vestimenta apropiada para combatir la canícula. Mejor dicho, enfrentados con este bochorno, la vestimenta daba igual: en una sociedad moderna o en las islas de los Mares del Sur, pensé con melancolía, nos habríamos quedado en paños menores o despojados de toda ropa para luego bañarnos en cualquiera de las fuentes o en el río mismo o, en la Polinesia, en sus playas de arena dorada. La idea de la desnudez de Marie nadando como una carpa aceleró bruscamente los latidos de mi corazón. Estoy seguro de que en mi rostro fue diáfana la brutal ola de sensualidad que me había asaltado de golpe. Armand, siguiéndome la mirada, me adivinó el pensamiento y dijo:

—Ah, *les effets de la volupté*... ah, los efectos de la sensualidad... —después añadió sonriendo—: Imagínenos en comisaría intentando explicar nuestro atuendo: *monsieur le Commissaire, il faisait vraiment chaud,* hacía verdaderamente calor —rió en voz baja y amagó unos pasos de baile, cantando— *ne contez pas sur moi pour me montrer tout nu.*

—¡Armand! —exclamó Olga.

—*Hopla... Pardon* —fue una de las raras ocasiones en que vi a Armand de un humor completamente festivo, haciendo chiquilladas.

—¿De qué se ríen ustedes?

—Ah, de nada, querida amiga, de una tontería. Fíjese si estamos locos que pensábamos proponerles ir al río y lanzarnos a sus aguas para ver si conseguíamos refrescarnos.

—*Mais quel scandale!* ¡Qué niñerías se les ocurren! En fin, sé que es tarde y debería ir cada mochuelo a su olivo, pero con este calor no se puede dormir. Los invito a tomar un digestivo o una tisana a mi apartamento. Abriremos las ventanas de par en par, permitiré a los hombres despojarse de sus chaquetas y de nada más y podremos refrescarnos... en fin... un poco —nos miró con severidad fingida y después sonrió—. Sé que no es tan refrescante como un baño en el río, pero... —y se cubrió la boca con una mano.

—Excelente idea —dije.

—¿Qué, qué? —preguntó Marie que había vuelto sobre sus pasos al notar que nos habíamos detenido.

—Nada, Marie, que he invitado a todos a casa para tomar algún refresco —explicó Olga.

—¡Qué bien!

—Vayan ustedes subiendo —propuso Armand—, que yo me acercaré hasta el Parc y pediré que me preparen una bandeja de quesos y nos la traigan con unas botellas de vino.

—Un vino ligero, por favor, Armand —pidió Olga.

—Excelente idea —repetí.

La puesta en escena fue notable.

Creo que si ahora, en este momento en que relato aquellos acontecimientos que acabaron siendo tan graves, no comprendiera el significado que tuvieron entonces, me volvería la misma sensación de ridículo que padecí. Durante semanas me pareció que la reunión vespertina del 28 de julio de 1940 en casa de Olga Letellier fue no más que la representación bufa de un sueño levemente melodramático.

Imagínesenos sentados en el saloncito de Olga en esa noche de terrible calor, cinco conspiradores de pacotilla, unos asustados y otros sin darse cuenta cabal de lo que podría sucedernos, guiados todos por el miedo, sí, pero antes que nada por un sentimiento impreciso que estaba a caballo entre el patriotismo y el desprecio, entre el deseo de libertad y la rabia por la humillación sufrida a manos del que siempre había sido enemigo de Francia y siempre lo seguiría siendo.

Allí estábamos, Olga Letellier, viuda rica, ociosa y tonta; Armand de la Buissonière, diplomático refinado, inteligente, cínico y frívolo; yo, bueno, el gran Manuel de Sá, elegante, coqueto, observador y dispuesto a todo por amor, la peor de las razones; Jean Lebrun, ése sí, amigos míos, el perfil del revolucionario de salón, profesor de Lengua en un liceo, apasionado, marxista, poco práctico, lúgubre y gallito. Y Marie. Marie, claro, lista, rápida, sensual, generosa y desconcertante por completo. Todavía hoy no puedo encontrarle defecto.

Los cinco fundadores del Grupo Vichy de Combate, el GVC, la primera célula de la resistencia en Francia. Carne de horca, habría dicho el capitán Jacques-Pierre Brissot en el momento de encerrarnos a todos. Una patética pandilla de conspiradores irresponsables e impotentes, añadiría yo por remachar el clavo. Y, a juzgar por el resultado final de nuestros esfuerzos, no me parece que anduviéramos muy descaminados tanto Brissot como yo.

Al menos fuimos los primeros, sin saber siquiera si seríamos los únicos.

Al menos, los que estábamos allí desdeñábamos, algunos por primera vez en nuestras vidas, las consecuencias sin duda horrorosas de lo que íbamos a hacer. Era como si moralmente nos hubiéramos liberado de las obligaciones del día a día y éstas hubieran pasado al segundo plano de lo accesorio. Yo, por mi parte, durante un buen rato viví sin tener en cuenta lo que nos podía ocurrir, o mejor dicho, lo que con seguridad habría de ocurrirnos. Por un rato, sólo me importó lo que quería hacer, lo que todos queríamos hacer. Fue un acto reflejo de patriotismo, exacerbado por la comprensión diáfana de que nos colocábamos en la ilegalidad y de que nuestras vidas no tendrían más salida que la muerte. Mejor no pensarlo.

Luis Rodríguez fue, en cierto modo, nuestro padrino. Asistió a la reunión en silencio, mirándonos a turnos, pensando sabe dios qué de nosotros, sonriendo con bondad. Era el único que nos acompañaba, puesto que *Flaco* Barrantes se había despedido con alguna excusa y no asistió.

—Me ponen nerviosa los que se empeñan en explicarme que Francia no ha perdido la guerra, que somos muy amigos de los *boches,* que nosotros tenemos la culpa de lo que nos pasa... ¡pero si no hemos perdido la guerra no sé lo que nos pasa, *voyons...!* y que ahora hay que dejar que Pétain nos conduzca ¡a no sé dónde! —exclamó Marie. Con la mano derecha sujetaba el brazo de Jean Lebrun, que se limitaba a asentir—. ¿Adónde quieren que nos conduzca Pétain, eso sí, regenerados y con la cabeza bien alta? ¿A los campos de prisioneros en Alemania?

Armand sonrió.

—Por lo que sabemos de lo que nuestras autoridades están haciendo con los extranjeros que vienen aquí, no me parece siquiera necesario mandarnos a Alemania... con que nos fuercen a quedarnos en Francia será suficiente.

Puse una mueca de indecisión.

—Ah, no sé. Francia está partida en dos —levanté una mano—, concedo que puede ser porque por el momento conviene al señor Hitler, pero la porción en la que vivimos es libre, ¿no?, es francesa con gobierno francés, sin ocupación nazi, ¿no? Mientras que los del norte son el país derrotado y ocupado. De todos modos, ¿cómo es posible que cosas así ... cómo es posible que la implantación de una línea caprichosa de separación en mitad de un país determine la suerte de quienes habitan a un lado y a otro? Eso tiene que tener un significado.

—Claro que tiene un significado —dijo Armand.

—No significa nada —interrumpió Jean Lebrun con brusquedad—. Si me lo permiten, enunciaré un silogismo: Francia y Alemania son aliados. Como buenos aliados, se han repartido el país; Alemania ocupa una porción del país y Francia, la otra. Si Alemania domina a los franceses del norte, se deduce que Francia domina a los franceses del sur. Y si los franceses del norte sufren, por la misma razón tienen que sufrir los del sur, ¿no? Dependen de aliados idénticos a quienes sólo diferencia el idioma que hablan. Perversa Alemania, perversa Francia. Por tanto, sólo hay una entidad que padece: la nación francesa.

Luis Rodríguez sonrió y Olga tosió nerviosamente. Marie no había dejado de apretarle el brazo a Lebrun.

—Jean, me parece que el silogismo no está mal —comenté, haciendo un esfuerzo para no mirar la mano de Marie—, pero no estoy muy seguro de que se ajuste a la realidad. Es cierto que Hitler y Pétain se han repartido este pobre país nuestro, pero ¿dónde están los que padecen? ¿En la Francia libre o en la ocupada? ¿Son los que llenan los teatros de París codo con codo con oficiales nazis? ¿Son los que cenan en Maxim's? ¿Son los que aclaman al mariscal en Lyon, en Clermont? ¿Son los niños que le regalan flores y le recitan poemas? ¿Son los obispos que le hacen entrar bajo palio en las catedrales? ¿Son los periodistas que llenan páginas y páginas de panegíricos y ditirambos? —separé las manos con las palmas hacia arriba y alcé las cejas.

—Eh, no, Manuel. Son los que son arrestados en los pasos fronterizos de la línea de demarcación. Son los soldados prisioneros en campos aquí en Francia y en Alemania. Son los centenares de miles de franceses que lo han perdido todo, casas, familias enteras, haciendas, vidas. Son los muertos de las primeras semanas, son los judíos, son los marxistas y los masones, son las pobres gentes. Son los que no saben que sufren todavía —sacudió la cabeza—, los que desconocen aún cuánto van a sufrir.

—Si les va usted a tener que explicar que van a sufrir y ellos no lo saben, no me parece que vaya a hacer muchos adeptos —dijo Armand riendo.

—Son los que marchan a hacer trabajos forzados —siguió Jean como si no hubiera sido interrumpido—, son los que ya no pueden decir lo que piensan.

—No, no, no, queridos amigos —dijo Luis Rodríguez con lentitud—. Las dictaduras tienen la costumbre, sí, de convencer a los más tibios, que son la mayoría. Si estuviéramos hablando de un pueblo en verdad fuerte y decidido, todos estaríamos en las trincheras luchando contra los nazis, con independencia de lo que hubiera hecho el gobierno francés con las instituciones de la República.

—Precisamente por eso —respondió Armand—, porque los gobiernos de la República destruyeron la República, este pueblo está en estado de extrema debilidad. Y así pueden venir los profetas a imponernos lo que ellos aseguran que necesitamos. ¡Y la gente se ha dejado convencer por las falacias de quienes le aseguran que es preciso que sea castigada, que expíe sus pecados, *bon Dieu!* ¿Por qué me tiene que decir a mí ese viejo chocho lo que me conviene y los pecados que tengo que expiar?

—Huy —exclamó Olga llevándose con horror una mano a la boca—. No se puede llamar viejo chocho al mariscal

Pétain, Armand. ¡Es un héroe de Francia!, le debemos respeto. En mi casa no permito que se mancille el nombre del mariscal.

—Ah, le pido perdón, Olga. No quería ofenderla —inmediatamente bajó el tono ofensivo de su diatriba—. No era ésa mi intención.

—Además —añadí—, sea cual sea la personalidad de Pétain, sí parece seguro que tanto él como su gobierno trabajan con sigilo con los americanos y con los ingleses para derrotar a Hitler.

—Paparruchas —contestó Jean. Luego lo pensó mejor y añadió—: puede que sea así, pero entonces tenemos que echarle una mano.

—Pero ¡qué mano le vamos a echar, hombre de dios! —exclamé con irritación—. ¿Qué tanques tenemos, qué cañones?

—Pétain, Pétain —dijo Armand—. No sé qué será de nosotros los franceses. Y no sé si este pobre anciano —levantó la cabeza para mirar a Olga—, ha hecho lo que debía para plantar cara a Hitler, pero hay veces en que me pregunto si no será cierto que necesitamos esa revolución que nos ha impuesto. ¿No será cierto que necesitamos que nos enderecen el espinazo?

—No decía usted eso hace unos días, Armand.

—Es que ya no sé qué pensar.

—Yo sí. No quiero que nadie me quite mi libertad. Me fui de España porque me arriesgaba a eso y no voy a permitir que ocurra en Francia... bueno, no voy a permitir... voy a luchar para impedirlo.

—Me es igual —exclamó Marie de pronto—. Me es igual lo que deba hacerse con Francia... Nada de eso importa ahora. ¡Ahora hay que salvar la patria! ¡Hay que liberarla de los invasores! Antes que nada, debemos echar a los *boches* de este país. Ya pensaremos luego qué hacer con nuestra tierra. Ahora debemos resistir por encima de todo.

Y no sé si se trata de resistir con el gobierno de Vichy, a pesar de Vichy, más allá de Vichy o, después de todo, contra Vichy al mismo tiempo que contra los alemanes. Yo creo que acabaremos luchando contra todos, Geppetto.

—Me gustaría estar tan seguro como usted, Marie.

—*Mais, bon Dieu!* Nos hemos pasado los últimos diez años luchando contra los fascistas, los invasores de hoy son los mismos que derrotamos en la anterior guerra...

—... y las primeras víctimas de estos invasores y de sus aliados en Francia son las clases proletarias...

Marie miró con irritación a Jean.

—... ¿y vamos a aceptar vivir bajo su bota?

—No, claro que no.

—Me niego a aceptar que hemos sido derrotados de forma definitiva. Me niego a rendirme... ¡Que se rindan ellos! Yo, en este momento, sólo pienso en resistir, es lo único que me mantiene en pie. Y es lo que debería pasaros a vosotros también.

Estaba tan bella, tan decidida, tan fuerte, que la habría abrazado y después me habría ido adonde ella me pidiera ir, a la aventura, al dolor, a la derrota. Se había levantado para dar mayor dramatismo a sus palabras. Sé que la imagen es de una cursilería escalofriante, pero en aquel momento me pareció que esta Marie transfigurada se había convertido en Marianne, la Marianne de Francia que arrastraba al pueblo a la lucha y a la victoria final.

¿Victoria he dicho? ¿De qué victoria podíamos estar hablando? Cinco pobres infelices contra el poderío del ejército del Reich, descontentos y humillados, sin una mala pistola con la que morir matando, sin un mal instrumento de lucha con el que al menos cubrirnos de heroísmo.

¿No éramos demasiado blandos, demasiado civilizados para todo esto? Hablar de resistencia, de armas, de enemigos, de heroicidades, me parecía, para ser francos, una sobrevaloración estúpida de nuestras capacidades. Éramos unos aficionados de manos suaves y uñas cuidadas, sin experiencia previa, sin sentido de la organización, sin conciencia del sigilo necesario.

—Muy bien, Marie.

—Muy bien, Geppetto.

—Resistamos…

—Resistamos —sonrió con travesura.

—¿Cómo se hace?

—*Comment on nargue les Allemands?*, ¿cómo provocamos a los alemanes? Haciéndoles la vida imposible.

—Exactamente —intervino Armand.

Y hasta allí llegó el juego, porque por supuesto ninguno de nosotros sabía cómo hacer la vida imposible a nadie y menos aún en plena guerra.

Enseguida se hizo evidente que en un territorio inmenso como Francia, un territorio partido en dos además, no resultaría fácil a cinco inexpertos montar una célula de resistencia que, aparte de maldecir al enemigo y mascullar amenazas contra él, hiciera algo positivo en la lucha contra el ejército alemán. Ninguno de nosotros estaba preparado para la lucha armada, carecíamos de los más elementales contactos, no habríamos sabido por dónde empezar. Nos sentíamos completamente solos. Más de una vez durante aquella larga velada estuvimos a punto de rendirnos a la evidencia y abandonar.

Intenté disuadirnos explicando que el Reich, a falta de Inglaterra, tenía conquistado el continente entero. No había esperanza: la guerra no llegaría a fin de año. Todos lo sabíamos, era vox pópuli, que el arrollador avance de la Wehrmacht era ya imparable. En cuanto Londres se rindiera, todos los gobiernos de fuera de Europa, sobre todo Estados Unidos, intentarían firmar la paz. No había esperanza. A lo peor, el mariscal había tenido razón y su buena relación con Hitler lo colocaría en una posición de privilegio en el futuro imperio del Tercer Reich. Pétain, ese viejo idiota, habría tenido razón.

No había esperanza, amigos míos.

Marie me miró como si me hubiera vuelto loco, como si la rendición inevitable a la que proponía que nos sumáramos fuera el fin de la vida. Le devolví la mirada sin pestañear hasta que ella, sacudiendo la cabeza con resignación, bajó los ojos y cruzó las manos murmurando «no sé qué veo en ti». En tan baja voz habló que tuve que hacer un esfuerzo para oír lo que había susurrado; a decir verdad, hasta me pareció delicioso ser culpable de traicionar los sentimientos patrióticos de aquella mujer con tal de oírle decir que, pese a mi cobardía, había algo de mí que la atraía. Puede que estuviéramos viendo visiones los dos.

Por su parte, Jean ni siquiera cambió la expresión; se limitó a pasarse una mano por el mechón de pelo que le caía sobre la frente. Armand levantó las cejas y se recostó en su asiento con una media sonrisa bailándole en los labios. Y Olga nos miró a todos sin comprender; estoy seguro de que le pareció que no había razón para el desánimo: Hitler con su victoria y Pétain con su colaboración acababan de resolvernos el problema; ¿qué más podíamos pedir?

Entonces Luis Rodríguez carraspeó para llamar nuestra atención y dijo:

—Es bien cierto que hace pocos días que la aviación alemana ha empezado a bombardear el sur de Inglaterra. Sin duda, afirmaría sin temor a equivocarme que son los preparativos para la invasión... Unos preparativos crueles pero eficaces: se desbroza el camino al tiempo que se rompe la moral del enemigo. Este aserto me parece indiscutible. Pero también olvidamos un elemento de gran importancia: yo sigo las noticias vespertinas de la BBC. Es cierto que no puede descartarse un punto de propaganda optimista en sus emisiones radiadas, pero cuando nos dicen que, lejos de rendirse y aguantar, los ingleses están devolviendo golpe por golpe, yo tengo tendencia a creérmelo. ¿Qué ha ocurrido? Que la RAF ha plantado cara. Mi estimación de aficionado me hace pensar dos cosas: por una parte, los cazas de la Luftwaffe no tienen gran autonomía y cuando llegan a las costas inglesas tienen que apurarse en luchar y regresar, mientras que, por otra parte, los cazas británicos pelean desde casa y deben de ser bastantes más de los que creían el mariscal Goering y sus generales. ¿Verdad? No, queridos conspiradores. Afirmo que mientras haya batalla en los cielos de Inglaterra habrá esperanza para todos nosotros... No quisiera que pensaran ustedes que yo, un latinoamericano alejado de los problemas de Europa, un mero observador, predico una moral de resistencia frente a una cuestión que ni me va ni me viene. No, señores. Predico una moral de esperanza, queridos amigos, una moral de esperanza, y si ustedes me pidieran un consejo o una opinión, les diría que los franceses de bien, y ustedes lo son, están obligados a defender su patria hasta el final porque ellos prevalecerán —apretó los labios y, con su timidez habitual, añadió—: En fin...

Sus palabras fueron acogidas en completo silencio.

No se podía ser más elocuente.

Al cabo de un minuto, Marie, mirándome de nuevo, exclamó:

—¿Lo ve, Geppetto? ¿Ve como se puede hacer?

—Eh, no, Marie. Veo que tenemos una obligación moral de hacerlo, pero sigo sin ver qué debemos hacer ni si servirá de algo... —Marie sacudió la cabeza pero no dejé que hablara—. Díganme lo que tengo que hacer y seré el primero en lanzarme a la acción. ¿Jean? Os pasáis la vida pontificando pero nunca habláis de las cosas prácticas...

Nuevamente Luis nos señaló el camino.

—No es fácil de hacer, nada es fácil de hacer cuando se es un civil desarmado en medio de miles de soldados prontos a todo... Pero tienen ustedes una inmensa ventaja moral: saber que están en lo cierto. ¿Qué dijo usted hace un momento, Manuel? Sí, maldecir al enemigo y mascullar amenazas, dijo usted que no sabría qué hacer si no fuera maldecir en voz queda. Pues, ándele, ¿por qué no se dedican precisamente a eso?

—No entiendo.

—Esta revolución contra el orden establecido por Vichy es, como diría Gramsci, una revolución de posición más que de movimiento. No es necesario por el momento que tomen las armas, caven trincheras y sacrifiquen sus vidas. Hagan un periódico clandestino. Hagan ustedes hojas mimeografiadas y difúndanlas en los buzones, déjenlas en los bares, en los bancos del parque... Impriman *papillons,* pequeños carteles, y péguenlos por las paredes de Vichy. Digan cosas como «Francia vive» o «Abajo los *boches*»...

—¡Claro! —gritó Jean—, demos una esperanza a los que están desesperados.

Olga, sobresaltada, dio un respingo que le hizo derramar un poco de la limonada que tenía en su vaso. Cuando comprobó que se había manchado la falda, se le subieron los colores, no sé si por la irritación o por el sofoco.

—*Voyons, jeune homme* —amonestó en tono seco, pasándose una servilletita de lino por el vestido—, me ha dado usted un gran susto. Tengamos un poco de calma... Monsieur Rodríguez, ¿está usted sugiriendo que debemos hacer un llamamiento a la revolución contra el mariscal Pétain sólo porque ha salvado a nuestra patria de la derrota y... y de males mayores?

—*Mais non,* Olga —dijo Armand—, está diciendo que debemos ayudarlo *contra* Alemania, contra Alemania... —hizo un gesto para que Jean guardara silencio pero no fue obedecido.

—¡Claro! —exclamó el joven maestro—, ayudemos a Pétain. Saquemos a la calle un ejército de balnearistas armados con escobas y lavativas y llevémoslos a...

—¡Basta de tonterías! —exclamó Marie—. Este asunto es demasiado grave como para que nos lo tomemos a broma.

—Seamos sensatos, pues —propuse—. ¿Qué podemos hacer? Desde luego, no podemos salir a la calle pegando tiros, entre otras cosas, porque carecemos de armas de fuego y, por lo que a mí respecta, de cualquier deseo de que me maten...

—Y porque es contrario a la ley —dijo Olga en tono solemne. Todos la miramos con sorpresa.

—... ¡Ah! Y lo que hagamos tenemos que decidirlo entre nosotros y sólo entre nosotros —continué como si nuestra amiga no me hubiera interrumpido con una más de sus tonterías. O sea, que nos habíamos reunido para estudiar modos de cumplir con las leyes. ¿En qué cabeza cabía? Esta mujer era inagotable en su estulticia. Suspiré—. Creo que existe un principio fundamental que debemos respetar: este grupo de resistencia tiene que ser hermético por completo y secreto hasta sus últimas consecuencias. Nadie debe saber lo que hacemos... sea lo que sea lo que vayamos a hacer. Nadie —miré a todos, uno por uno y salvo Olga, que tragó saliva, los rostros de los demás permanecieron imperturbables—. En segundo lugar, la razón misma de nuestra existencia es la esperanza. Nuestra voz, por pequeña que sea, debe entonar un canto de esperanza para todos. Debemos decir a todos que aquí hay disidencia, que en Francia hay quienes no estamos de acuerdo...

Luis Rodríguez me interrumpió con una sonrisa:

—Este asunto, Manuel, me recuerda el tema de la vida inteligente en otros planetas. Si la hay aquí en la Tierra, que es pequeña y frágil, ¿sí?, ¿por qué no va a haber vida en otros lugares más grandes de la galaxia?

—Sí, sí, claro. Le entiendo muy bien, Luis —contesté, riendo—. Éste no será el único grupo de resistentes de Francia, desde luego. Hay más vida inteligente en el resto del país, no mucha, pero bueno...

—*Mais oui!* —exclamó Marie—, estoy segura de que mi padre organizará algo así en París, en la Sorbona, en el museo del Hombre... Hay muchos que piensan como él, que saben de la maldad de los nazis y la rechazan y están dispuestos a combatirla.

—Seguro que sí. Y también en otras ciudades —sonreí de nuevo—. ¿No deberíamos bautizar este grupo? Llamémosle algo para poderlo identificar, ¿no?

—¿Batallón...? —dijo Marie

—¿Batallón? No, Marie. Otra cosa.

—¿Milicia Popular?

—Jean, ¿tenemos pinta de milicia popular?

—¿Ejército...? —preguntó Armand.

—Vamos, Armand. Un paso más y acabamos siendo el Ejército de Salvación, sección Vichy, o la Liga de la Moderación...

—¿Grupo de Vichy de... de...? —dijo Olga con timidez.

—Grupo Vichy, ¡claro!, Grupo Vichy de Combate.

—*Mais* Manuel... ¡de combate! Habíamos quedado en que no estábamos capacitados para combatir, ¿no?

—Pero sí. Algo, en alguna medida, vamos a combatir, incluso aunque sólo sea con papel y lápiz. No, no. Grupo Vichy de Combate, *Groupe Vichy de Combat,* no está nada mal. Apoyo la iniciativa de Olga.

Mme. Letellier se sonrojó de placer.

(Las iniciales GVC fueron obra del ingenio de Armand; me susurró que, así, esta pequeña célula también podría ser conocida en honor de Jean como *Grand Vomissement Communiste,* gran vómito comunista.)

Enseguida tuvimos la primera disensión. Marie, empeñada en encontrar patriotas y ganarlos para la causa, quiso que comunicáramos la creación del GVC al capitán Jacques-Pierre Brissot, jefe del *Deuxième Bureau.* No fue fácil convencerla de lo contrario. Tuvimos que recordar a Marie que la regla era insoslayable por completo: fuera de este pequeño círculo de cinco personas (más Luis Rodríguez, nuestro más preciado notario y consejero) nadie debía saber lo que hacíamos, lo que pensábamos, lo que nos proponíamos. Nos iba en ello la vida. De eso sí éramos conscientes.

Ahora que lo pienso, creo que el GVC fue la célula menos ortodoxa y uniforme que tuvo la resistencia, al menos en los primeros tiempos. Un comunista, una judía, un español naturalizado francés, un francmasón (Armand siempre había negado que lo fuera, pero yo nunca le creí) y una burguesa católica de extrema derecha. Entiéndaseme: mi alianza con Jean era puramente circunstancial y nos hacíamos compañeros de viaje impelidos por un enemigo común. Por otra parte, yo nunca había cuestionado mi antisemitismo, excepto en el caso por caso y entonces intervenían mis otros sentimientos hacia Marie. En cuanto a los masones, me eran indiferentes y se me antojaban más bien cómicos con sus pequeños delantales y sus atuendos trasnochados. Olga, por su parte, era tan tonta que sus opiniones e inclinaciones ideológicas primitivas no merecían mayor consideración. Así es: éstas son las gentes de derechas: viscerales, irreflexivas y primitivas. Claro que, bien pensado, también lo son las de izquierdas.

Nuestro primer y brutal golpe, dos días después, fue la confección de un mísero panfleto, lo que aquí llamamos *papillons,* mariposas o pasquines para pegar por las paredes, muy escueto: «¡Francia vive!, ¡viva Francia!, ¡abajo los alemanes!» (ponía *à bas les boches;* Armand intentó que se pusiera *vive De Gaulle,* pero al menos tres se opusieron a ello y la mención no fue incluida).

Hicimos tres ejemplares en sendas hojas escritas a mano y decidimos que Jean, Marie (cualquiera se lo impedía) y yo mismo los pegaríamos en tres puntos estratégicos de Vichy. A mí me correspondió el lateral del hotel du Parc.

La acción es fácil de imaginar y casi imposible de llevar a la práctica. Cuando hoy veo a jóvenes trabajadores mojar en un caldero de cola grandes brochas de largos mangos para así untar una pared y pegar el cartel publicitario, recuerdo con verdadera angustia lo que supuso hacerlo de noche debajo de la mismísima ventana del mariscal y en las propias narices de sus cuatro fieros guardianes. Armand fue encargado de desviar la atención del retén que custodiaba la entrada principal del hotel, mientras yo recorría los cincuenta o sesenta metros que separaban la casa de Olga Letellier del lugar de mi gloriosa acción subversiva con lo que me parecía ser una actitud de fría indiferencia, la despreocupación personificada. Llevaba el pasquín untado de engrudo y abierto para que no pudiera enrollarse sobre sí mismo y acabara pegándoseme a las manos. Me retumbaba el corazón en el pecho como si fuera a estallarme y tenía la boca seca de miedo. ¡Qué inconsciencia la mía!

Era noche cerrada y ya no circulaba nadie por el parque y sus aledaños. Verdaderamente la guerra aún no había llegado a Vichy, sólo las bravatas y la intransigencia de los estúpidos que creían haberla ganado. A nadie le parecía necesario postergar el sueño para vigilar a los enemigos. Ya aprenderían.

Me acerqué al chaflán del hotel andando en diagonal. Crucé la calle y me pegué a la pared. Oía a Armand hablando con los cuatro gendarmes y apartándose del Parc en dirección contraria a la mía para que así lo miraran a él y, al no verme, no pudieran concebir sospecha alguna sobre lo que me traía entre manos.

Di diez pasos, miré a diestro y siniestro, comprobé que me encontraba solo y de un veloz gesto estampé la mano contra el muro. Ahí quedó precariamente pegado nuestro panfleto. ¡El primer panfleto de la resistencia!

Desde luego que no esperé a comprobar el efecto que producía verlo en la pared, aunque, contemplándolo de reojo por un solo segundo, me pareció un papelucho medio descolgado y bastante patético.

Muerto de miedo, giré en redondo y me dispuse a desandar el camino hacia mi hotel a la mayor velocidad que permitieran mis piernas. De golpe noté que un río de agua hirviendo me recorría los intestinos y unos horrorosos retortijones amenazaban con impedirme andar. Nada nuevo, claro está: bien pensado, los efectos del terror venían a ser similares a los de las aguas termales y ésas me eran dolencias conocidas. Ahora parece una broma; entonces era una amenaza de muerte. Por fortuna, llegué, como era habitual en un último suspiro, a la sala de baño de mi pasillo.

10

MONTOIRE

Hasta aquel otoño de 1940, los que estábamos presos en la zona no ocupada de Francia creímos que, fueren cuales fueren nuestras penalidades, nunca habíamos dejado de ser unos privilegiados inmunes al drama. Que vivíamos en un universo en el que los horrores acaecían con relativo orden sin que nos afectaran en demasía, puesto que estábamos tan lejos de ellos, como si una guerra fuera un drama cuyas batallas y muertos obedecieran a reglas inmutables y conocidas, y por tanto asumibles, mientras nosotros, testigos impotentes o simples espectadores cobardes, pensábamos más en discurrir sobre filosofías del mal y del bien que en el olor a sangre proveniente de las trincheras.

Por un lado, la guerra; por otro, nosotros, que nos habíamos apartado deliberada y moralmente del conflicto (un frío hábito burgués este de la asepsia, nacido de la costumbre de simultanear el charlestón con la contemplación indiferente de los acontecimientos de la década recién acabada). Pero no fue así. Aunque tardáramos en darnos cuenta, desde julio de 1940 habíamos ido perdiendo la capacidad de disociarnos ya de nada. Hasta entonces sólo habíamos pensado en el miedo. En realidad, detrás del miedo, de modo repentino empezaban a asomar sus consecuencias. Y con ellas, la pérdida absoluta de la libertad. Sí, en aquel otoño de 1940 se nos fue de golpe la placidez complaciente.

Era pronto para el hambre. El racionamiento había sido impuesto en toda Francia a mediados de septiembre, pero en Vichy la escasez de alimentos fue tolerable hasta por lo menos un mes después. Lo peor no era la limitación de las cantidades de comida sino lo arbitrario de su suministro: recuerdo con verdadero horror el otoño de la llegada a nuestras vidas de la *rutabaga,* el nabo sueco al que dios maldiga y que durante largas temporadas sustituyó a verduras y hortalizas en nuestra dieta cotidiana (igual que la gloriosa y austera manufactura de suelas de madera, ejemplo del nuevo espíritu de sacrificio nacional, escondía la ausencia de cuero para los zapatos). Yo creo que lo peor era la tomadura de pelo que tanta gente hecha y derecha aceptaba, asumiendo el engaño no como cosa inevitable sino con la fe del carbonero más imbécil.

Claro que quienes teníamos la fortuna de disponer de contactos en el campo *(m'sieu* Maurice, en mi caso), siempre recibíamos un *colis,* un paquete con huevos o mantequilla, pollo, legumbres, una botella de aceite de oliva, naranjas. Para el resto, hasta mediados de 1942 hubo pan (nunca fresco, una más de las idioteces). El azúcar, las pastas, el arroz, el café, sobre todo el café, desaparecieron casi enseguida de nuestras vidas. ¿Hambre? Desde luego que se pasó hambre (yo, que fui afortunado, no sufrí la hambruna hasta muy avanzada la guerra). Y es que Francia se tuvo que sumar al esfuerzo bélico alemán, lo que quería decir alimentar a la soldadesca germana en detrimento de los estómagos nacionales. ¿Y la carne? Trescientos gramos por semana, hueso incluido. Aun así, como todo en la vida, si se disponía de dinero, se disponía de comida suficiente y, en ocasiones, de comida abundante.

A la desastrosa distribución y escasez de alimentos se añadió pronto la idiotez de la vigilancia moral: por ejemplo, el alcoholismo, ese azote de las limpias y cristianas conciencias, debía ser erradicado y para ello fueron retirados de la circulación hasta los ceniceros de propaganda de anisetes y aperitivos. En los restaurantes sólo podía servirse un cuartillo de vino por cliente, a menos que pidiera un vino de marca, en cuyo caso podía llegarse al medio litro. Mañana y tarde se paseaban por Vichy inspectores armados de libretas y formularios de multas para castigar a los infractores de la regla que decretaba el tamaño exacto de los menús.

En unas cuantas semanas, Vichy se había convertido en un hervidero fascista. Y, como suele ocurrir cuando asoman los fascistas, tanto los oportunistas y los aprovechados de cualquier pelaje como los aduladores se instalaron igual que si fueran dueños de todo. De ceremonias y de banderas, de desfiles y delaciones, de estúpidas consignas y hasta de oraciones en loor del mariscal, como el insoportablemente cursi «Credo de los franceses»:

> Creo en la Francia milenaria e imperecedera,
> Creo en el país llamado Francia,
> Creo en la tierra de Francia,
> Creo en su jefe, el de los ojos de color cielo.

Vaya por dios.

La celebración del 14 de julio de 1940 había sido triste y breve, sin desfiles ni discursos, no fueran a producirse manifestaciones progaullistas. Y a partir de aquel momento, nuestros flamantes líderes olvidaron la llegada del día de gloria y lo transformaron en día de duelo. ¡Ah! Y misas por todos lados: obispos, arzobispos, cardenales, canónigos y chantres catedralicios se pasaban el tiempo aprovechando las ventajas que les otorgaba la exclusividad de la oferta.

Todos debíamos andarnos con gran cuidado. ¿No nos vigilábamos todos? ¿No nos forzábamos en aparecer como entusiastas pulcros, carentes de cualquier mancha? En unas cuantas semanas, los franceses habíamos conseguido convertirnos en agentes gaseosos; incoloros, inodoros e insípidos. Masones, semitas, marxistas, socialistas, ateos; ¿quiénes? ¿Nosotros? Más valía estar a las diez de cada mañana frente al Parc para enardecerse con la ceremonia del desfile de la guardia del mariscal, la izada de la tricolor y el canto de la Marsellesa entonado con entusiasmo y el acompañamiento de la banda militar.

Por estas razones, aún me asombro de nuestra inconsciencia al lanzarnos a la tímida tarea de la resistencia. Pienso yo que la sensación de impunidad se debió a que, convencidos de nuestros privilegios como miembros del *establishment*, nos creímos a salvo de todo peligro. Sí, a salvo.

Poco después de nuestra aventura con los pasquines, Armand llegó un día a nuestra reunión en casa de Olga con unas hojas mimeografiadas cuyo título era un seco *Liberté*.

—¡Mirad! —exclamó—, lo he encontrado encima de la mesa del bar en el que me tomaba un café... bueno, un café —añadió riendo—, pero allí estaba, *pardi!*, encima de la mesa para que se quedara con él cualquiera... así, cualquiera que pasara por ahí.

—¿A ver?, ¿a ver? —dijo Marie acercándose con excitación y arrancándoselo de las manos.

Era poca cosa, un par de páginas nada más, pero nos produjo gran entusiasmo. Hablaba de libertad, de germanofobia, de la República que era preciso remodelar pero que era nuestra República, de la voluntad de sobrevivir, de si era verdad que Francia había sido destruida...

—¿De dónde habrá salido esto? —pregunté.

—Resulta que sí hay vida inteligente en Vichy —intervino Armand riendo—. Como sugería Rodríguez, hay vida inteligente en otros mundos de la galaxia.

—Pero ¿quién? —insistí.

—No creo que se pueda saber con facilidad. *Eh bien, voilà* —Armand encendió con su mechero de oro de Cartier el cigarrillo que se había puesto en los labios—, no piensen ustedes que en Vichy había quedado establecido el pensamiento único. Aquí hay, por lo que se comprueba, gente que no opina como el gobierno, en fin, como el mariscal, y por lo visto no tiene empacho en decirlo.

—¿Usted cree? —dijo Olga.

—¡Claro! Y luego os metéis conmigo porque digo las cosas que digo a aquellos que me parecen unos patriotas. Acordaos de Brissot el otro día en el hipódromo.

—Eso fue demasiado arriesgado, Marie.

—O no —levantó los hombros y yo procuré no dejarme arrastrar por el movimiento de sus pechos, empujados hacia arriba por debajo de la blusa. Aparté la mirada—. En esta guerra hay que arriesgar, Geppetto. Si queremos ganarla, tenemos que arriesgar.

—Pero, Armand, ¿cómo sabe usted que hay quien no está de acuerdo con el mariscal? —insistió Olga.

—Vaya, *chère* madame, no hay más que pasearse por el parque des Sources, aquí, debajo de su misma ventana, para percibirlo. Hay, desde luego, mucho patriota encendido, pero también hay mucho *gaullista* disfrazado…

—¡Pero si ayer oí a uno que insultaba a otro llamándolo *Churchill!* Allí mismo, enfrente del Parc, y el tipo salió corriendo con el rabo entre las piernas —insistí—. Todo lo que huela a anglófilo aquí…

Armand soltó una carcajada.

—¿Sabe usted la diferencia que hay entre un anglófilo y un anglófobo?

Marie sonrió esperando la broma.

—No. ¿Qué diferencia hay?

—Un anglófilo dice «con tal de que ganen los ingleses...». Y un anglófobo los llama cerdos primero y luego dice «con tal de que ganen esos cerdos...».

Reímos todos, incluso Jean.

Más tarde, cuando, después de escuchar las noticias de la BBC, apagamos el aparato de radio (*Peut-on croire tout ce qu'ils racontent?* «¿Puede uno creer todo lo que dicen?», murmuró Armand), Marie y yo quedamos acodados a la ventana mirando hacia la apacible oscuridad. Había vuelto el calor y la humedad era grande. Las farolas de gas dibujaban con luz tenue pequeñas circunferencias en los parterres del parque. Enfrente, por entre los castaños, divisábamos la fachada del hotel du Parc. Unas cuantas ventanas estaban iluminadas.

—¿Qué estará pasando detrás de aquellos cristales? —me pregunté.

Noté que Marie sonreía. Volví la cara para mirarla. Tenía las mejillas brillantes y la frente perlada de sudor. Le ofrecí el pañuelo de seda que asomaba del bolsillo de mi chaqueta de verano; lo tomó y se lo pasó con suavidad por la frente y después, con gran lentitud, por encima de la nariz.

—Gracias —dijo, devolviéndomelo. Miró hacia las ventanas iluminadas—. No me parece que en el Parc esté pasando nada verdaderamente apasionante... Hay en todo ese edificio menos sentido de la diversión que en la uña de mi dedo meñique. Una vez, en el hotel Majestic de Barcelona, en unos días en que estaba el frente del Ebro bastante tranquilo, estuve cenando con unos compañeros. Bebimos mucho vino y un coñac horroroso que daban por ahí. Había un chico, francés como yo, bueno, ya lo creo, verdaderamente guapo —levantó los ojos hacia las estrellas—. Era muy simpático... muy descarado... muy fuerte —añadió como si se le hubiera ocurrido en aquel momento. Sonrió de nuevo—. También era bastante zafio, *c'était un rustre,* la verdad sea dicha... aunque a veces un buen semental... —me miró con una mueca de burla y levantó un dedo sabiendo que me había escandalizado—. En realidad, esto debería de oírlo su amigo Pierre Dominique, ¿no?, ése al que horroriza tanto la molicie y la degeneración de costumbres de Francia... Vaya, Geppetto, oyendo aquel día a Dominique, ¿se acuerda?, me entraron unas ganas locas de desnudarme allí mismo para que viera lo que es bueno. Bah, no se lo merecía...

—El Majestic... —dije.

—Sí... Cuando dejamos de beber vino y coñac y de cantar canciones revolucionarias, dije buenas noches a todos y subí hacia mi habitación para acostarme; el chico me acompañó... y durante todo el tiempo que fuimos por el pasillo, me parece que estábamos preparándonos los dos para el sexo, que estábamos realizando una especie de ceremonial de los sentidos, que él me cortejaba y yo me dejaba cortejar. Recuerdo haberme parado en la puerta del cuarto y haberme dado la vuelta. Me besó. Así, sin más. Y entonces le dije buenas noches y le cerré la puerta en las narices... Demasiado hortera hasta para un revolcón en el heno —rió—. Me imagino la cara que se le debió de poner ante sus compañeros...

Nos quedamos en silencio.

—¿Me dejas tu pañuelo otra vez? —se lo di y se lo pasó por la garganta. Me gustó que me tuteara—. ¿Me entiendes, Geppetto? Una de tus principales virtudes es que nunca das nada por asumido.

Estuve muy quieto durante un buen momento y luego tragué saliva y abrí los brazos con las manos hacia arriba, pidiendo perdón porque mis actitudes vitales y mis inhibiciones escaparan de mi control. Marie me acarició una mejilla con el pañuelo y, dándose la vuelta, volvió al salón.

Algunos días después Arístides regresó a Vichy. Cuando lo saludé al toparme con él en el vestíbulo del hotel des Ambassadeurs (a aquella hora lleno hasta rebosar de mil gentes variopintas), lo hice con gran contento. Me preguntó por todos nosotros no sin alegrarse de que las cosas parecieran no haber empeorado, al menos para este pequeño círculo nuestro, e hizo un vago gesto señalando hacia algún lugar remoto para recordarme que *aí fora* había una guerra y que éramos afortunados por no padecerla. Bajando la voz, le contesté que también nosotros habíamos empezado a librar nuestras propias batallas, aunque no quise describir en tan público lugar nuestra patética lucha a golpe de pasquín. Se sorprendió mucho y quiso saber enseguida de qué se trataba. Pero calmé su impaciencia y quedamos en que al caer la tarde visitaríamos a Olga Letellier. Ése sería el momento de contárselo todo.

Arístides estaba tan serio y tan solemne, tan melancólico, tan portugués, vamos, como de costumbre, por más que me pareció detectar en él un aire más decidido, de mayor firmeza. Enseguida comprendí el porqué: en este viaje, explicó señalando a mi espalda, lo había acompañado Domingo (no era tarea sencilla mantener una actitud pesimista frente a la vida conviviendo, incluso sólo unas pocas horas, con Domingo González, anarquista superviviente de la guerra de España). Me di la vuelta para tratar de divisarlo en aquel maremágnum de funcionarios, espías, diplomáticos, busconas y periodistas, pero sobre todo sorprendido de su atrevimiento al venir a Vichy. Lo busqué con la mirada. Me costó lo suyo no sólo encontrarlo sino reconocerlo: salía en aquel momento de los servicios del hotel y era en verdad otro hombre. Había engordado un poco y tal como iba, trajeado no sin cierta elegancia (¡cómo iba a ir con un terno robado en mi vestidor de Les Baux!), no desentonaba en absoluto del resto de la gente. Un único detalle lo apartaba de tan elegante concurrencia: venía ajustándose la bragueta con un gesto descarado, indiferente a las miradas de los demás. Sólo por eso era imposible que pasara desapercibido.

—Qué —dijo. Luego se me vino a los brazos y exclamó—: ¡Qué hay, camarada! —la gente que circulaba a nuestro alrededor nos miraba con curiosidad.

Reímos y sacudí la cabeza.

—Ay, Domingo, lo mío es tuyo y lo tuyo es mío, ¿no? Una incautación del pueblo para el pueblo, ¿eh? —le alisé las solapas de mi traje con exagerado mimo.

—Me vuelvo a Portugal —anunció de pronto Arístides—. Por eso he venido a me despedir.

Me volví hacia él, sorprendido.

—¿Te vas? ¿Por qué?

—Me llaman —me puso una mano en el hombro—. Demasiados visados, Manoel, demasiados visados... Ya te dije que el doctor Salazar se acabaría tomando la revancha. Es muy vengativo...

—¡Quédate, camarada! —pidió Domingo—. Rompes con todo y nos vamos juntos a las trincheras.

—No puedo... Me gustaría mas no puedo.

—¿Qué te retiene?

—*Uma* familia numerosa, *uma* esposa —se encogió de hombros con humor—, *uma* amante...

Domingo dio una palmada que restalló en el vestíbulo con la fuerza de un latigazo.

—Justo lo que necesitas, compañero: quitarte de en medio —luego miró a su alrededor y dijo—: qué pasa. Éste es un país libre, ¿no? Puedo dar palmadas, ¿no?

Arístides se empujó las gafas hacia arriba sujetando el puente con dos dedos.

—Me debo marchar —insistió.

—¡Ah, tonterías, camarada!

—¿No arriesgas mucho volviendo a Portugal?

—Eh, supongo que sí, Manoel, pero algo de influencia tengo y estoy seguro de que podré hablar con Oliveira Salazar para explicarle las razones humanitarias de cuanto estamos haciendo.

—No, Arístides, si te llaman a Lisboa es porque te castigan, no porque te premian, ¿no? Tú mismo lo has dicho: demasiados visados.

—Pues antes de irme, *ainda* tengo de firmar más —dijo en tono firme. Y es bien cierto que el día en que se marchaba de Burdeos un par de semanas más tarde, mientras bajaba por la escalera del consulado iba firmando visados en los centenares de pasaportes que le tendía la gente como si esperaran milagros de aquel simple gesto. Arístides de Sousa Mendes.

—¡Así me gusta! —exclamó Domingo.

En ese momento ninguno de nosotros podía siquiera imaginar el castigo que le tenía reservado el primer ministro portugués. Años después, cuando lo visité en su casona del Alentejo, Arístides era un hombre físicamente acabado, por más que conservara en la mirada la determinación asustada de un verdadero héroe. Oliveira Salazar se había asegurado de que no tuviera más trabajo; no ya en el servicio exterior de su país: en cualquier ocupación remunerada, por ver de arruinarlo y después matarlo de hambre. ¡Qué tipo más miserable, Salazar! Y qué tipo Arístides. Todos lo habíamos juzgado insuficientemente, ninguno habíamos medido con precisión la fortaleza de su alma. Sólo Mme. Cibial seguía impertérrita a su lado. Y también sus hijos. Y doña Angelina, cada día más fea y más llorona (yo creo que ella seguía ahí sólo porque no tenía otro sitio en el que caer muerta de celos y tristeza).

Un inusitado golpe de ingenio (de fortuna, en realidad) me hizo resolver un problema logístico fundamental planteado al GVC desde el primer momento: la necesidad de disponer con rapidez de un número suficiente de pasquines para su distribución. Cuantos más fuéramos quienes nos ocupáramos de redactar y copiar a mano nuestros «periódicos», mayor sería el riesgo de ser descubiertos y peor sería la eficacia de nuestra labor de resistencia.

El primer ejemplar de *Liberté* que había caído en nuestras manos consistía en dos hojas mimeografiadas. Para mimeografiar se necesitaban una máquina de escribir, unos clichés en los que escribir el texto y, sobre todo, un ciclostil. La máquina de escribir era relativamente fácil de conseguir; cualquiera de nosotros en cualquier mesa de cualquier periodista podría redactar el más incendiario de los textos sin levantar sospechas. Pero ¿y los clichés? ¿Y la multicopista? Supuse enseguida que el autor de *Liberté* sería un funcionario de cualquiera de los ministerios de Vichy, con acceso, por consiguiente, al material necesario para desarrollar su clandestina labor. No quise investigar o aventurar cuál, porque imaginé que el *Deuxième Bureau* estaría sobre su pista y no quería verme mezclado en lo que, sin duda, acabaría ocurriéndole.

En lugar de ello, hice algo muchísimo más peligroso.

Yo era, como queda dicho, el único habitante supérstite de la quinta planta del hotel Carlton: una combinación de milagros, propinas y amistades había permitido que los dueños del hotel y, más importante aún, los funcionarios del ministerio de Hacienda que ocupaba el establecimiento hicieran la vista gorda ante mi continuada presencia.

Se daba la circunstancia de que la quinta planta del Carlton había quedado reservada para las labores más administrativas del ministerio: archivos, documentación y reproducción de todo tipo de documentos. Y, como no podía menos de suceder (los hados de la guerra estaban con nosotros, pensé), en el corredor a pocos pasos de mi habitación se encontraba una espléndida máquina multicopista colocada sobre un archivador metálico. A su lado, en una caja de cartón, un gran montón de clichés vírgenes pedía a gritos que algún terrorista los utilizara para fines no fiscales.

Nadie puede imaginar los sobresaltos que padecí a lo largo de muchas noches de las siguientes semanas reproduciendo los clichés que había mecanografiado Marie en su máquina de escribir en casa de Olga. La operación del ciclostil es larga y engorrosa: el montaje del cliché en el rodillo, el uso de la manivela con la lentitud requerida para evitar el ruido, la imposibilidad, si alguien me sorprendía, de explicar mi presencia en el pasillo a altas horas de la madrugada; el cuerpo del delito, en fin, embadurnado de tinta y pegado al rodillo, eran otras tantas flagrantes e inapelables pruebas de mis crímenes de lesa patria.

Yo sabía que mi detención habría comprometido a todos mis compañeros porque era plenamente consciente de mi incapacidad para resistir cualquier atisbo de tortura con el que mis captores pretendieran hacerme revelar lo que ellos quisieran.

Cada noche fue una tortura de angustia. A cada sombra, a cada mínimo ruido, al crujir de cualquier escalón de la vetusta escalera del hotel, al clang clang del ascensor subiendo con exasperante lentitud, respondía mi corazón con tal violencia, con tales taquicardias, que tenía que quedarme inmóvil para no desmayarme, con la cara, la espalda y las axilas empapadas de sudor. A ratos me parecía que me iba a ahogar o que tropezaría con una esquina de la alfombra y me extendería cuan largo era por el pasillo; entonces, las hojas mimeografiadas saldrían volando y caerían por el hueco de la escalera hasta aterrizar a los pies de los dos gendarmes de guardia. El hecho de que la escena de mis crímenes se encontrara a tres recodos de la escalera no tenía relevancia para mi calenturienta y aterrada mente. Una noche, en pleno delirio, hasta llegué a levantar la multicopista del archivador sobre el que reposaba para llevarla por unas horas a mi habitación y mimeografiar allí el pasquín (ya convertido entonces en lo que pomposamente llamábamos «el periódico del GVC»). Nadie estaba ahí para infundirme sensatez o prudencia. Por fortuna, la suerte y el instinto de supervivencia me disuadieron de mi alocado propósito y me llevaron por el camino de menor riesgo. Dejé la multicopista en su sitio y seguí con mi miedosa rutina del pasillo y el sobresalto.

Debo decir, aunque parezca una broma de inexcusable frivolidad, que el terror de una madrugada tras otra me era compensado, y con creces, por las exclamaciones de «*Geppetto, quel courage!*» o «¡Bravo!», seguido de sonoros besos en ambas mejillas.

Paradójicamente, la distribución de los pasquines era lo más fácil de hacer. No imprimíamos muchos, claro está; enviábamos algunos por correo, otros los dejábamos en los retretes de bares y restaurantes, otros quedaban en los vestuarios del golf o en las butacas de cines y teatros, y en alguna ocasión hacíamos un paripé de lectura en el vestíbulo de un hotel, poníamos cara de sorpresa al descubrir de qué se trataba y luego dejábamos el boletín encima de cualquier mesa. Pronto desaparecían.

Por si fuera poco, el transcurso del tiempo nos envalentonó y así se nos fue creando una fuerte sensación de impunidad. Nunca debimos permitir que nos arrullara tan engañoso sentimiento. ¡Ah, qué desastre!

En una pequeña ciudad de provincias, las noticias vuelan: como era inevitable que sucediera, pronto nos llegó (a través de Armand o de algunos diplomáticos, no recuerdo bien) el rumor de que el impulsor de *Liberté* era Alphonse Juge, nada menos que jefe de personal del ministerio del Interior. Si él, alto cargo del régimen de Vichy, podía permitirse hacer un llamamiento a la resistencia sin riesgo excesivo, ¿qué no podríamos hacer nosotros, microbios sin importancia? Nada nos podría pasar, puesto que nada había más legítimo que defender a la patria. Nadie nos podría culpar por ello: mientras una mayoría de nosotros (quiero decir, nosotros, la generalidad de los franceses) creyera que Pétain, en sus largas y complejas negociaciones con los alemanes, sólo pretendía ventajas para Francia y, jugando a dos bandas, también apostaba por De Gaulle para el inseguro supuesto de una derrota de Hitler, la acción de la resistencia sería legítima y, creíamos, no más peligrosa de lo razonablemente asumible. Además, los nazis estaban al otro lado de la línea de demarcación, bien lejos. Si hubiéramos sido niños, les habríamos sacado la lengua cantando quién teme al lobo feroz.

Nunca se nos ocurrió que si habíamos descubierto sin demasiado esfuerzo quién estaba detrás de *Liberté,* no resultaría demasiado difícil averiguar quién se escondía detrás de GVC.

La cena de despedida de Arístides en el hotel des Ambassadeurs fue un acontecimiento bastante concurrido. Estaba presente, desde luego, y en pleno, el grupo latinoamericano al que supuestamente yo asesoraba en materia político-bélica, Cifuentes el panameño, *Flaco* Barrantes, el argentino Sciamella; hasta Porfirito Rubirosa, desgajado de los tiernos brazos de Danielle Darrieux para no perderse el ágape. También estaban el nuncio, en tanto que decano del cuerpo diplomático, el embajador de Brasil, el ministro de Portugal (faltaría más, ¿no?, un tipo pomposo e insoportable llamado Francisco de Calheiros), ¡el embajador búlgaro!, ¿qué pintaba allí el embajador de Bulgaria?, Luis Rodríguez y todos nosotros, incluido para angustia mía Domingo González, nuestro anarquista particular, que se había empeñado en acudir al ágape haciendo oídos sordos a mis objeciones.

Iba Domingo digamos que muy elegante (y evidentemente incómodo), pero aunque se había afeitado y bañado y llevaba el pelo engominado con una de mis pomadas, a nadie debería de haber engañado su aspecto juvenil y escasamente sofisticado. Se le notaban de tal modo el fanatismo de la acción política revolucionaria, el aire libre de la trinchera, las manos enrojecidas por el frío cortante y los sabañones, que me pareció imposible que se le pudiera confundir con un petimetre, tan desplazado estaba en un salón diplomático; el hábito sí hace al monje me dije entonces, comprendiendo que, para los franceses allí presentes, Domingo resultaba tan invisible e indiferente como el resto de nosotros: un extranjero equivale a cualquier otro. Estuve seguro de que lo habían tomado por un diplomático suramericano de segundo o tercer nivel.

Allí estaban también Matthews, encargado de Negocios norteamericano, el ministro de Mónaco (un snob cuya presencia resultaba francamente inexplicable) y un grupito de franceses: el jefe de protocolo, Edmond de Beauverger, nuestro severo amigo Pierre Dominique, el conde Hourny, el doctor Ménétrel, médico personal del mariscal. A última hora se añadió el capitán Jacques-Pierre Brissot de Warville, jefe del *Deuxième Bureau,* lo que me causó gran alarma. ¿Qué hacía este hombre ahí?

En total, dos docenas de personas. Los hombres, de esmoquin (Domingo llevaba el mío de repuesto) y las señoras, de traje de noche, incluida una maravillosa Marie, cuyo vestido dejaba los hombros generosamente al descubierto.

Fue necesaria una compleja negociación gastronómica con Mario, el *maître* del hotel, para que estiráramos al máximo las normas del racionamiento y además pudiéramos instalarnos en el pabellón del jardín, pero al final la comida resultó más que digna y los vinos, abundantes.

Durante una buena parte de la cena reinó el buen humor. De hecho, al principio, un observador ignorante sólo habría podido deducir con mucha dificultad que los comensales se reunían en un entorno de guerra o que el homenajeado estaba siendo despedido por haberse excedido en su labor de salvar vidas.

Nada más sentarnos, Cifuentes me hizo llegar una servilleta de papel con el siguiente mensaje:

Bélica la tempestad
Ruge sobre nuestras cabezas.
Disparan los cañones
Y ¿qué piensa de Sá?
Sólo en comer cerezas
Y que no le toquen los c...

Inmediatamente di la vuelta a la servilleta y sin pensármelo dos veces, con un lápiz prestado por Mario, escribí la contestación:

Ni cerezas ni cañones,
No te tortures las mientes,
Que para tocarme los c...
Basta un pequeño Cifuentes.

Tan terribles ripios fueron acogidos con gran alborozo en el otro extremo de la mesa. De la guerra, sin embargo, sólo se empezó a hablar (por fin) durante el *carré d'agneau* que nos sirvieron acompañado de un excelente borgoña.

La noticia del momento era que apenas veinticuatro horas antes, Alemania, Italia y Japón habían firmado un Pacto Tripartito. Con esto, dijo el guapito Daniel Hourny, la guerra está terminada. Todo el norte de Europa ha quedado bajo el mando del Reich, los Balcanes también, España y Portugal son neutrales, Francia está libremente asociada al gran sistema creado por Hitler y Mussolini. ¿Qué queda? Sólo Inglaterra que agoniza mientras sus hermanos al otro lado del Atlántico no quieren ni oír hablar de intervenir. Visto así, desde luego, se habría dicho que a la guerra de Europa le quedaban pocas semanas. ¿Y el pacto germanosoviético?, preguntó Luis Rodríguez en voz queda. Marie, sentada a mi lado, me había agarrado la mano con fuerza por debajo de la mesa.

—¿El pacto germanosoviético? En mi opinión, es puramente táctico...

—¿Para repartirse Polonia y machacarla? —preguntó Luis.

Se hizo un brusco silencio.

Hourny dio un lento suspiro y, mirando a Brissot que estaba sentado entre Luis Rodríguez y yo, contestó:

—Táctico quiere decir táctico, *monsieur le ministre du Méxique*. En la guerra ocurren cosas crueles exigidas por las necesidades estratégicas... hasta que dejan de ser necesarias.

Tanto cinismo me pareció repugnante y sin embargo, meses más tarde acabó resultando tan cercano a la realidad que no necesité de ningún ejercicio de memoria para recordar sus detalles. Todavía, años después, tengo presente el diálogo entre ambos con gran exactitud.

—Por eso ocurren las guerras, *monsieur le comte* —replicó Luis—. Por razones estratégicas cuya moralidad es siempre más que dudosa.

—¿Moralidad, *monsieur Rodrigués?* ¿Dónde le ve usted la moralidad al siglo veinte? Son nuestros intereses patrios los que se trata de preservar, no un etéreo concepto de lo moralmente correcto...

Luis, que jugaba con su gran copa de vino haciéndola girar entre los dedos de su mano derecha, habló sin mirar a Hourny:

—Será por eso que en América las cosas suceden de distinta manera.

—¿Lo dice usted por Estados Unidos y su manera de manejar el canal de Panamá?

—En América, al menos... —dijo Rodríguez con irritación.

—Ah, *monsieur le ministre* —interrumpió entonces Brissot, haciendo con la mano un gesto para calmarlo—, pero ahora estamos en Europa, es aquí donde se libran las batallas, es aquí donde mueren los soldados, es aquí donde los hacen prisioneros, es aquí donde se destruyen las catedrales... Somos nosotros los franceses los que estamos en el ojo del huracán y la obligación de este gobierno es preservarnos del desastre. Y lo cierto es, querido amigo, que, en este empeño tan difícil, el mariscal Pétain no lo está haciendo del todo mal.

El silencio en el pabellón era completo.

—Nunca lo he dudado, capitán Brissot de Warville, nunca lo he dudado —continuó Rodríguez al cabo—. Entiendo las exigencias de una patria que tiene que salvaguardar a sus hijos. Cómo no lo voy a entender. Y soy, se lo aseguro, el primer admirador del mariscal. Pero permítame que también me resienta al oír unas lecciones de ética política que no merezco recibir. México se precia de su generosidad para con todos, incluso cuando sale perjudicado del trance...

—Nunca lo he dudado, señor ministro, nunca lo he dudado —repitió Brissot con una sonrisa.

—¡Señores! —exclamó el jefe de protocolo poniéndose en pie en medio de un suspiro de alivio general—, no olvidemos el motivo por el que estamos aquí. Se va un gran amigo de Francia, un diplomático lleno de sentido humanitario, un hombre que ha servido más que fielmente a dos amantes —noté que Marie, espantada, contenía la respiración—. A Francia, que lo recibió y a Portugal, que nos lo envió... Arístides de Sousa Mendes, querido amigo nuestro, le echaremos de menos y le deseamos la mejor de las suertes en su nuevo destino. Permítanme que levante mi copa en su honor.

—*Quel con* —me susurró Marie al oído.

Cerré un momento los ojos para percibir mejor cómo su cálido aliento me cosquilleaba la mejilla. Luego, me levanté como todos para brindar. Después, Arístides quedó solo en pie; bajó la cabeza para contestar al brindis. Fueron tres o cuatro frases no excesivamente brillantes pronunciadas en tono monocorde, para salir del paso. No, el cónsul de Sousa Mendes no se iba feliz de Francia.

—Monsieur de Sá —me habló de pronto Brissot—. Déjeme que le enseñe algo.

Del bolsillo de la chaqueta sacó una hoja doblada. La puso sobre la mesa entre nosotros dos y la abrió, alisándola con tres dedos. Era una foto de Pétain, sólo el busto y el rostro, y, sobreimpresionadas en tres líneas, las palabras: *Êtes-vous plus Français que lui?*, «¿Es usted más francés que él?».

Asentí.

—¿Sí?

—Se preguntará por qué le enseño esto. Es muy fácil de explicar. Los servicios de propaganda del gobierno se han visto obligados, no voy a disfrazar las palabras, se han visto obligados a editar esta foto por si alguien en este país prefiriera olvidar la verdad profunda que se esconde detrás de esta frase. Usted y yo sabemos que no hay nadie más francés que él.

—Claro —levanté las cejas.

—Pero ¿por qué han tenido que hacerlo nuestros servicios de propaganda? Es muy sencillo. Para contrarrestar el posible efecto negativo que sobre franceses inocentes pudieran tener pasquines y *papillons* que han empezado a aparecer recientemente por Vichy —apoyé con fuerza las manos sobre el mantel para que no pudiera detectar cómo me temblaban—, difamando al gobierno, sugiriendo que traiciona a la patria y llamando a la continuación de la lucha a pesar del armisticio. De hecho, muchos de estos pasquines ensalzan al ex general De Gaulle, que, se lo puedo asegurar, acabará siendo desposeído de la nacionalidad francesa...

—¿Por qué me dice usted esto?

—Monsieur de Sá —dijo Brissot con voz suave—, a veces los avisos a navegantes llegan disfrazados de las más diversas maneras. Si me permite usted el plagio, Vichy también sabe escribir derecho con renglones torcidos —sonrió.

—Es que, monsieur Brissot —exclamó Marie inclinándose por delante de mí para mirarlo—, no todos los franceses tenemos el mismo sentido de patriotismo. Amamos a Francia, sí, pero hay modos y modos de manifestarlo, ¿no le parece?

—Ah, mademoiselle Weisman, ¿y qué modos son ésos?

—Hay quien cree que sólo el mariscal y los suyos están en posesión de la verdad... y hay quienes creen... creemos, que la defensa de la patria pasa también por otros caminos...

—Le puedo hacer la misma pregunta que he dirigido a monsieur de Sá. ¿Se considera usted más francesa que él? —dio un ligero golpe sobre la fotografía que aún estaba sobre el mantel.

—No. Me considero *tan* francesa como él, capitán Brissot, y creo que hay más de una manera de mostrarlo —quedó callada un momento. Luego, con cierta fogosidad que me pareció táctica no demasiado prudente, añadió—: ¿Ha oído usted hablar de Etienne Achavanne?

Brissot palideció y todos los del entorno inmediato guardamos un sobrecogido silencio. El 20 de junio, Achavanne, un tipo normal y heroico, había saboteado en Rouen las líneas telefónicas del aeródromo utilizado por la Luftwaffe; privados de comunicación, los alemanes no habían podido evitar un bombardeo de la RAF con grave daño para los aviones inmóviles en el suelo. Achavanne fue detenido y fusilado por los nazis. Fue el primer sabotaje de la resistencia.

—He oído hablar de Achavanne, claro, pero no veo...

Marie se miró las manos e hizo una mueca de indiferencia.

—Son dos maneras de entender la guerra con Alemania, ¿no?

—*Peut-être,* pero olvida usted dos cosas. Una, que fue una acción individual que lamentablemente acabó con su fusilamiento, mientras que la acción colectiva del ejército de Francia contra Alemania produjo incontables muertos y no poca ruina; es decir, que el acto desesperado de un Etienne Achavanne puede ser aceptable puesto que al fin y al cabo sólo causa la muerte de uno, pero cuando se multiplica por millones, millones de muertes inútiles, es necesario pararlo. Y dos, no lo fusilamos nosotros, sino el enemigo.

—¿El enemigo, capitán? —preguntó Armand.

Brissot sonrió.

—Bueno, ningún enemigo puede ser peor que el que lo fusila a uno.

Del otro lado del pabellón resonó una risotada. Cifuentes el panameño o tal vez Domingo, uno de los dos había contado un chascarrillo. Solo en el centro de la mesa, Arístides parecía indeciso sobre hacia qué lado inclinarse, si hacia los juerguistas de una esquina o hacia los intensos polemistas de la otra. Miraba a un lado y a otro hasta que Jean le hizo un gesto con la mano para que nos atendiera a nosotros.

—El enemigo... —insistió Armand—. Pero veamos, capitán, después del armisticio firmado con Alemania... firmado porque Francia era más débil que Alemania, ¿no?, no por vecindad y alianza sino por debilidad, ¿nos convierte eso en íntimos amigos de quienes son nuestros enemigos seculares? —me pareció que estábamos llegando a una encrucijada dialéctica particularmente peligrosa y pensé en intervenir también, pero Marie me apretó la mano con fuerza y me obligó a callar. Además, Armand de la Buissonière era miembro del gabinete del mariscal; no me parece que arriesgara demasiado al manifestar sus opiniones. En cualquier caso, yo no hubiera sabido qué decir—. ¿Precisamente usted?

Brissot titubeó.

—No..., no, por supuesto que no. No nos hemos convertido en hermanos de la noche a la mañana. Claro que no. Pero usted, de la Buissonière, se equivoca de enfoque... y de enemigo.

—¿Ah?

—Naturalmente. Alemania está ahí; siempre estará ahí. Y por las trazas, será el dominador del mundo en unos pocos meses. Debemos preguntarnos, más bien, qué hizo que fuéramos derrotados tan deprisa. Nos hemos dado la respuesta mil veces, de la Buissonière, mil veces. Usted lo sabe tan bien como yo... mejor que yo. La culpa la ha tenido Francia, nada más que Francia, un país corrompido, con una clase política venal, con unos valores podridos. No sé si ha sido afortunado o no que la gangrena fuera destapada por una guerra que no podíamos ganar, pero ahí está.

—¿Y entonces?

—Entonces, *mes chers amis,* no corresponde a Alemania arreglar la situación sino a nosotros. Una verdadera revolución, la revolución nacional que ha emprendido el mariscal Pétain para hacer que Francia renazca de sus cenizas. Sufrimiento, dolor, heroísmo. Eso es lo que nos hace falta.

—Entonces —preguntó Marie—, pase lo que pase en Francia, Alemania sigue siendo nuestro enemigo, el armisticio es una táctica, como decía el conde Hourny hace un rato...

Brissot se quedó callado mirándonos.

—Estoy de acuerdo con casi todo lo que ha dicho el capitán Brissot de Warville, con casi todo —dijo Hourny con su voz suave y fría—. Es cierto que Francia estaba podrida y que ésa es la razón principal de su derrota. Pero... pero no estoy de acuerdo con la idea de que hemos firmado un armisticio con el enemigo. El enemigo sigue estando frente a nosotros, al otro lado del canal de la Mancha. No hay que buscar hacia oriente para encontrarlo —nos miró a todos—. Me parece altamente peligroso hablar de estas cosas y opinar así de quienes, al fin y al cabo, son nuestros aliados. Frisa la traición. En fin, *mesdames et messieurs*, se hace tarde y mañana hemos de trabajar. Con el permiso de las señoras, me voy a retirar. ¡Señor ministro de Sousa! —y se dirigió hacia Arístides para despedirse de él.

—¡Cuánta maldad puede haber en un hombre correcto! —murmuró Armand.

—¿Qué quiere decir todo esto? —pregunté a Brissot.

—Quiere decir que el conde y yo estamos en desacuerdo en algunas cosas, pero no en lo fundamental...

—¿Quiere decir que nosotros no podemos considerar que los *boches* son el enemigo? —preguntó Marie con tono agresivo—. ¿Quiere decir que no podemos insultarlos, desear que sean derrotados y decírselo a quien quiera oírlo?

Brissot suspiró.

—Marie, Marie, no me cause dificultades... Quiero decir que la cuestión principal es la recuperación de Francia, es la revolución nacional de la mano de Pétain. La democracia parlamentaria está muerta, los enemigos tradicionales, empezando por los marxistas, han sido derrotados, somos un estado católico y corporativo. Patria, familia, trabajo, mi querida amiga.

—No ha contestado a mi pregunta.

—Ni falta que hace, Marie —dije.

—¿De Gaulle es un patriota o no?

—De Gaulle *est un traître*, es un traidor —apostilló Brissot secamente.

—No ha contestado a mi pregunta.

—Sí que lo he hecho —se metió la mano en el bolsillo, sacó un nuevo papel también doblado y lo lanzó sobre la mesa. No hizo falta abrirlo. Todos lo reconocimos. Era el último pasquín de GVC—. Buenas noches a todos.

Domingo, que se nos había acercado por detrás a escuchar la última parte de la discusión, siguió con la mirada a Brissot.

—Bueno, mira, en una cosa sí que estoy de acuerdo con aquél: los franceses sois una pandilla de podridos incapaces de defenderos. Sí, hombre, la revolución nacional. Os iba yo a dar revolución nacional, camaradas. ¿Qué, vais notando cómo los de la revolución os aprietan el gaznate? Pasquines, *papillons,* ¡mariconadas! ¿Vais a combatir contra las divisiones panzer con papelitos? Mira, yo llevo un lápiz de carpintero en el bolsillo y cada vez que veo un cartel de propaganda de estos hijos de puta, le pinto encima la cruz de Lorena. No es mi cruz pero es la del generalito ese de Londres. La cruz de Lorena, que se jodan. Y no me hacen falta ciclostiles. Bah. Una guerra se pelea con guerra y hasta que no se os meta en la mollera no habrá esperanza.

—¿Estás hablando de sabotaje? —preguntó Jean.

—Claro que estoy hablando de sabotaje. Estoy hablando de descarrilar trenes, de reventar puentes, de matar alemanes, camaradas.

Espantado, miré a nuestro alrededor, pero el grueso de los comensales seguía contando chismes y chistes al otro lado del pabellón. Nadie nos oía.

—¿Cómo vais a sabotear nada? —preguntó Armand—. No tenéis capacidad ni organización ni nada... ¡Si sois cuatro gatos!

—De momento, un gato solo, camarada y de momento, las acciones de guerra no se pueden hacer aquí. Aquí, en la zona libre —respondió con sarcasmo—, la gente está contenta... bueno, anestesiada. Tenemos que llevar la guerra al norte, del otro lado de la línea divisoria, que es donde están los franceses que padecen. ¿Quién de vosotros se vendrá conmigo al norte a matar alemanes?

—Pero, vamos a ver, Domingo —dije para salir del paso—, ¿tú tienes contactos allá arriba?

Domingo sonrió y se encogió de hombros.

—La segunda cosa que debemos hacer es esperar.

—¿Esperar? ¿A qué?

—A que el mariscal y los suyos hagan alguna tontería y su popularidad se vaya a la mierda.

—En los regímenes fascistas, la falta de popularidad se combate con policía y torturadores y con censura y mordazas —apuntó Jean—. Ni nos enteraremos de su falta de popularidad.

—Mira quién fue a hablar, el demócrata estalinista este. Hazme caso, camarada. En la guerra no hay censuras que valgan ni torturas que sirvan. Con un tiro vas que chutas. Hombre, hay miedo. Pero tú hazme caso. Estos tipos harán una tontería y la pagarán, más pronto o más tarde la pagarán. Y tú te vas a tener que hacer a la idea de que tu pacto germanosoviético es una filfa.

Nadie podía imaginarlo en aquel momento, pero menos de un mes después, Pétain, el más idiota y chocho de los patriotas, fue a rendir pleitesía a Hitler. Se reunió con él en Montoire el 24 de octubre. Una cosa debo aclarar para quienes tengan la memoria débil: contrariamente a lo que pretende la leyenda, Alemania nunca exigió la colaboración de Francia; no le hacía falta. Se limitó a asegurarse de que había sido neutralizada por completo y luego se dedicó al pillaje de las Galias. ¿Y Pétain? Creyó que aplicando una política neutralista conseguiría quedar fuera de la guerra (o todo lo más, convertirse en beligerante pero sólo para defender el imperio colonial de la codicia de los combatientes, incluido Hitler). Pues vaya neutralidad esta que consistía en obedecer en todo lo que quería Hitler, darle nuestros alimentos, enviarle nuestros obreros, más adelante deportar a nuestros judíos, poner a nuestra policía a su servicio y luchar contra los aliados. Y encima, nosotros, anestesiados, aceptamos tranquilamente la *relève,* cambiar un soldado preso por tres trabajadores que irían a

Alemania a trabajar como esclavos en las industrias de guerra. Cerrar el círculo de la ignominia que alimenta la ignominia.

Aunque yo no estaba delante cuando lo dijo, parece ser que el epitafio de Domingo al enterarse de lo de Montoire fue «la cagó, camaradas».

Algo de la violencia verbal y de la determinación de Domingo debió de desteñir en Jean: no lo volvimos a ver. Oímos, pero sin poderlo asegurar fehacientemente, que se había ido a la zona norte y que, el 5 de octubre había sido detenido en París junto con otros trescientos comunistas, la operación policial contra el partido comunista francés que, me parece, fue el principio de la involucración de los comunistas en la lucha contra Alemania, nueve meses antes de que se rompiera el pacto germanosoviético con el inicio de la Operación Barbarrossa.

En una pared de la avenida Wilson, la oficina de propaganda de Vichy había pegado un cartel que representaba dos casas. Una a la izquierda, resquebrajada y torcida, con las ventanas cerradas, coronada por la estrella de David y una bandera hecha jirones y con un letrero borrado en negro, se malasentaba sobre un montón de piedras en cada una de las cuales había una inscripción, «antimilitarismo», «capitalismo», «anís», «egoísmo», «avaricia», «homosexualidad», «judería», cosas así. La otra casa, a la derecha, recta y bien encalada, con las alegres ventanas abiertas, la bandera tricolor y el letrero «Francia» en mayúsculas, sustentada en cuatro columnas que rezaban «escuela», «artesanado», «campesinado», «legión», y éstas a su vez sobre cuatro plintos, «disciplina», «orden», «ahorro», «valor», y éstos a su vez sobre tres piedras basales, «trabajo», «familia», «patria». Un horror.

En la blanca casa de la derecha del cartel, una mano anónima había pintado a lápiz una gran cruz de Lorena y una V.

11

3 DE OCTUBRE

> Es judía toda persona que tenga tres abuelos de raza judía o dos abuelos de la misma raza si su propio cónyuge es judío.

Qué puedo decir. Una definición en verdad científica: glóbulos blancos, glóbulos rojos, glóbulos israelitas, que además se podían adquirir por matrimonio. Pero eso era justamente lo que rezaba el estatuto de los judíos de 3 de octubre de 1940 firmado por el propio Pétain. Si algo me faltaba para calificar a ese viejo cretino moral era precisamente que se hubiera dejado embaucar por los antisemitas de su gobierno y prestara su nombre y su prestigio a semejante parodia. ¡Estatuto de los judíos!

Todos esperábamos que algo así ocurriría: lo veíamos en Alemania, nos constaban las persecuciones, los refugiados, los que huían (¡santo cielo!, ¿qué había hecho Arístides sino salvar judíos?). Sin embargo, nosotros, como gente civilizada que éramos, no pensábamos poder llegar a los extremos de los rufianes nazis. ¿No? Desde que un mes antes había sido creada la Legión francesa de los combatientes, una broma-remedo de partido único, *la francesidad* estaba de moda. ¡Y cómo! Banderas, patrias, xenofobia... en especial contra los enemigos tradicionales de

Francia, los judíos, los masones y los marxistas (un par de años más tarde, esta gente de la Legión hasta llegaría a enterrar tierra francesa, sí, sí, un saquito de tierra —como el agua milagrosa de Lourdes—, en la cripta del monumento a Vercingetórix, en una ceremonia solemne presidida por el mariscal; si eso no es ranciedad, que venga dios y lo vea). «Resurrección francesa» la llamaban. Nada extraño ni sorprendente, al menos para mí, que comprobaba que lo ocurrido en Francia no hacía sino copiar lo que sucedía en España. (Más adelante, este asunto de la LFC dejó de tener la inútil sustancia de lo superfluo, puesto que se creó *el servicio de orden legionario* —cuyo juramento comprometía a «luchar contra la democracia, la lepra judía y la disidencia gaullista»— y más tarde aún, *la milicia francesa,* compuesta por una pandilla de matones asesinos).

Desde el armisticio, la presión antisemita y antimarxista en Francia no había hecho más que crecer. Debo confesar, sin embargo, que en el primer momento no dimos excesiva importancia al estatuto de los judíos: ya se sabe que cada vez que en un país hay alguna dificultad, sobre todo económica, se echa la culpa a los judíos y se los intenta excluir de los sectores profesionales más afectados. Ya había sucedido con los médicos y los abogados; ¿había demasiados? (demasiada competencia entre gentiles, se entiende), pues se imponían cuotas profesionales a los judíos y problema resuelto. Nada grave en exceso. Sólo que estábamos ignorando deliberadamente, por un lado, el ejemplo alemán y, por otro, el axioma de que cuando alguien tiene la sartén por el mango tiende a emprenderla a sartenazos con su enemigo, aunque el primer golpe, uno ligero, sea dado en los nudillos. Por algún sitio se empieza.

Mi primera reacción fue bueno, bah, una estupidez más; a lo mejor es verdad que los judíos tienden a coparlo todo, me dije. Igual es bueno que se controle a los que nos llegan del este y, en fin, a los israelitas franceses. Era como las prohibiciones de aparcar: están ahí, tienen su reglamento pero nadie les hace excesivo caso.

Pero luego leí *Le Matin*. Su editorial decía que al aprobar el estatuto, el gobierno había actuado para garantizar la indispensable seguridad del Estado y así terminar de una vez con la influencia insinuante y en última instancia, deletérea, de los judíos en la sociedad francesa. Insinuante y deletérea. Los términos me parecieron, con toda franqueza, excesivos, típicos de estos fascistas. Que el Estado quisiera retener la capacidad de decidir qué sectores de la sociedad debían primar sobre cuáles, era una cosa, perversa y discutible, pero, en fin...; que lo hiciera estimulando los instintos más primarios de una población ignorante, otra muy distinta. Que, por añadidura, lo hiciera acudiendo a definiciones por completo acientíficas se me antojaba decididamente insultante para quienes teníamos un poco de discernimiento. Es cierto que en todos nosotros existía un instintivo ramalazo antisemita, fruto de ponzoñas seculares. Pero que eso nos llevara a defender la marginación, la persecución de toda una etnia, si eso es lo que era el pueblo judío, no correspondía a un país civilizado como el nuestro.

Para acabar de embarrar las cosas, el boletín del obispado de Chartres decía que «para una Francia sana, el estatuto de los judíos».

En fin, las cosas estaban claras y las intenciones del gobierno de Vichy, meridianas: a los definidos como judíos les quedaba prohibido el acceso o la pertenencia a la administración pública, al ejército (¡del que eran expulsados todos salvo los que tuvieran la medalla militar!), a la prensa, al cine... todo lo que estos miserables querían controlar sin oposición. Porque aquí no era cuestión de cuotas profesionales: ningún gentil que trabajara en esos sectores estaba amenazado. No, no; esto se hacía con toda frialdad para marginar a los judíos.

Y el día antes, el 2 de octubre, las autoridades alemanas en la zona ocupada hicieron obligatoria la inscripción de los judíos en un censo. Unos días después instituyeron el carné de identidad para así poder aponer debajo de la foto del titular un tampón con su condición infamante, *JUIF*, «JUDÍO».

Nada más leer la noticia en el periódico, corrí a casa de Olga Letellier. Me abrió una de las doncellas y, sin pronunciar palabra, me dejó pasar hasta el saloncito.

Olga ocupaba uno de los incómodos sillones Luis XVI que había en la sala; no estaba arrellanada en él, sino sentada en el borde como si se dispusiera a incorporarse de un salto para huir de un peligro. Tenía las manos cruzadas sobre el estómago y una expresión de angustia en la cara.

—¿Quiere usted una taza de té, Manuel? —me propuso enseguida.

Levanté una mano para hacer un gesto negativo.

Me volví hacia la ventana.

—¿Marie?

Estaba de pie, rígida, con la mirada perdida en algún horizonte horrible. Me acerqué a ella por detrás y le toqué el hombro derecho casi sin tocarla.

—¿Marie? —murmuré.

Giró un poco la cabeza y me miró como si me viera por primera vez. Tenía los ojos enrojecidos, brillantes de lágrimas. Entonces abrí los brazos y con un suspiro, tal que si se rindiera, se refugió en ellos y se apretó contra mí. Estaba helada y temblaba violentamente de la cabeza a los pies. Con gran vergüenza me di cuenta entonces de que cualquier tristeza, cualquier tragedia por enorme que fuera se me antojaba un precio pequeño que pagar por este instante de intimidad.

—Oh, Geppetto, Geppetto, qué espanto —murmuró en voz muy queda y se le escapó un sollozo. Luego—: papá y mamá..., dios mío, solos en París...

—No les va a pasar nada, Marie —le acaricié la cara y el pelo revuelto—. Ni a ti tampoco. Éstas son tonterías sin significado ni razón de ser... Además, sabíamos que iban a pasar, ¿verdad? —le di un beso furtivo en la sien y tuve que apartarme un poco de ella para que no pudiera notar los latidos desbocados de mi corazón.

—*Ce sont des assassins...* —dijo, recuperando la rabia—. Vaya, siempre he asumido el antisemitismo de este país nuestro. Es fruto de la ignorancia, la envidia, la codicia. ¡Aj! Me produce repugnancia, pero... no he tenido más remedio que acostumbrarme a él puesto que... bueno, ha sido parte de mi entorno. Muchos franceses son antisemitas igual que son antimarxistas o anti cualquier otra cosa —se encogió de hombros—. Hasta ahora eran opciones políticas, ¿no?, más o menos desagradables, pero simples opciones políticas. Ahora ya no. No quiero estar más en este sitio espantoso —murmuró con decisión.

—Pues vámonos de aquí, Marie. ¿Quieres que nos vayamos? Vámonos.

—¿Pero adónde? Quisiera ir a París a estar con mis padres y nuestra gente y no puedo. No tengo salvoconducto ni modo de conseguirlo.

—No será complicado obtenerlo, ya verás. Será cuestión de unos días.

—¿Adónde vamos a ir entonces? ¿Ahora mismo, lejos de Vichy?

—A Les Baux por unos días... hasta que se calme esto y podamos viajar a la zona ocupada. Ya encontraremos la manera de llegar hasta allá.

—¿A Les Baux? —dijo, separándose un poco para mirarme. Asentí con solemnidad. Frunció el ceño.

—Desde luego.

—¿Cuándo podemos irnos?
—Hoy, esta tarde, ahora...

En el viaje, Marie estuvo callada durante muchas horas, con la mirada fija en la carretera, en tensión, las manos sujetándose nerviosamente las rodillas. Al principio intenté entablar una conversación que nos hiciera distraernos, que le hiciera comprender que la persecución de los judíos en Francia se acabaría disolviendo en la nada, pero no hubo modo. Ella estaba empeñada en no hablar, en no escuchar, en no salir de su ensimismamiento. A ratos, en los grandes tramos rectos de carretera que no hacían tan necesaria mi atención al volante, le ponía la mano en el brazo para darle calor y consuelo.

Sólo cuando nos acercábamos por fin a Les Baux-de-Provence, apartó mi mano y saliendo de su mutismo de horas me espetó:

—Los hombres bien educados sois muy curiosos: ¿a que no harías un gesto así para demostrar amistad o preocupación a un hombre? No, no, tiene que ser a una mujer. En realidad, no tiene nada que ver con la ternura cálida que nace de la atracción o de la sensualidad, sino que es una cuestión de educación: has sido educado en la creencia de que la mujer necesita calor, cercanía, más que un hombre, desde luego... y que debe dársele sin que ello tenga connotación sentimental alguna. Me tocas el brazo porque crees que lo necesito, no porque tú busques el contacto físico —no respondí nada—. ¿Eh, Geppetto? —y me dio una palmadita cariñosa para que su alegato no me resultara tan desabrido.

En el *mas* de Les Baux, al que llegamos al atardecer, el aire era apacible y el silencio, tan completo que retumbaba en los oídos como si los hubiera taponado un desnivel de montaña. *M'sieu* Maurice y Albertine, aunque sorprendidos de vernos, enseguida se afanaron en preparar la casa:

la habitación de huéspedes para Marie, con toallas bien mullidas dobladas sobre la cama, y la mía como de costumbre.

—¿Cuántos trajes más se llevó monsieur Domingo, Albertine?

—Ah, monsieur de Sá, estoy de verdad confusa. Al principio le dije al señor Domingo que no podía llevarse el traje que se había probado, pero no hubo modo de disuadirle... Y además, me aseguró que le vería a usted aquella misma tarde y que usted lo perdonaría.

—Claro que lo hice —contesté riendo.

—Pero sólo se llevó ése.

—Ya lo sé, Albertine... No le sentaba mal, ¿verdad?

—*Ah, non.* Estaba muy guapo.

—Bah, en cualquier caso no tiene importancia. Todo sea por ver a un joven apuesto bien vestido.

Hacía una de esas tardes del otoño meridional en las que los olores a pino y flores, a tierra recién mojada, a hierba y algarrobo se mezclan en un perfume mediterráneo fuerte y delicado a la vez. Me senté en la terraza con un vaso de vino de una buena botella de Coteaux d'Aix recién descorchada por *m'sieu* Maurice y un plato de aceitunas y otro de queso fresco de oveja.

Al poco apareció Marie. Iba descalza, pero el sol del atardecer había calentado las baldosas y no debió de notar frío alguno. Acababa de darse un baño y se había puesto un gran albornoz blanco mío que le llegaba casi hasta los pies. Tenía el pelo recién lavado y recogido en una toalla blanca. Sin pronunciar palabra, inclinándose hacia mí, me apretó el brazo con su mano y luego se sentó en el otro butacón de la terraza. Le serví un vaso de vino.

—*Merci* —dijo en voz baja, sólo que esta vez no me sonrió como solía ser su costumbre. Siempre sonreía con cualquier cosa, cualquiera. Hoy no.

—*M'sieu* de Sá, ¿les preparo la mesa en el comedor? —preguntó Albertine asomando la cabeza a la terraza desde el jardín.

—Gracias, Albertine.

—¿A qué hora querrán cenar?

—Ah, no sé... dentro de un rato, no se preocupe. ¿Qué tenemos?

—Una gallina al vino y unos quesos que Maurice ha encontrado.

—¿Pan fresco?

—*Oh, oui.*

—¡Qué bien! Nos lo puede dejar preparado en la mesa de la cocina y ya nos ocupamos nosotros...

—¡Pero se va a enfriar!

—Lo volveremos a calentar, no se preocupe.

—*Très bien, m'sieu* de Sá. Si me necesitan, llámeme. *Bon soir, monsieur, mademoiselle.*

—*Bon soir,* Albertine.

—Buenas noches —dijo Marie.

Esta escena tan hogareña y apacible, tan cotidiana, contribuyó como ninguna otra cosa a situarnos por fin en un mundo normal alejado de la guerra. Como si nos instaláramos de nuevo en la tranquilidad (por breve que fuera a resultar el reencuentro) tras un largo camino sembrado de peligros e incertidumbre. Satisfecho, me arrellané en el butacón y me dediqué a contemplar lánguidamente este mi paisaje hecho de montaña blanca y olivares.

—*J'ai peur,* Geppetto, tengo miedo.

—*Mais non!* ¿Qué miedo vas a tener...? Estamos todos juntos en esto.

—Sí, pero yo soy la judía.

Casi añadí que ni siquiera tenía aspecto de tal pero por fortuna me lo callé y así evité otro horrendo *faux-pas,* otra espantosa metedura de pata, como cuando le había dicho que yo, al menos, nada tenía que temer de las consecuencias de mi raza puesto que no era judío.

Así estuvimos, contemplando la tarde en silencio, cada uno con sus melancolías y nostalgias, mientras se ponía el sol.

Noté que Marie se estremecía y la miré.

—Tengo frío —murmuró.

Me puse de pie.

—¿Quieres que te traiga una manta?

—No, espera, no te vayas. Quiero que me abraces como antes —se levantó y se acercó a mí—. Como antes, ¿sabes?

Abrí los brazos de nuevo y se refugió en ellos, sólo que esta vez, no sé si por efecto del calor o del vino que se me había subido a la cabeza o por la irresponsabilidad a la que uno se abandona en las situaciones límite, me ascendió por la entraña una irreprimible oleada de sensualidad sin que yo hiciera nada por controlarla. Algo debió de notar Marie porque echó su cabeza hacia atrás y me miró seria seria frunciendo el ceño. Después, satisfecha al parecer por lo que había observado, como si se tratara de un ejercicio físico indispensable, se acercó de nuevo a mi cara y me rozó la boca con la suya, pero se apartó como si le quemara y me sopló con suavidad en los labios y enseguida volvió al ataque y me mordió con ligereza como quien muerde una cereza o una uva. Y me pasó la lengua por las comisuras de la boca y luego la empujó hacia mis dientes y se apoderó de mí.

Y en este punto perdí la noción del tiempo y me desvanecí en su piel, en sus olores, en los grandes ojos que me seguían mirando casi con curiosidad, hasta que de pronto se cerraban voluptuosamente. En algún momento le deshice el turbante de toalla que se había puesto en la cabeza después de lavarse y le agarré la mata de pelo rojizo para tirar de ella y besarle el cuello y las clavículas y el hoyuelo que se abría en la base de la garganta. Oí (no, no oí), noté que se le escapaba un sollozo ligero y luego, un suspiro. ¿Quién empujó las solapas del albornoz hacia atrás y puso al descubierto sus pechos y, suelto el cinturón, permitió que se abriera de golpe, hasta el ombligo, deslizándose luego, como si fuera cosa de brujería, hasta el pubis, matorral encendido de todo lo que me enloquecía?

Hicimos el amor despacio, dedicando una infinidad de tiempo a cada detalle, a cada momento físico, dejando escapar gritos sorprendidos o risas, suspirando con la sabiduría instintiva de cada uno. De Marie recuerdo el cuello bombeado hasta que justo antes del orgasmo se le tensaban los tendones como si estuvieran a punto de desgarrarse, recuerdo los pechos que me parecían saltar de gozo, como si hubieran tenido vida propia en un *Cantar de los Cantares,* recuerdo los muslos interminables sujetándome con fuerza la cabeza y, después, la cintura, o la espalda brillante de sudor, mojada como aquella noche en que Marie se deslizaba como un pez en el agua de la alberca mientras yo la espiaba a traición.

¿Qué puedo decir sino que me hizo desaparecer en ella, que hubo largos momentos en que no supe distinguir quién era quién, qué miembro era mío y cuál suyo, cuál latido de cuál corazón?

Nos encontramos encima de mi cama con todas las sábanas revueltas. Cargada de mil aromas y del canto de las cigarras, una suave brisa del Mediterráneo entraba por las ventanas abiertas para mezclarse con los olores a sexo y a saliva; mecía en una ola perezosa los largos visillos de algodón tostado; alguna esquila lejana casi inaudible punteaba la paz de aquel momento al borde de la consciencia. Me dejé ir al amor total, a la pasión consumida, a la felicidad absoluta.

No pronunciamos palabra alguna durante bastante tiempo, hasta que Marie dejó escapar una risa como cristales de roca y se incorporó. Cruzó las piernas y se giró para mirarme.

—Geppetto —dijo con ternura—. *Ah, mon Geppetto, tu vois?*

—Veo, Marie, pero no me atrevía ni a soñar.

—Vaya... te dije que no dar nada por sentado era una de tus principales virtudes...

—*Je t'aime tellement!* Pero soy muy viejo para todo esto... para ti.

Se inclinó para darme un pellizco en el ombligo.

—No eres viejo... ¿Sabes? Me enamoré de ti, así —chasqueó los dedos—, el día en que te conocí en casa de Olga... Me pareciste terriblemente atractivo...

—Pues yo tenía unos celos horribles de Jean y de Domingo.

Marie, presa de un ataque de risa, se dejó caer hacia atrás.

—No sabía a cuál de los dos aborrecer más, de veras... —insistí.

Me pareció el máximo de la felicidad esta conversación insulsa, más propia de adolescentes que de gente hecha y derecha.

—Mi abuela la beduina siempre me decía que el calor de la tierra palestina y el azúcar de los dátiles y la miel calentaban el cuerpo y que las mujeres llevaban los trajes largos y amplios para poder ir desnudas por debajo y llevar pintados arabescos de henna para sus amantes —inclinó la cabeza para mirarme, alargó la mano y me acarició. Fue el gesto más íntimo y lascivo de toda mi vida, como si yo le perteneciera de forma absoluta—. No le gustaba París..., ni Francia... no le gustaba Francia. Decía que hacía tanto frío que llegaba a calarse en los huesos y que parecía que siempre estábamos en invierno. Sólo le gustaba el desierto y el mar de allí —mientras hablaba, empezó a masturbarme, pero no como un acto consciente sino como un reflejo sensual del que ni siquiera parecía darse cuenta—. Luego, estalló el escándalo Dreyfus y fue la gota que colmó el vaso. ¿Para qué quiero vivir en un país que me odia?, decía. Se volvieron a Palestina...

Se me escapaban frases enteras de cuanto estaba diciendo, tal era la ola de sensualidad que me engullía. Pero Marie seguía hablando en tono monocorde:

—Cuando yo era todavía muy niña, tendría once o doce años, fui a visitarla por primera vez. Hicimos un viaje precioso desde Marsella hasta Haifa, mis padres y yo. Me encantaba el barco, me encantaba correr por las cubiertas y hablar con el capitán y cenar en su mesa... Me parecía que estaba en un cuento de las mil y una noches, que era una princesa árabe y que me habían raptado para llevarme hasta el príncipe —se quedó callada con la mirada perdida, recordando. Empecé a creer que me moriría allí mismo—. Palestina me pareció maravillosa... Mi abuelo era un hombre muy solemne, muy preciso, muy serio... Mi abuela, en cambio, no. Era una mujer de la tierra, cálida y muy... muy... tocona, eso. Le gustaba tenerme en su regazo y contarme historias mientras me acariciaba la espalda y la tripa, muy despacio —se quedó callada y luego se le escapó una risita y yo, perdido todo control, no pude retener el orgasmo por más tiempo. Entonces, Marie se tumbó sobre mí cuán larga era y me susurró al oído—: soy como mi abuela. Me encanta acariciarte y dejarte rendido...

12

París

Tuvimos tres días.

Tres días de abandono. No recuerdo que hubiera alegría en nosotros, sólo pasión y, a veces, risa, *fou-rire,* como cuando las cosquillas surten su efecto aunque uno no esté de humor para sufrirlas. Pero fuimos insaciables.

Yo, al menos, estaba tan sorprendido, tan orgulloso de ser capaz de amar sin trabas, de poder dar rienda suelta a la imaginación de cualquier exceso, que no habría podido atender ni por un instante las imágenes del mundo exterior, los olores de la lavanda y de la tierra, los recuerdos del peligro, los ruidos de la gente, de los tractores y de los mulos, el petardeo ocasional de un automóvil en la lejanía; en mis sentidos no había cabida para más. No hubiera podido ser de otro modo: oh sí, Marie era una amante que ocupaba todos los espacios, exigente y ruidosa, impúdica, deslenguada, atlética, tierna y en ocasiones, hasta cruel. Cada vez que me bañaba, por las mañanas o por las noches o en la alberca en los mediodías más calurosos, me escocían los rasponazos de sus uñas en mi espalda y las mordeduras, algunas hasta haberme hecho sangre, en los hombros y en el cuello.

Aún hoy pienso en aquellos días de octubre, y se me pone la carne de gallina, y se me endurece el sexo sin remedio.

Aseguraría sin titubear (tan fuerte es la memoria de todo) que nuestro momento preferido fue el de los desayunos. Albertine los montaba con gran discreción en el comedor pequeño que hay al lado de mi alcoba. Daba con los nudillos en nuestra puerta y en voz baja anunciaba que *le petit déjeuner est prêt.* Había pan recién hecho por *m'sieu* Maurice, zumo de naranjas, aceite y tomates de la masía, café (ya bastante malo, por desgracia; la guerra había empezado por las bebidas), miel e incluso jalea de membrillos.

Marie, que solía remolonear en la cama hasta que yo la llamaba con insistencia, aparecía por fin tan desnuda como dios la había traído al mundo, Venus saliendo de una concha marina. Se detenía en el marco de la puerta, con los ojos hinchados de sueño y el pelo revuelto. Se estiraba con lentitud, primero los brazos y el cuello y después las piernas, poniéndose de puntillas para tensar la fuerte musculatura de sus muslos de terciopelo, y por fin, girándose en redondo con un bostezo, la espalda, que doblaba hasta casi dar con la frente en sus rodillas. Luego, *bonjour Geppetto, mon amour,* daba dos pasos, agarraba una de las sillas de enea del comedor y se sentaba en ella, colocándola justo donde un rayo del sol de la mañana, penetrando por un ventanuco, le iluminaba los pechos y el ombligo y, de forma casi imperceptible, acababa descendiendo por su vientre hasta acariciarle el pubis. Entonces, al notar el calor del sol, entreabría las piernas mientras le bailaba en los labios una sonrisa plácida. Apoyaba el pie izquierdo en un escabel tallado en madera de olivo que había debajo de la mesa y, con los ojos cerrados, sorbía un tazón de café que yo le había preparado. Tan placentera debía de ser la sensación de sentirse tibia e impune en aquel cuartito nuestro, que una de aquellas mañanas empezó a masturbarse con delicadeza extrema, buscándose con los dedos como si estuviera abriendo los pétalos de una rosa. Fue una escena tan sensual que yo me quise derretir sin atreverme a hacer ruido para no descomponerla. Marie, entonces, abrió los ojos con languidez y, mirándome, me sonrió a mí, a mí solo. *Tu aimes?*, me preguntó y yo, petrificado, me sentí incapaz de proferir sonido alguno.

No sé si al segundo o tercer día, me levanté y fui hasta el salón a coger mi cámara de fotos. Regresé al comedor. Marie no se había movido de la silla de enea. Tenía los dedos apoyados con ligereza sobre el monte de Venus, casi como si hubiera pretendido esconder el pubis de mi mirada (y después le hubiera dado igual), y la pierna derecha, que no era la que apoyaba sobre el escabel, doblada de tal modo que el pie desaparecía bajo el muslo de la izquierda.

«Quiero sacarte una foto», dije. Marie hizo un ligero ruido medio de asentimiento medio de risa y, sin moverse, añadió, «no sé dónde vas a llevarla a revelar; con esto de la nueva pureza de Francia te detendrán por pornógrafo». Se le escapó una carcajada. Le hice las ocho fotos del carrete, todas iguales, lo extraje de la máquina, lo envolví en el mismo papel de plata en que venía de la tienda y, más tarde, lo guardé en una caja de metal que escondía en un compartimento secreto de mi biblioteca. Allí pasó los años de la guerra y de allí lo rescaté para llevarlo a revelar a Montecarlo. Tenía miedo de que el tiempo trascurrido hubiera arruinado la emulsión y, de paso, mi «carrera de pornógrafo». Pero no. Algún dios del erotismo debió de guiar mi mano inexperta, porque Marie aparece exactamente como estaba aquel día, con la misma exacta belleza, con la misma exacta sensualidad y con la misma exacta falta de pudor: mira a la cámara con los ojos entrecerrados y entre los pechos impertinentes una pequeña gota de aceite parece deslizarse hacia la cintura.

Hoy las ocho fotos están en un álbum de cuero repujado que guardo bajo llave en mi casa de París y, además, una de ellas, puesta en un marco de plata, ampliada de tal modo que puedan verse todos los detalles de la expresión de Marie, de su cuerpo y de un rayo de sol que ilumina con fuerza un muslo, ocupa el lugar de honor en mi dormitorio.

Una noche ya de madrugada me desperté de golpe. Marie no estaba a mi lado. La busqué a oscuras, aventurando una mano hacia donde solía quedarse dormida, un poco separada de mí, cuando ahítos de sexo nos rendíamos al cansancio. No la encontré y encendí la lámpara de la mesilla de noche. Me puse el pantalón del pijama. Llamándola, «¡Marie, Marie!», en voz baja para no despertar a nadie (olvidando que en la casa no había nadie más a quien despertar), salí de la habitación, pasé por el comedor y por fin llegué al gran salón. Estaba allí, envuelta en una sábana, de pie frente a la gran biblioteca de obra que ocupa todo un testero de la sala. Apoyaba una mano en una estantería y tenía la cabeza torcida para poder leer los títulos en los lomos de los libros.

—¿Marie?

Sonrió.

—Hola. No podía dormir.

—¿Qué haces?

—Miro qué libros lee el hombre al que amo. ¿Sabes? No sabía qué te gusta, qué te inspira, qué llena tus momentos de soledad... Uf, *il y a du* Gide, *il y a du* Malraux, ¡ah!, Machado, García Lorca, *c'est qui* Ortega y Gasset?... Aquí están los rusos y Zola y Balzac y Thackeray. Orwell, claro, Faulkner. ¿Sabes que casi no tienes ensayo en tus estanterías? —sonrió de nuevo—. ¡Cuánta cosa!

—Ah, no creas, no he leído casi ninguna, están ahí por hacer bonito.

—Ah no, Geppetto, los libros encuadernados en piel, todos iguales, que se tienen en el salón de una casa de París, sí son para hacer bonito. Los que se tienen en el refugio de Les Baux, con algunas tapas rotas y subrayados, son para meditar, *n'est-ce pas? Tu sais que tu es beau?*

—A mí me gusta mucho Hemingway —dije sin hacer caso del halago—, siempre me ha gustado... y un español que se llama Baroja, que escribe bien aunque algo seco...

—Tú no eres seco, más bien al contrario...

—... ya, será por eso. Y Orwell... y alguno de los poetas ingleses, sí, los que estuvieron en la guerra en España, ¿sabes?, como luchadores de la libertad. Nos harían falta aquí, ahora. Se diría que todos los grandes literatos franceses están ahora de parte de los nazis... no, no... o que, más bien, son indiferentes a todo lo que no sea la contemplación de su propia soberbia.

Marie rió. Se dio la vuelta y se apoyó contra la biblioteca.

—De adolescente, mi padre me llevaba a la rue Sébastien-Bottin a visitar al señor Gallimard, el dueño de la *Nouvelle Revue Française.* Pasábamos tardes enteras hablando con los que andaban por allí, novelistas, ensayistas... a veces aquello parecía un manicomio. Me acuerdo de André Gide quejándose un día de que Gallimard hubiera dejado escapar a Proust y que su obra se hubiera publicado en Grasset...

—... bueno, pensaban que era judío...

—... hombre, Gide no lo pensaba.

—También había empezado la dictadura del proletariado en las letras francesas, ¿eh, Marie? Sólo si a uno lo bendecía el partido comunista, era reconocido como escritor. Aragon, Guéhenno, Malraux... A Gide lo tuvieron marginado desde, no sé, desde que se permitió criticar los procesos de Moscú.

—Ah, pero fue el pacto germanosoviético el que de verdad rompió la unidad de la izquierda en Francia, Geppetto. Se dedicaron todos a pelearse entre ellos y aún no se les ha pasado. Así nos va.

—¿Sabías que a Arthur Koestler lo tienen encerrado en un campo y que sus compañeros de cautiverio son comunistas franceses? Imagínate: en tiempos de paz ni se hablaría con ellos.

—... Luego hablábamos de los escritores de la nueva derecha, de los antisemitas y nos reíamos de ellos. Pero, claro, eso era mucho antes de la guerra. Ya ves... —se empujó con ambas manos para separarse de las estanterías y con el mismo gesto se le deslizó la sábana hasta el suelo.

—*L'Aphrodite intelligente* —dije. Marie volvió a reír y dio un paso hacia mí—. Si te viera papá Stalin, te mandaría fusilar.

—Si te viera Pétain, le daría envidia.

Así pasaron las horas.

Sabíamos que nuestro amor tendría que acabar por fuerza reduciendo éste su diapasón exagerado porque éramos conscientes, incluso sin comprenderlo del todo, que el enloquecimiento de los sentidos que nos tenía anonadados era una droga ante la que todo, cualquier otro sentimiento, cualquier otra pasión, palidecía sin remedio. Una borrachera constante de los sentidos nos tenía alejados de este mundo destruido que, sin embargo, reclamaba a gritos nuestro regreso. Pero a nosotros no nos importaba gran cosa; es más, nada nos parecía realmente grave.

Sólo a veces, exhaustos, tumbados en uno de los sofás del salón o de la terraza o en la cama, dejábamos que la realidad nos encarcelara por un instante. De hecho, nos asaltaba a traición, cuando más cansados y menos alertas estábamos, y así no teníamos más remedio que cederle nuestros sueños (en una ocasión al menos, lo que nos tomó por asalto fue el poderoso olor a sudor de madame Ursule, que debía de andar rondando por el perímetro de la casa, entregada al chismoteo, habitual fuente de sus delaciones; Marie saltó desnuda de la cama para sorprenderla y echarla con cajas destempladas pero la vieja bruja ya se había ido). En aquellos ocasionales descensos a la tierra nos sentíamos culpables de no hacer nada para enfrentarnos a la realidad, por limitadamente catastrófica que se nos antojare, y, lo más inimaginable, de que incluso la inminencia del riesgo que corrían los padres de Marie en París nos pareciera un temor aplazable. Sabíamos, ¿cómo no íbamos a saberlo?, que, por mucho que retrasáramos el momento, un día, pronto, no tendríamos más remedio que volver a este mundo de la guerra. Pero estábamos tan anestesiados que, ante el repentino cargo de conciencia, uno de los dos pedía una tregua, un momento más, es sólo un momento sin consecuencia; *«trève»* decíamos haciendo un gesto con las manos unidas en oración, y con eso creíamos justificado el retraso de la angustia. Chiquilladas. Y es que, nos decíamos, el amor es completamente egoísta, ¿por qué no va a serlo?, no hay causa externa que justifique su sacrificio, ¿qué debemos nosotros a nadie? ¿Por qué debemos ser responsables, o siquiera víctimas, de crímenes ajenos que han desencadenado sobre nosotros los asesinos? Nos negamos a ser víctimas. A mí al menos todo lo demás me daba igual. No me digas que a ti también, le espeté a Marie, tú estuviste en la guerra española arriesgando la vida, ¿qué fue eso?; ah, contestaba ella para excusarse ahora, pero yo estuve en el Ebro y en Barcelona no por defender ideas o por acudir en ayuda de quienes no disponían de medios para hacer frente a los agresores o por participar en la lucha por la libertad, *c'est quoi la liberté?;* estuve en el Ebro por afán de aventuras, como los piratas de la Malasia; venga, venga, no es cierto, no me lo creo, si ese corazón puede amarme a mí, caben en él las causas justas, decía yo riendo, y además, ante un disparo de mortero no hay afán de aventuras ni Sandokanes que valgan; no pretendas hacerme creer otra cosa; que sí, que era pura diversión disfrazada de lo que quieras, pero divertimento por *sexualiser le risque,* sexualizar el riesgo. ¿Te acuerdas: las ambulancias, el yodo, los camaradas y las canciones, el vino y el miedo y el tabacazo? Aventuras, Geppetto. Y la conclusión tan falsa como inútil a la que llegábamos era que sólo lucharíamos hasta la muerte por nuestro amor. Chiquilladas, en efecto: en momentos así, nadie se acuerda de lo que se lucha por miedo.

Todavía hoy, muchos años después, sé que el amor (al menos mi amor por Marie, que es el único que he conocido) es totalmente egoísta. No lo comparto con nadie, su bondad no me impele a hacer nada por nadie; si lo hago, es por interés; no amo a ninguna otra persona, no tengo otras causas a las que ligarme sentimentalmente. Me dedico a esta mujer, la sola causa que reconozco. Todos los días me recuerdo en una frase, una sola frase luminosa de *Cumbres borrascosas*. Es la que resume el dolor verdadero: «mi amor por Heathcliff es como las piedras que subyacen». Así es el mío por Marie. Está debajo de mi esencia, de mi conciencia, de mi frivolidad, en su misma base. Más al fondo no hay nada. Reconocerme en esta pasión inesperada, *cette passion de veillesse,* me hizo comprender hasta lo más esencial: el punto al que estaba dispuesto a llegar en una abyección que me fuera requerida para mantenerla. ¿Qué haría yo cuando Marie dejara de amarme?

Me habría gustado (¿me habría gustado?, no lo sé: más por comunicar una gozosa nueva que por otra cosa) hablar de esta inesperada pasión a mis amigos para que entendieran la profundidad de mis sentimientos, me habría gustado exhibirlos para que, además, pudieran ver hasta dónde llegaba mi capacidad de amar más allá de mi aspecto de cuidado dandy, pero ¿a qué amigos iba a contarlo? ¿A quiénes que entendieran lo que significaba en este caso la vanidad de la exhibición?

En fin, yendo de tregua en tregua, nos mantuvimos en este limbo bienaventurado hasta que bruscamente nos sacaron de él Arístides, que (acompañado de Mme. Cibial) ya iba de regreso hacia Lisboa, y Domingo, que se había unido a ellos para aprovechar el viaje en automóvil hacia el sur.

No estábamos en casa cuando llegaron. Regresábamos de un largo paseo por la falda de la montaña hasta el fondo del valle pensando en tomarnos un té que nos quitara la sed y un baño caliente que nos quitara el dolor de los pies, y allí se encontraban los tres, sentados en la terraza, merendando lo que les había preparado Albertine, pan con aceite y tomate y una botella de vino joven.

Nos miraron y me parece que comprendieron inmediatamente lo que había pasado. Domingo fue el primero en reaccionar:

—Camaradas —dijo con una amplia sonrisa—, carajo —y luego, mirándome, añadió—: *Hermano, se te ha cambiado la carita de tanto folgar* —llevaba mi mismo traje, salvo que ahora, cinco o seis días más tarde, estaba arrugado y sucio. Se hubiera dicho que no se lo había quitado de encima en todo este tiempo: el dandy asilvestrado de una semana antes se había transformado en una especie de vagabundo lleno de lamparones. ¿Qué otra cosa cabía esperar de él?

Durante las largas horas que pasamos aquella noche en la terraza pudimos repasar a conciencia el estado en que se encontraba la cuestión, la cuestión de la guerra, la cuestión del armisticio, la cuestión de la rendición, la cuestión judía y la marxista y la de la masonería. La reunión de Montoire aún no había tenido lugar, pero se iban adivinando sus prolegómenos. Nos preguntábamos en efecto cuándo se acabarían reuniendo Pétain y Hitler para fastidiarnos la vida (el camino de la colaboración, lo llamarían), y cuándo lo harían Hitler y Franco y cuándo Pétain y Franco y cuándo Hitler y Mussolini y cuándo Mussolini y Franco y cuándo Mussolini y Pétain. Como una partida de dominó, blanca doble doble seis, espalda con espalda, sólo que los que sustentábamos la mesa éramos nosotros frente a ese conjunto de fascistas decididos a imponernos su ley y a estropearnos la existencia.

—Nos van a joder de verdad —exclamó Domingo y, levantando la mirada al cielo, añadió—: *me cago en dios*. Por de pronto, los alemanes de París acaban de entregar al camarada Lluís Companys a los facciosos españoles.

—¡No es posible! —exclamé.

—Sí es posible, sí.

—*C'est qui?*, ¿quién es? —preguntó Mme. Cibial.

—El presidente de Cataluña —contestó Arístides por todos.

—Se refugió en Francia para huir de los asesinos de Franco y ahora lo entregan los nazis para que lo maten...

—Y de veras que lo van a ajusticiar... un buen hombre, el camarada Companys... y los franchutes no van a mover un dedo por salvarlo. Esta revolución nacional de esta gentuza es lo más sucio...

—No se atreverán a matarlo —dije.

Domingo me miró fijamente.

—Pero tú, de Sá, ¿dónde has estado en estos últimos años? Aquellos hijos de puta no perdonan nada. Se atreven con todo. Y, fíjate lo que te digo: si pudieran echarle el guante a don Manuel...

—*Qui?*

—*Monsieur Azaña, le président de la République espagnole*. Está refugiado en el sur de Francia y no le dejan ni moverse de donde está, enfermo y todo, al borde de la muerte.

—Al borde de la muerte, sí. Luis Rodríguez se ocupa de él e intenta llevárselo a México. Igual acaba aquí, en esta casa, antes del viaje. Pero me parece que no le va a dar tiempo.

—Pero ¿no queda dignidad en Francia? —exclamó Marie.

—No mucha, la verdad sea dicha.

—Si matan a Companys, camaradas, hago un juramento: yo, personalmente, con estas manos que me dio mi madre, yo, mataré a diez alemanes y a diez franchutes —Domingo extendió las manos con las palmas hacia arriba. Las tenía endurecidas, llenas de callosidades y de cicatrices, como si algo le hubiera ardido en ellas—. Además de los que caigan en la batalla... que serán muchos, os lo juro.

Se hizo un silencio.

—Pero creo que nuestro margen de maniobra es muy pequeño, Domingo —dije al cabo—. ¿Cuánto tiempo nos queda? ¿Cuántas semanas hasta que acabe la guerra? Repito lo que he dicho siempre: somos unas cuantas hormigas enfrentadas a las divisiones Panzer y sin tiempo para nada. ¿Qué podemos conseguir con nuestros panfletillos?

—¿Lo dices tú, camarada, que te has estado jugando la vida en el manubrio de la multicopista?

—Bah, era de noche y no había peligro. Y además, una cosa es jugársela y otra, que sirva para algo, ¿no?

—Geppetto, no podemos dejar en la estacada a los miles que esperan que plantemos cara a los *boches* aunque sea con papelitos... Somos bien pocos pero tenemos la superioridad moral. No podemos volver la espalda ahora, precisamente ahora...

Miré a Marie, levanté las cejas y junté las manos como si fuera a orar. Sonrió.

—No podemos darles tregua ahora, Manuel.

Moví la cabeza de arriba abajo.

—Vaya... las treguas están para no ser respetadas.

Marie se inclinó por encima de la mesa y me cogió la mano. Entrelazó sus dedos con los míos. Su piel estaba caliente, tierna, y me entraron ganas de llorar, no sólo porque en aquel preciso instante se acababa nuestra luna de miel sino por todas aquellas declaraciones de amor egoísta y de indiferencia ante el sino de los demás. Cuentos de hadas, lo sabíamos, pero me dio una punzada en el corazón.

—Esta historia de los judíos y el estatuto —dijo Arístides—, de todas las espantosas de esta guerra, es la *verdadeiramente horrível...*

—Bueno —respondí—, pero por lo que deduzco, Pétain distingue claramente entre los israelitas franceses y los judíos sobre todo alemanes y polacos, ¿no?

—No sé qué querrán hacer con los extranjeros... pero a juzgar por la que nos cae encima a los franceses —intervino Marie con sequedad—, ... nos quieren quitar hasta el derecho a ganarnos la vida. No sé si es peor que lo deporten a uno...

—Es peor que lo deporten —dijo Arístides.

—... o que le dejen sin comer. El sistema es muy sencillo: primero, se nos priva de la posibilidad del ganapán, con lo que dependeremos de la caridad, y luego se nos obliga a registrarnos con una carta de identidad y, entre una cosa y otra, el gobierno acaba teniendo un fichero de todos nosotros, que es precisamente el que utilizarán para enviarnos a los campos de concentración... Bueno, vaya, seguro que a mi padre no le van a quitar su cátedra ni a mandarlo a sitio alguno, pero....

—¿Estás segura de que es así? Es una locura...

—Es así, Geppetto, ya verás que acaba siendo así. Dentro de poco hasta exigirán que llevemos la estrella amarilla en la solapa...

—¡No, no! —exclamé—. ¡No puede ser! Eso sería lo último; además, distinguir a una persona por un trozo de tela en vista de que no se la puede distinguir por otra cosa... Decidme una cosa: ¿qué impide a un judío no ir a registrarse como tal? Que siga haciendo vida normal sin prestar atención a estas blasfemias, que dé simplemente por supuesto que es..., vamos, ya sabéis lo que quiero decir, que es... ario, ¿no? —y pensé en la naturalidad con la que los asistentes a la cena de despedida de Arístides habían considerado a Domingo, tomándolo, contra lo obvio, por un diplomático más en vez de por un combatiente zafio de trincheras.

—Ah, querido amigo, *¿não* se sabe en las universidades qué profesores son *judeus?* Y ¿entre los médicos? ¿Y en el ejército? ¿Y qué me dices del irresistible impulso de denunciar al vecino? La delación, querido, es consustancial al ser humano. En cada hombre hay un traidor. No, no, es imposible engañar a todo un estado que se empeña en te encontrar.

—Pero vamos a ver, igual que, según parece, la condición de judío se puede adquirir por matrimonio, ¿no es posible que una judía adquiera la condición de aria casándose con un cristiano?

—Oh no —dijo Marie.

—Ya te gustaría, camarada.

—¿Por qué no?

—Porque no —intervino Arístides—. Esta *não* es cuestión de grupos sociales permeables; es cuestión de racismo y en cada ocasión en que la lógica haya destruido os argumentos de los racistas, se destruirá la lógica para dar un paso más hacia el infierno.

—Domingo, Arístides, me estáis arruinando una proposición matrimonial perfectamente razonable.

Domingo empezó a reírse y al momento siguiente éramos todos presas de una hilaridad incontenible.

Me puse en pie y, secándome las lágrimas con los dedos, me dirigí a Marie.

—Marie, no sé si debo poner rodilla en tierra o si en tiempo de guerra eso indica una sumisión excesiva al enemigo, pero me gustaría pedirte que te casaras conmigo.

Hubo un largo silencio mientras Marie me contemplaba con los ojos brillantes.

—Geppetto, ¿qué te hace pensar que semejante idea puede llegar a seducirme?

—Nada especial... Es un sacrificio que hago para librarte de Pétain.

—Ah, si es un sacrificio estratégico, debo... rechazar... —me puso la mano abierta en la cara y me la acarició con inmensa ternura. Gruñí.

—No, lo digo en serio.

—Y yo.

—No puedes negarte.

—Resistiré hasta el final.

—Te doblegaré.

—Bueno —con esta simple palabra, Marie me dejó a su merced. Haría lo que ella quisiera. La hubiera desnudado allí mismo; sabía que, como su abuela palestina, encima de su piel sólo llevaba puesto el camisero de verano y un chal para protegerse del frío de la noche.

Arístides carraspeó.

—En Vichy me dijeron quién era el autor del estatuto este de los judíos —aseguró Domingo.

—¿Ah, sí?

—Sí, un racista de mierda que se llama Albert o algo así.

—¿Raphaël Alibert? —pregunté.

—Ése.

—Es el ministro de justicia, Domingo.

—Bueno, pues ese hijo de puta es el que redactó el estatuto. Gente así no merece vivir...

Marie dio dos pasos hasta donde estaba sentado Domingo y le puso las manos sobre los hombros.

—¿Qué podemos hacer?

—*Não ha nada que fazer* —contestó Arístides por él.

—Sí que hay. Hay que matarlo —decidió Domingo.

—¿Eh?

—Me habéis oído bien: hay que matarlo... Claro que puestos... también habría que llevarse por delante a vuestro mariscal. Pero...

—¿Matarlo? No hablas en serio.

—Hablo completamente en serio, Manuel, completamente en serio. Esta gentuza debería empezar a aprender que en una guerra se defienden y se atacan principios sagrados y que no se juega con nada. Y si este hijo de puta está dispuesto a acabar con los judíos, tiene que estar dispuesto a que los demás queramos acabar con él. Es lógico, ¿no? —nos miró a los tres, a Arístides, a madame Cibial y a mí, y puso una mano sobre una de las de Marie—. Un atentado, una acción de sabotaje empezaría a poner las cosas en su sitio. La guerra es así, camaradas.

—¿Y eso cómo se hace? —preguntó Marie. La miré con sorpresa, comprendiendo que se estaba ofreciendo a participar en un asesinato. La cuestión había dejado de ser académica: para mi horror, ascendíamos un peldaño cualitativo. Claro que todo era comprensible: una locura más de esos días, la más loca de todas, pero también supe que, a partir de entonces, la histeria colectiva nunca sería ya sencilla de controlar. Ya no nos detendríamos a sopesar los pros y los contras, las consecuencias de nuestras acciones en guerra.

—¿Marie?

Se enderezó y, mirándome a los ojos, adelantó la mandíbula.

—¿Y eso cómo se hace? —repitió. Bajé la cabeza.

—No sirve de gran cosa de cara a la batalla final, pero un sacrificio testimonial cumple varios objetivos: desestabiliza, desmoraliza, produce ira incontrolable, la ira del poderoso...

—Sí, Domingo, y el poderoso se toma la venganza...

—¡Claro que se toma la venganza! Pero déjame que te diga una cosa. La venganza del poderoso podrá ser terrible, pero entre él y nosotros... —Domingo nos miró—, por lo menos en lo que a mí hace, hay una diferencia fundamental: a él le da miedo que le maten y a mí, no.

—A mí sí. ¿Y después?

—¿Quieres decir cómo montamos la muerte del Alibert este? No es demasiado difícil. Será el primer atentado en una ciudad que no está preparada para sufrir atentados, que no está realmente militarizada, que es... eh... civil, eso, civil, que no tiene ejército ni tradición militar ni conciencia clara de lo que es una guerra... Aquí no hay carros de combate ni trincheras ni bombardeos. Nada, pan comido —se volvió hacia Arístides—. ¿Y tú, compañero? ¿No te seduce la idea de venirte con nosotros a la trinchera?

—*Não.* Sabes bien que debo volver a Portugal. Tengo una familia, soy neutral, un hombre de orden. No, no. Además no soy muy valiente. Ya lo sabes. Yo sirvo para lo que sirvo.

—*Et puis, ce n'est pas exactement ça,* no es exactamente así —dijo Mme. Cibial, dando su opinión por primera vez. Nos volvimos a mirarla con sorpresa—. Yo, al menos, no creo en la muerte como sistema para dirimir rencillas.

—Ah, pero no son *rencillas* —replicó Domingo imitando con voz aflautada el tono de voz de Mme. Cibial. Le miré frunciendo el ceño para reprenderle—. Esto es cuestión de supervivencia.

—¿Va usted a sobrevivir por matar a Raphaël Alibert? —insistió ella.

—¿Vamos a sobrevivir matando alemanes en una trinchera? No. Ni matándolos ni sin matarlos. Es lo mismo. ¿Merece la muerte un soldado alemán, un pobre diablo que se ha encontrado con un fusil en las manos y que sólo piensa en volver para arar su campo y hacerle hijos a su mujer? ¿Que además no tiene culpa de nada? Alibert, en cambio, sí. Yo no sobreviviré, pero él merece la muerte. Es una cuestión objetiva. Alibert es un enemigo de la raza humana y debe pagar por ello... y además es un ministro, *carajo...* ¡Muerte al poder! En fin, vamos, que decidiremos cómo se monta el atentado en cuanto yo consiga volver a

Vichy. De momento me esperan en Toulouse, que tenemos que terminar la guerra contra Franco. Luego volveré.

—¿Cuándo? Porque me parece que tenéis para rato.

—Na. Eso se acaba en un santiamén, hombre. No, ahora en serio. Tenemos claro que éste no es el mejor momento para seguir la guerra contra los facciosos en España. Con los nazis en la frontera y con Franquito y Hitler conchabados como si fueran dos alcahuetas, sería un esfuerzo inútil. Además, es preciso que nos reorganicemos. De momento, hasta que eso sea posible, voy a estar en labores de organización, pasos por los Pirineos, sobre todo de los pilotos ingleses caídos en Bélgica y aquí, acciones relámpago de guerrillas... poca cosa... Bah... Y luego vuelvo.

Mucho más tarde, en el silencio de la alcoba, Marie me dijo:

—Tú sabes que tenemos que volver, Geppetto, no hay felicidad en la guerra.

—Sí que la hay, yo he sido feliz estos días.

—Ya, el descanso del guerrero, mi amor, pero ésa no es la felicidad que quiero contigo.

—Pues a mí me basta cualquiera, cualquier rato de felicidad.

—A mí no.

—Dime que te casas conmigo.

—Pues claro que me caso contigo Geppetto, cuando esto acabe.

—¿Te puedo acariciar la tripa?

—Pero ésos son mis pechos, no mi tripa... *baise-moi.*

La despedida de Arístides al día siguiente fue hecha en silencio. Nadie dijo nada. Nos miramos y al cabo de un momento, nos dimos la mano. Eso fue todo. Entonces Arístides se subió a su enorme automóvil en el que ya estaban Mme. Cibial y Domingo, puso el motor en marcha y arrancó. Sólo cuando llegaba al fondo de la avenida, antes de franquear el portalón de entrada y desaparecer por la carretera nacional, levantó una mano en señal de despedida, mientras que por la otra ventanilla asomaba el puño cerrado de Domingo. Eso fue todo. Uno de los instantes más tristes de mi guerra.

En mi casillero del hotel de Vichy me esperaba una nota urgente de Olga Letellier. En ella me rogaba que la fuera a visitar nada más regresar a la capital. Tenía un asunto muy urgente que tratar conmigo. La cuestión no admitía demora, insistía.

Enseguida supuse que le había llegado eco de la historia de mi relación con Marie, aunque no imaginaba cómo. Estaba convencido de que Olga me afearía la conducta y exigiría de mi sentido del decoro el buen gusto de esperar a hacer las cosas como corresponde a una persona de bien. ¡Al fin y al cabo, la niña estaba a su cargo y ella tenía que responder ante su madre! Intenté preparar una respuesta que argüir en mi defensa pero, claro, no cabía más defensa que la de explicar lo que había sucedido y, como consecuencia de ello, nuestra voluntad de casarnos en el plazo más breve posible. ¿Quién podría impedírnoslo?

Pues no era eso en absoluto.

Olga y Marie me esperaban de pie cuando entré en el saloncito que tan familiar nos resultaba ya a todos (seguro que a su dueña le hubiera gustado que lo llamáramos «salón político de Mme. Letellier»). Ambas tenían el semblante serio, angustiado, y, al verme entrar, las dos exclamaron al tiempo:

—¡Manuel!

—¿Qué ocurre?

Marie, a la que había dejado sonriente en el portal no más de veinte minutos antes, vino corriendo hacia mí y me puso ambas manos en el antebrazo derecho, esperando sin duda algún gesto mío que contribuyera a alejar el peligro que nos acechaba y que, claro, me era desconocido.

—Ah, Geppetto —dijo. La atraje hacia mí.

—Hace unas horas estuvo aquí René Bousquet —nos informó Olga—. Las noticias que me traía no eran muy buenas...

—¿No eran muy buenas? ¿Qué noticias? ¿De qué malas noticias se trata? ¿Estamos en peligro?

—No, no. No es eso... Había estado despachando con el mariscal y después se acercó a visitarme. Le serví un té, le gusta mucho, ¿verdad?, y nos pusimos a charlar como a él le gusta... Siempre asegura que presta gran atención a cuanto decimos la gente normal porque de este modo puede conocer nuestras preocupaciones y nuestras angustias, nuestras esperanzas. Le parece que una misión importante de los gobernantes es escuchar...

—¿Y?

Me miró parpadeando como si no comprendiera.

—Pues eso, que a él le gusta escuchar...

—Quiero decir que cuáles eran esas noticias tan malas que traía Bousquet.

—Ah, sí, claro —Olga titubeó—. En fin, bueno. No creo haberlo comentado nunca con ustedes, pero resulta que una querida amiga mía, Philippa von Hallen, está en París refugiada desde hace unos cuantos meses... Ella es alemana —explicó como si con un nombre así resultara necesaria la aclaración—, es una... opositora a Hitler. De las de la primera hora... Desde muy pronto Philippa estuvo contra el canciller y quiso que los alemanes le cerraran el paso, le impidieran llegar al poder. Siempre ha pensado que es un asesino y que hay que echarlo de Berlín....

—¡Vaya! Un asesino, ¿eh? Echarlo de Berlín... Que haya personas así, con la clase de valentía que se necesita, restaura mi fe en el género humano, Olga —dije. Hasta creo haber estado convencido de que sólo podía ensalzar este valor desde uno mío equiparable, por tanto desde un heroísmo similar, aunque en el fondo sabía bien de mi hipocresía—. Y, además, recuerdo perfectamente que usted nos habló de ella —añadí—. La tenía usted refugiada en su casa de París.

—Sí, sí. En mi casa... ¿Se lo había contado a ustedes?

—¿Y sigue allí? ¡Pero eso es muy peligroso! Si ella ha huido de Hitler y ahora Hitler es el dueño de París, su amiga corre gran peligro… y usted de paso.

—Sí, justo lo que me vino a decir René. Philippa corre gran peligro en París y debemos intentar traerla a la zona no ocupada...

—¡Claro, Geppetto! Ya he pensado que la llevamos a Les Baux y la escondemos allí... Quiero decir que estarás de acuerdo en que la llevemos allá.

—Claro que sí, Marie. ¿Pero cómo la hacemos venir hasta aquí? No nos adelantemos a los acontecimientos. Una vez que haya llegado a Vichy, podremos intentar cualquier escapatoria, Les Baux o lo que queramos..., Marsella para embarcarla en cualquier transatlántico... incluso España con ayuda de Domingo —intenté hacer oídos sordos a mi propia insinceridad pero no pude evitar que hasta el tono con el que pronunciaba mis palabras resultara falso—. Ya veremos. Pero antes de nada tenemos que hacerle cruzar la línea de demarcación y no me parece que eso sea demasiado fácil. ¿Qué le dijo Bousquet exactamente?

—Pues que había oído en el cuartel general alemán que buscaban a Philippa porque era una peligrosa terrorista y querían enviarla a Berlín para juzgarla...

—¿Terrorista? ¿Juzgarla? ¿Nos lo vamos a creer? —exclamó Marie.

—No, claro que no, Marie.

—... y que, si yo la tenía aún refugiada en mi casa de la avenida Foch, más valía que la lleváramos a otro escondite. Luego comentó que los alemanes la habían buscado en mi casa y que no la habían encontrado.

—¿No?

—Claro que no. Se había ido. Ella ya me había dicho que cuando los alemanes entraran en París pensaba esconderse en otro sitio para no comprometerme. René me dijo que debíamos hacerle llegar algún recado para que huyera de París antes de que la Gestapo la pudiera localizar —pareció dudar por un momento—. No sé, a lo mejor debí enviarle el recado a través de él. No sé.

—¿Y sabe usted dónde está ahora?

—Sí. Me da un poco de vergüenza porque mentí a René. Le dije que no sabía dónde estaba Philippa...

—¡Bravo, Olga! —exclamé por instinto: no hubiera sido capaz de explicar la razón de mi entusiasmo. Debió de ser que aplaudí el gesto de rebeldía de Mme. Letellier. Entonces ella se sonrojó y me miró sonriendo con timidez.

—¿Bravo, por qué? —preguntó, sin comprender—. Pondría la mano en el fuego por monsieur Bousquet y no me gusta haberle engañado. Me fío de René, cómo no va una a fiarse de él, *un héros nacional*. Lo que ocurre es que creo que cuanta menos gente sepa del paradero de Philippa, menos indiscreciones se producirán. Me pareció que monsieur Bousquet es un personaje tan ocupado que podía escapársele alguna mención a uno de sus subordinados y... él mismo me ha dicho más de una vez que no está muy seguro de ninguno de los que trabajan con él, que no pondría la mano en el fuego por nadie... Y entonces no le dije nada.

Esta mujer no dejaba de sorprenderme. Es bien cierto que los caminos de la generosidad son inesperados. También Marie se acercó a ella y, sin pronunciar palabra, la abrazó con calor.

—Bueno, si su amiga está bien escondida, no tiene nada que temer —afirmé.

—¿Usted cree?

—¡Cómo que no tiene nada que temer! El peligro que corre es grande, Geppetto. Debemos intentar rescatarla.

—Desde luego. ¡Cómo no vamos a intentar rescatarla, Marie! Lo único que pregunto es si vale la pena hacerlo precipitadamente, sin preparar bien las cosas. Debemos ser cuidadosos. Somos poco duchos en la materia. ¿Existen ya organizaciones clandestinas gracias a las que la gente puede pasar de norte a sur de la línea? ¿Cómo entramos en contacto con ellas? ¿Podemos pedir ayuda a tu padre en París? ¿Cómo debemos hacerlo? ¿A través de Armand con un correo oficial?

—No podemos comprometerlo de esa manera. Bastantes problemas tiene él ya como para complicarse aún más la existencia. Aunque conociéndolo —sonrió—, es capaz de cualquier cosa. Le bastará con oler el peligro y...

—¡Se me ocurre un correo ideal! Porfirito va y viene a París sin parar...

—¿Porfirito? —preguntó Olga con extrañeza.

—Sí. Porfirio Rubirosa, un diplomático de Santo Domingo. Se va a casar con Danielle Darrieux.

—¿Sí? —exclamó Olga con entusiasmo, olvidado por un momento todo pesimismo.

—Danielle Darrieux, sí. En fin, Porfirito va y viene a París con mucha frecuencia. A él sí le puedo pedir que lleve una carta.

—¡Claro! Se la puede entregar a mi padre en La Sorbona y él se encargará del resto. Pero hay que hacerlo deprisa.

—Bueno, no me parece que la cosa sea de vida o muerte.

—En realidad, sí creo que es cuestión de… —quiso intercalar Olga.

—¡Estás muy confundido! —continuó Marie como si Olga no hubiera hablado—. No, mi amor. Te tomas esta guerra como si se tratara de elegantes duelos en el campo del honor. Aquí no hay nada elegante, Geppetto, sólo guerra y nadie va a esperar a que acudiendo con galantería a socorrer a la amiga de Olga, antes de que se nos adelanten, la podamos esconder de modo que no consigan encontrarla los *haricots verts* y luego desaparezcamos todos como si nos hubiera tragado la tierra. Nosotros somos los aficionados y ellos, los profesionales de la guerra. Sé que no lo tenemos fácil frente a ellos, pero fácil o no, no tenemos más remedio que hacerlo y hacerlo ahora. Mal o bien, da igual.

—Oh, Marie, no me siento nada profesional. Sé bien de la suciedad de estos tiempos... —luego me interrumpí—... Mejor dicho, no lo sé bien, tienes razón. En realidad, no sé lo que es esta guerra, no la comprendo, no la quiero, ni siquiera me parece digna de lucharse. —Marie hizo un gesto de impaciencia ante este empeño mío por degradar la trascendencia de las cosas.

—No me entiendes, Geppetto, tenemos que ir nosotros. Yo quiero ver a mis padres y me parecería de mal nacidos no acudir a ayudar a la amiga de Olga. Avisemos a mis padres con una carta que mandaremos a través de Rubirosa y luego vayámonos para allá.

—Tenemos que ir nosotros, ¿eh? ¡Bueno!... ¿Dónde se esconde su amiga, Olga? —que quede claro que esta pregunta obedeció sólo a la generosidad de Marie y a esta disposición suya a lanzarse con los ojos vendados a ayudar a cualquiera que lo necesitara. Dios mío—. Tenemos que ir nosotros. Nosotros, meros aficionados, tenemos que montar una línea de huída, *une filière,* burlándonos de la policía y de los alemanes...

Marie no dijo nada. No me lo iba a poner fácil.

—¿Dónde se esconde su amiga, Olga? —Mme. Letellier titubeó—. Vamos, soy al menos tan de fiar como René Bousquet, se lo garantizo —añadí con más seguridad en mí mismo de la que en realidad sentía—, y no tengo subordinados con los que cometer indiscreciones. Si de lo que se trata es de rescatarla, de que la rescatemos nosotros, vamos a tener que saber dónde se encuentra madame von Hallen...

—*Condesa* von Hallen...

—Condesa von Hallen. Está bien. Condesa... ¿Dónde está su amiga, Olga?

—Veintinueve rue du Bac, en la orilla izquierda... —recitó Olga deprisa, como si le quemaran las palabras.

—Sé dónde es, al lado de la Sorbonne —dijo Marie.

—Y yo también. ¿Por qué está ahí?

—Pues... porque no podía ir al Meurice que era donde siempre se alojaban ella y Carl, su marido. Lo que hay en rue du Bac es una buhardilla, poco más que *une chambre de bonne,* una habitación de servicio, que mi marido tenía desde sus tiempos de estudiante en la Sorbona. Nunca se desprendió de ella. Cuestión sentimental, supongo...

—¿Alguien sabe de esa buhardilla? —preguntó Marie.

—No, nunca hemos dicho nada a nadie. No teníamos por qué, no era importante. Más bien la utilizábamos como trastero para cosas viejas e inservibles.

—Dígame, Olga, ¿por qué los alemanes persiguen a su amiga con tanto ahínco?

—Pues... porque se opone a Hitler, ¿no?

—Todos nos oponemos a Hitler —interrumpió Marie—, y no nos persiguen... bueno, sí nos persiguen, pero no nos mandan a la Wehrmacht o a la Gestapo a buscarnos uno por uno.

—No lo sé. Nunca le pregunté demasiado. Nunca he querido saber mucho de todo esto. Estos secretos... mejor están guardados. En fin, creo que Philippa ha sido una disidente muy importante en Alemania y que, después de que fusilaran a su marido...

—¿Cómo, cómo? ¿Fusilaron a su marido?

—Sí, Manuel. Lo fusilaron nada más empezar la guerra. Estaba encarcelado desde bastante tiempo antes por haber criticado la política nazi y por haber intentado evitar las persecuciones de judíos… por haber organizado algunas redes de fuga, creo... Cuando Philippa no pudo hacer más por conseguir su liberación (lo fusilaron una madrugada hace un año, creo), y después, la conmutación de la pena, decidió marcharse de Alemania para seguir luchando contra Hitler desde París… Una lástima: Carl era un gran caballero y un hombre encantador. Un verdadero amigo.

—*Caramba* —exclamé—, sí, un hombre encantador. Seguro. Claro que como encuentren a su amiga, lo menos que le harán será encarcelarla.

—Tenemos que rescatarla.

—Desde luego, pero ¿nosotros, unos meros aficionados sin recursos? —insistí—. Me pregunto cómo vamos a hacerlo.

—Pobre Philippa, bastante ha sufrido en la vida. Cuando vino a París destrozada por la muerte de Carl y huyendo de esos horribles nazis, le aconsejé que se marchara a Estados Unidos y olvidara todo esto. No tiene problemas económicos... No quiso. Dijo que sería una traición a la memoria de Carl. Pero ahora… nunca me perdonaría que le pasara algo.

—Claro que sí, Olga. Ya veremos cómo lo hacemos —me sorprendió esta repentina voluntad mía de hacerme cargo de las cosas. En fin—. Me parece que con la amenaza de los alemanes buscándola —continué—, debemos traerla aquí y conseguir que embarque en algún paquebote rumbo a Nueva York. ¡Lástima que ya no esté Arístides! —sonreí—. Le hubiéramos forzado a que se la llevara en su propio coche. ¿Qué habría sido un visado más para él?

Marie me dio un pellizco en el brazo.

—Ah, Geppetto, seamos serios. Primero de todo tenemos que resolver un problema fundamental: cómo pasamos la línea hacia el norte.

—Dos problemas, Marie: también tenemos que decidir cómo la pasamos de vuelta hacia el sur.

Y era bien cierto que ir de la Francia de Vichy (pronto empezaríamos a llamarla la zona *nono,* un apócope ridícula por *non occupée)* a la Francia del norte ocupada por los alemanes se había convertido en una operación compleja. Era preciso cruzar la línea de demarcación que partía al país en dos, ¡una frontera en el interior de una nación que aseguraba no haber sido derrotada!, ¿cómo podíamos aguantar una cosa así, una humillación semejante?, en bicicleta, a pie, en automóvil o en tren. Al principio, con los problemas planteados por los refugiados que habían huido del avance de la Wehrmacht hacia París y que ahora pretendían volver a sus casas sobre todo en el norte, y eran millones de personas, ¡millones!, bastaba con algún certificado de los ayuntamientos, algún salvoconducto, para cruzar la frontera. Todo era muy arbitrario: algunas veces, las autoridades, sobre todo las francesas (no fueran a perder la cara frente a los vencedores al demostrar blandura o transigencia) exigían una carta de identidad o un pasaporte o, si se iba en tren cuando fue reanudado el servicio, un «certificado de repatriación» para soldados y otros desplazados. Más adelante, cuando los alemanes pudieron montar una vigilancia en serio, se instauró la arbitrariedad: la potencia ocupante hacía y deshacía como le venía en gana, suspendía servicios, cerraba fronteras o de pronto admitía el paso de un tren cargado de remolacha por una estación cerrada al tráfico. Dependía del humor de los generales germanos. Era un chantaje sutil y brutal a la vez del que sólo estaban exentos los diplomáticos. ¡Pero si a los únicos a quienes se permitía viajar libremente de Vichy a París era a Laval y al almirante Darlan! Los demás ministros del gobierno de Vichy tenían prohibido el paso ilimitado hacia París y sólo con un *laissez-passer* para cada ocasión les permitían viajar hasta allá.

¿Y Pétain? Al mariscal le obligaron a obtener un salvoconducto para acudir a la reunión de Montoire. ¡El aliado alemán! Oh, sí. Estos miserables nos hicieron todas las perrerías imaginables. Una de las más insultantes fue el sistema de correspondencia entre las zonas. No se permitían las cartas, no fueran a esconder cualquier tipo de espionaje; en su lugar, se instauró la tarjeta postal del «tache lo que no corresponda». Había líneas de puntos que debían ser rellenadas con la fecha y el nombre del remitente y, después, más líneas de puntos que terminaban con: «...buena salud.», «…cansado.», «…ligeramente enfermo.», «…gravemente enfermo.», «…herido.», «…muerto.», «…prisionero.». O «…sin noticias.», «La familia está…», «…bien», «Necesita…», «…provisiones», «…dinero». Una delicia. Tache lo que no corresponda. Santo cielo.

—¿Tiene usted modo de ponerse en contacto con la condesa von Hallen?

—No, claro —dijo Olga.

—No, claro —remaché—. Lo decía por prevenirle de nuestro viaje. Debo decir que el método de avisarle por carta o de anunciar nuestra llegada a tus padres gracias a los buenos oficios de Porfirito me parece peligroso y muy inseguro. No puede ser —sacudí la cabeza.

—Desde luego que no —concluyó Marie—. No podemos poner por escrito nada que se refiera a madame von Hallen... No sabemos qué cartas son abiertas por quién y si funciona la censura. A ella, cuando lleguemos a París, no tendremos más remedio que sorprenderla. Pero, en cambio, sí podemos mandar una carta sencilla a mis padres anunciándoles nuestra visita pero sin decirles desde dónde llegamos ni que vamos a rescatar a la condesa von Hallen. Que el señor Rubirosa la envíe desde el mismo París...

—Es buena idea. Daremos dos cartas a Porfirito; una para tus padres y otra para mi Angelines...

—¿Angelines?

—Sí. Mi ama de llaves... Es hija de la que era mi portera en Madrid... Casi como una ahijada mía: me la traje a París cuando las cosas se pusieron feas en España y ahora vive en mi piso de la plaza de Alma, cuida de la casa y evita problemas...

—Nunca me has hablado de ella.

—No, tienes razón —sonreí—. He pensado poco en ella últimamente. Tenía la cabeza en otras cosas... —y luego, suspirando—: En fin... llegar allí, si es que conseguimos llegar, e improvisar. Menudo susto les daremos a todos. La pimpinela escarlata. Sí. Rue du Bac. Mientras el susto no nos lo den a nosotros... —me encogí de hombros. Estuve en silencio unos segundos, pensando en cómo resolver el problema del cruce de la línea de demarcación y por fin se me ocurrió la solución obvia—. Hablaré con Armand. Es un miembro del gabinete del mariscal. Debe poder facilitarnos el viaje a París con ciertas garantías de inmunidad, ¿no?

En aquellos momentos aún no sabíamos que ningún funcionario o político de Vichy tenía acceso a la Francia ocupada y yo estaba convencido de que Armand podría conseguirnos un salvoconducto, así, sin más. De este modo podríamos cruzar la línea de demarcación y, eso sí, luego tendríamos que arreglárnoslas como pudiéramos. *Il faudra se démerder,* dijo Marie.

Durante los primeros meses de la guerra, mi ingenuidad en relación con las cosas prácticas de lo cotidiano era en verdad asombrosa. Y es que me distinguía de los pobres franceses del vulgo una cuestión sustancial: yo todavía no había sufrido dificultad grave alguna, no había huido de nadie, nadie me había perseguido, bombardeado, saqueado o hecho prisionero, táchese lo que no proceda. Yo seguía siendo un observador cínico y bastante escéptico de cuanto ocurría a mi alrededor, podía condenar e insultar y criticar como me viniera en gana; aunque me mantuviera al margen, pertenecía al estamento de quienes estaban haciendo la revolución nacional en colaboración con los alemanes. Mis pocos encontronazos con la Francia oficial se habían saldado con mi prudente silencio. Lo que fuera con tal de no ser notado.

Philippa von Hallen. Tuvimos que disuadir a Olga Letellier de venir con nosotros. Bastante había hecho, le dijimos, con proteger a su amiga. Lo demás quedaba de nuestra cuenta; cómo, sólo los hados lo sabían. Éramos unos inconscientes: ni siquiera sabíamos qué efecto había tenido el estatuto de los judíos en la población de la zona ocupada ni lo que nos íbamos a encontrar en París-ciudad-abierta ni cuál era la situación de las gentes que tenían algo que ocultar o de qué huir frente a los nazis alemanes o franceses. No teníamos la más remota idea.

Cuando contamos a Armand nuestro propósito se echó las manos a la cabeza. Lo que queríamos hacer era no sólo arriesgado sino del todo imposible. No nos podía conseguir los salvoconductos, no sabría cómo encaminarnos ni a quién acudir. Sabía, eso sí, que empezaba a organizarse desde Vichy un sistema clandestino para que los soldados que conseguían escapar de los campos de concentración de los nazis pudieran atravesar la frontera camino del sur. Se trataba, sin embargo, de un sistema embrionario y muy aleatorio. ¿Pero hacia el norte? Armand no habría sabido ni por dónde empezar: era cosa del ministerio del interior que, había oído, pagaba a gentes de la zona fronteriza —campesinos, estudiantes— para que hicieran ese trabajo. Como en todos sitios, los había honrados y traidores, codiciosos y desprendidos, miedosos y arrojados. Eran los *passeurs*. ¿Pero a quién debíamos preguntar sobre ellos?

Fue Marie la que tuvo la ocurrencia de acudir al capitán Brissot de Warville. Me miró y me dijo:

—Dime qué otra solución nos queda; tenemos que ir a París y tenemos que ir deprisa. O nos fiamos de Brissot, que es enemigo de los alemanes y que conoce a mi padre, o nos quedamos aquí paralizados. Es sencillo, Geppetto, no le diremos que vamos a rescatar a la condesa von Hallen, sólo que vamos a ver a mis padres porque, después del estatuto, yo estoy de verdad angustiada por lo que les pueda ocurrir —bajó la cabeza—. Y con eso no engaño a nadie.

Le puse la mano en el hombro y la atraje hacia mí. Apoyó su frente contra mi mejilla.

—No sé, Marie. Depositar toda nuestra confianza en un militar que está a las órdenes de Vichy y que se dedica a buscar espías…

—… espías pro alemanes…

—… sólo porque intuyes que es enemigo de Alemania…

—No, no lo intuyo. Lo sé —afirmó convencida—, lo sé. Estoy segura. Lo sé. ¿No lo has visto cada vez que hemos hablado con él? ¿Quieres una prueba? Sabiendo que somos el GVC y que publicamos un periódico clandestino, Brissot no nos ha denunciado ni detenido…

—… todavía. Está bien, no nos ha detenido. Aun así…

—Déjame que vaya, déjame que vaya sola a visitarlo y que…

—¡De ninguna manera!

—No, escucha, *mon ange,* visito a Brissot…

—De ninguna manera —suspiré—. Iremos juntos.

—¿Por qué no acudir a Bousquet que es quien ha levantado la liebre? —preguntó Armand.

—Sencillamente porque Bousquet está en Châlons y Brissot, aquí. Es más expeditivo, más rápido —contestó Marie.

—Lo que sí constato —dijo Armand—, es que las autoridades de Vichy y el propio mariscal están preocupados con la gente, sobre todo soldados, que quieren volver a sus casas, a sus ciudades, pero también con los que huyen de los alemanes. No digo ya los que pueden ser repatriados oficialmente, sino los que quieren ir de una zona a otra sin razón oficial. Tiene gracia, Pétain se siente responsable de todos los franceses y, sin embargo, los ha traicionado sometiéndose a los alemanes, ¿no?

—Bueno, en realidad no cree haberse sometido…

—¿Por eso intenta burlarse de las reglas de los *boches?* —preguntó Marie—. Es pura esquizofrenia: se baja los pantalones…

—… *et puis il pète,* y después se tira ventosidades.

—¡Geppetto!

—Es verdad, Marie —reí.

—Sospecho —prosiguió Armand—, que de una manera u otra, se puede cruzar la línea. Diría, por lo que oigo en el Parc, que los franceses hacen la vista gorda y que, a día de hoy, los alemanes no han organizado bien el control de las zonas. Es posible que la línea de demarcación sea un auténtico coladero.

Resoplé.

—Vayamos a visitar a Brissot —sacudí la cabeza—. Si vosotros decís que no nos va a pasar nada, será así. Pero yo no me fío.

—Somos franceses, ¿no? No nos van a entregar al enemigo, ¿no?

—Depende, Marie —precisó Armand—. Perdone que le hable con brutal franqueza, pero por lo que se deduce del estatuto de los judíos de hace unos días, acabarán ustedes siendo enemigos de Francia más que ciudadanos suyos. Por ponerle un ejemplo: ayer el mariscal recibió la carta de un judío que, herido en Sedán en mayo pasado, había sido condecorado por su valor en combate. En el sobre había una foto suya apoyado en el hombro de su pequeño hijo y con la condecoración en la solapa; tenía que estar apoyado en el niño porque le faltaba una pierna que le había arrancado la metralla.

—¿Y qué decía la carta?

—Que él era un patriota francés, que para él Pétain era como un padre y que se ponía en sus manos para no perder su trabajo y poder seguir viviendo.

—Ya, Pétain, un padre. ¿Y qué dijo el bueno del padre de todos los franceses?

—No os lo vais a creer…

—Sí nos lo vamos a creer, Armand.

—Dijo que habría que hacer algo. Entonces yo le pregunté si debía contestar la carta. Estuvo un rato callado, mirando por la ventana y luego, sin decir palabra, salió de la habitación.

—Me parece, Marie, que lo mejor será que nos casemos y nos quitemos de una vez de encima esta espada de Damocles. Casada con un francés no judío estarás protegida.

—Desde luego. Casada con un español nacionalizado francés. No sé a cuál de los dos querrán perseguir más, Geppetto —se inclinó hacia mí y me dio un beso en los labios.

—¿Ir a París? —preguntó Brissot de Warville—. ¿Y qué van ustedes a hacer en París?

—Visitar a mis padres y asegurarnos de que están bien...

—Y si es el caso, intentar hacer que vengan con nosotros a la zona no ocupada, capitán.

—¡Pero no se puede circular para arriba y para abajo por Francia como a uno le venga en gana!

—Ya lo sabemos —me ahorré señalarle que no dejaba de ser pintoresco que un francés no pudiera desplazarse por su país como quisiera, sobre todo considerando que su nación no había sido derrotada por nadie y era amiga del inexistente invasor—. Por eso acudimos a usted. Hemos oído de la posibilidad de cruzar la línea de demarcación de modo subrepticio y...

—¿De modo subrepticio? No existen modos subrepticios de hacer las cosas.

—Bueno, capitán, no quisiera parecerle impertinente pero me han dicho que existen personas en la zona limítrofe que se dedican al paso clandestino de quienes quieren ir... —hice un gesto vago—, a una zona o a otra... Eh, el propio señor Bousquet nos dijo hace algún tiempo que él mismo encarrilaba a los prisioneros franceses que escapaban de los *stalags* alemanes para que pudieran cruzar la línea...

—Bueno, el señor Bousquet dispone de un margen de maniobra amplio en Châlons-sur-Marne. Tiene desde luego bastante más autonomía que yo, un humilde funcionario sometido a mil presiones. Y además, se trata de prisioneros de guerra, soldados franceses a los que hay que proteger. Una cosa bien distinta. No puedo hacer nada por ustedes —concluyó con firmeza. Y, mientras iba diciéndonos esto, sacudía la cabeza como si estuviera enfadado consigo mismo, al tiempo que escribía en un papel en blanco lo que, visto desde mi perspectiva al otro lado de la mesa de su despacho, parecía un nombre, una dirección y un número de teléfono. Lo empujó hacia mí. Sin mirarlo, lo guardé en mi bolsillo.

—Pues, capitán, de veras que lo siento...

—Más siento yo no poderles ayudar, pero no me pagan para consagrar ilegalidades que soy el primero en condenar. Buenos días.

Marie y yo salimos en silencio del despacho del jefe del *Deuxième Bureau* y sin intercambiar palabra fuimos andando despacio hacia el río. La temperatura era todavía suave para ser ya casi final de octubre: el verano había sido excepcionalmente largo y caluroso y las arboledas aún resistían la llegada del otoño sin que los grandes castaños de los parques de Vichy hubieran perdido la hoja que amarilleaba sin decidirse a caer. No podíamos ni imaginar la dureza del invierno que se desplomaría sobre nosotros pocas semanas después.

Nos sentamos en un banco del parque del Allier, dando la espalda a los chalets de Napoleón. Saqué del bolsillo el papel que me había dado Brissot.

> Jacques Le Saunier, hotel Métropole, 30 rue de la République, Lux, téléphone 595.

—Lux —dije—, eso está a unos setenta u ochenta kilómetros de aquí, al este de Moulins, donde Chalon, ¿no?

—¿Ves, Geppetto? ¿Ves cómo Brissot era un patriota que nos iba a ayudar?

—Algún otro motivo tendrá. No entiendo estas ayudas que nos prestan, encaminadas a burlar las disposiciones y la vigilancia de los alemanes. O son aliados o no lo son. Todo esto me desconcierta.

—Yo creo que ponen a mal tiempo buena cara. Ninguno de nosotros, sea pro alemán o pro francés, olvida dónde está Francia...

Nos pusimos de pie y, sin demasiado apresuramiento para no levantar sospechas de las decenas de delatores voluntarios que pululaban por Vichy buscando traidores a la revolución nacional, nos dirigimos hacia el centro, esperando poder llamar al Métropole de Lux desde mi hotel o desde el de los periodistas, el de La Paix. Todavía no nos habíamos acostumbrado a la idea de que el teléfono no debía ser usado nunca para tratar de cuestiones que tuvieran que ver con la guerra. Hoy nos parecía el método más eficaz de ponernos en contacto con Le Saunier. Ya aprenderíamos.

Como Marie y yo caminábamos tan despacio, cogidos del brazo como conspiradores (aunque yo nos viera, sobre todo, yendo con el lento paso de los amantes), nos volvió a impresionar el cambio acaecido en Vichy: a fuerza de verlo todos los días, uno no registraba el considerable aumento de población que semana a semana se había ido producciendo en la capital-balneario. Parecía imposible que este villorrio pudiera dar cabida a esta invasión inacabable de gente. En busca de favores o refugio, de una carrera política o de fortuna económica o simplemente de una oportunidad para librarse de los efectos de la guerra huyendo del norte ocupado, habían llegado por miles y se alojaban en cualquier sitio: en buhardillas y sótanos sin ventilación ni facilidades sanitarias, en vestíbulos de hoteles y pensiones, en habitaciones alquiladas a precios abusivos, mazmorras infestadas de ratones y cucarachas y de malsanos efluvios. No había, claro está, organización de abastos que pudiera alimentar a tantas almas y la situación se había agravado bruscamente desde la introducción del racionamiento de comida. Por supuesto, todo era cuestión de dinero: si uno lo tenía, uno comía.

Por más que desde el hotel de La Paix lo intentamos durante toda la tarde y buena parte de las horas previas a la cena, no nos fue posible localizar a Jacques Le Saunier. El 595 de Lux simplemente no contestaba cuando conseguíamos que la centralita nos comunicara con él. Resultaba muy irritante y lo achacamos a fallos técnicos, difíciles de comprender en un sistema telefónico tan avanzado como el de Vichy, una de las principales razones por las que el gobierno había decidido instalarse en la ciudad.

Desesperados de la centralita del hotel, también intentamos llamar desde la habitación que uno de los periodistas rumanos tenía alquilada en una buhardilla cercana a Quatre Chemins. En el descansillo del primer piso de la casa, había un teléfono desde el que el bueno de Constantin Popescu nos ofreció llamar. Entre vano intento y vano intento (siempre ante la mirada vigilante del dueño, que se asomaba a su puerta cada vez que nos oía descolgar el auricular), Popescu nos invitaba a subir a su buhardilla para tomar un té. Él mismo lo preparaba en un primitivo hornillo eléctrico colocado en precario equilibrio sobre una pila de libros. Nos invitaba a sentarnos en su cama mientras él se instalaba en una butaquita de madera y apoyaba los pies en montones abigarrados de libros, papeles y periódicos. Marie miraba a su alrededor intentando disimular el horror que le producía tan escuálido cuartucho: había una pequeña ventana, un ventanuco alto en verdad, carente de persiana, y una barra de latón hacía las veces de armario; el único mueble era la pequeña cama y ella sola ocupaba gran parte del espacio disponible. Por supuesto, ni un mísero radiador prometía algo de confort para las noches de invierno.

—Mis periódicos me obligan a estar aquí —explicó Constantin; se encogió de hombros—. Es la guerra, qué le vamos a hacer. Tuve suerte de encontrar esta habitación y de no tener que compartirla con nadie más —sonrió con algo de tristeza. Era uno de los periodistas de raza que habían acabado en Vichy malgastando un enorme talento sin por ello ceder al hastío o al cinismo—. Me parece que no vais a tener más remedio que ir al sitio ese al que llamáis. Parece una broma, pero diría que el tan cacareado sistema telefónico de Vichy no acaba de funcionar.

Dice mucho en su honor que no nos preguntara qué se nos había perdido en Lux, por más que, en vista del lugar fronterizo en el que se encontraba, resultara obvio.

—Geppetto, Lux está cerca, ¿no?, a un par de horas de aquí —dijo Marie cuando dejamos por imposible el intento de comunicarnos con el hotel Métropole por teléfono—. Bastaría con que nos llegáramos hasta allí y buscáramos a Le Saunier en el pueblo. Sería más fácil que a través de este chisme tan inútil.

—Me parece bien, pero, por ser prácticos, creo que deberíamos ir preparados para el viaje a París. No sé lo que se necesita para cruzar la línea, ni qué clase de... Quiero decir que deberíamos ir a Lux y si encontramos a Le Saunier y él se presta a ello, cruzar al norte sobre la marcha. Por eso debemos llevar la maleta que necesitemos... Nuestra fuerza, creo, está en lo impredecible de los disparates que hacemos.

Hay veces en que mi memoria me traiciona: no estoy seguro de cuándo hicimos por aquellas fechas la primera y única gestión del grupo latinoamericano ante Pierre Dominique. Más o menos en esos días. El concepto mismo de estas *démarches* resultaba un poco ridículo (de hecho, cada vez que el grupo salía a relucir, tenía que esforzarme en recordar que su constitución había sido una mera excusa para justificar mi presencia oficial en Vichy). Que pudiera existir un grupo de diplomáticos de segundo nivel haciendo gestiones ante el gobierno francés sin encomendarse a dios ni al diablo y, menos aún, a sus respectivos embajadores, da idea de lo demencial que era todo durante los días de la guerra. Supongo que cada uno se buscó la razón que le pareció más sensata para explicarlo en su cancillería, pero por lo general me parece que todos adujeron en mayor o menor medida la excusa de que creían estar cumpliendo con su obligación de mantenerse informados para así resultar de mayor utilidad en la delicada labor de su respectivo jefe de misión.

Instigados por Luis Rodríguez (que en este caso tiró la piedra y escondió la mano), solicitamos ver a Dominique para pedir aclaraciones sobre varios temas de los que mis amigos querían informar a sus gobiernos. Si dependían de ellos para su conocimiento de los hechos, no me parece que los gobiernos de Colombia o Panamá o Santo Domingo o Perú o Bolivia acabaran saliendo de su ignorancia.

—Mis buenos amigos a quienes represento —empecé diciendo, aunque enseguida levanté la mano para añadir—: a quienes represento oficiosamente, se entiende, desean alguna aclaración para el caso en que sus jefes de misión tuvieran alguna duda a la hora de informar a sus ministerios de relaciones exteriores. Estamos muy lejos de Latinoamérica, monsieur Dominique, y allá se comprende con dificultad cuanto ocurre en Europa.

Era evidente que Pierre Dominique no se encontraba cómodo con esta reunión.

—Monsieur de Sá, sigo sin comprender la razón por la que ustedes se entrevistan conmigo y no con funcionarios del ministerio del señor Baudouin.

—Es sencillo, querido amigo: como estas gestiones son oficiosas y usted incluso podría negar que jamás se hicieron, preferimos mantenerlas en este nivel, importante en sí, pero... digamos que periodístico. Es pura información, señor Dominique, pura información.

Dominique suspiró.

—Ustedes me dirán entonces.

—Mis buenos amigos —continué entonces—, querrían alguna información sobre el alcance del estatuto de los judíos recientemente aprobado por el gobierno.

—¡Ah! Eso no es difícil de aclarar. El estatuto responde a dos necesidades: restringir el círculo de los franceses que merecen amparo y limitarlo a aquellos cuya «francesidad» está fuera de toda duda y es de absoluta pureza. Me dirán ustedes que Francia ha sido siempre tierra de acogida y que, por consiguiente, ha abierto siempre los brazos a todos los que venían a ella. Pero es que éstos no son tiempos normales. Digamos que estamos en una trinchera y ¿qué es más normal que un padre, metido en una trinchera con sus hijos y con sus aparceros, se ocupe de sus hijos antes que nada? En este sentido el estatuto de los judíos es la consecuencia lógica de toda la legislación precedente sobre nacionalidad adquirida por las leyes de los años veinte y treinta y... y —repitió levantando un dedo para subrayar el énfasis— consagra la defensa de Francia frente a quienes aprovechan de su condición de franceses para conspirar y hacer negocios y enriquecerse a espaldas del país que los acogió —lo hubiera abofeteado con gusto pero guardé silencio—. De modo que no se trata sólo de los judíos, preferimos el término «israelitas», sino de los marxistas que obedecen a otra patria para intentar destruir la nuestra, y de los masones, cuyos ritos secretos nos inquietan y escandalizan.

Yo estaba bastante seguro de que Dominique era masón, al menos por tal lo teníamos en París, pero preferí callar. De buena gana habría preguntado a Armand, pero, siendo el tema tan delicado, me aguanté la curiosidad.

—Ha dicho usted dos necesidades. ¿Cuál es la segunda? —preguntó el *Flaco* Barrantes.

—La segunda, sí. La segunda es de orden teológico. La tribu de Judá se condenó a sí misma al condenar a Jesucristo a la cruz y pedir que su sangre cayera sobre sus cabezas. No merecen otra cosa y hoy son perseguidos en toda Europa como raza inferior y maldita. Los judíos de otros países nos invaden, poniendo precisamente a prueba nuestra tradicional hospitalidad, pero a ellos se añaden los israelitas franceses. Le vuelvo a preguntar, aunque sé que la pregunta es retórica: en un momento en que el alimento escasea, ¿a quién daría antes de comer, a sus hijos o a los aparceros?

—Ya veo.

—Aun así, el gobierno del mariscal Pétain quiere ser exquisitamente justo. Por eso ha sido tan exacto al definir la condición de judío en el estatuto del 3 de octubre.

—Ya —repetí—. Es obvio que ésas son las intenciones del gobierno. También comprendemos que, mientras, los israelitas son apartados del resto de la sociedad, deben ser colocados en lugares de acogida, por supuesto transitorios —Dominique asintió—. He oído que los quieren mandar a todos a Madagascar para establecer allí una república judía. Tenemos, sin embargo, una duda... Mis compañeros latinoamericanos tienen una duda —me corregí, por más que mis colegas latinoamericanos no tuvieran duda alguna, sino sólo ignorancia supina—. Hemos oído que, al igual que en el caso de los campos de refugiados españoles, los que ahora acogen a los judíos, como el de Gurs, no están en las mejores condiciones de habitabilidad e higiene.

Sabíamos que esos campos de concentración, lejos de ser lugares transitorios de acogida, eran pocilgas infrahumanas en las que los judíos alemanes, polacos, rusos (igual que les ocurría a los refugiados españoles en otros campos), malvivían, padeciendo disentería, malnutrición, deshidratación, plagas de roedores y de piojos.

Dominique había palidecido.

—Hacemos lo que podemos, messieurs. Bastante tenemos con vernos obligados a ocuparnos de quienes nos han invadido. Les aseguro que están siendo tratados humanamente y que hacemos lo posible por lograr su repatriación en las mejores condiciones.

—¡Qué boludo huevón! —dijo Cifuentes cuando abandonamos el despacho del jefe de prensa de Vichy.

—¿Pero éste no era un famoso francmasón de la Logia de París? —preguntó Sciamella, el argentino.

Pocos días después, hubo una discreta queja del ministerio de relaciones exteriores a los embajadores de los países de nuestro grupo, sugiriéndoles que era mejor no tratar de determinados temas o, en todo caso, hacerlo al más alto nivel. Y ahí se acabó el grupo latinoamericano, amigos míos. En cuanto a mí, esta catástrofe diplomática me supuso hacer nuevas y delicadas gestiones para salvaguardar mi estatus en Vichy y poder conservar mi privilegiada situación ante el gobierno del mariscal. Lo hablé con Marie y con Armand y llegamos a la conclusión de que, cuanto más cerca del poder consiguiera mantenerme, mejor sería para los intereses de todos, por mucho que en aquel momento me tentara echar los pies por alto y largarme a la Costa Azul con Marie a capear allá el temporal. No estaríamos muy solos: a la orilla del Mediterráneo podríamos codearnos con todos los grandes intelectuales disidentes, con Malraux, con Gide y Colette y Henri de Montherlant... Grandes resistentes. ¡Cuánto tiempo malgastado!

Al salir del Parc, donde apenas una hora antes había habido una multitudinaria concentración de estudiantes y colegiales homenajeando a la enseña nacional, topamos con un vocinglero desfile de la Legión de los Combatientes, creada menos de dos meses antes para englobar a todos los franceses de bien (los de la «francesidad», para entendernos). Tocados con las enormes boinas que los harían tristemente famosos (sobre todo cuando, más adelante, despojándose de la careta y de cualquier pretensión de civilidad, crearan servicios de orden y siniestras bandas de vigilancia, e incluso acabaran deteniendo al propio Laval), se habían concentrado frente al hotel y, en ese momento, coreaban consignas patrióticas que podían oírse por encima de la música de una banda enrolada al efecto. Curiosa mezcla de civiles uniformados por la cabeza y vestidos de calle, que pretendían combinar la disciplina militar de la obediencia debida al jefe con el encuadramiento civil de un mero partido fascista. Una mezcla en verdad torpe, tan parecida a las tonterías del movimiento nacional español que no era preciso ser muy avezado para comprender hacia dónde evolucionaría la sociedad civil europea en cuanto Hitler, Mussolini y Pétain ganaran la guerra. Llena de banderas de victorias militares y gloriosos regimientos del pasado, la parada de la Legión inauguraba una pomposa y patriotera manía de desfilar sacando pecho por cualquier sitio de la zona *nono,* como si Francia estuviera en disposición de vanagloriarse por haber vencido en recientes batallas. Muchos de los que desfilaban, combatientes y héroes de la Gran Guerra, lucían en sus solapas condecoraciones ganadas en el campo de batalla. Al verlos pavoneándose por las avenidas de Vichy, me vino a la mente la historia contada por Armand del pequeño judío que habiendo escrito a Pétain mostrándole medallas y una pierna menos, había recibido la callada por respuesta. «Francesidad», sí.

Nos vimos forzados a permanecer un rato subidos en la acera, apretados por una entusiasta muchedumbre contra las paredes del propio Parc. Tuve ocasión de ver muchas de estas manifestaciones en Vichy, siempre fervorosas; cuando, además, en ellas participaba el mariscal para recibir la pleitesía de todos, el ambiente cambiaba de forma sutil: entonces, las mujeres que las presenciaban tenían con frecuencia los ojos arrasados en lágrimas, los hombres miraban con las facciones crispadas de pasión, todos rugían jaculatorias patrióticas pro Pétain y, en momentos extraordinarios, se hubiera dicho que nos encontrábamos en el interior de una catedral, tal era el silencio místico en el que se sumían los asistentes. En medio de una de aquellas adoraciones nocturnas, Armand me sopló al oído: «un día de estos, Pétain, para ir al hipódromo, cruza el río andando sobre las aguas». Desde luego ni a mí ni a Marie nos pillarían en Francia ni en Europa cuando todo esto hubiera acabado.

Tantos meses de guerra y todavía los que estábamos allí de espectadores reticentes, yo en especial, no habíamos entrado en contacto con los perdedores (ni con los vencedores, la verdad sea dicha), sólo con la histeria; no habíamos visto sangre en realidad, sólo desfiles cuyo entusiasmo victorioso frente a la derrota no llegábamos a comprender. Restaurantes, hipódromos, alguna vaga noticia de las dificultades que padecían los refugiados, las colas que menudeaban ya frente a las tiendas y mercados de alimentación, cenas, amor en Provenza, pequeños (patéticos) periódicos llamando a la rebelión. ¿Persecuciones? Aún no las habíamos notado. ¿Trincheras? No habíamos topado con ellas. ¿Carros de combate y bombardeos? Sólo sus efectos en las carreteras y canales que habíamos utilizado para viajar al sur y lo que nos contaban del pánico burgués en las calles de Burdeos en los días anteriores a la rendición. ¿Hambre? Más incomodidad que otra cosa, puesto que los ricos podíamos comprar casi todo lo que quisiéramos...

Ni siquiera en los periódicos se reseñaba noticia alguna de los avatares del combate. Las cuatro páginas del *Petit Provençal*, como las del *Figaro* o las del *Paris-Soir*, venían llenas de noticias de decidido interés social, como el próximo viaje del mariscal a alguna ciudad, la aparición en la cartilla de racionamiento del jabón de afeitar, el castigo por escuchar la BBC, un folletín por entregas, anuncios de fórmulas para hacer jabón «contra un franco en sellos de correo», anuncios de venta contra reembolso de carteles artísticamente realizados con la mención «Empresa judía»... De la guerra, nada. En realidad, las noticias de la guerra nos llegaban a través de la BBC; sólo así nos enteramos de la batalla de Inglaterra en los aires o de los terribles meses de los ataques de los submarinos alemanes contra los convoyes provenientes de América.

Bien pensado, esta guerra me parecía más un ejercicio militar dieciochesco en el que, tras despachar a la carne de cañón, los generales enemigos se sentaban a una mesa a cenar y preparar tratados merced a los que repartirse provincias, ríos, ciudades, montañas y lagos a los que no tenían derecho. Esta guerra de Francia no tenía nada que ver con lo que había sido la guerra de España, con sus salvajadas, sus purgas, sus inviernos de hielo, sus escaramuzas en alpargatas, la destrucción de Madrid, sangre y fuego en la ciudad universitaria...

Vaya, así eran las cosas.

Lux es un pueblo del Auvergnat situado enfrente de la pequeña ciudad de Chalon, al otro lado del río, en la orilla meridional de el Saône, en donde ésta, dando una gran revuelta, gira hacia el norte. Justo a la salida de Chalon, un nudo ferroviario de relativa importancia, arranca el gran Canal del Centro —*le Canal du Centre*— que, a lo largo de casi un centenar de kilómetros en dirección al oeste viaja por la campiña hasta unir el Saône con el Loira. Lux está en la zona libre y Chalon en la ocupada; un puente une a ambas pasando por encima de la línea de demarcación, que después acaba siguiendo el curso del canal hacia Moulins.

Marie y yo habíamos viajado hasta Lux casi en total silencio, cada uno encerrado en sus propios pensamientos y presagios. ¡Qué diferencia, sin embargo, el ensimismamiento de este viaje del de apenas un par de semanas antes hasta Les Baux! Íbamos nerviosos, asustados, es cierto, angustiados por lo que nos esperaba en esta huida hacia adelante, pero al menos, el contacto de nuestras manos sobre la palanca de cambio del automóvil ya no era precavido sino posesivo, íntimo. Con una impertinencia que me llenó de lujuria, puse mi mano sobre un pecho de Marie, desnudo y libre bajo la blusa, y ella cerró los ojos; después suspiró, quitó mi mano, la colocó sobre el volante y murmuró: conduce que nos vamos a matar; me derrito entre las piernas.

Grupos de gente andaban por la carretera en dirección al sur. También circulaban carros tirados por percherones y cargados con enseres más domésticos que agrícolas, alguna camioneta alimentada por gasógeno, unas decenas de ciclistas, la mayoría pedaleando hacia la línea de demarcación. Los viajeros se fueron haciendo más numerosos a medida que nos acercábamos a la línea. Nos miraban pasar, suponiendo, imagino, que éramos refugiados (ricos, a juzgar por el auto) de los huidos del avance alemán en mayo y junio que regresábamos a la zona norte. Luego nos contaron que en estos días los alemanes iban haciendo más difícil el paso entre las dos zonas aun cuando la permeabilidad entre ellas resultaba imposible de taponar y empezaban a florecer los transportes clandestinos y el mercado negro.

Llegamos a Lux a media tarde. Fuimos directamente al hotel Métropole. Detuve el coche en un costado del establecimiento y nos apeamos intentando aparentar relativa indiferencia, como si nuestra presencia allí pudiera obedecer a cualquier otra causa inocente que nada tuviera que ver con el cruce clandestino a la zona del norte. Dos enamorados dando un paseo. Vaya ridiculez.

En el pequeño bar del hotel al que accedimos desde el frente del edificio había tres o cuatro clientes con todo el aspecto de ser gente del pueblo. Hablaban en voz baja y bebían vino tinto; me pareció que el vino tinto en las mesas era la última señal de normalidad, por más que nos encontráramos en el borde mismo de la guerra. Nos miraron con curiosidad, sobre todo a Marie, y esperaron a que nos acercáramos hasta la barra chapada en cinc para volver a sus asuntos. Detrás de la barra, había un tipo corpulento, de unos treinta o treinta y cinco años, prematuramente calvo, que nos observaba sin moverse; apoyaba una mano encima de una botella de Pernod y la otra sobre el mostrador, entre los vasos recién lavados.

—Buenas tardes —saludé.

—*Monsieur-dame.*

—¿Me pone un Pernod con agua?

—*Et madame?*

—Nada, gracias.

Mientras me servía, apoyé un codo sobre la barra.

—Buscamos a Jacques Le Saunier.

—¿Para qué?

—Nos gustaría hablar con él... tenemos que pedirle un pequeño favor —expliqué con prudencia.

—¿Pasar a la zona ocupada? —preguntó el tipo del bar. Con un sobresalto, me volví a mirar a los que estaban sentados bebiendo y charlando. No se habían inmutado. Me alarmó comprobar la despreocupación con la que se hablaba en este lugar público en el umbral mismo del territorio ocupado por el ejército enemigo. Marie me puso una mano en el brazo—. No se preocupe por ellos. Son *cheminots*, ferroviarios. Ellos nos ayudan a pasar a la gente de un lado a otro... Yo soy Le Saunier —se encogió de hombros y me tendió la mano sin sonreír. Luego miró a Marie sopesando la razón por la que una mujer así quería arriesgarse a cruzar clandestinamente a la zona ocupada, con la de peligros que ello seguramente comportaba—. Y no se preocupen. Aquí no hay alemanes. Aquí estamos en Francia. ¿Adónde quieren ir? Por su aspecto y la ropa que llevan, supongo que a París. ¿Me equivoco? —hice un gesto negativo—. Sus razones tendrán. Pero ¿cómo sé yo que no son ustedes espías alemanes? —nos miró a ambos de modo truculento y finalmente soltó una risotada estentórea.

—*Eh, voyons, Jacquot!* —exclamó uno de los ferroviarios—. No asustes a los clientes.

—Los hemos llamado varias veces desde Vichy —dijo de pronto Marie—, pero no contestaba nadie.

—*Et non, madame*. Aquí no contestamos al teléfono. La gente tiene las orejas muy grandes por aquí —metió la mano bajo el mostrador y sacó un papel impreso arrugado—. Esto es una ordenanza que los *boches* acaban de sacar sobre el cruce ilícito de la línea de demarcación. Bah, dicen que a quien pillen lo van a fusilar. Pero son bastante inútiles a la hora de vigilar y si te pillan, la cosa no suele pasar de una multa. El único problema es que últimamente son muchos y además cuentan con la ayuda de la policía de aquí... De modo que en estos días nos andamos con cuidado.

—¿Cómo piensan cruzarnos?

—No se preocupen por eso. No es difícil, si se sabe cómo hacerlo y si los pasadores tienen, como tenemos nosotros, *laissez-passer petite frontière*, «salvoconductos de pequeña frontera».

—¿Y qué son?

—Los salvoconductos de quienes trabajamos en la línea de demarcación y nos desplazamos por ella —con la barbilla señaló a los *cheminots*—. Sin ellos los trenes no funcionarían... No se preocupen.

El cruce nos costaría cuatrocientos francos por persona, «ya saben, gastos imprevisibles», más la cena y la noche de hotel. Oh sí: debíamos quedarnos ya, encerrados en una de las habitaciones del establecimiento hasta que oscureciera; habíamos hecho bien en traernos una pequeña maleta cada uno. Después comeríamos algo (no mucho, nos aseguró Le Saunier) y empezaría la aventura. El tren 102, el Lyon-París, sí señores. Volvió a reír. Su hilaridad no me inspiró confianza alguna, pero estábamos en sus manos, ¿qué otra cosa podíamos hacer?

¿Podía dejar mi auto en algún lugar seguro? Claro. Debería de haberlo imaginado: el coche quedaría escondido en un granero a las afueras del pueblo, hasta que, Le Saunier levantó una ceja, volviéramos a buscarlo. Cuarenta francos por día.

La habitación del hotel era bastante pequeña, tenía un balcón que daba a la calle, un armario destartalado con un gran espejo por puerta y una cama con un cabecero de barras de latón. La cubría una vieja colcha rosa, poco útil para disimular el hundimiento del colchón por el centro. Aún no había anochecido pero si hubiéramos necesitado iluminar la estancia, la luz suministrada por una bombilla de aspecto mortecino enroscada en el interior de una tulipa de bordes azules no habría servido ni para leer los titulares de un periódico.

Cuando cerré con llave la puerta de la habitación 3 del inolvidable hotel Métropole de Lux, nos quedamos de pie inmóviles, uno frente al otro, mirándonos con la risa apenas contenida. Habría querido que este instante de anticipación se prolongara durante horas, igual que habría querido que se prolongara el siguiente y después el siguiente y el otro. Cuando menos, habría preferido que todo se desarrollara a cámara lenta como en los filmes, para así saborearlo como un dulce inacabable.

Todos los lugares y todos los momentos que desde hacía dos semanas íbamos compartiendo ambos, la casa de Les Baux, el auto, un minuto robado en la habitación de Marie en el apartamento de Olga, un roce subrepticio de mi mano sobre su nalga o de la de ella sobre mi sexo, su espalda contra mí, apretados los muslos contra mi vientre mientras nos dejábamos ir a los vaivenes de la muchedumbre de espectadores de algún estúpido desfile, se convertían en pequeñas parcelas de paraíso que yo iba atesorando para rememorarlas cuando no estábamos juntos o (por decirlo con mi pesimismo habitual) cuando no estuviéramos ya juntos.

Empezamos a reír con lentitud mientras Marie se desabrochaba un botón de la blusa detrás de otro y la sacaba de dentro de la falda; se despojó de ella con un simple movimiento de los hombros y luego subió las manos para recoger su melena en un moño que no le estorbara. Después se volvió hacia la puerta de espejo y dijo riendo:

—Uuu, *voyeurisme* en la alcoba. ¿Qué dirá la revolución nacional?

Le Saunier vino a buscarnos a las once de la noche. Traía dos monos, chaqueta y pantalón, de peón ferroviario de recio paño azul.

—Pónganselo —ordenó—, guarden aquí sus ropas, en la maleta, y déjenlas aquí. Ya se las llevaremos nosotros. Una vez que estén a bordo del tren, se podrán cambiar en los retretes del vagón. Devuelvan los monos de trabajo a quien les lleve las maletas. El disfraz es para engañar a los *boches*. Desde ayer que nos colaron un tren, este mismo tren que venía en dirección contraria desde París con trescientos judíos de Luxemburgo, que nosotros les devolvimos ipso facto, están más atentos a engañarnos que a vigilar el tráfico hacia el norte, ¿qué creen estos cerdos que podemos hacer con trescientos judíos?, ¿si no podemos ni alimentarnos nosotros? —sacudió la cabeza—, ... de modo que estarán ustedes expuestos al escrutinio de las patrullas alemanas sólo cuando crucen el andén. De noche y con la mierda de iluminación que hay ahora, nadie se fijará. Tampoco se fíen de todos los gendarmes a los que vean, son unos hijos de puta. Y si les sorprendiera alguno que no sea amigo, ofrézcanle dinero; están mal pagados, muy mal pagados.

Nos miró con la cabeza inclinada, como esperando a que nos cambiáramos delante de él. Marie dijo:

—¿Permite?

Le Saunier respondió:

—Sí, claro —abrió la puerta, pero se detuvo y se volvió hacia nosotros—. Tendrán que pagar ahora. Serán ochocientos francos por pasarlos, cien por la noche de habitación y cien por la cena —cerró la puerta.

—¡Mil francos! —murmuró Marie—. Geppetto —añadió con gran seriedad—, *j'adore ta queue, mais mille balles!, c'est vraiment trop*, adoro tu sexo, la verdad, pero ¡mil francos! —se le escapó una risa traviesa.

—Y más que tuviera que pagar. Bueno, tengo suficiente dinero... ¿En qué me lo voy a gastar si no? —y mientras nos cambiábamos, dije—: ¿Sabes? Cuando volvamos a Vichy, iremos a visitar a Rapaport.

—¿Rapaport?

—Rapaport. Me habló de él Armand. Es un modisto que tiene su sastrería en la calle Beauparlant y que empieza a vestir a todo el gobierno y, sobre todo, a las mujeres de ministros y secretarios generales. Te veo bien, vestida de brocados y sedas.

Marie se encogió de hombros.

—¿Ah sí? Ahora me dirás que con los pechos al aire. ¿Me tomas por una mantenida o qué?

—No, te va a encantar, ya verás. Venga, va, no me mires así, que estoy de broma. De todos modos, para quien lo quiera, parece que tiene un corte excelente. Pero eso no es lo divertido. Lo divertido es que es judío y que consiguió un certificado de trabajo gracias a los buenos oficios de la esposa de uno de los peces gordos...

—¿Qué me quieres decir con eso?

Reí.

—Que la señora que le solucionó el problema resultó ser la mujer de un alto cargo del comisariado de cuestiones judías a quien una buena amiga había recomendado al sastre...

—¿Y? No me hace gracia.

—Déjame que te explique: midiendo y cortando y haciendo pruebas, poniendo alfilercitos por aquí y dobladillos por allá, parece que Rapaport y esta señora acabaron... en fin... desnudándose en lugar de vestirse. De modo que el israelita Rapaport acabó llevándose a la cama a la esposa del antisemita que lo quiere deportar.

—¿Lo dices en serio? —A Marie se le arrugaron los ojos. Siempre que algo le parecía gracioso o ridículo, arrugaba los ojos con incredulidad, antes de echarse a reír.

—Lo digo en serio... ¿Estás nerviosa?

—Un poco... Pero, bah. No creo que pase nada. De todos modos, si nos pillan ¿qué nos pueden hacer? ¿Nos van a comer?

La cena de cien francos consistió en un corrusco de pan que llevaba al menos tres días enmoheciéndose en algún cajón maloliente, un poco de queso y un pequeño trozo de carne hervida. Todo ello servido con una jarra de un cuarto de litro de vino tinto de la región que me hizo desear ardientemente el pronto final de la guerra y el regreso de los controles de calidad del vinagre.

Después de tanta preparación, de las horas de espera y del viaje que las había precedido, el cruce de la línea de demarcación, a bordo de una barcaza de las usadas para transitar por los canales, nuestro acceso clandestino a la estación de Chalon y, por fin, al tren con destino a París, fue un verdadero anticlímax. El sector del andén por el que pasamos tenía fundida la bombilla que lo maliluminaba; Marie llevaba uno de los martillos de mango largo con los que se comprueba el estado de las ruedas de los vagones y yo, otro. No fue siquiera precisa la patosa escenificación de nuestro improvisado oficio. El tren llevaba media hora detenido en la estación de Chalon, resoplando vapor por los cuatro costados del mal llamado vagón-restaurante y atronando el ambiente con el traqueteo de la recarga de los acumuladores de la locomotora. Los gendarmes estaban lejos de nosotros, junto a una patrulla alemana, cerca de la pecera del jefe de estación.

—Acaban de inspeccionar el convoy —dijo Le Saunier, encogiéndose de hombros—, y además, no se preocupen, el sargento es un cerdo, pero es cuñado mío.

Nos hizo pasar entre dos vagones para que subiéramos al tren por el lado de la vía sin ser vistos. En el andén de enfrente había un gran cartel de madera en el que alguna autoridad nazi había pintado en letras negras:

Demarkationslinie
Ligne de démarcation

Ueberschreiten verboten
Défense de traverser

Wer auf anzuss nicht hält
Qui ne s'arrête pas à l'appel

Wird erschossen
Sera fusillé *

* Línea de demarcación. Prohibido el paso. Quien no obedezca el alto, será fusilado.

—¿Qué hacemos para volver desde París?

—Vayan a la oficina de los *cheminots* en la Gare de Lyon. Díganles que van de mi parte. No habrá problema. Les costará dinero.

—Hemos decidido dejar nuestras maletas aquí —añadí—. Madame llevará lo poco que necesitemos en su bolsón... Es menos engorroso.

—Muy bien.

—¿Qué hacemos si nos interpelan los alemanes en el tren? —preguntó Marie a Le Saunier.

—Nada, no les va a pasar. Los revisores de esta línea esta noche son amigos. No son muchos los viajeros que ahora pretenden ir a zona ocupada. De todos modos, si vieran que se produce una inspección por sorpresa, les avisarían con tiempo de esconderlos.

—¿Escondernos? ¿En un tren?

Por primera vez Le Saunier sonrió.

—Les sorprendería descubrir cuántos escondrijos hay en un tren.

13

PHILIPPA VON HALLEN

¡Ah, París!

Sucia, vencida, invadida, no había perdido un ápice de su fuerza ni de su atractivo. Parecía estarnos recordando que, en sus veinte siglos de existencia, había visto de todo sin cambiar el pulso, había sido derrotada y victoriosa, ensangrentada y sangrienta, ocupada por muchedumbres repulsivas y gritonas o por ejércitos propios y extraños. Se le habían construido catedrales y palacios, levantado estatuas y guillotinas y, después de todo, seguía igual a como la habían dejado generaciones de artesanos y visionarios, con el mismo río circulando por debajo de los puentes, el mismo obelisco plantado en su misma plaza Vendôme, el mismo jardín de las Tullerías, el mismo Louvre, el Jeu de Paume... Lo único que había cambiado, parecía decirnos, era el grupo de inquilinos del hotel Meurice. Y eso era apenas transitorio.

Claro que los alemanes, transitorios o no, estaban por todos lados, no sólo durmiendo en el Meurice: patrullaban las calles, se movían en camiones Campos Elíseos arriba, Campos Elíseos abajo, se detenían en l'Étoile para mirar como paletos el Arco de Triunfo, se apostaban en los puentes para vigilar lo innecesario, visto que nadie les había hecho frente desde su victorioso desfile por estas mismas avenidas apenas cuatro meses antes. (Y visto que eran los franceses los que controlaban a los franceses sin la ayuda de nadie.)

Por supuesto, también había patrullas en la estación. Sus soldados, vestidos con el horroroso uniforme verdegris que era el suyo, vigilaban con amabilidad e indolencia el orden establecido, dando la impresión de estar más ocupados en mirar a las parisinas y sonreírles que en buscar adversarios y traidores. Parecían no estarse enterando de la frialdad con que eran contemplados: por supuesto, no había indiferencia en la gente, nadie podía ser indiferente a esta invasión. Sin embargo, se hubiera dicho que, en aquellos primeros meses, a alemanes y parisinos los separaba una invisible pared de cristal que impedía el contacto hasta de los alientos, salvo, claro está, el de quienes, seducidos por los nazis, buscaban deliberadamente diluirse en ellos.

En esos días del principio de la ocupación, París fue un zoológico mutuo.

Todos los viajeros recién bajados del tren procedente de Lyon y de Chalon pasamos por delante de los soldados intentando ignorarlos o, cuando menos, no hacerles caso ni provocarlos. Sólo Marie devolvió las miradas con descaro pero ninguno de los alemanes pareció tomárselo como desafío. *Fräulein!*, exclamó uno sonriendo. *Guten Tag,* dijo otro. *Oh, die Parisier!*, entonó un tercero alzando la vista al cielo. Y no hubo más. Eran jóvenes, bien parecidos, con los ojos azules, rubios en su mayoría y con sonrisas ilusionadas. El enemigo.

La fecha de nuestra llegada a París tuvo que ser el 31 de octubre de 1940, un día desapacible y ventoso, porque a la salida de la estación, recuerdo haber comprado un periódico, *Le Matin* me parece, en cuya portada aparecía el terrible apretón de manos entre Pétain y Hitler en Montoire y debajo en titular su imborrable frase de una semana después: *J'entre aujourd'hui dans la voie de la collaboration,* «Inauguro hoy la vía de la colaboración». Marie alargó una mano para sujetar el periódico y poderlo leer y luego dijo: *Salaud!*

Fue ver la noticia de Montoire en aquel diario lo que despertó en Marie la urgencia de acudir antes a buscar a la condesa von Hallen que a visitar a sus padres. A propósito de la sal de la vida, debo aclarar que estos impulsos tan generosos y repentinos de Marie, pero también tan peligrosos, hacían que a su lado, la existencia fuera un constante sobresalto.

Philippa von Hallen fue una sorpresa total. Me parece que lo que le confería una belleza arrebatadora era el aura de serenidad que reposaba en el equilibrio de sus facciones. Era menuda, llevaba el pelo castaño muy corto y en la bella cara destruida por los sufrimientos y, supuse, el hambre de los últimos meses, destacaban sus grandes ojos color topacio. Tenía mi misma edad, cincuenta años o poco más. Vestía un *tailleur* gris claro y unos elegantes zapatos de tacón que habían visto mejores días.

Cuando la interpeló Marie en el portal del 39 de la rue du Bac, se quedó completamente inmóvil. Sólo al cabo de unos segundos se dio la vuelta y nos miró sin pronunciar palabra. Entrecerró los ojos para sopesar el motivo de nuestra presencia y la razón de que la conociéramos sin que ella nos hubiera visto nunca.

—*Oui?* —preguntó, esperando. Durante unos breves segundos miró detrás de mí, estoy seguro de que calculando la posibilidad de huida, pero no se movió.

—Condesa von Hallen, no se asuste —le dije—, somos amigos. Hemos venido a buscarla... Mi nombre es Manuel de Sá y el de la señorita, Marie Weisman... No tema. Nos envía Olga Letellier.

Al oír el nombre de Olga, Philippa se relajó visiblemente y su postura erguida hasta casi el desafío se suavizó.

—¿Vienen de parte de Olga? —alargó las manos y las puso sobre la muñeca derecha de Marie. Con una mueca llena de humor añadió—: ah, queridos amigos, no pueden imaginarse el placer que me da verlos —no había en su habla ni el más mínimo rastro de acento alemán: sólo un vernáculo purísimo. Me sorprendió oír cómo se expresaba en francés, tal era la belleza, precisión y riqueza de su manejo—. ¿Les gustaría subir a mi buhardilla? Hablaremos con más calma... y, de todos modos, me parece más prudente apartarnos de la contemplación pública, aunque en honor de la portera del edificio debo decir que es de las pocas *conciérges* de París que no hace de la delación la actividad principal de su vida.

Volvimos a entrar en el portal y subimos con rapidez los cinco pisos que nos separaban del largo pasillo en el que se encontraban, una tras otra, las *chambres de bonne.* La de Philippa, que llegó jadeando de cansancio, era la última de la izquierda. Nos hizo pasar.

—Por favor, siéntense en donde puedan.

Marie hizo un gesto negativo y nos quedamos de pie. La habitación era, como todas las de su estilo y uso, pequeña, con una ventana abuhardillada y, en una esquina, un pequeño lavabo. Una cama y una mesa con una silla; en la esquina opuesta del lavabo había un arcón en no muy buen estado y a su lado, un montón corrido de fardos, cajas de cartón y que yo pudiera distinguir, al menos una alfombra enrollada. Todo estaba en un orden impecable; al lado de la puerta había una elegante maleta cerrada.

—Siempre estoy preparada para marcharme —explicó con una sonrisa—. Los alemanes somos lentos y patosos, pero en París hay muchos, muchísimos, de uniforme y de abrigo de cuero negro y ello hace indispensable que los que no somos sus amigos debamos estar permanentemente dispuestos a salir corriendo.

—Pues creo que ha llegado el momento de que nos vayamos —dije.

—No debe de ser muy sencillo, señor... ¿De Sá?

—De Sá, sí, Manuel de Sá y mademoiselle es Marie Weisman... —repetí.

—Ese nombre... Ya me chocó antes. Me recuerda usted a alguien, señorita... ¿Es usted pariente del profesor Daniel Weisman?

—Es mi padre.

—¡Claro! Es usted parecidísima a él... tiene sus mismos ojos. ¡Ah, Daniel Weisman! Mi marido y yo lo conocimos hace ya años, tal vez en el treinta y tres o treinta y cuatro, cuando vino a Munich a dar una conferencia sobre el sufragio femenino. Luego lo vimos en varias ocasiones más, en Alemania, en Holanda, en Londres... Un hombre encantador.

—A mí me lo parece, sí.

—¿Dónde está su padre?

—En París, a dos pasos de aquí. Viven al lado de la Sorbona.

—¡No me diga! —sacudió la cabeza—. Cómo lamento no haberlo sabido antes. Es lo malo de ser una fugitiva: en lo único en lo que he pensado en estos meses ha sido en esconderme —sonrió de nuevo como pidiendo perdón por haberse preocupado antes de su seguridad que de sus deberes para con los amigos—. En estos casos, el instinto de conservación resulta muy negativo para mantener las amistades y muy positivo para mantener la línea.

—Se pasa mucha hambre en París, ¿verdad? —pregunté con total ingenuidad.

—El abastecimiento, sobre todo para una alemana en fuga, es cuando menos incierto y, desde luego, esporádico... Cuando me interpelaron ustedes en el portal, me disponía a empezar la ronda diaria de búsqueda...

—¿Pero no podría usted haber obtenido una cartilla de racionamiento?

—No.

—No, claro. Acabo de decir una tontería. Discúlpeme.

—Tengo mis contactos, no crea. El *maître* del Meurice... Carl, mi marido, siempre fue muy generoso, demasiado, le decía yo que soy ahorradora, siempre fue muy generoso con las propinas y eso estimula mucho la amistad de un *maître*. Los días que puede, no todos, me prepara un pequeño hatillo con restos, que me entrega por la salida de servicio. Al menos mi dieta, con no ser regular, es sustancialmente igual a la de los generales de la Wehrmacht... Pobre Claude. Arriesga mucho, pero es un hombre fiel.

—Nos gustaría que estas penalidades se acabaran pronto. Supongo que las materiales se remediarán en cuanto acabe la guerra. Pero las políticas...

—Ni unas ni otras, señor de Sá, ni unas ni otras. Sólo de ver París invadido por esta turba zafia produce dolor de alma..., es como ver a un campesino llevando en la cabeza una corona de perlas y diamantes. París es una ciudad... es la joya de la corona de todos los hombres: no tiene sentido si no es una ciudad libre y aristocrática. No tiene razón de ser. Es un símbolo... París es un símbolo. Si estos patanes ganan y se quedan, en verdad que habremos perdido el combate de la humanidad. ¿De qué me habrá servido...? En fin, vámonos —concluyó con firmeza. Fue hacia la puerta y cogió su pequeña maleta.

—Déjeme a mí —le pedí, quitándosela de las manos; no debía de tener mucho dentro porque era bien ligera—. Vayan ustedes dos por delante y yo las seguiré con la maleta, a prudente distancia.

—Por dios, perdóneme, señor de Sá. Pierdo los buenos modales. Me irrito tanto con lo que ocurre en el mundo que me olvido de todo... Le pido perdón por haber asumido sin más que, habiendo llegado ustedes a buscarme, íbamos a marcharnos ahora mismo. Como ha dicho que nos vayamos...

Le sonreí, perdonándola.

—Eso he dicho, sí.

—¿Adónde?

—Primero, a casa de mis padres —intervino Marie—, y después a zona libre, a Vichy.

—Pero... pero eso no es posible. En primer lugar no dispongo de un salvoconducto para cruzar la línea.

—Eso no será un problema —mentí con gran confianza. Por encima de la cabeza de Philippa, Marie me miró sonriendo y me guiñó un ojo.

—Y segundo, mi puesto está aquí, en París, en el corazón de los alemanes, para luchar contra ellos —como era una mujer obviamente inteligente, debía saber que esa lucha de la que hablaba no tenía sentido ni posibilidad alguna de éxito. Se hubiera dicho, más bien, que escondía una voluntad autodestructiva, una misteriosa pulsión suicida que yo, sin conocerla, no alcanzaba a comprender.

—No creo que su presencia en París resulte muy eficaz en estos días, condesa von Hallen: no puede usted moverse sin temor a ser descubierta y detenida, la buscan, sabemos que la Gestapo ha registrado la casa de Olga en la *avenue* Foch para intentar encontrarla a usted... —Philippa palideció y se llevó una mano a la boca.

—¡Dios mío! ¿He comprometido a Olga? No me lo perdonaría nunca.

—No, no. No ha pasado nada. Olga está en Vichy a salvo y tiene buenos amigos... que son precisamente quienes la ponen en guardia. No se preocupe. Sólo debe preocuparse de usted misma. Por otra parte, opino que su utilidad como enemiga de Hitler está en la cantidad de ruido que sea usted capaz de generar contra él. En Francia, esa capacidad es nula. Necesitamos que usted se vaya de aquí: salvará la vida y, en un país libre, podrá defender usted sus ideas y la memoria de su marido ajusticiado con mucha más...

—¿Ajusticiado?

—Eso nos dijo Olga.

—Carl no fue ajusticiado. Lo asesinaron en Munich, en el jardín de nuestra casa, de noche y por la espalda. Era demasiado poderoso y emblemático para que los nazis lo detuvieran y lo sometieran a juicio. No habrían podido hacerlo; hubiera sido contraproducente para ellos. No, no, tenían que matarlo de noche y por la espalda...

Ésta es la historia de Philippa von Hallen: había nacido en Munich en 1890 en el seno de una familia católica de la aristocracia bávara. Tuvo una infancia normal y feliz: el palacete solariego, la casa de verano en Garmisch, las acampadas en el bosque, las navidades llenas de música y de regalos. Era la mayor de seis hermanos, tenía un padre, el barón Festenau von Lubitsch, al que reverenciaba y una madre, célebre por su belleza y su dulzura, que fue hasta su muerte la verdadera estrella de la alta sociedad muniquesa.

Al terminar el bachillerato en el Gymnasium, Philippa, con la aquiescencia de su padre, ingresó en la universidad para estudiar la licenciatura de Historia y de Filología francesas, mientras completaba la carrera de piano. «Desde la muerte de Carl no he vuelto a tocar», nos contó: «me entristece demasiado».

En 1912 empezó a preparar su tesis doctoral sobre Voltaire y el laicismo; nunca acabaría de escribirla ni pasaría los exámenes necesarios: la Gran Guerra, por un lado, la dificultad social de la disertación para una mujer en aquel tiempo, por otro, y, por fin, el amor la acabaron de derrotar. Philippa había conocido en el último curso de la licenciatura a Carl von Hallen, un joven alto y de belleza angulosa que terminaba abogacía para seguir la tradición de la familia. Carl era un joven impulsivo, muy simpático y desde luego muy decidido: propuso matrimonio a Philippa la noche misma del baile en que se conocieron.

La boda de Philippa y Carl fue, sin duda, el acontecimiento social muniqués más sonado de 1913, y casi se diría que de lo que iba de siglo. Asistieron el káiser Guillermo, el gran duque Miguel de Rusia y hasta un par de los de Inglaterra. Los von Hallen eran una poderosa familia de banqueros y abogados del sur de Alemania y nadie discutía su preeminencia a la hora de hacer la lista de invitados. Más aún si a la ocasión se añadía la familia Festenau. Tal vez esta situación de doble privilegio fue lo que permitió (o la que impulsó) a Philippa lanzarse a la agitación política sin temor a consecuencias sociales excesivamente negativas. Sabía que la sociedad la absolvería al considerar que sus acciones correspondían a una excéntrica más que a una indiscreta.

Durante la Gran Guerra, madre ya de dos hijos muy pequeños, aprovechando la ausencia de Carl, entonces jovencísimo capitán en el ejército imperial alemán, se comprometió en la causa del voto femenino, que las sufragistas consiguieron en 1919. La recuerdo diciéndome con amargura: «Debimos aplazar esa lucha: fue el voto de las mujeres lo que dio el poder a Hitler».

Pronto se implicó en movimientos pacifistas y en 1931, al día siguiente de que Constanze Hallgarten fundara la sección alemana de la Alianza de Madres y Educadoras para la Paz mundial, se unió a ella y se dispuso a luchar por la paz, «como pueden imaginarse, supremo insulto a la gente de bien».

La década de los veinte fue turbulenta en Munich: crecían la marea antisemita y, sobre todo, el nacionalsocialismo de Hitler y sus hampones. La sociedad muniquesa se implicó con cierto entusiasmo en ambas causas. Para todos nosotros fue un hecho conocido que, sin la ayuda de los grandes industriales, de los banqueros y de la buena sociedad alemana, Adolf Hitler, el bufón de todos ellos, no se habría encaramado al poder absoluto. Él mismo confesaba que, patoso como era y carente de toda gracia, se sentía como un macaco en las reuniones a las que lo invitaban las grandes damas locales, sobre todo Elsa Bruckmann (esposa de Hugo Bruckmann, conocido editor de libros de arte), antigua amiga de los von Hallen y una antisemita furibunda.

Al principio, Philippa había mirado con curiosidad no exenta de cierta condescendencia a este patán austriaco llamado Hitler. «No me esperaba a un gritón tan vulgar y tan inculto. Me había propuesto, si era preciso, rendirme a la evidencia, dejarme casi conquistar. Para mi sorpresa ocurrió todo lo contrario: sentí auténtico desdén por él. Sólo una cosa me impresionó: su actitud jactanciosa y su constante animosidad. Era un hombre manifiestamente mediocre, desde luego, pero algo tenía que tener, además de su capacidad para la demagogia, para justificar su rápido ascenso y para convertirse en canciller en tan poco tiempo. Supongo que, de modo primitivo pero hábil, puso su histeria al servicio de la gran industria, de los conservadores y los monárquicos contra los judíos, los marxistas y la república.» Después de su triunfo en las urnas, toda Alemania fue feliz durante años.

Philippa y Carl contemplaron con alarma creciente el ascenso de Hitler hacia el poder y la vergonzosa colaboración que le prestaban una parte considerable de la nobleza y la sociedad alemanas y, desde luego, la gran finanza. No se trataba sólo de que era evidente la puesta en marcha de la política antisemita sino, sobre todo, de lo brutal e inmediato que era el modo con el que se reprimía todo intento de oposición al Führer o toda paranoica sospecha de que alguien se oponía a Hitler o intentaba desestabilizarlo. Lo de menos eran las estúpidas excusas antisemitas argüidas por quienes discriminaban a los judíos: «la sociedad alemana no necesitaba del nacionalsocialismo para eso; se bastaba y se sobraba para poner en práctica sus prejuicios sin la ayuda de nadie», decía Philippa. Lo peor era la inusitada violencia verbal y física con la que se trataba al contrario. Cada reunión de la Liga Alemana para la Alianza de los Pueblos o de la Alianza de Madres y Educadoras, a las que Philippa no sólo pertenecía sino de las que era activo miembro, era acogida en Munich con una andanada de insultos y amenazas. «Griterío de hembras salvajes contra cualquier guerra», «judías con mucho dinero que venden pacifismo», «mujeres histéricas, marimachos resabiados con el pelo corto», «ratas pacifistas», «hembras moralmente castradas», lindezas así. Los von Hallen se implicaron mucho en la campaña electoral de 1932 y 1933 y Carl gastó dinero a manos llenas para financiar a candidatos del SPD, alquilar salas de reuniones de campaña y pagar la impresión de carteles y pasquines. Con todo, es probable que el peor pecado de Philippa fuera menospreciar públicamente a Hitler, llamarle payaso, ignorante y analfabeto y abandonar de forma ostensible cualquier reunión social a la que llegaba el futuro Führer.

Las semanas posteriores a la toma de poder por Hitler el 30 de enero de 1933, fueron en verdad peligrosas para quienes habían estimulado su afán de revancha. Los jóvenes de las SS y de las SA se desplegaron por Munich deteniendo y vejando a centenares de personas, llevándolas por la fuerza a la Casa Parda y aprovechando para torturarlas y humillarlas. En junio fueron quemados veinte mil libros en una espantosa pira levantada en la plaza de la Ópera de Berlín. «Consiguieron acabar con el enemigo público número uno», dijo Philippa, «imagínense, el libro, supremo asesino de todo lo que hay de noble y recto en la vida... de esta gentuza. Una camisa parda; ¿puede pensarse en algo más parecido al pelo de una rata?»

Luego, al principio del verano de 1934 tuvo lugar la siniestra «Noche de los cuchillos largos», durante la cual fueron asesinados decenas de enemigos reales o supuestos de los nazis, entre ellos, Ernst Röhm, uno de los compinches de la primera hora de Hitler. Y entre ellos, Elisabeth y Karl von Schleicher, el canciller anterior al propio Hitler.

Philippa y Carl von Hallen eran grandes amigos de los von Schleicher. Casi siempre que visitaban Berlín se alojaban en el palacete de éstos en Potsdam, pero en esta ocasión, aunque se encontraban en la capital, quiso la suerte que no estuvieran alojados en Neubabelsberg: habrían sido asesinados igualmente.

La prensa informó de que el fallecimiento del general von Schleicher y su esposa se había producido en el transcurso de su detención (motivada por sus «contactos nocivos» con elementos interiores y potencias exteriores) por agentes de la brigada de investigación criminal. El general había hecho uso de su arma para resistirse y en el «tiroteo subsiguiente habían resultado mortalmente heridos tanto él como su esposa». La excusa era patética.

Carl von Hallen, indignado y entristecido, no se mordió la lengua. Se puso en contacto con Dorothy Thompson, la periodista norteamericana que un par de años antes había entrevistado y ridiculizado a Hitler en la prensa americana. Carl desmintió la información oficial sobre la muerte de sus amigos; se trataba de una vil mentira, dijo, puesto que le constaba que los esposos von Schleicher habían sido abatidos sin contemplaciones por los nazis que supuestamente iban a detenerlos. Antes de que saliera publicada la noticia, Philippa y Carl viajaron a París, poniendo tierra de por medio y evitando así una muerte segura a manos de los esbirros nazis. Afortunadamente para ellos, los dos hijos de los von Hallen se encontraban estudiando en la universidad de Yale en Estados Unidos.

El Führer no se lo perdonó nunca. Como todo sanguinario mediocre y soberbio, su memoria para lo que consideraba ofensas personales o desprecios era larga y su capacidad de venganza, interminable.

Los von Hallen se convirtieron en implacables activistas antinazis. En los años siguientes se los pudo ver por todo el mundo, interviniendo en actos contrarios a Hitler, encabezando manifestaciones, escribiendo manifiestos, recaudando fondos (y gastando los suyos propios a manos llenas) y ayudando a miles de judíos y de opositores al régimen a escapar de la Alemania nazi. (Es interesante que una de las vías más utilizadas por ellos para sacar a judíos de Alemania fuera la del ferrocarril Transiberiano en el que viajaron miles de perseguidos de Alemania, Austria, Polonia y Rusia, que acabaron encontrando en Shanghai el refugio que les salvó la vida.)

Durante aquellos años Philippa y Carl, pese a las preocupaciones constantes y a los peligros que los acechaban, fueron felices. Viajaban de un lado para otro sin parar, recalaban con cierta frecuencia en Estados Unidos en donde sus dos hijos ya se habían instalado de modo definitivo (en Nueva York ambos), tenían su cuartel general en París y, en invierno, alternaban las estaciones de montaña suizas con el balneario de Punta del Este en Uruguay. Nunca establecían contacto con el sector oficial de las colonias alemanas, aunque se sabe de algún embajador del Reich que pretendió invitarlos a la residencia sin conseguirlo. Nunca quisieron tener nada que ver con la Alemania del Tercer Reich. En tres ocasiones los nazis atentaron contra sus vidas, dos en Uruguay y una en París, y sólo la extraordinaria sangre fría de Carl y la suerte los libraron de una muerte segura.

Y en una única ocasión, en el otoño de 1938, viajaron a Munich. Fue típico de ellos que lo hicieran para resolver los problemas de la servidumbre de casa, llevarse a la cocinera y a dos doncellas al chalet que tenían en el pintoresco pueblo suizo de Klosters y disponer de lo necesario para que a los demás no les faltara de nada durante el tiempo que los von Hallen tardaran aún en regresar a Alemania. Philippa, además, quería recuperar unos cuadernos manuscritos que tenía escondidos en el saloncito contiguo a su dormitorio; no se trataba sólo de su diario personal sino también de las notas que había ido redactando con la intención de escribir un ensayo sobre el ascenso en Europa del nazismo y de los fascismos.

Philippa había querido hacer el viaje sola para no exponer a su marido a los evidentes peligros que encerraba su presencia en Alemania. A ella no la reconocerían después de tantos años, dijo, sería un periplo brevísimo, incluso podría esconderse en la casa de sus padres en Garmisch. Pero él no había querido oír hablar de ello y, tras repetidas promesas de sigilo y prudencia, Philippa había tenido que ceder y Carl la había acompañado.

La misma tarde de su llegada subrepticia, Carl fue visto en el jardín de la casa por uno de los vigilantes del barrio, un hombre de mediana edad al que los von Hallen habían procurado el trabajo años antes, rescatándolo de un tedioso empleo de ordenanza en el banco de la familia. Y aquella noche, cuando Carl paseaba en la oscuridad por entre los viejos castaños de su jardín, un disparo hecho desde la calle a través de la verja acabó con su vida.

Mientras Philippa, sabiendo bien lo que había ocurrido, corría hacia el jardín gritando como un animal herido, el mecánico se precipitó a la calle armado con una pistola. Pero los asesinos corrían ya lejos.

¿Cómo describir el dolor?, me preguntó Philippa. ¿Cómo podría explicarle lo que aquel disparo hizo con mi vida? ¿Cómo describir, por añadidura, el sentimiento que me produjo comprobar que los asesinos tenían la frialdad y el cinismo de proclamar que la muerte de Carl había sido un suicidio?

Claro que no me fui, añadió. ¿Cómo me iba a ir? ¿Huyendo? Hubiera preferido la muerte. Sonrió con tristeza, en realidad prefería la muerte, sin Carl quería morir.

Su dignidad y la fiereza de su valentía le salvaron la vida. ¿Quién iba a atreverse a atentar contra ella en presencia de una muchedumbre de duelo que fue a acompañarla hasta el panteón familiar? El extraordinario gentío, inexplicable para los terribles tiempos que corrían (pero amparado en que la propia prensa nazi se había lavado las manos de la muerte de Carl), se mantuvo en silencio frente a la tumba recién abierta. Philippa, vestida de negro y cubierta por un negro velo, se situó unos pasos por delante de los demás. Sus hijos no habían llegado, claro está; los había citado en París; bajo ningún concepto les permitiría llegar hasta Munich para poner sus vidas en peligro.

Cuando el féretro de Carl fue introducido en su nicho del panteón, terminado el responso, Philippa se dio la vuelta y se encontró cara a cara con el ministro del interior bávaro y con el alcalde de Munich. Ambos se adelantaron para presentarle sus respetos, pero ella bajó los brazos y giró la cabeza. Se produjo entonces un momento verdaderamente embarazoso y tenso, hasta que los dos políticos, sonrojados de humillación hasta la raíz del pelo, hubieron de marcharse sin pronunciar palabra. «Me parece que obré mal: a mí no me iban a hacer nada, pero a los centenares de amigos y luchadores silenciosos y anónimos que habían subido al cementerio les harían pagar mi desprecio con toda seguridad; lo siento, no fui capaz de dar la mano a aquellos dos asesinos: les habría vomitado encima.»

La presencia de la sociedad muniquesa en masa en el entierro de Carl von Hallen marcó un antes y un después en las relaciones de ésta con Hitler. Nadie iba a oponerse al Führer, por supuesto, ni se atrevería a denostarlo en público ni a plantarle cara, pero sí se le hizo patente un desprecio silencioso y resentido. Y, por más que Hitler pretendiera ignorarlo, le zahería en lo más profundo de su esnobismo. Tanto, que el *Münchener Neuesten Nachrichten* llegó a publicar que la noticia del suicidio había sido falsa y, al cabo de unas semanas, que habían sido detenidos los autores del crimen, unos vulgares maleantes a los que se había aplicado sin dilación la legislación especial, es decir, se los había ajusticiado.

Desde Suiza, una vez más Philippa hizo público su mentís a estas maniobras embusteras y prometió que lucharía sin desmayo contra el Tercer Reich. Poco tiempo después fue desposeída de la nacionalidad alemana; recibió la noticia en una carta anónima que le enviaron a Klosters y en la que, con sarcasmo, le felicitaban por ello.

—De modo —concluyó Philippa—, que no soy alemana ni francesa ni suiza ni nada. En Ginebra, en la Sociedad de Naciones, gracias a que conozco mucho a Anthony Eden, conseguí un pasaporte Nansen de apátrida y con él me muevo por este mundo limitado... aunque no sé, si vistas las cosas, mejor sería no moverme en absoluto.

—¡Qué horror! —exclamó Marie.

—Sé que es flaco consuelo, condesa von Hallen, pero creo que en estos momentos es mejor no ser nada que ser alemán.

—¡Ah, no! ¡Yo soy alemana! Hitler, en cambio, no: pertenece al infierno —sonrió—. Al infierno austriaco. Y nuestra única esperanza es que regrese pronto a ese lugar horrible del que nunca debió salir.

—Creo que deberíamos irnos, Geppetto.

—¿Geppetto?

—Eh, sí, condesa... quiero decir madame von Hallen, quiero decir, en fin... no sé.

—Llámeme Philippa.

—De acuerdo, gracias, llamo «Geppetto» a Manuel porque está empeñado en que es un anciano a quien ha llegado la hora de la plena jubilación —se abrazó a mí por un costado y apoyó su cabeza en mi hombro. Philippa sonrió con ternura.

—Ya veo —dijo.

Era sólo mediodía y las calles del entorno de la universidad estaban poco animadas. Ése es uno de los recuerdos más vivos que tenemos todos del París en guerra: las avenidas desiertas, pocos autos circulando, la mayor parte de los que lo hacían utilizando gasógeno, y mucha gente desplazándose en bicicleta; y los primeros *vélo-taxi,* una estrambótica versión parisina de los *rickshaw* de Hong Kong.

En los *quais* del Sena, sin embargo, sobre todo en las aceras de las librerías de viejo en el *quai* St. Michel y en el de Montebello frente a Nôtre Dame, no dejaba de haber público curioseando. Algunos alemanes de uniforme paseaban solos en medio de la indiferencia de la gente, aunque los franceses tenían la obligación de bajarse de la acera al cruzarse con ellos; también vimos a dos soldados jóvenes que iban charlando animadamente con sendas muchachas vestidas de domingo con las faldas plisadas girando alrededor de sus muslos. *Putains!,* oí que decía Marie, por fortuna al cabo de unos metros; y me pregunté si no era justo o sencillamente inevitable que las chicas jóvenes acabaran sucumbiendo a la tentación de una fuente segura de comida o de una habitación caliente o del amor (¿por qué no se iban a enamorar de un muchacho rubio e inocente por mucho que su uniforme fuera el del contrario, sólo porque había derrotado a sus padres y a sus hermanos?, ¿o es que todos los franceses estaban dispuestos a matar a un soldado alemán o a ser muertos por él?). Imaginé que, al final de la guerra, en el improbable supuesto de una derrota de Alemania, aquellas chicas pagarían por sus pecados. Oh sí. Por confraternizar con el enemigo. Pobres muchachas. A muchos se les perdonaría el pecado de colaboración; el de la carne, a ninguna.

Yo iba detrás de Marie y de Philippa portando la maleta; si por llevarla interpelaban a alguien que les pareciera sospechoso, que fuera a mí, puesto que ni Marie ni Philippa tenían documentación convincente. Pero no ocurrió nada y pudimos irnos adentrando por las calles adyacentes a la Sorbona hacia casa del profesor Weisman. No pude sino admirar la sangre fría, la dignidad de Philippa von Hallen, que andaba por la calle con su porte elegante y su indiferencia, apenas hurtando la cara a los enemigos con los que nos cruzábamos de vez en cuando.

Al cabo de unos centenares de metros, vi que Marie se detenía frente a una panadería ante la que una treintena de personas hacían cola. Las dos mujeres se pusieron al final de ésta, charlando como si tal cosa, si bien Marie tuvo la precaución de hacer que Philippa se colocara cerca de la pared, donde quedaba tapada por ella. ¿Cómo diablos se le ocurría detenerse en plena calle junto con una mujer que tenía a toda la Gestapo buscándola y a la que Hitler en persona quería estrangular? Desde unos metros más atrás las miré con horror. Marie se encogió de hombros y yo entonces me fui a colocar un poco más adelante, en la esquina de la calle, para esperarlas. Intentando aparentar inocencia, puse la maleta en el suelo y me metí las manos en los bolsillos.

Transcurrieron varios minutos.

Un gendarme pasó por delante de mí en bicicleta. Me miró con curiosidad y de pronto se detuvo unos metros más allá y puso un pie en tierra. Volvió la cabeza y me dijo:

—Acérquese —el color de su piel era cetrino y la cerrada barba, negra como el betún. Me pareció que su mirada era torva. Sensaciones mías, supongo. Pavor.

Cogí la maleta cuidando de no mirar hacia la cola de la panadería, no se me fuera a notar que conocía a alguna de aquellas personas. Me volví hacia el gendarme y di unos pasos en dirección a él.

—¿Sí?

—¿Va usted de viaje?

—¿Por qué lo dice?

Señaló la maleta.

—Ah, no —me latía el corazón como si me fuera a estallar y me temblaban las piernas. Creí que tropezaría contra cualquier cosa, contra mi propio pie, y que me caería a la acera. Tuve miedo, más miedo del que jamás pude imaginar. Tragué saliva—. No. No me voy de viaje. ¿Lo dice usted por esto? —alcé la maleta, como si no me lo hubiera preguntado ya; intentaba discurrir cualquier excusa—. Es ropa vieja. La llevo a la junta de ayuda diocesana... —había roto a sudar copiosamente.

—Enséñeme su documentación.

—Sí, claro —saqué mi pasaporte del bolsillo interior de la chaqueta y se lo entregué. Me temblaba la mano—. Viajo mucho, ¿sabe? Bueno... viajaba...

—Manuel de Sá, *hein?* ¿Y vive usted...?

—En la plaza de Alma, en el 12.

—¿Está usted registrado en la alcaldía del *arrondissement,* del distrito?

—Sí.

—¿Por qué no lleva el sello su pasaporte?

—No lo sé. Me parece que al principio no estaban muy organizados y se les olvidaba o sellaban un salvoconducto cualquiera... Ahora que lo pienso, creo que lo tengo en casa.

—Pues vaya una idiotez tenerlo en casa.

—Ya lo sé. Uno no se acostumbra a la necesidad de ir documentado, ya sabe... —pensé en la acreditación que me había extendido Pierre Dominique tantos meses antes para que yo pudiera desempeñar mi «labor periodística», pero me pareció que, proviniendo de un organismo de la zona libre, enseñarla me crearía más problemas que otra cosa.

El gendarme dio un gruñido.

—¿Y qué hace usted aquí parado en esta esquina tan lejos de su casa?

—Nada. Descanso un momento...

—¿Pesa mucho lo que lleva ahí dentro?

—No, es ropa de mi mujer que llevo a la junta diocesana.

—Eso ya me lo ha dicho —se bajó de la bicicleta y se dio la vuelta por completo hacia mí. Dejó que el sillín descansara contra sus riñones. Del bolsillo de su guerrera sacó un cuadernillo de los de espiral y tapas de cartón. Lo ojeó durante un par de minutos después de comprobar el nombre que figuraba en mi pasaporte. Al cabo, levantó la vista y me miró con detenimiento—. Abra la maleta.

Creí que me desmayaría. Cerré los ojos y respiré hondo. Tumbé la maleta sobre la acera y me puse en cuclillas cuidando de no caerme (tanto me temblaban las piernas) y de dar la espalda a la panadería y a la cola de gentes que con toda seguridad contemplaba boquiabierta la escena.

—Lo hago por ayudar, ¿sabe? —el gendarme se encogió de hombros.

Entonces apreté los cierres esperando que Philippa no hubiera cerrado con llave. Por suerte, saltaron ambas lengüetas de latón y pude levantar la tapa. No había gran cosa, en efecto: unos zapatos de tacón bajo con suela de goma, un peine, una pequeña toalla, un par de faldas, un jersey que me pareció de angora, una blusa o dos y una chaqueta impermeable que tenía aspecto de ser caliente, para los días de invierno. Y debajo de todo ello, asomaba un cuaderno de tapas marrones. Enseguida supe de qué se trataba y mientras daba la vuelta a la maleta para que el gendarme pudiera comprobar su inocente contenido, empujé el cuaderno hacia el centro de modo que el chaquetón disimulara su existencia. Si aquel tipo me detenía y me registraba, estaba perdido.

El policía quiso inclinarse para registrar él mismo el contenido pero no supo qué hacer con la bicicleta. Supongo que pensó que dejarla en el suelo sería una pérdida de dignidad personal y de autoridad y que aún lo sería más ordenarme que la sujetara por él. Por añadidura, el hombre estaba gordo y se movía (y doblaba la cintura) con cierta dificultad. Hubo un momento de incertidumbre. Mirándole a los ojos, seguí en cuclillas con una mano puesta en la tapa de la maleta, como si quisiera cerrarla de una vez y acabar con tan engorroso y estúpido trámite; en fin, esperé que esa fuera la impresión que daba y que ello convenciera al gendarme. Me corría el sudor por la espalda.

—Venga, vamos, circule —dijo por fin—. Tiene usted suerte de no estar fichado... *Allez. Circulez.*

Se subió en la bicicleta y se puso a pedalear, no sin dificultad, desapareciendo calle arriba. No sé cuánto tiempo estuve inmóvil, agachado; se me antojó largo, pero debieron de ser apenas unos segundos. Se me hicieron eternos. El dolor se pasa en el instante en que desaparece lo que lo ocasiona, pero el miedo obra de distinta manera: como un cazo hirviendo, sigue abrasando mucho tiempo después de haberlo apartado del fuego. Y así, estuve asustado durante gran parte de lo que quedaba del día y, en aquellas horas, cada sobresalto, justificado o no, renovó con igual fuerza el terror que había sentido. Respiré hondo notando cómo se dilataban las aletas de mi nariz para aspirar más aire. Después bajé la tapa de la maleta, eché los cierres y me puse en pie. Saqué un pañuelo del bolsillo de mi pantalón y me sequé las palmas de las manos.

Me di la vuelta. Salvo Philippa y Marie cuyos ojos reflejaban la angustia con que habían presenciado la escena, las restantes mujeres de la cola me contemplaban con indiferencia. Estaban a lo que estaban, que era comprar la ración de pan a que les autorizaba la cartilla de racionamiento, trescientos sesenta míseros gramos de unas baguettes revenidas.

Agarré la maleta y eché a andar. Me dispuse a cambiar de acera para ganar unos minutos, pero al doblar la esquina vi que una castañera instalada a una treintena de metros asaba castañas en su pequeña estufa. Por milagro no había nadie más delante del puestecillo. Me acerqué y le compré todas las que quiso venderme, que no fueron más de un par de docenas. Pagué su peso en oro pero me fui más contento que unas pascuas con el cucurucho bien caliente en la mano. Me apoyé contra la pared del edificio que hacía la esquina, puse la maleta en el suelo y con dedos temblorosos empecé a pelar una castaña.

Enseguida, moviéndose con celeridad, aparecieron Philippa y Marie, que doblaron la esquina casi corriendo y se acercaron hasta donde yo estaba más muerto que vivo.

—*Mon Dieu, Manuel!* ¡Qué susto!

—Ni la mitad del que me he llevado yo, os lo aseguro.

—*Mais quel sang froid!* ¡Qué sangre fría! —exclamó Marie, lanzándose a mis brazos con calor; noté que temblaba de arriba abajo—. Dios mío, ahí estabas, agachado, como si no pasara nada, mirando impasible a aquel cerdo.

—¿Impasible? —dejé escapar una carcajada—. Muerto de miedo, eso es lo que estaba: muerto de miedo. Eso sí, cuándo vi que os parabais en la cola me pareció que me iba a dar un ataque al corazón. ¿Cómo se te pudo ocurrir?

—Philippa tenía mucha hambre y pensé que podría comprarle una barra de pan...

—¿Sin cupones?

—Bueno, pagando al panadero lo que me pidiera.

—¡Pero te habría denunciado! —mientras hablábamos, le di el cucurucho de castañas a Philippa, que sin mediar palabra peló una y después otra y después otra más y se las fue metiendo en la boca y tragando, no sin antes masticar con sumo cuidado—. Pero, Philippa, ¿no podría haber comprado aunque fueran unas castañas? Hay castañeras por todos lados.

Sonrió.

—La verdad es que lo hubiera hecho, pero me temo que me he quedado sin dinero... desde hace algunos días.

—¡Qué locura! Pero pobre mujer. ¿Cómo pensaba usted subsistir? ¿Y durante cuánto tiempo?

No contestó.

—Sigamos —apremió Marie—. Casi hemos llegado.

Entramos en la rue Domat y Marie aceleró el paso hasta que se detuvo frente a un portal antiguo al fondo del cual arrancaba una lúgubre escalera.

—*Oui?* —dijo una voz desde las profundidades de aquel siniestro portal.

—¿Madame Suzanne? Soy yo, Marie Wizzie.

—¿Marie? —de una garita disimulada que había a la derecha del portón, asomó una mujer enjuta y pequeña, peinada con un ridículo moño que se había hecho encima de la cabeza; tenía el pelo entrecano y desde luego muy sucio y grasiento. Llevaba puestas unas gafas de concha redondas y muy pequeñas y en la comisura de la boca, un cigarrillo cuyo humeo le obligaba a mantener entrecerrado un ojo—. Marie, *ma petite...* Pero ven aquí que te dé un beso. ¿De dónde sales, niña?

—Puf, madame Suze, si te lo contara... ¿Mis padres?

—¡Pero si no están! Se marcharon hace días. ¿No lo sabías?

Palideció.

—¡Dios mío! No están. ¿Adónde fueron? No lo sabía, no.

Madame Suze se quitó el cigarrillo de la boca.

—Papá se tuvo que marchar. Ya sabes, Marie, las cosas se han ido poniendo feas, sobre todo para vosotros, los judíos, *les youpins*. Y se tuvieron que marchar... ¡Espera! Me dejó una carta para ti —se metió en su cubículo. Al instante reapareció con un sobre cerrado y se lo entregó a Marie.

> *Mon chou* Wizzie:
>
> Hemos recibido tu carta, llegada a nosotros como caída del cielo, y no puedes imaginar la alegría tan profunda que nos ha causado. ¿Quién es ese misterioso Manuel de

quien nos hablas y que parece haberte sorbido el seso? Tu madre está llena de curiosidad y los dos tenemos muchas ganas de conocerlo. Anuncias tu venida a París y, como te sabemos en Vichy, suponemos que llegarás de tapadillo y decidida a hacer cualquier disparate en tu lucha contra *le boche*. Por dios, mi amor, ten cuidado, no ya de los alemanes sino de los propios franceses... Este país ha enloquecido: los hermanos no reconocen ya a los hermanos.

Puedes imaginar que te escribo estas líneas porque cuando llegues, no estaremos ya en París. Nos habremos ido, nosotros también a la zona libre, si es que queda una zona libre en este infortunado país nuestro... Hubiéramos querido pararte y ahorrarte el viaje, pero no teníamos modo de hacértelo saber.

El Estatuto de los judíos de hace unos días nos ha sido aplicado con todo rigor y a toda velocidad en la universidad de París. Los judíos, empezando por los catedráticos (sobre todo aquellos cuyas cátedras son codiciadas por las mediocridades de menor rango académico), hemos sido desposeídos en cuestión de días y expulsados del campus de la Sorbona. ¡Mi universidad! ¡Yo expulsado de mi universidad! Estoy seguro de ser el primer profesor al que expulsan por causas no académicas en todos los siglos de existencia de la Sorbona...

Ah, Marie. Reniego de mi condición de judío y no porque me avergüence de ella sino porque mis enemigos (que son los enemigos de Francia) se empeñan en que prime por encima de mi condición de francés. Pero yo sólo soy francés. Rechazo la traición de quienes se empeñan en dividir a los franceses en dos mitades. Mitad es mucho, *un bien grand mot*, puesto que somos bastantes menos de un millón de gentes, pero es cierto que quieren acabar con nosotros. ¿Cómo pueden negarme el valor de mi contribución a la patria, por un lado, puesto que soy capitán (aunque es bien cierto que el capitán más viejo del ejército francés) condecorado con la cruz de guerra y la Legión de honor, y el de mi aportación a la ciencia, por otro? Es doloroso vivir entre la indiferencia, cuando no la hostilidad, de tus compatriotas.

Hemos conseguido salvoconductos para pasar a la zona libre y de hecho he comprado billetes de tren para mañana, 29 de octubre. Nos dirigimos hacia Clermont. La universidad de Estrasburgo ha establecido allí su sede temporal. Espero ser rehabilitado gracias a mis contribuciones a la ciencia francesa (una de las posibles causas de exención de las penalidades previstas en el estatuto). O al menos, eso me ha dicho el decano.

No sé aún dónde viviremos. En cuanto hayamos obtenido algún acomodo en Clermont te lo haré saber a Vichy a través de Olga Letellier.

Cuídate mucho, mi pequeña, que los tiempos que corren son malos y tu carácter impetuoso y generoso puede jugarte malas pasadas. Espero que ese Manuel del que tanto hablas te proteja y ayude.

Tu madre no está muy bien. Ya sabes lo mucho que le afectan la humedad y el tiempo frío. Con un poco de suerte, el clima del sur le sentará mejor. Te manda tantos besos, los mismos que yo, Wizzie... No te sorprenderá saber cuánto te echo de menos,

Papá.

Marie se secó una lágrima que le resbalaba por la mejilla apartándola con la palma de la mano, dobló la carta, titubeó y luego me la dio para que la leyera. Le sujeté una mano mientras lo hacía.

—¿Qué les has dicho a tus padres de mí? —se encogió de hombros y yo le rocé la mejilla con la nariz. Estas muestras mías de ternura me eran tan desacostumbradas que, en aquella ocasión, me sonrojé como un adolescente.

Para ir de la Sorbona a mi casa en la plaza de Alma decidimos coger el metro. Nos pareció el método más rápido y de menor riesgo, considerando que viajábamos con Philippa. Siendo tanto Marie como yo bastante más altos que ella, le serviríamos de biombo y la esconderíamos de cualquier mirada indiscreta.

El metro de París era el lugar en el que más forzada resultaba la convivencia pública de alemanes y franceses: el espacio era reducido, los viajeros, muchos, y no podía uno apartarse tanto como hubiera querido de cualquier miembro del ejército de ocupación. En nuestro vagón, la gente iba apretujada, unos contra otros, con tal de evitar todo contacto con los *haricots verts.* La tensión podría haberse cortado con un cuchillo, siempre y cuando hubiera sido un cuchillo para cortar hielo, y resultaba tan violenta, tan desagradable, que consiguió incomodarme, más de lo que era la dosis habitual de desagrado. Como a todos, supongo.

Directamente enfrente de nosotros iba sentado un joven soldado alemán. Miraba al suelo y parecía confuso y muy poco a gusto con el vacío que había a su alrededor. Levantó la mirada cuando se abrieron las puertas neumáticas y nada más vernos entrar, se puso en pie y, con un gesto muy educado, ofreció su asiento a Philippa.

Ella abrió mucho los ojos. Sin mirar al soldado, hizo un gesto negativo tan decidido que a mí se me hizo muy duro contemplarlo. El soldado, entonces, ofreció el asiento a Marie y ésta también sacudió la cabeza, rechazándolo.

El pobre muchacho, rojo como un tomate, sin saber qué hacer, me miró con una expresión angustiada. Levanté las cejas (el gesto más neutro que se me ocurrió) y allí seguimos los cuatro alrededor de un asiento vacío hasta la estación de Alma. El chico carraspeaba de vez en cuando. Mientras tanto, yo, inconsciente de mí, me dejaba ir a la peligrosa sensualidad del roce de la nalga de Marie contra mi cadera. Una sensación frívola (de la que ahora en el recuerdo, me avergüenzo), pero que me daba una seguridad a ras de suelo, muy terrenal, muy tangible, con la que ocupar el espacio del miedo. Sólo al aproximarnos a nuestro destino y mientras el tren empezaba a frenar, Marie inclinó su cabeza hacia atrás y al oído me sopló «sátiro» en un murmullo apenas audible.

El tren se detuvo y el soldado nos miró con grave tristeza. Philippa, Marie y yo nos apeamos y permanecimos inmóviles en el andén hasta que el convoy reemprendió la marcha. El soldado seguía de pie; iba muy solo en aquel vagón lleno de gente. Cuando por fin salimos a la superficie respiramos los tres con alivio como si hasta entonces, encerrados en una sima submarina, hubiéramos tenido que contener la respiración so pena de ahogarnos. Aquel joven daba tanta lástima, con sus buenos modales y su timidez, que era tentador dejarse llevar por la empatía. Claro que sí, seguro: entonces no lo podíamos saber pero apenas unos días más tarde, en el aniversario del Armisticio de la Gran Guerra, el 11 de noviembre de 1918, centenares de estudiantes acudieron a l'Étoile a gritar «¡viva De Gaulle!» y fueron salvajemente reprimidos por unidades de la Wehrmacht.

La plaza de Alma es uno de mis paisajes urbanos preferidos dentro de mi barrio preferido de mi ciudad preferida. Salimos de la boca del metro y, sin detenernos, fuimos andando a paso vivo hacia mi casa.

—*L'avenue* Montaigne —murmuró Philippa con nostalgia cuando la tuvimos enfrente—, hace tanto tiempo que no vengo por aquí... En las semanas de la moda Carl y yo nos alojábamos en el Plaza Atheneé...

—Me parece que todavía se celebra la semana de la moda. Todos los grandes modistos siguen aquí... —dijo Marie—. Bah, supongo que ahora lo tienen peor para ajustar sus patrones a los traseros de las militarotas alemanas... huy, perdone, Philippa...

—No tiene importancia... Seguro que es verdad, aunque he oído que la reina de París y de los desfiles de la moda sigue siendo Josée Laval...

—Es cierto. La vimos este verano en el hipódromo de Vichy, ¿verdad, Geppetto?, paseando con *Bunny* Chambrun. Iba francamente elegante.

—Sí. Para ellos la guerra no existía.

—No existe —me corrigió Philippa—. Los Chambrun, sus amigos, toda esa gente, son pro alemanes... tanto como el padre de ella y, claro, desde esa perspectiva, han ganado la guerra... igual que el Reich.

Nos habíamos detenido frente a mi portal, debajo de una farola en la que colgaba un cartelón anunciando una exposición sobre la masonería en el Petit Palais. Imaginé cómo sería y qué cosas dirían de aquellos pobres e inocuos diablos. Objetos absurdos robados de las logias y presentados como si se tratara del soporte de ritos satánicos, paneles llenos de información falsa, siniestros complots con Inglaterra, vínculos impuros con la judería... Santo cielo. Creo recordar que cerca de un millón de personas acabaron visitando la exposición. Lo que hacen la ignorancia y el prejuicio.

Levanté la vista hasta el tercer piso. Las contraventanas estaban abiertas.

—¿Ésa es tu casa, Geppetto?

Sonreí.

—Ésa es mi casa.

Entramos en el portal.

—¿Es cómoda y elegante?

—Es cómoda.

—¿Vas a conseguir aburguesarme?

—Eso nunca.

Mi *concierge* no estaba en su cubículo. Pasamos por delante de la portería y subimos los tres empinados tramos de la elegante escalera de parquet. No funcionaba el ascensor. Supongo que la guerra había estropeado su motor eléctrico, tan seguro y de fiar hasta entonces. Los tiempos de guerra lo arruinan todo. Extraño fenómeno este: uno abandona una casa y le salen goteras, deja un estanque y se cubre de hojas, está ausente del jardín y se derrumban las vallas. Todo por arte de la melancolía.

Aunque llevaba el llavín de casa, preferí llamar al timbre: en los tiempos que corrían, los sustos no eran bienvenidos. Al cabo de un minuto, se abrió una de las dos hojas de la puerta y apareció la cara sorprendida de Angelines.

—¡Pero don Manuel! ¿Ya está usted aquí?

—Recibiste mi carta.

—Sí, ayer la trajo un mecánico de no sé qué embajada.

—¿Podemos entrar?

—Huy, estoy tonta —se hizo a un lado y me quitó la maleta de las manos.

Accedimos a un vestíbulo circular al que daban tres puertas de cristal decolorado al ácido y por la derecha, el pasillo que llevaba al fondo del apartamento, a las habitaciones que se abrían sobre la avenida de New York y el río. Sí, supongo que la decoración era elegante; hoy, con sus consolas imperio y los apliques sobrecargados, sería excesiva, pero entonces resultaba muy del gusto más refinado de la época.

—Prefiero Les Baux —dijo Marie en voz baja.

Angelines había adelgazado, pero seguía siendo la muchachona treintañera y recia de Torrelaguna, guapa y verdinegra, que siempre había sido. Trabajadora, de risa pronta y opiniones políticas inconfundibles, llevaba conmigo más de diez años, siguiéndome a todas partes, excepto en esta ocasión en que debería de haberlo hecho y no lo hizo. Ah sí, habíamos visto de todo juntos, la había paseado como fiel escudero, cocinera y factótum por España y Francia y algún otro país de Europa. En todo este tiempo tenía que confesarme un único fracaso para vergüenza de un sedicente hombre ilustrado: Angelines seguía siendo tan analfabeta como el primer día, pese a lo lista e intuitiva que era, pese a estar dotada de una memoria asombrosa que le hacía recordar hasta los pesos de los ingredientes de cada receta de cocina que ella no sabía cómo interpretar pero que luego condimentaba de forma superlativa. Siempre le decía, el día que te eches novio, Angelines, ¿cómo os vais a cartear? Bah, don Manuel, si él me quiere y no me quiere perder, ya se ocupará de estarme pegado al culo; ¿para qué me sirven a mí las letras?

Debo decir que en algunas largas veladas invernales en este piso o en las tardes de húmedo calor en Les Baux, su poderoso cuerpo, los hombros anchos, las fuertes caderas y los pechos impertinentes, me habían tentado de modo casi irresistible. Sólo mi sentido del ridículo, otra vez mi sentido del ridículo, y el refugio obstinado en la lectura (aunque flaco antídoto de la lujuria), me habían impedido en este caso cometer una tontería mayúscula.

—Angelines, ésta es Marie; te va a gustar: estuvo en el Ebro batiéndose el cobre y conduciendo ambulancias... Mírala bien, que la vas a tener hasta en la sopa...

—Anda, mira don Manuel. Parecía una mosquita muerta y mira lo que nos trae a casa. Bien guapa que es... —le tendió la mano y Marie se la estrechó, sonriendo.

—Y ella es la condesa von Hallen —dije condesa por establecer una barrera social e impedir familiaridades. Angelines lo comprendió perfectamente y se limitó a sonreír y decir *comantalevu*. Luego, cerrando la puerta, se volvió a mí.

—Alemana, ¿no? Pues mire usted por donde que va a tener con quién practicar.

—¿Qué dices?

—Que sí, don Manuel, que tenemos en casa a un comandante alemán.

—¿Cómo? —me subió por el esófago una descarga de bilis. Tosí—. ¿Ahora? ¿Aquí?

—Sss... Un comandante alemán. Pero no ha vuelto todavía. Aún tardará un rato. El primer día vino acompañado de un policía gabacho y una orden por escrito. Atrás la tengo. Me lo ha explicado bien madán Ojén...

—Y ¿qué tiene que ver madame Imogène con este asunto?

—Pues que ella sabe. Como es la portera... Verá: las autoridades de ocupación tienen derecho a confiscar casas. Eso, los generales. Los demás, a ir a vivir a casas de familias francesas, *con* las familias francesas dentro, que se jodan, don Manuel, que para eso se rindieron, ocupando una habitación. Hay más de uno en el inmueble.

Como toda esta conversación había sido en español, me volví a Marie y Philippa y la traduje. Philippa se echó hacia atrás como si la hubiera abofeteado. Levanté una mano.

—No se preocupe —dije y luego continué en nuestra lengua—: *Angelines, te voy a decir una cosa sobre la que ya no te puedes equivocar nunca más. La condesa es una enemiga de Hitler y la Gestapo la busca por todo París. A todos los efectos, se trata de mi hermana. Marie es mi mujer* —callé un momento. Torcí la boca—. *A menos que este comandante sea un tipo de la Gestapo, en cuyo caso nos tenemos que ir ahora mismo...*

—Para nada, don Manuel... vamos, eso creo yo. Él mismo, cuando le pregunté por cotillear, como cuando los militares en nuestra guerra, ya sabe, de aviación, de marina, zapadores, infantería... en fin, que le pregunté, hizo como que montaba a caballo. Entonces, mira qué casualidad, le dije también ¿Gestapo?, ¿SS?, ¿hijos de puta? Y me respondió *nein, nein,* a ver si me entiende, con cara de asco.

—¿En qué habitación lo has puesto?

—En la de aquí, al lado del salón —lo que dejaba libre mi propio cuarto y uno pequeño de invitados que había al fondo del apartamento.

—Uf. Vamos a ver lo que tenemos que hacer... No sé. Tendremos que decidirlo. ¿Tienes algo que darnos de comer?

—De todo, don Manuel, tengo de todo, hasta filetes con patatas fritas y huevos para hacer una omelé. Todo lo trae un ordenanza del alemán. Menos carbón, que hace ya un frío que pela en las casas, tenemos de todo.

—Pues andando. Haznos algo. Mejor estar preparados con el estómago lleno. Oye, no te vas a meter en líos por darnos comida de los alemanes.

—Qué va. Hay comida de sobra. Y el tío no pregunta. Si me lo llego a encontrar en el frente de Guadalajara le clavo un cuchillo en la tripa, pero aquí me da de comer, de modo que le tengo perdonada la vida. No, no. Hay comida de sobra. La mitad de los días se la bajo a madán Ojén.

—Pues venga... Espera, ¿este hombre cuándo viene a casa?

—Nunca antes de las siete —miré mi reloj: eran las dos y diez de la tarde.

—Pero ¿desde cuándo está aquí?

—Lleva diez días o así y siempre pregunta por usted, don Manuel, vamos, no por usted por el nombre, sino por el dueño, *le propieté...* que dónde está, que si va a volver pronto... Es un tipo muy cumplido. Un hijo de puta, pero muy cumplido.

—¿Y tú?

—Yo, que está usted en España, a punto de volver y eso...

—Oye, dicho sin ánimo de molestar, ¿en que habláis?

—En francé, en qué va a ser.

—Il n'a pas donné son nom? —preguntó entonces Philippa.

Angelines se volvió a mirarla.

—Que si ha dado su nombre.

—¿El nazi? No. Ervi o algo así, pero no sé.

Miré a Philippa e hice un gesto negativo.

—No sé —dijo—, tendré que esconderme hasta verle la cara y decidir si lo conozco...

—¡No, en absoluto! Eso sería una locura. El riesgo es inmenso y creo que no vale la pena correrlo. No. Usted, Philippa, se queda en la habitación de huéspedes del fondo hasta esta noche. Como si no estuviera aquí... Si la ven...

—Ya sé: he tenido la peor migraña de la historia y he pasado la tarde en la cama.

—Exacto. Ah, y no tenemos más remedio que marcharnos hoy mismo hacia Vichy. Aprovecharemos un descuido del tipo y saldremos a escondidas. Pero antes debemos saber si hoy hay tren, si tenemos amigos a bordo, si no nos vamos a encontrar con dificultades insuperables....

—¿Y no será mejor que se vayan antes de que vuelva?

—Peor deambular por las calles... ¿Y el toque de queda? Creo que es a las once de la noche.

—*Le cubrefé?* A las once, sí.

—Nos habremos ido antes.

—*Mais Geppetto...*

—Vamos, Marie, no podemos tentar más la suerte. Nos tenemos que ir hoy, pero no podemos permitirnos el lujo de vagar por ahí sin rumbo fijo sin saber si en efecto nos vamos. De tener que pasar una noche en París, la tendremos que pasar aquí, en mi casa.

—Será como un filme de espías, como los *Treinta y nueve escalones...* —dijo Philippa, sonriendo. Se le notaba el miedo en los ojos.

—¡Qué buena idea! ¿Por qué no nos metemos en un *cinéma* a pasar las horas?

—Demasiadas horas, Marie. No. Las cosas que hagamos debemos hacerlas sin callejear como turistas, a tiro fijo.

Nos dio tiempo a comer en la cocina, un filete cada uno, una montaña de patatas fritas y huevos fritos, con su buen pan mojado en ellos. Y una botella de vino que se nos subió a todos a la cabeza. A Angelines le pedí, siéntate y come con nosotros, anda. Qué más da, contestó ella. Venga, no te andes con remilgos, que si tengo una novia que conducía ambulancias para los anarquistas en el frente del Ebro, no te voy a tener a ti sentada a mi mesa...

Philippa fue la primera en parar de comer, imagino que por prudencia, para no encontrarse mal después de tantos días de ayuno. Era una mujer muy controlada, de una voluntad férrea y estoy seguro de que hasta calculó la reserva de fuerzas necesarias y cuánto debía consumir si quería apuntalarlas para huir, dado el caso. Cuando hubo terminado, dijo: «Me parece que ésta ha sido la mejor comida en años», juntó las manos como si quisiera rezar y rió alegremente.

Decidimos que Marie sería la encargada de ir a la estación de Lyon para hablar con los ferroviarios, pagarles lo que pidieran (Le Saunier nos había anticipado que el regreso costaría mil francos por persona) y acordar la llegada de los tres al vagón que nos indicaran y la hora de partida. La operación era peligrosa puesto que la única documentación que poseía Wizzie (me dio ternura utilizar para mí ese apodo de infancia) era de la zona *nono* y su presencia en París resultaba inexplicable; pero tras mucho cavilarlo, me pareció que era la menos mala de las opciones. Hubiera preferido hacerlo yo todo pero no creí que me diera tiempo, ir a la estación, regresar y estar en casa cuando volviera el comandante alemán. Y como estaba convencido de que mi presencia en ésta era fundamental, hube de hacer de tripas corazón y aceptar que Marie se ocupara del resto. Esperé, no sin gran angustia, que se las compondría para salir indemne de cualquier encuentro con la policía. Era así de despachada. Quedaba sobrentendido (sobrentendido, puesto que no hubiera tenido ánimo para formularlo) que si no conseguía volver, llegada una hora prudencial, en torno a las nueve de la noche, Philippa y yo debíamos dirigirnos a la estación; nos encontraríamos allí, en la sala de los *cheminots*.

—No me gusta —le dije en el vestíbulo.

—No va a pasar nada. Tampoco es que vigilen mucho. Los alemanes no se meten, ¿eh? ¿Has visto? Y si es un *flic* como el gordo de antes, con enseñarle un poco las tetas... ¿Sabes, Geppetto? En cuanto volvamos al sur, quiero que nos vayamos a Les Baux, ¿eh? —me aprisionó la punta de la nariz con los labios—. Necesito nuestra cama y nuestros desayunos y tus cosquillas y lo que me haces.

—Shh —le puse las manos sobre los pechos, por debajo de la blusa; esta vez llevaba un sujetador, como las campeonas de esgrima que se cubren el torso para que nada estorbe las acciones más violentas de este deporte—. Aun siendo ése el premio, no me gusta. Calla... espera. No me gusta que te vayas sin protección.

—Como no me puedo llevar tus manos puestas donde las tienes, sátiro pornógrafo, sólo puedo prometerte que volveré volando. Pero tú no puedes ir, Geppetto. Tú tienes que estar aquí cuando venga el comandante ese y tienes que convencerlo de lo que le tienes que convencer, ¿no?

—De acuerdo, pero la mera idea de saberte sola andando por París me llena de angustia.

—¡Es mi ciudad! Nací aquí y he vivido aquí casi toda mi vida. No me va a pasar nada. Enseguida vuelvo —me dio un beso largo y posesivo, como todos los suyos.

—¿Llevas el dinero? —le pregunté cuando empezaba a bajar por la escalera. Marie levantó una mano sin volverse.

Asomado al descansillo, viéndola brincar de peldaño en peldaño, me pregunté cómo era posible que dos amantes cometieran la frivolidad de bromear sobre su intimidad cuando todo lo que los rodeaba era trágico y peligroso. Una válvula de escape, me dije, como en los velatorios, cuando una viuda deshecha de dolor es repentinamente presa de un ataque de risa al recordar con su hermana o con su hija algún detalle estúpido de la vida de su marido o encuentra ridículo el vestido fúnebre que lleva encima y del que siempre había dicho que no se lo habría de poner ni muerta.

La risa tiene poco que ver con la tragedia; quiero decir que se influyen poco. No sé explicarlo mejor, pero en los peores momentos de la guerra, lo único que nos sostuvo a todos fue la capacidad de reír, igual que la capacidad de amar o de interpretar música.

En uno de los campos de exterminio en Polonia, cuando estaba en su apogeo la *solución final*, un grupo de mujeres alemanas formaron una orquesta que interpretaba melodías de Bach y de Händel mientras delante de ellas desfilaban los restantes presos camino del insufrible trabajo o de los hornos crematorios. Habían conseguido el permiso porque al comandante del campo le encantaba Bach y, además, le parecía que la música barroca contribuiría a elevar la moral de los internos.

Y de hecho, en Francia la penuria (una penuria hecha de hambre, delación y temor) se combatió con humor, una forma temprana y cómplice de resistencia. A las pocas semanas de cuanto relato, por ejemplo, en diciembre, en un gesto que pensó halagaría a los franceses (creo que hoy lo llaman mercadotecnia), Hitler devolvió las cenizas de l'*Aiglon*, el Rey de Roma, el hijo de Napoleón, que habían permanecido en Viena desde su muerte; los parisinos dijeron en voz baja que preferían carbón a cenizas. Y es que el invierno estaba siendo terrible.

Marie volvió a las siete, cinco minutos antes de que lo hiciera el comandante. Se lanzó a mis brazos y estuvo sujeta a mí, pegada como una lapa, durante un buen rato.

—Está todo resuelto. Tengo que ir al baño —y salió corriendo pasillo adelante.

El comandante Erwin Graf von Neipperg era un aristócrata del norte, de los de monóculo y fusta bajo el brazo. Alto, joven sin duda, elegante, impecablemente vestido, llevaba una cruz de hierro al cuello, conseguida, claro está, por su arrojo en el campo de batalla. No podía ser de otro modo. Hasta lucía en la mejilla la cicatriz del duelo a primera sangre de los oficiales prusianos.

Lo esperaba en el vestíbulo y al verme, dio un taconazo, se quitó la gorra de plato y se la entregó a Angelines que parecía un cabo de gastadores, firmes ante la puerta abierta y con cara de guasa.

—Mayor —le recibí—, bienvenido a mi casa, aunque tal vez deberíamos hacer la ceremonia al revés...

—*Herr* de Sá, agradezco su hospitalidad —respondió en perfecto francés—. Permítame que me presente. Soy el conde Erwin von Neipperg —y volvió a dar un taconazo.

No dije nada.

—Sé que para ustedes no es cómoda mi presencia —continuó—, y soy el primero en lamentarlo. Son los inconvenientes de la guerra. En fin, sabía por Ángela —¿Ángela?, vaya—, de su viaje a España... Espero no molestarles en exceso. Lo único que puedo decirle es que creo que no estaremos mucho tiempo aquí —sonrió—. Bueno, cuando me vaya, siempre podrá hacer lo que el noble personaje de Calderón de la Barca, ¿o era Lope de Vega?, que, tras marcharse el rey de su impuesta estancia en su castillo, lo quemó.

—No será necesario —oí que regresaba Marie y me volví para presentarla—. Es Marie, mi esposa —taconazo. Y Marie, entre rechazo e irritación, mirándole a los ojos, se llevó las manos a la espalda—. El conde von Neipperg.

—*Bonjour.*

—Le decía a su marido que lamento la imposición de mi presencia y que procuraré hacerla lo más liviana posible.

—Gracias —contestó ella secamente. Después de tan brusco rechazo, los tres nos refugiamos en el salón en medio de un gélido silencio. La conversación fue esporádica y desde luego muy forzada: no encontrábamos temas de los que hablar y los pocos intentos del militar alemán por discutir de teatro o de cine o de música no acabaron de tener éxito. Hubiera sido fácil: decenas de salas de cine estaban abiertas exhibiendo las últimas películas de los cineastas franceses, Marcel Carné, Jean Cocteau, Claude Autant-Lara, la productora Continental (para la que trabajaban las grandes estrellas, Pierre Fresnay, Danielle Darrieux, Fernandel) y, aunque muchos espectadores se sentaban en ellas sólo para mantenerse en calor, siempre estaban llenas de aficionados; los únicos momentos embarazosos se producían cuando, con la sala a oscuras, se proyectaba el noticiario alemán, indefectiblemente acogido con risotadas, cuchufletas y silbidos.

Confieso que me hubiera gustado permanecer en París durante unos días más para dedicarme a dos cosas: ir al teatro de la Ópera a disfrutar del *Lago de los Cisnes,* de Serge Lifar y llevar a Marie a Maxim's a cenar. Ella nunca había estado allí y me producía morbosidad lucir ese esplendor vital en medio de tanta podredumbre. Los franceses más decadentes, los intelectuales colaboracionistas, los explotadores y las más altas autoridades alemanas se congregaban allí por las noches, lo que, en principio, parecía excluir al común de los mortales. Pero Porfirito Rubirosa me había dicho que él no perdonaba ocasión de comer en ese templo de la gastronomía, por supuesto siempre acompañado por Danielle Darrieux. Como siempre, si uno estaba dispuesto a pagar con generosidad por la cocina de Maxim's, Maxim's no lo defraudaría a uno.

Pero nuestra incertidumbre, la inseguridad de encontrarnos en París en situación irregular, unidas al peligro que corría Philippa a cada minuto de su permanencia en la capital, nos obligaban a regresar a Vichy cuanto antes. No debíamos quedarnos ni un instante más. «Eh, Geppetto, cuando podamos volver a un París sin alemanes, iremos a cenar a Maxim's.»

En la cocina pregunté a Angelines si quería venirse con nosotros a la zona libre. Me dijo que no: prefería quedarse en el apartamento de la plaza de Alma.

—Así no les creo dificultades en la huida. Bastante complicada es la cosa como para andarse liando con un fardo como yo.

Además, que de pronto dejáramos solo al alemán provocaría la alarma y Angelines debía quedar al margen. No. Todo debía seguir igual para que nadie sospechara.

—Pero ¿tú con Erwin...?

—Yo me las compongo, ¿no? Un relajo para el cuerpo le va bien a cualquiera...

—No digas tonterías. Te mandaré a buscar para que te bajes a Les Baux, ¿eh? Ya veré cómo lo hago. No me gusta que estés sola en París.

—Bueno, cuando quiera. Ya sabe, don Manuel, usted manda. Pero aquí, yo vivo como un papa. Yo me las compongo —repitió.

—No, si ya lo veo. Dame un beso, anda y cuídate, compañera —se puso de puntillas y me dio un beso de aya en la mejilla—. Hasta pronto, don Manuel.

Decidimos que si era indispensable, le diríamos al comandante alemán que nos íbamos a un cine de los Campos Elíseos y que volveríamos antes del toque de queda. No decidimos qué haríamos si en efecto, él reconocía a Philippa por cualquier motivo.

—Yo me encargo —se ofreció Angelines, sin explicar de qué se iba a encargar, pero sonó francamente ominoso.

También decidimos lo obvio: Philippa debía dejarse la maleta atrás. Se puso entonces los zapatos que tenía en ella, más cómodos que los que había llevado durante todo el día, y cogió el jersey de angora, el chaquetón y los dos cuadernos de tapas marrones que yo había ocultado hacía bien pocas horas debajo de toda la ropa de su maleta. Marie metió los dos cuadernos en su bolsón.

Salimos al pasillo y, sin hacer ruido, nos dirigimos al vestíbulo. Hubiera podido ser fácil, pero no lo quisieron los hados. El comandante estaba en el vestíbulo hablando con Angelines, encargándole la cena. No podíamos dar marcha atrás, so pena de proclamar nuestra culpabilidad, y al vernos llegar en procesión, yo delante y luego Philippa y luego Marie, levantó la cabeza para mirarnos.

—Ah —dijo.

—Comandante von Neipperg, le voy a presentar a mi hermana Carmen.

—Madame —saludó, dando el taconazo de costumbre.

—Vamos a ir dando un paseo hasta los Campos Elíseos y luego nos meteremos en un cine. Mi hermana ha pasado toda la tarde echada con dolor de cabeza y le vendrá bien un poco de aire fresco.

—Frío, me temo.

—Bueno, frío... Pero le vendrá bien.

—Claro. No lo olviden: vuelvan antes del toque de queda.

—Desde luego. Hasta dentro de un momento, comandante —me despedí.

Dio un taconazo, más ligero esta vez, más cordial, y luego contestó:

—Nos veremos dentro de un par de horas, estoy seguro —esperó un momento, como si titubeara. Entonces inclinó la cabeza a un lado y añadió—: las fotos suyas en el cuartel general de la avenida Foch no le hacen justicia, condesa von Hallen.

Nos quedamos petrificados, inmóviles como en una pesadilla, yo con una mano puesta en el pasamanos de la escalera y Philippa, agarrada de mi brazo. Marie, aún en el descansillo, con un pie casi en el aire, terminó de bajar el escalón con sumo cuidado. Detrás de von Neipperg, a Angelines, que tenía el instinto de un gato para intuir las situaciones aunque no comprendiera el idioma, se le abrieron mucho los ojos y me pareció que lo de encargarse ella consistía en saltarle al cuello a poco que fuera necesario para facilitar nuestra huida. Arrestos no le faltaban.

—No sé de qué me está usted hablando, conde von Neipperg —dijo por fin Philippa en tono sereno, volviéndose a mirarlo.

Hubo un silencio. El comandante enganchó un pulgar entre dos botones de la guerrera, sacudió levemente la cabeza, pareció reflexionar y por fin habló:

—Ah. Le pido perdón. Me he debido de confundir —sonrió—. El parecido es asombroso. Delo por no dicho. Buenas noches.

—Según vosotras —pregunté, cuando llegamos sin aliento a la calle, tras bajar los tres pisos como si nos llevara el diablo—, ¿cuánto tardará en dar la alarma?

—En cuanto alcance un teléfono, Geppetto.

—Si conozco a la aristocracia militar prusiana, no lo hará —frunció el ceño—. Von Neipperg... hmm, una de las grandes familias de Berlín. Eran fieles servidores del emperador. No. No nos delatará... En fin, ya no pongo la mano en el fuego por nadie. *Creo* que no lo hará.

—Sí lo hará, Philippa. ¿No vio usted sus ojos? Sonreían... Eran como los de un gato relamiéndose ante la caza de tres ratones indefensos —dijo Marie.

—Prefiero no esperar a comprobarlo. ¡Al metro!

14

TRUEQUE

Nos dieron caza como a conejos.

Al principio encontré incomprensible que von Neipperg no nos hubiera detenido en el descansillo de mi casa. Hubiera sido lo más fácil. Tenía un arma, era un militar experimentado y nosotros, unos simples civiles inermes e indefensos (excepto por lo que hubiera podido hacer Angelines desde detrás de él, que vaya usted a saber). Entonces llegué a la conclusión de que Marie estaba en lo cierto: quería jugar con nosotros como el gato con el ratón. Simple cuestión de sadismo. Sabía que no podríamos escapar de sus redes; eran demasiado poderosas. Y decidió divertirse. Había vivido en París, lo conocía bien y estaba seguro de que más pronto o más tarde daría con nosotros.

Había otras razones menos truculentas, por supuesto: un momento de duda o de humanidad o de espíritu de clase (¿no eran nobles los dos, Philippa y él?) podría haber retrasado su decisión de capturarnos hasta que fuera demasiado tarde para hacerlo sobre la marcha. O tal vez, a von Neipperg le habría costado explicar sin perder la cara que, desde diez o doce días antes, vivía en la casa misma de los subversivos a los que se buscaba. Nadie habría creído que habíamos llegado apenas unas horas antes y habrían atribuido la pérdida de un tiempo precioso a simple desidia o ineptitud por parte de nuestro amigo. Ergo, para él, resultaba más conveniente buscarnos por la calle y no manchar el expediente. O tal vez los motivos eran exactamente los contrarios u otros distintos por completo. Qué más daba. Eran motivos. O tal vez era verdad que no había reconocido a Philippa...

A nosotros en cambio, nos convenía creer que éramos perseguidos por unos monstruos infalibles; sólo así mantendríamos altos la guardia y el miedo saludable.

En el metro que nos llevaba hacia la estación fui buscando explicaciones sucesivas, a cual menos plausible, y por fin comprendí que no se trataba de hallar respuestas, sino de asegurar la huida fuere cual fuere el motivo de la persecución.

Si ahora no podíamos volver a mi casa —único refugio lógico en espera de acontecimientos—, nuestro perseguidor tenía que pensar que optaríamos por salir de la ciudad sin mayor dilación, rompiendo todo plan previo. Suponiendo que habíamos recibido un encargo tan importante como el de la evasión de Philippa, era lógico deducir que teníamos preparada una escapatoria; en ese supuesto, tenía que ser hacia el sur, hacia la zona libre; y si habíamos ido a mi piso era para esperar refugiados en él alguna misteriosa señal de partida. Lo único que tenía que haber estorbado nuestros planes era la presencia inesperada de un oficial alemán. ¡Qué presunción asignarnos tanta capacidad de maniobra!

En cualquier caso, da igual frustrar unos planes diseñados de forma minuciosa que capturar a unos inconscientes carentes de preparación. En un supuesto o en otro, lo único que hay que hacer para impedir la fuga es bloquear las salidas de la ciudad. Y eso en el París ocupado resultaba bastante sencillo.

Por una parte, era obvio que no podíamos recurrir a las carreteras de salida: no teníamos auto, como habría constatado cualquiera que se asomara a una de las ventanas de mi apartamento; y de haberlo tenido, nos habría faltado la nafta para ir más allá del obelisco de la plaza de la Concorde. En esas fechas, el flujo de automóviles por las carreteras de la Francia ocupada se había reducido a un goteo de coches oficiales y convoyes militares y nada resultaba más sencillo de controlar que unos cuantos vehículos dirigiéndose de forma inevitable hacia puestos de control salpicados por los arrabales de la capital. Antes de la guerra circulaban por París casi dos millones de autos. Ahora, las autoridades nazis sólo tenían concedidas siete mil licencias de circulación.

Escapar por carretera quedaba excluido.

Por otra parte, los movimientos clandestinos de tres personas, una de las cuales tiene su fotografía repartida por las paredes del cuartel general de la Gestapo, no resultan nada sencillos. A lo largo de esas horas, Marie y yo comprendimos la trascendencia que la Gestapo atribuía a la captura de Philippa. De hecho pensé que debía de ser una persona mucho más importante de lo que en realidad era, puesto que no parecía razonable que toda una fuerza de ocupación se movilizara sólo para satisfacer un capricho de Hitler. Sin embargo, así era la naturaleza estúpida y servil del régimen instaurado por aquel megalómano.

¿Qué otra cosa le quedaba a Neipperg por bloquear? Las estaciones del ferrocarril.

Nos estaban esperando en la Gare de Lyon.

Vimos desde lejos las patrullas reforzadas, algunas todavía llegando en aquellos precisos instantes a ocupar sus puestos, haciendo exhibición ostensible de su capacidad de vigilancia y control. Bloqueaban el bulevar Diderot para impedir nuestro acceso a la estación por la puerta principal. Nosotros, en cambio, habíamos tenido la precaución de bajarnos en la estación de metro de la Bastilla, unos centenares de metros antes, y, andando, pudimos pasar de largo por el Quai de la Rapée.

Los ferroviarios habían indicado a Marie una diminuta puerta lateral por la que entrar directamente a la sala que ocupaban en el interior de la estación. Desde allí se encargarían de subirnos al tren. Claro que ahora no se trataba sólo de subirnos al tren sino de escondernos en él. Me pregunté si esto implicaría un nuevo dispendio. No es que me importara gran cosa: iba preparado para ello. Desde que lo había comprado para llevarlo encima en un peligroso viaje a Turquía (a la Anatolia, para ser más preciso) emprendido años atrás, era poseedor de un cinturón de cuero de cocodrilo que tenía a todo lo largo una *pochette* interior en la que guardar dinero y pequeños objetos de valor. Allí llevaba siempre una considerable reserva de numerario para hacer frente a cualquier gasto; aunque no me parece necesario reiterarlo, soy una persona de saneada fortuna y la precaución me costaba poco sacrificio. Quiero decir con esto que estaba dispuesto a pagar un, llamémoslo, «suplemento de viaje». Supuse que los *cheminots* serían tan venales como cualquier individuo de cierta clase situado en una posición de privilegio, pero me equivoqué. El viaje, en lo que a ellos respectaba, había sido pagado, aunque a qué precio, y no pretendían obtener más dinero de nosotros. Al revés, pretendían ayudarnos del modo más expeditivo posible.

Nos llevaron hasta el tren, que ya estaba formado en el primer andén de la estación, haciéndonos atravesar las vías por delante de la locomotora. Nos hicieron subir. Pero en el momento de hacerlo, Marie exclamó: «¡Mi bolsón!» y, sin que nadie pudiera detenerla, bajó la escalerilla de un salto y su puso a desandar el camino casi corriendo. *«Mademoiselle!»*, gritó uno de los ferroviarios. Pero Marie no hizo caso; sólo respondió: «¡Ahora vuelvo!» por encima del hombro y desapareció en la oscuridad, por el mismo sitio por el que habíamos venido. Quise seguirla, pero una mano como el acero me retuvo.

—¡Suélteme! —le urgí—. ¡No la puedo dejar sola! ¿No se da cuenta? —como si mi angustia fuera explicación bastante.

—¡No! —me dijo el hombre en voz baja—. Volverá... La ayudaremos. No se preocupe.

Nos hicieron subir a la fuerza. Yo miraba el vacío por donde había desaparecido Marie y me tuvieron que empujar hacia el interior del vagón. Luego, uno de los supervisores nos aclaró que debían separarnos para facilitar nuestro disimulo. A mí me tocó esconderme en el vagón en que iba el atrezzo de la compañía de teatro de Sacha Guitry, que viajaba a Vichy a representar su *Vive l'Empereur* en el Gran Casino; me introdujeron en uno de los grandes baúles de ropa del propio Guitry, advirtiéndome que no debía moverme de su interior hasta que un revisor me lo indicara; olía ligeramente a sudor. A Philippa la escondieron sobre el fuelle (sólo hasta que el tren hubiera salido de la estación) que unía dos de los vagones de primera clase, un lugar, según supe después, muy utilizado, al igual que las perreras, en ocultar fugitivos que pretendían atravesar la línea de demarcación e, incluso cuando ésta fue suspendida a finales de 1942, un sistema habitual de viaje para resistentes, saboteadores y fugitivos.

Una vez que estuvimos a bordo, y yo escondido en aquel claustrofóbico sitio, nadie quiso hablarme de Marie, que hubiera sido el único modo de calmar mi angustia.

De pronto, encerrado en el baúl con apenas una rendija para respirar, esperando ser descubierto en cualquier momento por un energúmeno que me sacaría de allí a culatazos, me encontré más solo y desesperado que nunca en mi vida.

Sentí pavor, un pavor egoísta, por cuanto pudiera pasarnos a consecuencia de esta estúpida aventura en la que nos habíamos visto mezclados. Lo que me parecía en verdad trágico era no sólo la suerte que pudiera correr Marie, sino sobre todo, si es que podía trazarse una línea divisoria entre ambos desastres, *el riesgo* de verme privado de ella, de su sonrisa, de su cuerpo, de su imaginación y de su rebeldía. No quise considerar, claro, que la Marie a la que quería era incapaz de este egoísmo mío y que, con tal de permanecer a mi lado, no se le hubiera ocurrido preterir el impulso generoso que le hacía volcarse en las causas perdidas. ¿Cómo era posible entonces que me quisiera, siendo del modo que soy? ¿Y cómo algo tan lejano a mi forma de ser (beber vinazo, acostarse con un hortera francés al que se acaba de conocer, llenarse de barro en una trinchera del Ebro y saberse libertaria) era lo que, pese a todo, había conseguido tenerme trastornado, conmovido, enloquecido? Me había dejado someter sin remedio por esta mujer tan apartada de mi comedimiento. Aunque bien pensado, ese choque de personalidades y la fascinación de una por otra —de la mía por la de ella— era lo que cabía esperar de un tipo que había vivido hasta entonces envuelto en celofán. De otro modo, mi rigidez llena de inhibiciones habría impedido que me envenenara tan completamente su manera impúdica y arrebatadora de hacer el amor, su exigencia, su entrega al cuerpo y al espíritu, al placer de las cosas a ras de suelo; nada que ver con la inteligencia ni con el refinamiento; mucho que ver, por el contrario, con el olor a mar, a tierra, a aceite, con el sabor a hierba.

Metido en el exiguo espacio que me escondía, se me agolparon mal que me pesara las visiones de nuestra cama en Les Baux, del rayo de sol en su ombligo, de sus pechos bailando en interminables orgasmos. Qué puedo decir.

No es difícil imaginar, ¿verdad?, el terremoto emocional que me produciría verme de golpe privado de Marie, así, sin aviso previo, del modo brutal en que ocurrió. ¿Cuántas veces me reprocharía en los días siguientes no haberme despedido, no haberle hecho una última caricia en la mejilla ni haberla mirado por última vez con la suficiente intensidad como para grabar de forma indeleble sus rasgos en mi memoria? ¿Cómo puede uno saber que ha llegado el momento de despedirse, que no se dan segundas oportunidades de hacerlo? Ah, por dios.

Al poco tiempo de estar allí metido, oí una voz que me susurraba desde encima de mí:

—No se preocupe. Todo está bien. No se mueva, por favor.

Después oí que se abría la puerta del compartimento y que hablaban en alemán. Una risa alegre, algunos golpazos dados a los baúles, no al mío, unos empujones para desplazarlos, una inspección somera y poco más. No creían los alemanes que hubiéramos podido subir al tren y se bajaron, convencidos, estoy seguro, de que habíamos huido por las calles de París al ver el dispositivo de guardia montado frente a la estación. De todos modos habría más controles con el convoy en marcha y, sobre todo, cuando se detuviera el tren en la línea de demarcación.

Metido en el baúl, rodeado de trajes y vestidos, de tafetanes y sedas, me sentí indispuesto, claustrofóbico. Poco faltó para que abriera las tapas y saliera a respirar. Me hubieran pillado entonces: uno o dos soldados, por lo que oí asustado al notar el ruido de una bota en el pasillo, se habían quedado en silencio, esperando. Como nada se movía, al cabo de un minuto uno exclamó *Ach!* Y oí cómo se iba y luego, abierta la portezuela, se bajaba al andén, cuyos ruidos metálicos, llenos de ecos y de anuncios distorsionados por la microfonía pude percibir de pronto. Hubo un breve pitido de silbato, seguido de otro de la locomotora.

Poco después noté que el tren se ponía en marcha.

Me quedé inmóvil, durante mucho tiempo, una hora quizá, hasta que alguien dio dos fuertes golpes en la tapa de mi baúl. *Vous pouvez sortir monsieur,* ya puede usted salir. Me dolían tanto las rodillas que no fue fácil hacerlo. Empujé la tapa y conseguí enderezarme por fin. Miré frenéticamente a mi alrededor buscando a Marie, pero no estaba; sólo el atrezzista de Guitry, que me miraba con indiferencia, como si todo esto le sucediera a diario y no mereciera más atención.

Philippa llegó a los pocos minutos. Sonreía con la cara tiznada de carbonilla y llevaba una mano puesta en la espalda, doliéndose de la incómoda posición en la que le habían obligado a permanecer.

—¿Y Marie? —preguntó. Al ver mi cara se le borró la sonrisa.

—No sé —confesé. Miré al revisor que había venido con Philippa—. ¿Dónde está?

El revisor bajó la mirada.

—Eh...

—¡Dónde! —grité. Me abalancé sobre él y le agarré de las solapas—. ¡Dónde! —repetí, sacudiéndolo.

—*Monsieur!* —exclamó para que lo soltara—. No sé lo que ha pasado... cómo ha habido tanta mala suerte... Madame llegó a la sala de los ferroviarios, recogió la bolsa que había ido a buscar y cuando se disponía a regresar al tren, mis compañeros vieron cómo venía por el andén una compañía de alemanes. Tuvieron que pararla... y ya no pudo salir: los soldados se desplegaron justo allí. Uno de mis compañeros vino hasta el tren para darnos la noticia y...

—¡Dónde está su compañero!

—Está aquí, no se inquiete. Viene para acá.

Cuando llegó el ferroviario, salí a su encuentro con gran histeria gritándole:

—¿Qué ha sido de ella, *bon Dieu,* qué ha sido de ella?

El *cheminot* me agarró por los brazos diciéndome con alguna rudeza:

—*Mais calmez-vous!* No ha pasado nada... un simple retraso... la mala coincidencia de toparnos con la patrulla de los *boches*. Pero no pasará nada. La traeremos en el tren de mañana...

—¡No! Tiene que detener el tren ahora mismo. Tengo que bajarme y volver a París, ¿no lo comprende? Debo ir a buscarla.

—Eso no es posible, monsieur. Estamos ya muy lejos de París. ¿Qué podría usted hacer en medio de la campiña, en cualquier pequeña estación? Nada. Es mejor que lleguemos a Chalon y que usted espere allí... bueno, del otro lado de la línea, la llegada del expreso de mañana.

—¡No puedo esperar! ¿No comprende que no puedo esperar?

—Tendrá usted que hacerlo. No hay otro modo —el ferroviario dio un paso atrás.

Y luego, Philippa me puso una mano sobre el brazo.

—Cálmese, Manuel... Todo esto es por culpa mía y lo siento más que nada, nunca debería haberme escapado con ustedes poniéndolos en peligro, pero ahora no podemos hacer otra cosa, sólo tener paciencia.

No es necesario que explique lo que fueron las horas siguientes, transcurridas en el vagón de Guitry sabiendo que de esta espera no resultaría nada inmediato, sin poder calmar la angustia, convencidos de que no resolveríamos las horribles dudas hasta al menos día y medio más tarde. Sentados en una banqueta del compartimento, Philippa y yo viajamos en silencio mucho rato mientras yo, con los codos apoyados en las rodillas y la cabeza gacha, repasaba una y otra vez cuanto había sucedido y me reprendía una y otra vez por mis errores y mis imprevisiones. La frontera entre la locura y la salud de la mente, entre lo racional y lo irracional reside, creo yo, en la capacidad de vencer esos reproches y de buscarles una salida positiva. En la superación está la razón. Pues no lo conseguí: en todo aquel viaje espantoso estuve sumido en una depresión profunda, incapaz de ver la luz al final del túnel, nunca mejor dicho.

Después, al cabo de horas, Philippa me cogió la mano y me la empezó a acariciar.

—Sé por lo que está pasando, Manuel, lo sé bien.

—Aj —respondí.

—Piense que nada de todo esto es irremediable —me dijo con suavidad. Y como si hubiera adivinado mis pensamientos, añadió—: Usted se reprocha el retraso en recuperar a Marie. No sabe lo que es reprocharse que el retraso resulte indiferente. Ni imagina lo que significa reprocharse la muerte de la persona que lo es todo en la vida... la muerte, Manuel, no la desaparición por unas horas.

Estuve mirándola con fijeza durante unos instantes, sin comprender lo que quería decirme, sin querer entender que ella me recordaba cuánto peor era su drama que el mío. ¿Y a mí qué más me daba? En este momento, el dolor, el miedo, la angustia eran sólo míos. ¿Qué me importaba a mí lo que hubieran sufrido otros con sus tragedias?

Apreté los labios. Y le di unas horrorosas palmaditas en la mano.

La mirada de Philippa se entristeció, oscureciéndose como si se hubiera apagado una luz en sus pupilas. Se echó hacia atrás para recostarse en la banqueta y no habló más.

—Lo siento —murmuré al cabo de un rato.

Tuvimos que escondernos una vez más, después de que el tren se detuviera en una pequeña estación rural para que subiera una patrulla alemana. La inspección fue de nuevo somera, lo que me pareció confirmar que no sospechaban que estuviéramos a bordo, lo que parecía confirmar que Marie seguía en libertad. En fin, con cualquier cosa se consuela uno.

Después, llegando a Chalon, nos hicieron saltar del tren en marcha, por cierto sin peligro alguno para nuestra integridad física, puesto que el convoy había reducido su velocidad a paso de tortuga. Con nosotros saltaron cinco o seis personas más. A todos nos esperaba Le Saunier en un bosquecillo cercano. La oscuridad era total y el frío, grande. Era de madrugada y el campo estaba blanco de escarcha.

Llegamos a Lux.

Las horas pasadas en el hotel Métropole fueron duras en extremo; entre otras muchas confusiones, no tengo recuerdo más que de la impaciencia, la frustración y el miedo. Decenas de veces me asomé a la calle principal de Lux, sabiendo que era inútil, aunque pensando en cada ocasión que, como había pasado mucho tiempo, la espera tenía que resolverse a la siguiente.

Así pasó la noche también. Me recomendaron que intentara dormir puesto que nadie llegaría antes del expreso de París. Me eché un rato pero no pude conciliar el sueño. Me levanté y me dediqué a ir y venir por la habitación y, luego, por la calle delante del hotel, como una fiera enjaulada.

Philippa tampoco dormía. Esperaba en el bar a oscuras, envuelta en una manta y, en silencio, me miraba pasar y pasear. Me parece que ella sabía lo que había sucedido, que comprendía cómo se habían torcido las cosas y por qué no regresaría Marie.

La llegada de Le Saunier acompañado por dos ferroviarios me pilló en la puerta del hotel. Con el corazón latiéndome sobresaltado, miré detrás de ellos para asegurarme de a quién escoltaban. Pero llegaban solos.

Se me vino el alma a los pies. Comprendí que algo horrible tenía que haber sucedido, algo que contradecía cualquier justicia. ¿O es que, en un cálculo normal de posibilidades, no habría sido razonable el regreso de Marie, a la que sólo un nimio error de segundos había retenido en París? De todos los instantes de que estaba hecha mi vida, no se me alcanzaba por qué precisamente escogían éste los hados para traicionarme. Ahora me obligaban a empezar de un cero inesperado.

Me senté en el banco que había en la acera. Oí que se abría la puerta del hotel y se cerraba y un momento después, Philippa se sentó a mi derecha, mirándome.

—No sabemos lo que pasó —dijo uno de los dos *cheminots*—. Estábamos allí sentados, haciendo nuestro trabajo... Serían las cuatro de la tarde. La *demoiselle* dormía sobre un banco. De pronto la puerta del andén saltó hecha pedazos y entraron los *boches*, gritando como posesos. Nos obligaron a ponernos contra la pared con las manos en alto y tres fueron derechos hasta donde estaba ella que, claro está, se había despertado de un salto; mientras uno la apuntaba con el fusil, los otros dos la agarraron... Nadie dijo nada: se la llevaron sin más... Ni nos miraron.

—Tuvo que ser un soplo de uno de los nuestros —dijo el otro—. Tuvo que ser un soplo... No se entiende, si no, cómo no nos hicieron nada y, sobre todo, cómo sabían exactamente... —sacudió la cabeza—. Lo pillaremos. Pillaremos al traidor...

No dije nada. Sólo bajé la cabeza. Philippa me pasó una mano por la espalda y me la colocó sobre el hombro izquierdo.

—¿Eso es todo? —pregunté—. ¿No dijeron más? ¿No dijeron adónde se la llevaban?

—Nada —murmuró Le Saunier.

La mano de Philippa me sacudió con suavidad.

El regreso a Vichy fue sombrío.

Hacía un día de frío radiante. Se había levantado la neblina y el sol de invierno lucía fuerte sobre las arboledas ya descarnadas del borde del camino. Cada árbol parecía un espantapájaros negro y retorcido y más allá de ellos, los campos en barbecho y las pocas praderas habían perdido la viveza de sus colores de otoño. La carretera, mediada la mañana, estaba desierta: recorrimos el camino sin topar con nadie. Ni un granjero sobre un carro del que tirara una acémila o una pareja de bueyes, ni un gendarme en bicicleta, ni una mujeruca deambulando con un cesto en la mano y un pañuelo en la cabeza, ni niños yendo o volviendo del colegio. Parecía como si hubieran decidido entre todos dejarme el camino expedito para mí solo.

—Me buscaban a mí —dijo Philippa.

Me encogí de hombros.

—Quiero decir que todo esto es culpa mía.

—No, Philippa. Es culpa de los alemanes.

—¿Qué vamos a hacer?

—Yo, mover Roma con Santiago para averiguar dónde está Marie y ver cómo conseguimos su libertad...

—Imagino que si me tuvieran a mí, Marie no les serviría de nada.

—No. Marie es judía. No nos engañemos. Las querrían a las dos. A usted por la enemistad de Hitler y a Marie... porque ya hemos visto lo que hacen los nazis con los judíos: los expulsan, los detienen, los envían a campos... Y ahora también los franceses nos hemos puesto a ello. ¡Cuánta miseria! No, Philippa, los judíos son los apestados de esta guerra... Lo malo, la razón de que sean los apestados es que los demás contemplamos lo que pasa con absoluta indiferencia. No nos importa gran cosa, nada de esto nos importa gran cosa —qué curioso. Intentaba hablar con sensatez, sabía que estaba hablando con sensatez, pero al mismo tiempo me veía a mí mismo como una persona separada de mí que decía aquellas cosas tan razonadas. ¿Qué me importaba a mí en aquel momento el destino de los hebreos, el de los franceses, el del mundo, si me acababan de arrebatar mi mundo?

Y frené de golpe. Sorprendida, Philippa, con las manos apoyadas sobre el salpicadero, se giró hacia mí para mirarme con sorpresa.

—¿Qué ocurre?

—No sé en qué estaría yo pensando. Parecería que por encontrarnos en la zona libre, usted está a salvo de peligros, como si Pétain nada tuviera que ver con Hitler. Ah, no, Philippa. A usted la van a buscar en la zona *nono* con tanto ahínco como en París.

—¿*Nono?* —preguntó sin poder reprimir una media sonrisa.

—Ridículo, ¿verdad? *Nono* por *non occupée*... Es infantil, pero...

—Lo he interrumpido.

—¿Eh?... Sí. Debemos esconderla. No podemos llegar a Vichy usted y yo en un automóvil de lujo como si regresáramos de un paseo turístico. Nos detendrían en el acto. No, no —bajé la cabeza—. Usted debe marcharse de Francia, qué digo de Francia, de Europa... a través de España y Portugal, a ser posible sin pasar por Vichy. ¿Sabe qué? Un compañero nuestro, un joven anarquista español, está metido de lleno en la organización de una *filière* de salida de pilotos y refugiados hacia España a través de los Pirineos. Se irá usted con él. ¡Claro! Con una parada en mi casa de la Provenza si le es necesario reponerse durante unos días. Pero no sé si Domingo ha regresado ya a Vichy. Y mientras va o viene, usted no puede estar allá, ¿en dónde, por cierto? Conmigo, no, desde luego —sonreí—. En casa de Olga, aún menos. No. Siento imponerle la incomodidad por unos días, pero debemos volver a Lux.

—¿Al hotel?

—Al hotel, Philippa. Es el único sitio en el que estará segura hasta que la vayamos a buscar. Es un buen escondite porque es sencillo; me parece que nuestro amigo von Neipperg cree que nuestras opciones son mucho más elaboradas de lo que en realidad son. Nos buscará en los sitios que a él le parecen lógicos, en los lugares en los que él se escondería, no en un hotel de mala muerte en la misma línea de demarcación —me apeé del auto y, de pie en el macadán, me quité el cinturón. Lo abrí, saqué cinco mil francos y se los di.

Al principio no quiso aceptarlos.

—Es una cantidad excesiva, Manuel.

—No... Le permitirá salir de cualquier apuro hasta llegar a Lisboa. ¿Tiene usted modo de conseguir dinero una vez allí?

—Sí, claro, en mi cuenta del Lloyd's.

—Pues ya está.

—Pero es demasiado.

—No, no es demasiado. ¿Qué quiere usted que haga con ese dinero?

—No sé, Manuel. Tal vez conseguir la liberación de su Marie...

—No importa. Tengo más.

—Muy bien. Acepto. Pero sólo es un préstamo.

—De acuerdo.

Y con esto, giré el coche y arranqué, de nuevo en dirección a Lux.

Por primera vez en mi vida, me veía abocado a hacer frente a las exigencias planteadas por un problema mayúsculo sin tiempo de ponderar los pros y los contras, los riesgos y las ventajas (o, por ser más preciso, las ventajas de actuar con cobardía). También era consciente de que todo pendía de un hilo, mi equilibrio mental, mi capacidad de raciocinio... todo. Un pequeño empujón, apenas moral, me derribaría. Y este todo giraba en torno a la esperanza de recuperar a Marie, en torno a la tenue posibilidad de que Marie me fuera devuelta por sus captores. Aunque no quería pensar en ello, creía que si ese vínculo entre el regreso de Marie y la continuación de mi existencia se rompía, con toda seguridad yo traspasaría el umbral de la locura.

Llegué a Vichy como un poseso, decidido a hacer lo que fuera preciso, bueno o malo, valiente o miedoso, para conseguir localizarla y obligar a quien fuera a que me la restituyeran. Corrí al hotel des Ambassadeurs a buscar alguna cara amiga (pensaba sobre todo en Luis Rodríguez, nuestro sereno ángel de la guarda mexicano), pero ninguno de mis compañeros se encontraba allí.

También me acerqué al hotel du Parc para hablar con Armand y pedirle consejo. Necesitaba encontrar el camino más rápido para entrar en contacto con quien más mandara en estos asuntos. En los dos sitios dejé recados de que me buscaran en casa de Olga Letellier, en cuyo salón me instalé sin pedirle siquiera permiso.

A los pocos minutos llegó Olga e instantes después, Armand. Ella acababa de merendar con sus amigas en Quatre Chemins y regresaba encantada de haber conseguido, además, comprar en el salón de té una bolsita de grageas de Vichy, tan escasas en estos momentos, «querido, como el hielo en el desierto». No le di oportunidad de ofrecerme una taza de té. Y a los dos les conté a borbotones lo que había sucedido desde nuestra marcha de Vichy, el paso de la línea, París, Philippa, la huida, la captura de Marie, todo.

—Pero ¿están bien, están bien las dos? —me preguntaban una y otra vez sin conseguir que interrumpiera mi relato para contestarles.

—¡Ah, mi pobre Marie! —exclamó por fin Olga, que durante todo el tiempo había permanecido con las manos juntas a la altura del pecho y los dedos entrelazados, como si estuviera rezando.

—La recuperaremos —dijo Armand.

—¡Ah, cómo me gustaría estar tan seguro de ello como ustedes! —exclamé con desesperación.

—¡Pero Philippa está en Lux, entonces! Debo ir a visitarla inmediatamente.

—No, Olga, eso no es posible. Ahora, si queremos que siga a salvo, debemos mantenerla alejada de nosotros. Nadie debe sospechar siquiera que se encuentra aquí cerca.

—¿Y cómo resolvemos este problema? ¿Cómo conseguimos que nos devuelvan a Marie?

—No sé, Armand. De verdad que no lo sé. Me parece que nuestro único camino sería buscar a alguien de la administración que nos pudiera ayudar a entrar en contacto con los alemanes y que nos indicara qué debemos hacer...

—Brissot...

—¡Brissot de Warville! Claro que sí. ¿No es el jefe del contraespionaje? Él sabrá cómo ayudarnos —dije, no sin optimismo. Pero enseguida volví a desanimarme—: aunque si se considera que Vichy y Berlín están en completa sintonía, no sé cómo vamos a arrancar a unos el apoyo necesario frente a los otros para que hagan algo contrario a los intereses de ambos... ¡Qué galimatías! Por más que, dios del cielo, liberar a Marie no me parezca que sea para ninguno la cosa más trascendental de esta guerra... ¿No?

—Sí, no se me ocurre nadie más apto que Brissot. Es persona bien situada en los corredores del poder, que maneja los hilos de la influencia y de la información como nadie....

—... y que, además, es un patriota francés, un hombre que se siente enemigo de los alemanes... Conoce al padre de Marie... ¿Se acuerdan de que lo comentó? No, no. Desde luego, es la persona ideal. ¿Podrá usted organizarme una entrevista con él? Espero que él quiera. Nuestros últimos encuentros no fueron demasiado cordiales que digamos. ¿Recuerdan la cena de despedida de Arístides?

—Sí, y las veces que Marie discutió con él. *Pardi,* y con qué dureza lo hizo. En fin, esta misma tarde lo llamaré y trataré de montar una reunión si es posible.

Cuando Armand se hubo marchado a gestionar mi entrevista con Brissot de Warville, me quedé con Olga, sentado en una butaquita frente a ella.

—¿Y encontraron ustedes a Philippa vagando por la calle en busca de comida? ¡Qué vergüenza me da pensar en una persona como mi amiga pidiendo limosna por las calles de París!

—No lo considere usted así, Olga. Philippa no pedía limosna; eludía a los nazis que la perseguían, lo que es mucho más digno.

En ese momento entró una de las doncellas y anunció:

—*Monsieur le ministre* Rodríguez.

Luis entró aún con el sombrero en la mano y en estado de gran agitación.

—¡Ah, mis queridos amigos! ¡Cuánto disgusto! Venía para acá atendiendo al recado que usted me había dejado en el hotel, querido Manuel, y en la calle me he topado con Armand que me lo ha contado todo. ¡Dios mío, Marie! ¡Qué mala suerte! Estoy, por supuesto, a la disposición de ustedes para hacer cuanto esté en mi mano para obtener su libertad y un salvoconducto hacia donde sea más conveniente —dejó el sombrero sobre una de las butacas y de ahí lo rescató la doncella al instante.

Se me había hecho un nudo en la garganta.

—Querido Luis, ¡qué buen amigo! Yo... yo... estoy desesperado, no sé qué hacer, estoy confuso... no sé. Pero agradezco su amistad. Se lo agradezco. En momentos como éste, los amigos son en verdad indispensables. ¿Qué podemos hacer, dios mío? Es verdad que Armand está realizando en estos momentos una gestión para conseguir llegar hasta los alemanes a través de la policía o del ejército. ¿Servirá de algo? Sólo queda esperar.

—El conde Hourny, tal vez... —dijo, pensativo Rodríguez—. ¿Laval? ¡Claro, Laval! Laval me debe una audiencia. Yo, como ministro de México, solicitaré una audiencia.

—Sí, desde luego —dijo Olga y, dando (una vez más para mi sorpresa) muestra de su notable buen tino, añadió—: Pero, Luis, ¿cree usted expeditivo y eficaz invocar un motivo particular como es el de la detención de Marie? ¡Una sola ciudadana frente a los problemas de millones de personas! Quiero decir, ¿no le indicarán más bien que estas cosas deben ser tratadas a otro nivel? O, en el mejor de los casos, ¿no le harían esperar un tiempo precioso antes de concederle la audiencia?, ¿no?

—No, Olga. El motivo de la audiencia es otro completamente diferente —Rodríguez se calló bruscamente y bajó la cabeza. Por fin, con grave solemnidad, añadió—: debo ver al viceprimer ministro de Francia para presentarle una protesta formal de mi gobierno por el trato que este país ha dispensado a don Manuel Azaña, presidente de la República española...

—¿Ahora? ¿Nos quejamos del maltrato ahora?

—Ahora, sí, Manuel —de golpe comprendí lo que me iba a decir y me puse en pie.

—Oh, no —exclamé.

—Sí, Manuel. La razón es la más triste de todas las posibles: hace dos días el presidente Azaña murió en el hotel en el que estaba refugiado en Montauban.

—Válgame el señor. Don Manuel muerto...

Rodríguez prosiguió con indignación:

—Con la policía política franquista prácticamente a los pies de la cama del enfermo, con el embajador franquista Lequerica intentando que los alemanes entraran por la fuerza en el hotel para detenerlo. ¡Un moribundo! Aquellas hienas ni siquiera querían darle tregua en su lecho de muerte. Y para coronarlo todo, las autoridades francesas se cubrían de ignominia al negarle, al negarme... ¡el propio Pétain!, permiso para trasladarlo a un lugar más saludable y menos peligroso... A la casa de usted en la Provenza, por ejemplo, como habíamos hablado. Aj, estas cosas hacen que uno se avergüence de pertenecer al género humano —él, siempre tan amable, de tan buenas maneras, no estaba siendo capaz de contener la ira que lo sacudía—. Este momento histórico —dijo pegando con un dedo furioso repetidas veces en el pequeño velador que tenía delante—, permanecerá en la memoria colectiva como la indignidad de Francia. Pero hay más: no para ahí la cosa, no crean. La miseria es aún mayor porque, acumulando ignominia a indignidad, primero, la cacareada III República de los grandes valores democráticos y, después, el gobierno de Vichy, han dispensado un trato criminalmente inhumano a los miles de refugiados escapados de la guerra de España... gentes cuyo único delito consistía en huir de la carnicería que les preparaba el general Franco como fin de fiesta. Reclamaban sólo un poco de solidaridad. Mujeres, niños, ancianos, heridos, moribundos, desahuciados... ¿Es éste el famoso país de la hospitalidad y la acogida? ¿Acogidos? ¿Acogidos? —repitió alzando la voz—. Acogidos en campos de concentración para ser tratados como bestias. ¿Francia? ¡El país de los cobardes! ¡Malditos sean! —se había puesto de pie, con los brazos caídos a lo largo del cuerpo y los puños apretados. Temblaba.

Y de pronto se le escapó un sollozo largo y ronco salido de la propia entraña.

Tardó un buen rato en recuperar la compostura, mientras yo lo miraba sobrecogido, con el corazón arrebatado por la emoción.

—Azaña. No fui capaz de defenderlo.

—¿Cómo murió? —preguntó Olga, que había seguido toda la diatriba sin levantar los ojos del suelo.

—Ah, estaba ya muy mal. Recordarán que les dije que le había dado un pequeño infarto cerebral... El corazón no lo ha resistido...

—¿Y madame Azaña?

—Una mujer de gran entereza. Pasa por unos momentos particularmente difíciles, no sólo por la muerte de su esposo, sino también por el encarcelamiento en España de su propio hermano, don Cipriano Rivas Cherif, cuya vida pende de un hilo...

—¡Qué monstruosidad!

—Una monstruosidad, sí, que se une a la de la entrega de don Lluís Companys a los facciosos hace bien pocos días. ¡Ah, se les escapó Azaña y se tomarán la venganza con Companys! Miserables —levantó la cabeza y nos miró—. Comprenderán ustedes que con este motivo, a Laval no le va a resultar fácil negarme una audiencia o resistirse a escuchar cuanto le tengo que decir...

—Sí, Luis, pero tal vez ése no sea el mejor momento de plantearle el asunto de Marie.

—¿Lo dice por la dureza de los términos de la reunión? —asentí—. Puede que tenga usted razón. No sé... Una vez que lo tenga delante, ¿quién me detendrá?

Estuvimos en silencio durante un buen rato, hasta que una de las doncellas anunció la presencia de Armand, que regresaba acompañado por Domingo. Este hombre se movía por la geografía francesa como si dispusiera de alas.

—¡Camaradas! —exclamó nada más vernos. Sonreía. Luego se volvió hacia mí y de golpe recuperó la seriedad, por más que tan sobrio gesto en la expresión no pareciera casar con su carácter: durante todo el tiempo que lo conocí, Domingo fue de natural más risueño que solemne, un desenfado que no dejó de chocarme en un luchador tan radical, hasta que por fin comprendí que en él la alegría y la extraversión no estaban reñidas, ni mucho menos, con la crueldad y la violencia—. Me he enterado de lo de Marie —dijo con la voz enronquecida por la emoción—. Lo siento Manuel... una verdadera judiada —miró a su alrededor con las cejas levantadas y se encogió de hombros. A otra cosa—. Pero no te preocupes: la recuperaremos pronto. La guerra tiene estas cosas. Castiga a ciegas. Es injusta. Pero, bah... Marie ahora no es una combatiente. Es sencillamente una víctima. La recuperaremos... y pronto.

—¿Sí?

—Claro. A los nazis no les interesan las víctimas. Sólo piensan en la victoria, en conquistar. ¿Para qué quieren prisioneros si ya son dueños de todo? Y menos, prisioneros franceses. Na... qué va. El día menos pensado la pondrán en la calle. No te preocupes, camarada.

—¿Sí? —pregunté de nuevo.

—Te lo garantizo. Y entonces iremos tú y yo a por ella y la traeremos en volandas como si nada.

—Bueno, Domingo —dijo Rodríguez—, además estamos preparando algunas gestiones para no dejarlo todo al azar de la buena fortuna —sonrió con indulgencia.

—¿Ah sí? *Al compañero dios rogando y con el mazo dando, ¿eh?* —dijo. Soltó una gran carcajada.

—*Que dit-il?* —preguntó Olga.

—*Rien, il blague,* nada, bromea —expliqué.

—Bromeo, bromeo —rezongó—. Ya, bromeo. Yo siempre hablo en serio. Otra cosa hubiera sido si me hubierais preguntado por Jean Lebrun. A ése lo han detenido en París en una redada de comunistas... Bastante peor que lo de Marie porque a Jean lo han detenido los franceses, que son más malos que las ratas —nos miró a todos, uno a uno—. Me parece, compañeros, que vuestro GVC se ha quedado en cuadro —rió—. Pero que no cunda el pánico: aquí está Domingo González, combatiente, dispuesto a suplir a quien sea.

—No es lo mismo —dijo Armand en voz queda. Domingo se volvió a mirarlo, dudando de si ofenderse y después rió de nuevo.

—¡Ah, ya entiendo! No estoy ni la mitad de bueno que Marie —levanté la mirada—. No te enfades, Manuel, que es una broma. Pero os garantizo que valgo por dos y —se volvió hacia mí—, mientras no recuperemos a Marie de una manera o de otra, sería de imbéciles quedarnos ociosos, ¿no? —nadie le contestó—. Estamos en guerra, compañeros, y la propia Marie nos reprocharía que no hiciéramos nada, ¿eh?

—Mira —dije—, en eso tienes razón. Marie no nos lo perdonaría.

—¡Claro! Claro que tengo razón… ¿Recuerdas lo que hablamos en Les Baux?

Arrugué el entrecejo.

—No. ¿Sobre qué?

—Sobre Raphäel Alibert.

—Estás loco, Domingo.

Armand se sobresaltó.

—*No estoy loco. Por algún sitio tenemos que empezar las «hostialidades»* —dijo riéndose.

—Un momento —interrumpió Armand—. Si he entendido bien lo que me explicó Manuel someramente, se trataría de atentar contra la vida de monsieur Alibert…

—*Mais c'est de la folie!* —exclamó Olga, escandalizada—, ¡es una locura! No permitiré nada de eso en mi casa.

Luis Rodríguez, que hasta ese momento había permanecido en silencio, levantó una mano.

—Debo marcharme. Si me lo permiten, mi condición de representante de un país en el que se respetan con todo rigor las leyes y que tiene relaciones diplomáticas con Francia me impide participar en una discusión de este tenor. Lo lamento muchísimo, pero debo marcharme. —Estaba muy serio.

Armand dijo:

—Lo comprendemos bien, Luis. Es más, estoy seguro de que a todos nosotros nos parece razonable su postura —nos miró y los demás asentimos.

Luis suspiró. Se puso en pie y besó la mano de Olga, a la que la brutal sorpresa de los propósitos de Domingo había dejado momentáneamente muda, no sé si de indignación o de espanto.

—Hasta muy pronto —dijo, y se fue.

—Necesito una explicación —exigió Armand.

—Esto es la lucha del GVC, querido amigo —contestó Domingo—. Para eso está… para eso lo creasteis vosotros.

¡Esto es la guerra! Y Alibert, uno de nuestros peores enemigos. Hay que cargárselo. ¡Menos panfletos y más bombas!

—¡Oh no! —suspiró Olga poniendo los ojos en blanco.

Raphäel Alibert era un fanático de todos conocido. Mediocre profesor de ciencia política, había conseguido llegar a Vichy y al poder para tomarse la venganza por todo y de todos por cuanto éxito no había conseguido en la vida, el fracaso de la cual atribuía a los demás y no a su cretinismo moral. Autor del estatuto de los judíos y de gran parte de los textos de la nueva constitución, ministro de justicia en el gobierno de la Francia *nono,* su sectarismo había seducido (cómo no) al mismísimo Pétain. Mala gente. Maurice Martin du Gard, el ácido corresponsal en Vichy de la *Dépêche de Toulouse,* al que yo conocía bien de nuestros tiempos de París, me había explicado con sorna, una tarde tomando el té en el Parc, quién era este Alibert.

—Un gallo enorme y ampuloso, con una carrera política inexistente, forzosamente ociosa porque hasta cuando concurrió a las elecciones para ser diputado frente al más mísero legislador de Francia fue vencido con ignominia. ¡Él, que iba a salvar a Francia! Sólo que, en lugar de hacerle comprender sus propias limitaciones, la derrota estimuló en él un rencor absoluto contra esta Tercera República que se mostraba indiferente ante sus méritos. Pero, por más que sea un payaso, no desdeñe usted la capacidad de Alibert de causar el mal, no la infravalore. Ah, amigo mío, un pobre hombre, un mediocre que por fin ha conseguido sentar su pesado culo en la silla del poder que considera suya por derecho propio. ¿Sabe usted de lo que es capaz un tipo así? Es lo más peligroso que puede ocurrirnos. Imagíneselo: ¡ministro, revolucionario, constituyente! Un pobre hombre que se considera un héroe y que no pasa de ser un peligroso enemigo de la república. Líbrenos dios.

—¡Pero Domingo, hombre de dios! —exclamé—. Nosotros no somos revolucionarios ni terroristas… no tenemos madera de justicieros. Incluso si no me importaran las consecuencias, ¿cómo podría yo apuntar al corazón de una persona, por mucho que se llame Raphäel Alibert, y apretar el gatillo? ¿Yo? ¿Causar la muerte? ¡Quia!

—Prohíbo que se hable de estos asuntos en mi casa —dijo Olga con decisión.

—No es eso, compañero, no es eso —prosiguió Domingo como si Olga no hubiera hablado—. Cuando vosotros creasteis el Grupo Vichy de Combate, lo hicisteis con un objetivo bien claro: proseguir la guerra, no dejar que se apagara la llama de la resistencia. Me dijo Rodríguez que él os había impulsado a difundir panfletos porque estabais poco decididos a la acción...

—Y seguimos sin estarlo, Domingo.

—Paparruchas. Ésta es una cuestión de lógica y de seguir las cosas hasta sus consecuencias últimas. Dime, ¿queréis continuar la guerra?

—Claro.

—¿Cómo se derrota al enemigo?

—No me preguntes eso, que no soy un estratega...

—Infligiéndole bajas —se contestó Domingo.

—Bien. ¿Y?

—Infligiéndole bajas —repitió.

—¿Y qué? No somos soldados.

—¡Ahí es donde te equivocas compañero! Sí sois soldados ¿O es que te crees que en una guerra como esta puede distinguirse entre los soldados que mueren y la gente que cena en los restaurantes de lujo? O sea que los que van a los comedores no tienen nada que ver, ¿eh? Ya verás si son combatientes o no cuando los pillen los aviones con sus bombas o cuando los hagan prisioneros y los lleven a campos de concentración. ¿Qué crees, que todos los que acabamos en Prats de Molló éramos milicianos? ¿Las madres y los niños de teta también?

Armand dijo:

—Pero nuestra voluntad tiene poco que ver con nuestra habilidad, Domingo. Si preparáramos un atentado contra Alibert, es más que probable que no consiguiéramos hacerle ni un rasguño y que acabáramos todos en el cementerio...

Domingo sonrió.

—No, compañero. Para eso estoy aquí. Yo soy un profesional. ¡El primer profesional del GVC! Lo haremos entre todos.

—¡De ninguna manera! —exclamó Olga con gran enfado.

—Usted no, Olga, usted no —rió con estrépito—. No la veo con una bomba en el bolso, aunque bien pensado...

—¡Qué horror!

—... Pero, este apartamento nos es indispensable como centro de operaciones...

—¡No! ¡Bajo ningún concepto!

—¿Dónde guardaríamos la pólvora y la metralla? ¿Dónde podríamos reunirnos?

—Soy una persona de orden —protestó débilmente.

—Pero, Olga, piénsalo. Si uno solo de los panfletos que hacéis aquí es leído por un hombre decidido, si una sola de las frases que ponéis lo convence, si un día decide matar a un alemán porque, gracias a vuestro periódico, ha comprendido que hay que luchar... y lo mata, ¿eso te hace menos culpable que si apretaras tú el gatillo? ¿Eh? Tú, Olga, por ponértelo más fácil, verás un paquete en una de tus habitaciones y ni siquiera tendrás por qué saber qué tiene dentro, ¿no? No intervendrás para nada en el resto de la operación. Pero, amiga mía, ¿no ver la sangre te hace menos culpable? No, pero no porque no hayas apretado el gatillo, sino porque en la guerra todos los enemigos de un bando son enemigos al mismo nivel, disparen, escondan, escriban o mientan... el objetivo de todos ellos es el mismo: la derrota del de enfrente. En las guerras totales todos somos soldados incluso si no queremos estar involucrados: nadie se queda fuera. Si me apuras, todos somos víctimas hasta que somos combatientes. Todos. En algún momento hay que decidirse por un bando, como vosotros hicisteis, y ése es un compromiso total —nos miró a los tres, uno por uno. Quedamos en silencio—. Decidido, entonces.

—No sé —dije—. Hasta que no consiga que nos devuelvan a Marie, mis preocupaciones principales son otras, Domingo.

—¡Ni hablar! Marie es parte de la lucha. Esto de Marie forma parte de la lucha, compañero —insistió—. Que sea tu novia no la saca de la guerra: está en manos del enemigo y el deber de rescatarla no es sólo tuyo sino de todos nosotros —se encogió de hombros—. Bien, a lo que vamos. Busquemos una fecha. Tiene que ser una fecha significativa... ¿Qué pasará de aquí a...?

—Domingo, las fechas significativas son siempre las efemérides, las conmemoraciones de algo... —dijo Armand.

—¡El armisticio de 1918! —exclamé—. El 11 de noviembre...

—¡Fantástico! Es la mejor fecha posible... Uf, camaradas, falta poco menos de una semana. No sé si llegaremos a tiempo, pero la fecha es perfecta. El día en que Francia derrotó a Alemania, ¿os dais cuenta? Vuela por los aires un colaboracionista miserable y en el culo lleva pegado un cartel que pone viva De Gaulle —soltó una carcajada—. Nos queda mucho por hacer —añadió, frotándose las manos.

—¿Mucho por hacer? —balbució Olga.

—Mucho. Por de pronto, tengo que viajar al Pirineo a ponerme en contacto con los camaradas del Valle de Arán y hacerme con una bomba... en fin, pólvora y metralla, ya sabéis, y volver a tiempo... ¡Mierda!, hay poco tiempo.

—¿Y vas a viajar por media Francia con una bomba debajo del brazo?

—No os preocupéis por eso. Todavía no ha nacido quien pueda conmigo… —sonrió—. Vosotros tenéis que preparar el resto.

—¿El resto? —preguntó Armand.

—Sí. No es complicado. Éste es un atentado sencillo. No olvidéis que es el primero, que no se lo esperan, que si actuamos con rapidez y decisión, habremos desaparecido antes de que se den cuenta. Tenemos que saber dónde vive Alibert, cuáles son sus itinerarios… con lo pomposo que es, seguro que para hacer cien metros usa el automóvil. Habrá que decidir si le ponemos la bomba…

—¡Qué barbaridad! —exclamó Olga.

—… en su vivienda, en el coche, en la calle por la que pasa… Habrá que decidir la hora del atentado. Habrá que decidir las medidas de seguridad para que todos nos libremos… en fin, ya sabéis. Hay poco tiempo. Tú, Armand, analiza los lugares de trabajo de este tipo, su vivienda…

—Eso ya lo sé: vive y trabaja prácticamente en el Parc.

—Eso complica las cosas. Tendremos que ponerle la bomba en el auto… O tal vez… tú, Manuel, mira a ver si Alibert se pasea por el parque, si podemos acercarnos a él, si podemos esperar a que anochezca. Sería más fácil descerrajarle un tiro.

—¿Y yo qué hago? —preguntó Olga, temiendo sin duda que se le encargara de algo en verdad peligroso.

—Nada por el momento, Olga, nada por el momento… ¿Estamos de acuerdo? Me voy, entonces. Estaré de regreso el día diez.

—Vete con cuidado.

—No temáis. Viva la revolución —sonrió. En el umbral de la habitación se detuvo y se dio la vuelta. Nos guiñó un ojo—. Trabajad duro, ¿eh? Hasta pronto, compañeros.

Lo que recuerdo con mayor claridad de aquel momento es la expresión derrotada y asustada de Olga Letellier. Supongo que reflejaba lo que todos sentíamos pero que hubiéramos querido esconder. Por dios. Ella, pobre mujer, era una persona de orden a quien la tentación más delictiva de su vida no había ido con seguridad más allá de sisar una gragea de Vichy de alguna cestita colocada en el mostrador de cualquier salón de té. Pero ¿y nosotros? ¿Yo, un hombre de bien, pensando en acabar con la vida de otro?

Santo cielo, pensé. ¿Es así la guerra? Pero enseguida volví a lo que me obsesionaba: ¿y Marie? Antes de separarnos aquella tarde, pregunté a Armand con quién creía que me acabaría entrevistando para conseguir que me ayudaran a liberarla. Me dijo que no lo sabía aún pero que esperaba tenerlo resuelto a la mañana siguiente. ¿Brissot de Warville? ¿*Bunny* Chambrun? ¿Laval? Qué más me daba. Cualquiera de ellos. ¿Qué más me daba a mí quién tuviera la llave de la libertad de Marie, con tal de que fuera alguien a quien yo pudiera convencer?

Al final, mi interlocutor no fue Brissot. Ni lo fueron Hourny ni Laval, ni, santo cielo, nuestro aristocrático comandante conde von Neipperg.

Cuando al día siguiente salía de mi hotel con intención de dirigirme al Ambassadeurs para cerciorarme del estado en que se encontraban las gestiones de Armand y de Luis Rodríguez, desde detrás de mí, tiró de la manga de mi abrigo un hombrecillo al que, al volverme para mirarlo, reconocí inmediatamente. Era el repulsivo *ciutti* de Brissot, el mísero enano que nos había vigilado a Luis Rodríguez y a mí cuando, meses atrás, en la cafetería del pasaje Giboin, el mexicano me contaba su entrevista con el mariscal Pétain a propósito del trato que Francia estaba dispensando a don Manuel Azaña. El mismo espía de tres al cuarto que nos había estado siguiendo en el hipódromo cuando Rodríguez se enfrentó al embajador Lequerica. El mismo al que no había prestado más que una atención desdeñosa en cada ocasión en que me topaba con él por las calles de Vichy. Siempre me parecía que sus apariciones repentinas se tenían que producir por alguna alcantarilla de la que escapaba como un mal olor para eclipsarse después al buscarlo yo con la mirada; era patético: se desvanecía, escondiéndose detrás de otros transeúntes o en oscuras callejas, abundantes en esta capital de pacotilla. Seguro que no habría de haberle importado esconderse en los cubos de basura con tal de mantener vigilado a uno de sus sospechosos, yo entre ellos. Pero fue aquella mañana, al tener que ocuparme de él, cuando por primera vez fui consciente de que en numerosas ocasiones lo había visto sin verlo: estaba lejos, a la sombra de un árbol, detrás de una estatua, a unas decenas de metros y antes de doblar una esquina para desaparecer, me dirigía una sonrisa irónica que ponía al descubierto su dentadura irregular y sucia. Un tipo repugnante.

Se me había acercado sin que me percatara de ello.

—Eh —me dijo—. Usted —en la comisura de los labios llevaba una colilla apagada.

—¿Qué quiere?

Me miró con insolencia.

—*Suivez-moi,* sígame.

Me latía el corazón.

—¿Adónde? ¿Para qué?

Echó a andar sin contestarme y yo le seguí a unos pasos de distancia, comprendiendo que me llevaba hasta donde estaría Brissot. Se lo pregunté y se volvió a mirarme con el mismo impertinente desprecio de costumbre. Luego se encogió de hombros y siguió adelante.

No tuvimos que andar mucho. Fuimos derechos al hotel du Parc, delante de cuya fiera guardia pasamos con apenas un gesto de la barbilla del hombrecillo que me guiaba; decidí que tenía que llamarse Jules. Tenía cara de Jules, estatura de Jules, modales de Jules. Jules.

Atravesamos el vestíbulo y nos dispusimos a subir por la escalera principal, llena a esta hora de gentes que subían con aire afanoso o bajaban con suficiencia a cumplimentar sus recados. Vestidos con la mayor elegancia posible (por más que apareciera arrugada la parte trasera de la mayoría de las chaquetas, abultada la rodillera de muchos pantalones y, mirando con atención, deshilachados muchos de los cuellos y puños de unas camisas que en tiempos mejores habrían estado bien planchadas), llevaban el aire de quien realiza una misión trascendental para el buen fin del Estado y la mirada servil de quien vendería a su madre a cambio de la más nimia de las prebendas. Esto era Vichy: lo que se movía por esta escalera a la velocidad de las cucarachas pero con la untuosidad de los ciempiés era el conjunto de los hombres que conformaban esta patética capital de prestado de una república ya inexistente. Subía y bajaba escalones enmoquetados el aparato grosero de los ambiciosos, arribistas y felones que constituían el círculo protector y al tiempo parasitario de Philippe Pétain.

Daba verdadero asco. Aquel día 6 de noviembre de 1940, sin embargo, no tenía sentimientos críticos hacia mi entorno, no padecía ni disfrutaba como hasta semanas antes con la observación de lo que me rodeaba. Sólo me animaba la urgencia; con la mirada puesta en el objetivo único de recuperar a Marie, nada habría sido capaz de desviarme de él, ni siquiera la labor de información requerida por Domingo para preparar «nuestro» atentado contra Raphäel Alibert.

Abriéndonos paso por entre todos aquellos funcionarios, negociantes, periodistas afines, fascistas imbuidos de santa misión redentora, matones, gorrones, delincuentes y estafadores, fuimos subiendo con dificultad hasta alcanzar la tercera planta del hotel.

La planta del mariscal, pensé. No irán a hacer que me entreviste con él. Sé que sería inútil: ese viejo chocho no movería un dedo por nadie. Sería una salva desperdiciada. Oh, por dios, que no sea él, me dije.

Pues no era Pétain quien me reservaba el honor de una conversación, sino Bousquet.

En la puerta de una de las habitaciones de la planta me esperaba Armand con cara satisfecha. Me tendió la mano derecha sonriendo.

—Le espera monsieur René Bousquet —y me guiñó un ojo cómplice. Jules me miró como si mi obligación hubiera sido acceder a la presencia del gran hombre arrastrándome. Le devolví la mirada con frialdad. Armand me franqueó la entrada y cerró la puerta detrás de mí.

—¡Ah, *cher ami!* —exclamó Bousquet al verme. Acabó de anotar unos papeles que estaba revisando y se levantó para venir a mi encuentro. Me saludó efusivamente—. Siéntese, siéntese, por favor —dijo. Él sí iba vestido de modo impecable, con un traje cruzado gris y una corbata de seda azul. En la solapa llevaba una diminuta *francisque* de plata y del mismo ojal partía la delgada cinta roja de la Legión de Honor. Cualquiera con un mínimo sentido estético no olvidaría fácilmente sus manos elegantes de uñas manicuradas y pulidas ni el rostro inteligente y atractivo, en el que sobresalían aquella nariz suya, agresiva como el pico de un halcón, y la mirada aguda y profunda bajo los abultados párpados. Me producía la mezcla de prevención y simpatía que sólo los hombres poderosos son capaces de inspirar. Lo miré a los ojos y esperé a que hablara.

—Sé por de la Buissonière que tenemos un problema difícil de resolver...

—Marie Weisman...

—Marie Weisman, sí. La hija de la buena amiga de mi madre que yo mismo recomendé a Olga Letellier...

—Sí.

—... Hmm... Si no estoy equivocado... hablemos con franqueza, ¿no le parece?, usted monsieur de Sá tiene un interés especial por esta señorita, un interés digamos sentimental...

—No es ningún secreto para quienes nos conocen.

—Ya. Me dicen que en muy pocas semanas han trabado ustedes una amistad especial...

—... mire, monsieur Bousquet, Marie ha aceptado mi proposición de matrimonio —dije un poco a la defensiva.

—¡Ah, *mais quelle bonne nouvelle,* qué buena noticia! Entonces ambos tenemos gran interés en que nos sea devuelta a la mayor brevedad posible. El cautiverio nunca es bueno y menos en una joven tan vital como Marie. Nunca me perdonaría que le pasara alguna cosa desagradable. Tengo un importante deber de amistad que me obliga *vis-à-vis* de Olga y, sobre todo, del profesor y de la doctora Weisman...

—Sé que usted conoce a los padres de Marie y que...

—¡Ah sí! Los conozco muy bien y, si me permite usted la confidencia, en unos momentos en los cuales la vida es difícil para los israelitas en Europa, el profesor Weisman goza del respeto de la comunidad intelectual de Francia...

—Pero ha sido expulsado de la Sorbona.

—Lo sabemos bien. Son las dificultades que nacen de tener que adoptar una política coherente y global hacia una raza, la judía, que nunca ha sido particularmente solidaria con el resto de los pueblos de Europa —me miró esperando algún comentario por mi parte, pero preferí callar—. Ah, *les juifs, les juifs* —de pronto me espetó—: ¿Es usted partidario de la raza judía, monsieur de Sá?

—No particularmente, no.

—Por tanto, es usted antisemita —levantó una mano y sonrió—. Al menos, un poco antisemita.

Hice un gesto de aceptación resignada.

—Ya veo. Y, sin embargo, su novia es judía y, por lo que me dice, espera usted casarse con ella.

—Sí. Pero no creo que los sentimientos individuales tengan nada que ver con una opinión sociológica colectiva.

—No, en efecto. Comprenderá usted, entonces, que yo sienta el mayor respeto por el profesor Weisman y el mayor afecto por su hija, al tiempo que me parece razonable vigilar y limitar las actividades de la comunidad judía en Francia.

—Bueno, si uno piensa que se trata de una comunidad de pequeños burgueses que no hacen daño a nadie...

—¡Sí hacen daño, *mon cher!* Porque no son los pequeños judíos los que constituyen un peligro social y político, sino quienes los arropan haciendo de ellos un compartimento estanco. Son los grandes millonarios e industriales, los Rothschild y los Citroën, los barones de la prensa detrás de los que se esconden, quienes son la argamasa de un formidable grupo de presión y explotación... ¡Y encima, Hitler nos envía a sus propios judíos para que nos ocupemos de ellos aquí!

—Pero eso, señor Bousquet, no justifica la persecución de los judíos franceses...

—¿Ah, no?

Comprendí que había tomado un sendero equivocado.

—Quiero decir que tal vez los judíos franceses merezcan ser vigilados y controlados, pero también que si se han hecho acreedores a ello es por méritos propios y no como responsables de las acciones de los de su raza en Alemania —pensé que si Marie me hubiera oído, yo habría pagado caro las tonterías que estaba diciendo; en mi descargo, me aduje que diría lo que fuera con tal de que ella recobrara la libertad.

Bousquet me estuvo mirando en silencio durante un buen rato.

—Ya —dijo por fin—. A lo que íbamos. Pese a mis opiniones y pese al hecho de que por ser un funcionario, un alto funcionario si usted quiere, debo respetar, acatar y hacer cumplir las leyes, entre las que se encuentra el Estatuto de los judíos, estoy empeñado en conseguir dos cosas: por una parte, la readmisión del profesor Weisman en su cátedra de la Sorbona y, por otra, la libertad de su hija Marie —extendió las manos sonriendo—, para que ustedes dos puedan casarse.

—No sabe usted cuánto me alivia oírle decir todo esto.

—Ah, no, no. Lo hago de mil amores. No lo tome usted como un favor. Francia protege a sus ciudadanos y los seguirá protegiendo en toda circunstancia. No lo olvide nunca. Y cuando haya recuperado al profesor y a su hija, ni se le ocurra decir que los he ayudado. Antes bien, le exijo que usted, señor de Sá, explique a quienes le quieran oír que sólo gracias a su gestión se han conseguido ambas cosas —rió con alegre sorna—. Es mi regalo de boda: de un solo golpe habrá usted conseguido a su novia y la simpatía de su suegro. Ya ve usted qué fácil es —guardó silencio por unos segundos y después se inclinó hacia delante. De nuevo me miró directamente a los ojos—. Y ahora, dígame una cosa, monsieur de Sá. Usted sabe tan bien como yo que la guerra distorsiona los mecanismos de funcionamiento normal de una sociedad, ¿verdad? —asentí—. Bien. La mayor parte de las situaciones que se plantean durante una guerra son extrañas, fuera de lo común. Están lejos de toda lógica e incluso de toda ética tal como interpretamos ambas cosas en tiempos de paz. Es más, la mayor parte de las veces exigen decisiones anormales, incluso irracionales. ¿Sí?

—No veo adónde quiere usted llegar.

—Tenga usted un poco de paciencia y lo comprenderá. Dígame. Si apretando esta campanilla —me señaló un timbre de los que suele haber en las recepciones de los hoteles; estaba en una esquina de la mesa de trabajo y quien quiera que fuese debía de utilizarlo para convocar a la secretaria—, si apretando, usted pudiera hacer que miles de franceses sufrieran menos en esta guerra, fíjese que no digo dejaran de sufrir, no soy un iluso... sufrieran menos, ¿tocaría el timbre?

Recordé una conversación casi idéntica con Armand, meses antes, sobre el *affaire* Dreyfus. Arrugué la frente.

—Claro. Lo haría, claro está.

—Y si yo le dijera que al tocar esta campanilla, la disminución de los sufrimientos de miles, de centenares de miles de franceses fuera a costa del sacrificio de una sola persona, ¿qué haría?

—No le entiendo.

—Sí me entiende. En realidad es sencillo: un campanillazo equivale a la libertad de centenares de miles de franceses a cambio del sacrificio de una sola persona. No nos movemos en el reino de las ilusiones, señor de Sá. Nos movemos en el mundo de las realidades —de pronto, endureció el tono—. Vamos, señor mío, suponga que le exijo una decisión...

—Pero yo no soy un soldado, señor Bousquet, no estoy... ¡nunca he estado!, en el lugar en el que a diario se toman las decisiones que afectan a un país entero, no tengo poder, no lo quiero, no soy siquiera el hombre... no sé si la palabra es sin escrúpulos... que está dispuesto a lo que sea con tal de que triunfe la causa que defiende. No, no. Usted no me puede exigir que yo decida con un sencillo gesto de este dedo —le mostré mi índice derecho—, porque es injusto que ponga en mis manos la salvación de miles de ciudadanos cuando todo el ejército de Francia no ha sido capaz de resistir y amparar a toda esa gente a la que se supone que voy a salvar con un único timbrazo —me había quedado sin aliento y cogí aire como si fuera a bucear por largo tiempo.

—Sí que puedo, puesto que no hablamos de una acción de guerra sino de un simple gesto para el cual usted está en una posición única. Nadie más. Ni siquiera el mariscal, con todo su patriotismo y su preparación militar, podría hacerlo. Porque no está en su mano... Y no me diga que no es usted hombre de acción o que, ¿cómo ha dicho?, sí, que no es usted un soldado. Extraño civil desarmado este que dirige un grupo de resistentes, bastante activo por lo que sé. Sí, no me mire así. El GVC... Conocemos bien sus actividades... En fin, tantos remilgos cuando sólo le pido un gesto para el que no es preciso irse a las trincheras con un fusil.

—No le entiendo, señor Bousquet.

—Sí que me entiende, y antes de que le explique qué supone todo esto, debe usted decirme lo que haría. Le pido una simple respuesta teórica a una proposición teórica.

—¿Con un único sacrificio?

—Con un único sacrificio, señor de Sá.

Me eché hacia atrás.

—En ese caso, señor Bousquet, es sencillo: no lo haría... no apretaría el teórico timbre.

Bousquet hinchó los carrillos y expelió el aire muy despacio.

—Me decepciona usted.

—¿Por qué? Déjeme que sea yo el que pregunte ahora. Si muchos como yo hiciéramos pequeños actos de sacrificio, hiciéramos sonar campanillas y se lo tuviéramos que imponer a cada uno de los sacrificados, a sus amigos, a sus familias, ¿valdría la pena? ¿Eso es lo que hace la guerra? ¿Convalidar actos de absoluta crueldad sólo porque no se quieren buscar alternativas? Oh, sí: todos acabaríamos pagando el precio de nuestros torpes timbrazos. ¿Dónde estaría el límite? ¿Mil sacrificios, dos mil, cien mil? La opinión pública, la ciudadanía terminarían por sublevarse.

—El papel de la opinión pública, amigo mío —lo escupió de modo que más me sonó a «enemigo mío»—, es dejarse llevar por la emoción; el papel del gobierno es escoger. Y en tiempo de guerra, debemos escoger, no lo que más satisface a nuestras emociones o a nuestro sentido de la bondad, sino lo que exige la patria, lo que es útil al mayor número. Dicho en otras palabras, al bien común. La impopularidad de este gobierno, y no crea que no somos conscientes de quienes protestan, la impopularidad de este gobierno será en el futuro uno de sus timbres de gloria, se lo aseguro. A nosotros corresponde la dura tarea de ser decididos porque sabemos que la razón está de nuestra parte.

—Será por eso que nunca quise inmiscuirme en la vida pública —murmuré.

—¡Ajá! Sin embargo, usted está pidiéndome a mí que haga un acto público para salvar a mademoiselle Weisman, al tiempo que pretende quedar al margen...

—Pero... pero... el problema de Marie estaba solventado —balbucí—. ¿Por qué lo volvemos a suscitar? Esto es otra cosa, ¿no?

Bousquet, que a lo largo de la conversación hasta entonces había estado amable, dio de pronto una palmada sobre el velador que tenía a su lado y que voló por los aires. Antes de volver a mirarle sobresaltado, tuve tiempo de distinguir con nitidez dos de las tres patas que rodaban, rotas, hacia una esquina de la habitación.

—*Non, monsieur* de Sá! —dijo en voz baja. Noté que me sofocaba—. No estaba solventado. Faltaba una parte importante de la transacción... ¿O es que cree usted que las autoridades alemanas me entregan generosamente lo que les pido sin contrapartida? No, señor, no lo hacen... Usted, señor mío, no se da cuenta de lo difícil que es mi posición. Usted, por lo visto, no comprende lo que es ser autoridad en un estado que ha pactado un armisticio con una potencia triunfante, para evitar ser derrotado por ella. No comprende lo difícil que resulta conjugar la autoridad que ejerzo frente a mis ciudadanos con la necesidad de que los alemanes de la zona norte la deleguen en mí a diario. Todos los días, señor de Sá. He de buscar co-ti-dia-na-men-te un acomodo para que la trama del estado no se deshaga, para que nuestra *autoritas* no sufra, para que el día en que acabe esta guerra, Francia siga siendo un país y quienes lo gobernamos hoy con una visión histórica de futuro sigamos haciéndolo entonces sin merma de nuestro papel. ¡Necesito estar a bien con los alemanes para que sigan permitiéndome hacer mi trabajo! ¿No lo comprende? ¿Cree que esta pequeña aventura de colegiales a la que se lanzaron usted y Marie, una mujer que más parece una adolescente con la cabeza a pájaros que otra cosa, se saldaría sin consecuencias? Por lo visto, pensaron que podían tener en jaque a media Wehrmacht en París sin que nadie se enfadara por la travesura. Pues se enfadaron.

Abrí las manos para intentar contestarle.

—¡No me interrumpa! —me apuntó con un dedo—. Marie está detenida en la avenida Foch. Usted no sabe lo que eso quiere decir; yo sí. No sabe usted de lo que son capaces los inquilinos de ese palacete. ¿Conoce usted los métodos de la Gestapo? Yo sí. Bien, pues para prevenir que su detención tenga consecuencias más desagradables de las que ha tenido hasta ahora, le aconsejo que lo piense detenidamente una vez más antes de negarse a apretar el timbre. ¡Ah! Y el alivio de la suerte de centenares de miles de judíos o de franceses o de alemanes no tiene en este caso la más mínima importancia. Lo que me importa es que ustedes dos no estropeen mis planes y los del mariscal y los de Laval. Un timbrazo a cambio de la libertad de su Marie y de la consolidación del destino de Francia ¿Se da usted cuenta de cuánta gente depende de un simple gesto suyo?

Me latía con fuerza una vena en la sien derecha. Me pareció que el latido bajaría hasta mi garganta y me impediría respirar.

Giré un poco la cabeza y miré el estúpido timbre con su media esfera de cobre. Luego alargué la mano y le pegué con todas mis fuerzas. Cayó al suelo y se desintegró, pero en el aire quedó el ruido sordo del campanillazo sin eco.

Bousquet se recostó en su butaca.

—¿Dónde está Philippa von Hallen?

15

La estación de Vichy, inaugurada casi un siglo antes para permitir la llegada del tren imperial en el que viajaba Napoleón III, es como todas las de mitad de trayecto, un edificio corrido a lo largo de un andén principal, una construcción coqueta de hierro forjado por la que pasan, pasaban, cada año miles de balnearistas de todas clases: reyes, emires, presidentes, ministros, aventureros, hetairas, jugadores de ventaja, gordos y flacos, enfermos de toda clase de males (que hubieran podido curarse con una dieta alimenticia más razonable de lo que era la suya antes, durante y después de acudir a Vichy). A todos los esperaban coches de caballos, autobuses, taxis y limusinas de los diferentes hoteles para llevarlos a sus destinos y al inevitable encuentro con las aguas sulfuradas.

Parecía mentira en una persona tan asidua al balneario como yo, pero lo cierto era que había estado pocas veces en el andén principal en el que me encontraba ahora.

Nadie me acompañaba, ni siquiera los esbirros de Bousquet o de Brissot, ni siquiera Jules. Me había parecido verlo cerca de mi hotel, es cierto, pero luego se había esfumado cuando, nada más subirme al auto, emprendía el camino de la estación. Intenté descubrirlo volviendo la cabeza por sorpresa en tres o cuatro ocasiones, sin éxito alguno, desde luego, lo que indicaba mi nivel de paranoia, puesto que ¿cómo iba él a seguirme a pie mientras yo conducía un automóvil? (Era el día del regreso de Marie y había decidido que podía utilizar el coche porque aún me quedaban algo de gasolina en el depósito y una lata de veinte litros en el garaje; pero, claro, si no quería condenar mi Chrysler a un ostracismo que no me convenía nada por múltiples razones, pronto me vería obligado a colocarle encima del maletero la horrible caldera de gasógeno.)

A todos les hubiera gustado organizar un comité de recepción. El primero, Armand, que se ofreció a estar presente junto a mí en la espera del tren proveniente de París, pero me negué; le dije que era un cotilla y los dos nos reímos. Luis Rodríguez, como siempre considerado en extremo, ni lo había propuesto. Domingo, por fortuna, todavía no había regresado a Vichy de su expedición al Pirineo: nadie habría sido capaz de impedirle estar en el andén. Y a Olga la había convencido de que lo mejor sería que esperara a Marie en casa con una taza de chocolate bien caliente. Este momento era para mí.

Quería estar solo.

El instante tan inseguro, tan angustioso, tan excitante, en el que Marie me era devuelta era sólo mío.

Tuve un último momento de ansiedad, ¿vendría, no vendría?, cuando vi que el tren se materializaba en la distancia bamboleándose sobre los rieles mientras emergía rodeado de niebla y de su propios vapores. No hubo tiempo de más. La locomotora dio un plañidero silbido final y enseguida desfilaron ante mí los vagones, uno tras otro, llenos de rostros fugaces. El expreso se detuvo. Guardo en la memoria, perfectamente nítido, el ligero olor a consomé que emanaba de las inmediaciones del vagón restaurante. (Trucos que juega el pasado, puesto que no me parece que en la Francia de noviembre de 1940 los Grandes

Expresos Europeos estuvieran en disposición de servir a sus clientes caldo alguno.)

Plantado más o menos en la mitad del andén, indeciso sobre hacia dónde dirigirme, si a la cabecera o a la cola del convoy, me puse a escudriñar las ventanillas y después las portezuelas de los vagones. Los revisores ya habían bajado y los empleados de los coches cama de Wagons-Lits Cook habían colocado los escabeles con los que facilitarían la bajada de los pasajeros. Por doquier había mozos, eso sí algo huérfanos de maletas que apilar sobre sus carros. Y hoy, pocos reencuentros: en estos tiempos no se viajaba a Vichy por vacaciones, por placer o por reunirse con la familia.

Y entonces, paseando una vez más, y no sin impaciencia, mi mirada por el convoy, por pura casualidad divisé a Marie. Apoyada en la mano de un revisor, se apeaba del primer vagón, el que seguía a la locomotora y al furgón de correos. Desorientada, giró sobre sí misma buscando, claro, una cara conocida. Me dio un vuelco el corazón. Enseguida me vio, de pie en la lontananza. Levantó una mano sin llegar a moverse de donde estaba y me pareció que le faltaba el equilibrio y que se tambaleaba. Angustiado de pronto (idiota de mí, por instinto esperaba a la Marie de siempre, como si hubiera regresado de un viaje cualquiera) me abrí con fuerza paso por entre los viajeros recién desembarcados y fui corriendo hacia ella. Al llegar donde estaba, me detuve de golpe, procurando no pensar dios mío en el aspecto horrible que tenía. Abrí los brazos. Titubeó. Pero, por fin, dando un paso, se refugió en ellos, pegándose a mi cuerpo con todas sus fuerzas. Temblaba como una hoja.

¿Cuántos días había pasado sin verla? ¿Cinco, seis, una semana? No hubiera creído que una persona pudiera perder tanto peso en tan poco tiempo. Las curvas sensuales y fuertes de su espalda, tan sedosas, habían sido reemplazadas por huesos duros y puntiagudos, costillas, omoplatos, columna, a los que se enganchaban mis dedos. Pensé que le haría daño si seguía abrazándola y confieso que me dio un poco de grima. Su pelo estaba grasiento y olía a carbonilla y su ropa, a una suciedad indefinida, medio sudor, medio orín. Separó su cara de la mía para mirarme. Tenía un moratón en el carrillo izquierdo y una herida sin cicatrizar que empezaba a sanar, un corte no muy profundo que le cruzaba la frente desde la sien izquierda hasta casi la ceja derecha.

—Geppetto —murmuró—, oh, mi Geppetto —y me agarró la cara con las manos—. ¿Me ves así de horrible?

—¡No, no, mi amor! —exclamé. Sacudí la cabeza, reprendiéndome.

Sonrió débilmente y luego me besó diez, doce, quince veces en la boca. Creo que algunos viajeros nos miraron con curiosidad o con escándalo, no sé.

—¿Todavía me quieres? —le olía el aliento a una mezcla de vómito y pan. Creo que no me importó.

La separé de mí y, como si hubiera sido la última vez que se me permitía hacerlo, le besé los ojos y la nariz y la garganta. Le besé las profundas ojeras moradas, le besé la nariz tan afilada por el sufrimiento, le besé las mejillas repentinamente ajadas.

—¿Qué te ha pasado, dios mío, qué te han hecho? —le pregunté, pero hubiera querido comerme las palabras tan pronto como salieron de mi boca. Lejos de cualquier afán masoquista, no deseaba que me contara nada de lo que le había sucedido en esta aventura de la que me sentía tan responsable. Después pensé que tampoco quería que ella recordara el sufrimiento de los días pasados.

—Oh, cuando te cuente lo que ha sido... —le dio un escalofrío e, inclinándose hacia atrás, se apartó con rabia una lágrima de la mejilla.

—Ven, vamos a casa —dije.

¡Cómo iba a querer que me contara nada! Estaba dispuesto a todo con tal de evitarme el relato de su horror, de lo que le había ocurrido por culpa mía en aquel espantoso palacete de la avenida Foch.

Pero no iba a ser posible cerrar la puerta a semejante memoria. No, claro que no. Tendríamos que saborearla, refocilarnos en ella, dejar que la ponzoña nos creciera dentro, bien amarga. Es lo que se espera de quien es solidario por amor: la furia, la impotencia, el espanto y el deseo de venganza. A mí, sin embargo, me hubiera bastado con la venganza: nadie tenía que contarme nada para que quisiera cobrármela.

¿Venganza? ¡Ah, sí! Ya lo creo que quería cobrármela. Si algún acicate me hubiera faltado para acabar de decidirme a entrar en acción en esta estúpida guerra, ahora tenía dónde escoger. Todo me empujaba al desquite con una rabia cuya intensidad me sorprendió: la sucia negociación con Bousquet, los días de angustia sin Marie, sus horas en manos de la Gestapo (no necesitaba mucha imaginación para percibir en su garganta, en su pelo, en su ropa el sabor acre de la vergüenza y el miedo), hasta mis treinta minutos de histérica espera en la estación. Y ahora, ella, en mis brazos, casi destruida.

Venganza. En su nombre, Raphäel Alibert estaba siendo condenado a muerte con mayor certeza que si hubiera dictado sentencia el tribunal más ávido de sangre. ¡Ah, sí! Hasta pediría ser el verdugo. Alibert tenía que pagar por lo que le habían hecho a Marie.

—Ven, vamos a casa —repetí.

—¿A casa? —Marie levantó las cejas.

—Bueno —reí forzadamente—, a casa, lo que se dice casa... no. En Vichy, no. Quiero decir a casa de Olga, que te espera con una taza de chocolate humeante.

—Hmm, qué rico —su sonrisa era algo distante; de su rostro se había desvanecido aquella espontaneidad traviesa tan suya. De una adolescente hubiera dicho que de la noche a la mañana había dejado atrás la infancia. Pero, claro, era peor. A Marie parecía haberle sido arrancada la alegría de la entraña—. Ah, Geppetto, necesito un baño ahora mismo. Estoy... sucia.

»¿Sabes? En España me habrían pillado en una trinchera y me habrían violado y acuchillado *et coupé les seins* y rociado de gasolina y prendido fuego después... —sonrió fugazmente—. Bueno, rociado de gasolina, no, porque no había... Bah. Pero es que en el fondo, aquella era una guerra de salvajes y sabías que te tratarían como salvajes. Nosotros lo éramos, la tierra lo era, los facciosos lo eran y no te quiero ni decir si caías en manos de los moros... Ay, Geppetto, pero ¿en París? ¿En mi ciudad? ¿En la avenida Foch? —sacudió la cabeza—. La civilización hace que ciertas porquerías sean peores, lo ensucia todo... ¿sabes?

—Lo sé, Marie, lo sé... —luego murmuré—: ah, la sofisticación refina el mal, ¿verdad? —fue a hablar, pero le puse un dedo en los labios—. No digas nada ahora... calla. Ven, vámonos a casa —le pasé un brazo por la cintura y, con lentitud la empujé hacia la salida de la estación—. ¿El bolsón?

—Me lo quitaron en la avenida Foch —una declaración sin énfasis, la explicación objetiva de un hecho. Dio unos pasos y se detuvo—. Tengo frío —dijo. Tiritaba nuevamente. Entonces, empujándola no sin firmeza, la llevé hasta mi auto. Lo tenía aparcado en la puerta principal de la estación: en aquellos días el tráfico era más bien escaso y raro era el lugar en el que se producían dificultades nacidas de la aglomeración de coches.

Instalé a Marie en el asiento del pasajero y la arrebujé en una manta, lo que le arrancó una breve sonrisa de agradecimiento. Conduje después con lentitud por la calle de París, pasé por Quatre Chemins y seguí por la calle Montaret hasta llegar a la casa de Olga Letellier.

Hicimos el trayecto sin hablar. Marie, sujetándose con ambos brazos las piernas dobladas, se balanceaba suavemente de atrás adelante; tenía la vista perdida en la contemplación de algún recuerdo insufrible y no quise intervenir. Me pareció, egoístamente sin duda, que ella debía purgar sus propios fantasmas antes de que la recuperáramos. Ya llegaría el momento de las explicaciones, el momento de oír el relato de los horrores.

Olga nos esperaba en el vestíbulo de su apartamento con expresión angustiada. Nada más vernos entrar, abrió los brazos de par en par y Marie se refugió en ellos.

—*Ah, mon petit!* —dijo Olga, acariciándole la cabeza con inesperada ternura—, *mon petit, que tu as souffert!*, ¡cuánto has sufrido!

Marie se encogió de hombros.

—Necesito darme un baño —pudimos oír que decía, enterrada como estaba en el cálido chal de angora de Olga.

—Lo sabía... sabía que te querrías dar un baño bien caliente. Desde esta tarde te han estado preparando el agua y ahora acabarán de llenarte la bañera...

Marie se echó hacia atrás y se volvió a mí.

—¿Vienes? —dijo.

Sabiendo lo chocante que resultaba que yo acompañara a Marie a un cuarto de baño y, se sobreentendía, la ayudara a desnudarse y después a lavarse, miré a Olga con cierto apuro, pero ella había bajado la mirada pudorosamente.

—Te he hecho un buen chocolate caliente, Marie —dijo por fin.

—¡Oh, sí! Gracias, gracias. Me lo tomaré ahora mismo.

Las dos doncellas de Mme. Letellier, vestidas de punta en blanco, se acercaron a donde estábamos e hicieron una leve reverencia, como las niñas pequeñas, que Marie agradeció con una sonrisa.

—Estamos muy contentas de tenerla de vuelta, mademoiselle —dijo la mayor de las dos y, volviéndose hacia su compañera, cogió una taza humeante que ésta portaba en una pequeña bandeja de plata y se la ofreció a nuestra recuperada heroína. Marie cogió la taza y devolvió el plato sobre el que se sustentaba; puso las manos a ambos lados de la taza para calentárselas e inclinó la cabeza hacia delante para oler el chocolate—. Hmm —dijo, y bebió un pequeño sorbo, cuidando de no quemarse la lengua. Todos seguíamos sus gestos con ansiedad, como si estuviéramos esperando que tropezara, que perdiera un equilibrio ahora precario por el sufrimiento o el hambre o la sed, como si tanta serenidad fuera imposible.

La desnudé con sumo cuidado, procurando no tocar sus pechos, su vientre o su sexo, haciendo más de padre que de amante. La obligué a ponerse de pie en la bañera y con una esponja hice que el agua caliente corriera por su cuerpo una y otra vez, mientras buscaba señales reveladoras del mal trato que hubiese padecido. No descubrí ninguna, aparte del hematoma en el pómulo y el rasguño en la frente, sólo la delgadez extrema y la palidez.

Al cabo de un rato, la enjaboné muy despacio, toda entera, desde el pelo hasta los pies.

—No me tocaron, ¿sabes? —murmuró—. Esto de la cara me lo hicieron en la estación cuando vinieron a detenerme. Me resistí y...

—Ya sé, ya.

Se sentó en la bañera y luego se deslizó por ella con los ojos cerrados hasta que el agua la cubrió casi por entero y sólo quedaron al aire sus hombros y su cabeza y, altivos como siempre, sus pechos.

—Pero... fue casi peor. Creí que me iban a violar... Cuando me llevaron a uno de los salones de la avenida Foch... uno que da al jardín, a una escalinata grande que hay... ¡Dios! Era... era como una sala de paso. Había muchos soldados que iban y venían continuamente y unos tipos con abrigo de cuero, ya sabes... los hijos de puta. Alguno era francés... eran los únicos que me miraban. ¡Qué asco! Me obligaron a sentarme en un sofá... Nadie me decía nada. A mi lado había un cenicero de pie lleno de colillas malolientes y, detrás, una escupidera. Pasaban delante de mí como si yo no existiera. Cuando se paraban a apagar un cigarrillo en el cenicero, parecía que yo no estaba allí... sólo los franceses... Y al cabo de no sé cuánto tiempo, una o dos horas, supongo, vino una mujer gorda y grande... muy fuerte... me agarró por los brazos y me puso de pie. Acercó su cara a la mía y me gritó *à poil!*, ¡en pelotas! —Marie abrió los ojos y ya no dejó de mirarme hasta que concluyó su confesión, ¿era una confesión? Sí, creo que sí lo era, aunque ignoraba de qué pecado—. Me quité la chaqueta y la mujer me gritó *schnell!*, ¡deprisa!, y luego me puso la mano en la parte de delante de la blusa y me la desgarró de arriba abajo. No sé cómo, porque no estaba para fijarme en nada más, pero me di cuenta de que dos soldados jóvenes se habían detenido a mirar la escena. La mujer se volvió a mirarlos y dijo algo en alemán que no entendí. Los soldados sonrieron, se encogieron de hombros y se fueron... La mujer giró de nuevo hacia mí y dio dos palmadas, *schnell!...* y... y... entonces me quité la falda y la combinación y me quedé sólo con el sostén y las bragas... De pie, así, expuesta a todos. De pronto la bestia aquella dio un rugido... Me señalaba las bragas y luego el sujetador y enseguida dio un paso hacia mí con aire verdaderamente amenazador. ¡Oh, Geppetto! Estaba aterrada... indefensa. Yo... yo... Marie la fuerte, la valiente guerrillera —rió con rabia—, yo... Geppetto —alargué una mano y le sujeté la muñeca, pensando que así le infundiría ánimos.

—No sigas, Marie, no hace falta que sigas.

—Sí —murmuró—, sí que hace falta... Déjame, Geppetto, tengo que seguir... ¡Dios! —dio un largo suspiro y exclamó—: *Et puis, merde!* Me... me oriné... allí mismo, sin poderme contener... de puro miedo, mi amor, ¿te das cuenta? —se le saltaron las lágrimas—. La mujer me miró con... con desprecio y me volvió a gritar *schnell!* Entonces muy deprisa me quité el sostén y las bragas y me quedé, así, desnuda, de pie delante de todos, todos los que estaban allí, los que pasaban... que ahora sí me miraban. Debería haberme negado a desnudarme, pero tenía tanto miedo... Me parecía que si me quitaba la ropa voluntariamente, a lo mejor el castigo terminaría ahí. Colaboraba, ¿no? Si colaboraba no me harían daño, ¿verdad? Entonces la mujer se inclinó para recoger mi ropa y su cara quedó a la altura de *mon cul,* mi sexo. Estuvo un buen rato así, mirándome —sollozó—, y... y luego levantó la mirada y sonrió. *Putain!* ¡Hija de puta!... Fue la sonrisa más sucia que he visto en mi vida.

—Marie... Marie —dije en voz baja—. Marie, se ha enfriado el agua. Ven, sal del baño, déjame que te seque y te ponga ropa caliente, ven.

Como una autómata, se puso de pie y salió de la bañera. La rodeé con una gran toalla de algodón y le froté la cabeza y la espalda para que no perdiera el calor. Luego, hice lo mismo con sus muslos y sus pantorrillas, con los brazos y las manos.

Se sentó en el borde de la bañera y se arrebujó en el improvisado albornoz. Me puse en cuclillas frente a ella. Por entre los pliegues de la toalla, alargó una mano y me acarició la cabeza y la cara.

—Ay, Geppetto. Aj... sin decir nada más, la tipa aquella se fue con mi ropa y yo me quedé desnuda. ¡Desnuda! ¡Allí, en aquel salón de paso! Desde luego, aquella puta sabía cómo humillar a la gente. Yo estaba enferma de vergüenza. Me tapé como pude con las manos y me senté en el sofá... un sofá verde y sucio, un verdadero asco. Tiritaba de frío... No sabes lo que es el frío. Me dolían las rodillas de tiritar, pero fue un consuelo, ¿sabes?, porque acabé concentrándome en el frío para no pensar en mi desnudez. Y cuando me pareció que lo había conseguido, al rato, se abrió la puerta de un despacho y se asomó un soldado. Me gritó *sie!*, ¡usted!, y me hizo gestos de que fuera hasta allí. No me moví. Prefería morir. Hubiera preferido morir con tal de no cruzar desnuda aquel salón... No sé si era un resto de dignidad o qué... *Komm!* me gritaba el soldado, hasta que uno que pasaba por allí debió de apiadarse de mí, levantó una mano para que esperara y de un perchero descolgó un capote y me lo tiró. El de la puerta le dijo algo con enfado... me parece que debió de ser que no tenía que ayudarme, y el otro le contestó *ja, ja, ja,* y siguió su camino.

—De verdad, mi amor, no tienes que contarme todo esto, no tienes por qué sufrir dos veces, ¿eh? —me puse de rodillas porque me habían empezado a doler las articulaciones a causa de la posición tan forzada. Le puse una mano en cada hombro—. ¿Eh? —repetí.

—No. ¡No! Tengo que seguir... tengo que seguir. Entré en el despacho más pequeño y, al pasar delante del soldado que me había llamado, me arrancó el capote de encima y de un empujón me hizo caer al suelo. Detrás de una mesa de despacho estaba... Lo reconocí enseguida, von Neipperg. Estaba de pie y me miraba con total frialdad, como si no fuera con él. *Mon Dieu,* qué mirada... como si no me hubiera reconocido y yo fuera un bicho leproso. Me dijo póngase de pie, qué le pasa, ¿le da vergüenza? Sí, le contesté, ¿a usted no le daría vergüenza estar desnudo ante su carcelero? Se encogió de hombros. Le daba igual. Se puso a hojear unos papeles que había sobre la mesa. Hacía mucho calor en aquel cuarto. Madame de Sá, ¿verdad?, me preguntó, ¿O debería más bien decir mademoiselle Weisman, la concubina de de Sá? Póngase de pie... Y déjese de falsas modestias. No estamos interesados en su sucia... no recuerdo lo que dijo. Y luego: bueno... algunos de los soldados más bestias e ignorantes de las mazmorras de abajo, sí están interesados, ya lo comprobará usted. Y de golpe me preguntó: ¿dónde está Philippa von Hallen? En una esquina de la mesa estaba mi bolsón y delante, los cuadernos de Philippa. Los reconocí enseguida... ¿Philippa?, dije yo. Me hubiera reído de no haber estado tan muerta de miedo: eso era lo que querían, ¡Philippa! Pero ella estaba lejos de sus garras. ¿Por qué la persiguen ustedes?, le pregunté. El Führer tiene mucho interés en hablar con ella, contestó él. ¿Dónde está?, insistió. No tengo ni la más remota idea. Le he dicho que se ponga en pie... Ni siquiera un conde alemán tiene esa falta de delicadeza, le dije. Eso le llegó... lo vi en su cara. ¡Estoy desnuda! Tengo frío... Entonces ladeó la cabeza y con un gesto de la barbilla, así —Marie levantó la barbilla—, indicó al soldado que me devolviera el capote, pero cuando me lo iba a poner sobre los hombros, hizo un gesto para que se detuviera. ¿Dónde está la condesa von Hallen?, repitió. Iba en el tren al que no pude subirme, contesté. Von Neipperg dio un respingo y exclamó *ach so!* Comprendí que hasta entonces ellos habían pensado que Philippa aún estaba en París. ¿Está en Vichy, entonces? No lo sé, dije, supongo que ya no, que irá rumbo a la libertad... que se les ha escapado... pero, por dios, ahora deje que me tape. Se encogió de hombros y miró al soldado. Éste dejó caer el capote a mi lado. Lo agarré con las dos manos y por fin pude cubrirme. Entonces pude mirarle y él sonreía como si yo hubiera dicho alguna gracia que sólo pudiera comprender él. ¿De modo que hacia la libertad, eh? Hice que sí con la cabeza y añadí: Philippa iba en el tren con Manuel de Sá. Von Neipperg rió. Valiente este de Sá que huye y la abandona a usted en manos de la Gestapo... Eso dijo, Geppetto.

—Bueno, no iba muy descaminado —sonreí con tristeza.

—¿Tú que eres el hombre más fiel, más leal y más valiente que conozco?

—No lo soy, no.

Marie me miró con extrañeza, como si en mi tono hubiera detectado algo fuera de lo habitual. Hizo un gesto con la boca y continuó:

—Me reí. No sé cómo tenía ánimos para reírme, pero Philippa había escapado de sus garras y eso, sólo por eso, era un triunfo, ¿sabes?, que merecía... Y le dije, fue culpa mía. Señalé el bolsón que estaba encima de la mesa y le dije que me había dejado la bolsa de viaje en el cuarto de los *cheminots* de la estación y tuve que volver a por ella. Mi risa debió de convencerlo de que yo estaba diciendo la verdad. Estuvo en silencio un tiempo y después, me miró con desprecio. Por el momento no me sirve usted de nada más, dijo. Irá a abajo, al sótano... me dio un escalofrío de miedo... hasta que decidamos qué hacer con usted. Vístase. Mi ropa, bueno, lo que quedaba de ella, estaba ahí sobre una silla y no la había visto hasta entonces. La blusa desgarrada, las bragas sucias... Von Neipperg volvió a mirarme mientras me vestía. Oh, Geppetto, era como si contemplara basura. En voz baja dijo ¡cerda judía!, algo así como *Judensau*... creo, y había tal desprecio en su cara que fue como si me diera una bofetada. Y comprendí, Geppetto, lo comprendí bien: yo no era un ser humano para esa bestia bien educada... era un perro. Era un perro para todos ellos y por eso les daba igual que estuviera vestida o desnuda, que tuviera pelo u hocico, les daba igual. Me llevaron al sótano y me encerraron en una celda pequeña, sin un mueble, nada, sólo un retrete. Estuve creo que tres días encerrada sin que nadie me dijera nada... A veces hacía mucho frío... no siempre, no habría podido aguantarlo sin morir. Imagino que las tuberías de la calefacción y del agua subían por el sótano y mantenían un poco de calor... Sólo oía de vez en cuando gritos desgarradores, aullidos. Era gente a la que estaban torturando, supongo... no podía ser otra cosa, aunque te juro que me parecían animales a los que estaban desmembrando... De vez en cuando se abría la puerta y yo me refugiaba contra una esquina del cuartucho aquel, segura de que venían los esbirros que me había prometido von Neipperg para llevarme a una cámara de tortura... Pero no. Era la horrible mujer que me traía un trozo de pan revenido y un tazón de sopa... Nunca me decía nada. Por las noches, suponía que era de noche, hacía mucho frío. Intentaba envolverme en mi abrigo pero servía de poco... Mi único consuelo, Geppetto, era pensar en cómo nos habíamos burlado de aquel miserable y en que Philippa estaba a salvo aquí... —sonrió y a mí se me cayó el alma a los pies—. Un día volvió la mujer aquélla y me hizo señas de que la siguiera. Me llevó hasta un lavabo que había en un pasillo, me dio una toalla pequeña y sucia y un trozo de jabón de Marsella y estuvo ahí, delante de mí, mientras me lavaba como podía. Luego, me llevaron a un coche y me condujeron a la estación. Dos soldados me subieron a un vagón y se sentaron conmigo en un compartimento. Me brincaba el corazón, Geppetto. ¡Me devolvían a ti! Por eso no me importó que no dejaran de vigilarme hasta la línea de demarcación. ¡Qué más me daba! ¿Querían impedirme escapar? *Imbéciles!* En la frontera se apearon los dos y yo pude seguir sola hasta aquí. Un revisor se apiadó de mí y me trajo un bocadillo de salchichón y un poco de vino —se encogió de hombros—. *Et me voici.*

La ayudé a vestirse con ropa limpia. Después Marie quiso que nos tumbáramos en su cama y que yo la abrazara fuerte fuerte, me dijo.

Dio un suspiro de contento.

—Creí que nunca volvería a verte —murmuró.

—Yo también —cerré los ojos con fuerza.

Y, en el mismo tono apacible y satisfecho, me preguntó:

—¿Y Philippa? ¿Se la ha llevado ya Domingo a España? ¿Han pasado por Les Baux? Siento no haber podido saludarla antes de que se marchara...

No contesté.

Inmediatamente Marie supo que algo no estaba bien. Se incorporó sobre un codo para poderme mirar. Había fruncido el ceño.

—¿Geppetto?

Tardé algún tiempo en contestar y, a medida que pasaban los segundos, la expresión de Marie iba ensombreciéndose hasta adquirir la certeza del desastre.

—La detuvieron en Lux —dije con voz casi inaudible.

—La... ¿pero quién?... Los alemanes no pueden entrar en zona libre.

—La policía francesa.

—¿Qué? ¿Cómo?... ¿Tú estabas ahí?

—No.

—¿La habías dejado sola?

—Era el sitio más discreto para que no la descubrieran mientras... Yo había vuelto a Vichy para intentar conseguir tu liberación.

—Y la habías dejado sola.

—En el Métropole, con Le Saunier.

—Oh, dios mío... ¿No comprendes que aquellos tipos no eran de fiar, que eran una pandilla de vendidos?... ¿Él y los *cheminots* y los revisores?

Mentir sólo me tentó una fracción de segundo.

—No fueron ellos, Marie.

—No te entiendo.

De pronto, comprendió.

Me miró con horror.

—Dime que no la entregaste a los nazis —no dije nada—. ¡Dímelo!

—Era tu vida o la de ella, Marie —murmuré por fin. Se apartó de mí y haciendo girar las piernas fue a sentarse en el borde de la cama. Doblando el espinazo, bajó la cabeza hasta apoyarla en las rodillas. Estuvo así un largo tiempo antes de volver, por fin, a enderezarse. De pronto aquella Marie era una persona diferente: ni rastro de su humor, de su amor, de su travesura, de su ternura, de su sensualidad. Ni rastro.

—¿Mi vida o la de ella? ¡Pero no comprendes nada! Has mandado a la muerte a una amiga que confió en ti... Te has vuelto loco...

—Era tu vida... —repetí.

—*Mais, nom de Dieu!*, ¿cómo pudiste hacerlo?

—Bousquet.

—¿Eh?

—Me puse a buscar a quien pudiera sacarte de París. Brissot, Chambrun, Laval... hasta pensé en el mariscal... Armand me consiguió una entrevista con Bousquet... Ya ves, al que menos esperaba...

—¿Y?

—Bueno, ¿qué quieres que te diga?... Me ofreció un trato: tú por Philippa— me encogí de hombros—, y acepté.

—¿Pero cómo aceptaste nada de ese idiota engreído?

—¿Que cómo acepté? Hubiera aceptado lo que me hubiera propuesto, Marie... lo que me hubiera propuesto. ¿No lo comprendes? Decidí que haría lo necesario para que te devolvieran a mí y tuve que escuchar la mayor sarta de tonterías que he oído en mi vida, la mayor sarta de justificaciones idiotas que... Pero... él tenía la llave de tu libertad. ¿Cómo no iba a aceptar lo que me propusiera? Bousquet es un cínico, pero es un cínico con poder... y no me importó su cinismo, sino su poder: era tu vida la que estaba consiguiendo, la de la mujer a la que amo por encima de todo a cambio de la de una mujer rota...

—¡No digas rota!

—... Bien, bueno, rota no... Pero a cambio de la de una mujer a la que hace una semana no conocía ni de nombre.

No debiste quererme tanto... no debiste hacer que te quisiera tanto. ¿Cómo iba a dudar? Era tu vida, Marie...

Marie, pálida como la muerte, me miraba con los ojos muy abiertos.

—¡Pues no quiero esta vida que me regalas! Y no quiero vivirla a tu lado para tener que acordarme todos los días del precio que hubo que pagar —estaba inmóvil, rígida sobre la cama.

—¿Qué quieres decir? —pregunté espantado.

Sacudió la cabeza como si no me hubiera oído.

—Estamos en guerra, Manuel, en guerra. Y en la guerra se hacen sacrificios, unos por otros... —qué sarcasmo que me lo estuviera diciendo ella a mí—. Yo sabía lo que arriesgaba... ¿Te acuerdas? El Ebro eran aventuras. Tú mismo dijiste que esto de ahora no, que esto iba en serio porque ya no era cuestión de cantar alegremente con los milicianos españoles: ahora, aquí en Francia, se trataba de defender nuestros hogares. Defender a Philippa era defender nuestras casas, era defender la decencia.

—¿Qué me importaba a mí Philippa? —exclamé con impaciencia—. Con todo lo que la quieres desde hace un par de días... —ironías a estas alturas, santo cielo—, ... en un minuto tuve que escoger entre tú y ella. Son las desgracias de la guerra. Había que escoger y eras tú... eras tú, ¿no lo entiendes? Porque yo sí lo entendí —añadí con desesperación—. No me hizo falta ni un segundo. Por salvar tu vida, por salvar nuestra vida, habría traicionado cualquier cosa, lo habría traicionado todo. ¿Por esta guerra estúpida? ¿Tú no?

—No es una guerra estúpida, Manuel. Y además, acabábamos de justificarnos: ya habíamos pagado el precio de nuestra guerra, la razón que nos impulsa a luchar: habíamos salvado a nuestra primera víctima. ¿No comprendes que entregándola a nuestros enemigos, dábamos marcha atrás, negándolo todo? Estábamos diciendo no, no, salvar a esta víctima no vale, no vale el precio que hemos comprometido como luchadores. ¿Qué somos? ¿Soldados que sólo luchan si el premio vale la pena? ¿Hay perseguidos de primera y de segunda clase? ¿Por qué no se lo preguntas a Arístides? ¿A cuántos salvó que no valían la pena? ¿Eh?

—Arístides lo hacía con una firma en un pasaporte, no con un intercambio de vida por vida... Lo suyo era fácil... —qué mezquindad la mía. Estaba de pronto tan furioso que casi la acusé de jugar con sofismas—. Ni hablar. No Marie. Hay precios que se pagan y precios que no se pueden pagar, que no se deben pagar, ni siquiera como luchadores. Porque antes de esta puta guerra, pasas tú, mil veces pasas tú, cien mil veces pasamos nosotros dos. ¿Y me estás diciendo que hubieras querido que alegremente renunciara a todo lo que es mi vida por la vida de Philippa, una mujer estupenda, de acuerdo, pero que en todo caso habría muerto antes siquiera de llegar a la frontera con España? Porque dime si no la habría encontrado toda la policía de Bousquet en un santiamén...

—¡Que la pillaran después habría dado igual! —levantó una mano—: No, espera. No habría dado igual porque habría sido una tragedia. El dolor... la tristeza, la muerte de una mujer valiente... —sacudió la cabeza—. Pero en lo que a nosotros respecta, es el acto en sí de la cesión lo que traiciona lo que somos, lo que representamos. Hasta ahora había cosas que nos distinguían del enemigo... el sacrificio...

Poco faltó para que acusara a Marie de decir chiquilladas románticas pero me contuve. Por un momento hasta pensé que nuestras diferencias tenían que ver con nuestros respectivos niveles de madurez; supuse que ella, con una generosidad que se me antojaba infantil, era incapaz de comprender lo que significaba minimizar daños inevitables. Imaginé que un poco de firmeza la acabaría llevando por el camino de la sensatez.

—No, mi amor, lo siento. Para pagar este precio, deberían haberse buscado a otro que vendiera. Además, no estaba en mi mano decidir por ti. Nadie te iba a preguntar lo que querías hacer. Me lo preguntaban a mí. ¿Quién era yo para decidir por ti que te sacrificaras?

—Manuel, en esta guerra tú tenías la llave de mis decisiones igual que yo la tenía de las tuyas. Esta guerra no es un retiro espiritual en el que te ayudan a decidir sopesando con cuidado todos los pros y los contras: cuando te has metido en ella has tomado todas las decisiones de antemano... siempre las más duras. En una guerra, no hay caminos fáciles.

—¿Ah? ¿Tú qué habrías hecho en mi lugar, Marie?

No contestó. Dios mío, no dijo nada.

Hubo un largo silencio durante el que ella evitó mirarme.

—Pues yo, ya ves. Yo sí sé lo que he hecho. Es duro, es triste, lo siento... —la miré a los ojos—. Volvería a hacerlo mil veces.

—Y volverías a perderme otras mil.

—¿Perderte?

—Claro, mi amor —de golpe, se le inundaron los ojos de lágrimas—. No podría vivir el resto de mi vida contigo y con un fantasma entre los dos reprochándonos continuamente su sangre.

—¡No puedes decirme eso! —me dolía la boca del estómago como si hubiera recibido un puñetazo. Alargué un brazo para tocarla, pero ella se apartó con un respingo.

—¡No! Si me tocas no podré...

—¿Eres capaz de decirme así, sin más, que esto se acabó? ¿Así, en un segundo le das la vuelta a nuestras vidas sin siquiera mirar atrás? ¿Una contrariedad y todo se va al traste?

—Las puñaladas en el corazón son así de definitivas: un momento antes estabas vivo y al siguiente has muerto...

—aquello fue tan cruel que le dio un ataque de tos. Cuando lo controló, se secó con la manga un reguero de saliva que le había quedado en la comisura de los labios.

—¡No te he dado ninguna puñalada! ¿De qué me acusas? ¿De salvarte la vida? ¡Pues vaya un pecado!

—Habría sido mejor que me dejaras morir.

—Ni hablar. ¿Dejarte morir para no verte más? Nadie en su sano juicio puede pedirme eso. Además... ni siquiera sabes si han matado a Philippa... no lo sabes... ni qué le van a hacer.

—¿Hitler? ¿Recuerdas lo que nos dijo Philippa de él? ¿Recuerdas que es un loco vengativo y acomplejado? La matarán, ya lo creo que la matarán. Y la torturarán antes. Lo sé con tanta seguridad, lo tengo tan en la entraña como el dolor que siento ahora —sollozó, un gemido largo y ronco que ya no dejó de salirle de la garganta hasta el final. Sollozaba y sollozaba y sollozaba entre palabras y frases, tanto, que me costaba comprenderla—. Lo sé igual que sé que nunca amaré a nadie como te amo a ti —le caían las lágrimas a borbotones. Viéndola así, tan destruida, tan desamparada, se me quitaron de golpe todas las frías idioteces que se me iban ocurriendo para vencer su resistencia tras una discusión que, imbécil de mí, había considerado académica. Una discusión académica, sí. ¿Cómo se puede ser tan insensible?

En fin, no recuerdo bien cómo pero me acabé encontrando de rodillas frente a ella. Y en aquel momento, acabada la racionalidad entre nosotros, comprendí que sólo me quedaba el recurso de suplicar.

—Por dios, Marie... Está bien, me equivoqué... me equivoqué. Pero ya no hay remedio, es una equivocación sin remedio. No sé cómo decírtelo. Es verdad: tienes razón pero, bueno, bien... se trata de una catástrofe horrible. De acuerdo. Está bien. ¿Y ahora? ¿No entiendes que lo he hecho por la mejor de las razones? Lo he hecho por el amor que te tengo. ¿Eso no nos redime?

—No, Manuel, no nos redime.

—¿Cómo puedo explicártelo para que me puedas perdonar? Tras este desastre sólo quedamos nosotros. Por dios, Marie, si la muerte de Philippa, sí, hasta eso te concedo: que yo supiera que la condenaba a muerte... si la muerte de Philippa no ha servido de nada, si nada de esto ha servido, si no quedan ni los amantes... la guerra habrá ganado todo, lo habrá destruido todo. ¿No lo entiendes? Si hemos pagado este precio, al menos que nos quede nuestra vida...

Intenté coger sus manos, pero las apartó. Quise abrazarla por la cintura y beber sus lágrimas pero no me dejó. Y entonces acabó de clavarme el cuchillo. Se encogió de hombros y dijo:

—Además, a mí no me habría pasado nada. A los judíos franceses no nos hacen nada. Después del Estatuto de los judíos, nos cazan y nos mandan a la zona sur para fastidiar a Pétain y a los suyos y que se coman su propia mierda. Me habrían violado y torturado, seguro. Pero, dime Manuel, ¿no era un precio pequeño a cambio de la vida de Philippa? Luego me habrían mandado a un campo en el sur de Francia y de allí me habríais rescatado o me habría escapado. Habríais tenido tiempo de localizarme.

—¿Cómo lo sabes? ¿Cómo sabes que no se habrían vengado de la fuga de Philippa matándote a ti?

—No me iban a hacer nada... ¿me oyes? Nada. ¿Qué podían hacerme? En Francia todavía no matan a la gente por no llevar los documentos en regla o estar en la zona equivocada. Aunque te parezca mentira, éste es un país civilizado. Bousquet te engañó —Dios mío, ¿tendría razón? No. No podíamos ser tan ingenuos.

—Tú misma dices que la guerra es así de cruel... Te habrían dañado, te habrían fusilado...

Negó una y otra vez con la cabeza.

Me puse en pie delante de ella, pero Marie ya no quiso mirarme. Murmuró:

—Y ahora, vete... adiós, amor mío... —se tapó la cara con las manos—. Vete, por dios te lo suplico.

—¡Ah, no! ¿Cómo quieres que me vaya? ¿Después de todo lo que ha pasado? No tienes derecho a destruir todo... todo esto —hice un gesto con la mano, señalando inútilmente a mi alrededor como si aquella habitación anodina contuviera todo lo que nos unía—. No puedes... ¡no puedes condenarme a haber enviado a una mujer a la muerte para nada!

Levantó la cabeza.

—Yo no hice nada. Fuiste tú. Tú la mandaste... —titubeó y quedó en silencio—. Yo no lo habría hecho —murmuró después, mirándome por fin a los ojos—. Ya ves —sonrió con tristeza—, me dices que después del desastre únicamente queda nuestro amor y que él, sólo él, sirve para el futuro, que no importa la tierra quemada que dejan nuestros errores. Pues te equivocas porque, amándote por encima de todas las cosas, yo habría ido a ponerme delante del pelotón de fusilamiento pensando en mi amor por ti. No por Francia, ¿me oyes?... ¿a quién le importa Francia? Por ti, Geppetto, por ti... el mejor amor de todos... ya ves.

Nunca pensé que unas cuantas palabras pudieran llegar a doler tanto, aunque me parece que lo que por fin me derrotó no fueron las palabras, sino la convicción: esta juventud extrema que excluye cualquier error. ¿Habría cambiado el curso de nuestras vidas si, ignorándolas, la hubiera abrazado por la fuerza hasta rendirla? No, claro.

—Vete, por dios, vete —repitió.

—¡No me pidas eso!

—... Y algún día, a lo mejor... a lo mejor podemos volver a mirarnos a los ojos...

Se levantó con esfuerzo, como si le fallaran las piernas. Mirándome con infinita tristeza, alargó su mano y dejó que languideciera por un instante sobre mi brazo. Luego se dio la vuelta y salió de la habitación. Cerró la puerta sin hacer ruido. Sólo al cabo de un momento oí que el pestillo encajaba en la cerradura con un pequeño chasquido sordo. Nada me ha parecido nunca tan definitivo.

Y así fui empujado a este otro mundo de conciencia y de remordimientos, este otro mundo en el que vivo desde entonces, mientras que el más nítido de la guerra, el que ahora me parece blanco o negro, siempre putrefacto, se me antoja hoy tan deseable y tan sencillo. Ah, por dios.

Nadie me dijo durante cuántos años se pagaba la factura. No creo que, acabada entonces la esperanza, hubiera tenido valor de seguir viviendo.

Aquella misma tarde me fui a Les Baux para empezar la peregrinación del recuerdo: seis meses de 1940 que tenían que durarme el resto de la vida.

FIN

Nunca atentamos contra Raphäel Alibert.

Nota

Entre los textos, ensayos, periódicos y conversaciones que sirvieron de base documental a los acontecimientos que relato, he utilizado algunos para poner en boca de los personajes palabras de protagonistas reales de la historia de la Segunda Guerra Mundial o para dar mayor exactitud a determinados pasajes de la novela.

En la página 159, Jean Lebrun reproduce palabras textuales de uno de los grandes resistentes franceses, Emmanuel d'Astier, escritas en su bloc de notas al principio de la invasión alemana (citado en *Mémoire et Histoire: la Résistance,* Privat, Toulouse, 1995). En la página 185, el parlamento de Marie está inspirado en *La extraña derrota* de Marc Bloch (Crítica, Barcelona, 2003, págs. 248-249). Las palabras de Philippa von Hallen en la página 354 están tomadas de las escritas por Constance Hallgarten, una de las valientes mujeres que se opusieron a Hitler desde el principio y pagaron un oneroso precio por ello (citado en *Mujeres contra Hitler, la resistencia femenina al régimen nazi,* de Marta Schad, Península, Barcelona, 2003).

El menú descrito en la página 112 aparece citado en *Vichy capitale, 1940-1944,* de Michèle Cointet (Perrin, París, 1993). El texto impuesto como obligatorio para la correspondencia entre un sector y otro de Francia tal y como aparece en la página 319, ha sido extraído de *La ligne de démarcation,* de Eric Alary (Perrin, París, 2003).

* * *